CB064418

UM CONTO DE DUAS CIDADES

CHARLES DICKENS
UM CONTO DE DUAS CIDADES

TRADUÇÃO Raul de Sá Barbosa
2ª edição

EDITORA
NOVA
FRONTEIRA

Título original: *A tale of two cities*

Direitos de edição da obra em língua portuguesa no Brasil adquiridos pela Editora Nova Fronteira Participações S.A. Todos os direitos reservados. Nenhuma parte desta obra pode ser apropriada e estocada em sistema de banco de dados ou processo similar, em qualquer forma ou meio, seja eletrônico, de fotocópia, gravação etc., sem a permissão do detentor do copirraite.

Editora Nova Fronteira Participações S.A.
Rua Candelária, 60 - 7º andar — Centro — 20091-020
Rio de Janeiro — RJ — Brasil
Tel.: (21) 3882-8200

Imagens de capa e luva: Lebrecht Music Alamy 3
KD3PX7 *Um conto de duas cidades*. Foulon de Doue (1715-1789), político francês, é atacado, enforcado e decapitado por uma multidão de revolucionários liderada por madame Defarge. Legenda da imagem: "Arrastado, espancado e sufocado com as mancheias de capim e de feno que lhe enfiavam na boca e no nariz centenas de mãos." Ilustração de Frederick (Fred) Barnard, Londres, Chapman & Hall.

Lebrecht Music Alamy 2
Oliver Twist ou história de um órfão, de Charles Dickens, em sua primeira publicação (1838). Legenda da imagem: "Quando ela estava praticamente à mesma distância à frente da que estivera antes, ele deslizou silenciosamente, e tornou a segui-la." Descrição da cena: Noah segue Nancy enquanto ela vai ao encontro de Rose. Ilustração de James Mahoney (1816-1879).

Alamy/ Fotoarena
Madame Thérèse Defarge. Ilustração de Max Cowper em *Um conto de duas cidades*, de Charles Dickens.

Dados Internacionais de Catalogação na Publicação (CIP)

D548c   Dickens , Charles, 1812-1870.
           Um conto de duas cidades / Charles Dickens ; traduzido por Raul de Sá Barbosa. - 2. ed. - Rio de Janeiro : Nova Fronteira, 2021.
           440 p. ; 15,5 x 23 cm

        Título original: A tale of two cities

        ISBN: 978-65-5640-310-6

        1. Literatura inglesa . I . Barbosa, Raul de Sá. I I. Título
CDD: 820
CDU: 821.111

André Queiroz – CRB-4/2242

SUMÁRIO

9	**Livro I - CHAMADO DE VOLTA À VIDA**
11	1. A época
15	2. A diligência
22	3. As sombras da noite
27	4. A preparação
41	5. A loja do mercador de vinhos
53	6. O sapateiro
67	**Livro II - O FIO DE OURO**
69	1. Cinco anos depois
76	2. Um espetáculo
84	3. Desapontamento
99	4. Congratulações
106	5. O chacal
113	6. Centenas de pessoas
127	7. Monsenhor na cidade
137	8. Monsenhor no campo

143	9. A cabeça da Górgone
155	10. Duas promessas
164	11. Para completar a descrição anterior
169	12. Um modelo de delicadeza
177	13. Um modelo de nenhuma delicadeza
183	14. O comerciante honesto
195	15. Tricotando
207	16. Sempre tricotando
219	17. Uma noite
225	18. Nove dias
233	19. Uma opinião autorizada
241	20. Uma súplica
245	21. Eco de passos
258	22. A maré continua cheia
264	23. O fogo aumenta
273	24. Atraído para a rocha imantada
287	**Livro III - NA TEMPESTADE**
289	1. Em segredo
302	2. A mó
310	3. A sombra
316	4. Calmaria em plena tempestade

323	5. O serrador
330	6. Vitória
338	7. Uma batida na porta
344	8. Um jogo de cartas
358	9. O jogo feito
372	10. A substância da sombra
388	11. Crepúsculo
393	12. Noite
403	13. Cinquenta e dois
416	14. O tricô está completo
429	15. Os passos desaparecem para sempre

Livro I

Chamado de volta à vida

1.

A época

Foi o melhor e o pior dos tempos, a idade da sabedoria e a da insensatez, a era da fé e a da incredulidade, o Século das Luzes e a Estação das Trevas, a primavera da esperança e o inverno do desespero. Tínhamos tudo e nada tínhamos, íamos todos diretamente para o Céu, ou íamos em direção diametralmente oposta — em suma, aquele período era de tal modo semelhante ao atual[1] que algumas das suas autoridades mais estridentes insistiam em falar dele no grau superlativo: de superioridade ou de inferioridade.

Havia um rei de possante mandíbula e uma rainha de cara insossa no Trono da Inglaterra; e um rei de cara gorda e uma rainha de bela presença na Corte da França.[2] Nos dois países era claro como água, para as autoridades responsáveis pela multiplicação dos pães e dos peixes, que a ordem das coisas estava assentada para todo o sempre.

Corria o ano de Nosso Senhor de 1775. Tão favorecida naquele privilegiado período quanto em nossos dias, a Inglaterra recebera até certas revelações sobrenaturais. A bem-aventurada sra. Southcott atingira havia pouco o seu vigésimo quinto aniversário.[3] O advento da santa fora anun-

---

1 O livro é de 1859. (N. do T.)

2 Jorge III e a Rainha Carlota (Charlotte Sophie von Mecklernburg-Strelitz), na Inglaterra; Luís XVI e Maria Antonieta, na França. (N. do T.)

3 Joanna Southcott (1750-1814), camponesa de Gittisham, que se acreditava grávida do Messias (embora virgem). Tinha apenas hidropisia (barriga-d'água). Levada para Londres, chegou a arregimentar cerca de quarenta mil devotos. Suas

ciado por um cabo-profeta dos Life Guards segundo o qual Londres e Westminster desapareceriam tragadas nas entranhas da terra. Havia bem uma dúzia de anos que o fantasma de Cock Lane se aposentara, depois de transmitir os seus oráculos por meio de solenes pancadinhas, exatamente como os espíritos do ano passado (faltos sobrenaturalmente de originalidade) ditavam os seus. E por falar em oráculos: na ordem dos eventos terrenos, a Coroa e o Povo da Inglaterra vinham de receber uma comunicação de um congresso de súditos britânicos na América.[4] E essa simples comunicação, por estranho que pareça, teria consequências muito mais sérias para a raça humana que qualquer das revelações da emplumada fauna de Cock Lane.

A França, menos favorecida, afinal de contas, em matéria espiritual que sua irmã de escudo e tridente, rolava macia morro abaixo, imprimindo papel-moeda e gastando-o antes que a tinta secasse. Sob a orientação dos seus pastores cristãos, ela se divertia de outro modo, com proezas como sentenciar um moço[5] a ter as mãos cortadas, a língua arrancada com pinças, e o corpo queimado vivo por não se ter ajoelhado na chuva para honrar uma suja procissão de monges que passava à sua vista, a uma distância de cinquenta ou sessenta jardas. É bem possível que, quando esse infeliz foi supliciado, enraizadas nas florestas da França e da Noruega, já crescessem árvores, marcadas pelo Grande Lenhador, o Destino, para serem derrubadas e serradas em tábuas, em vista da construção de uma certa armação, com uma cesta e um cutelo, terrível nos anais da História. É bem possível que, em certos telheiros toscos dos agricultores das terras ingratas dos arredores de Paris, se abrigassem do mau tempo, naquele mesmo dia, velhas carroças sujas de lama, cheiradas pelos porcos, usadas como poleiros pelas aves, que a Fazendeira-Mor, a Morte,

---

profecias sobre a Segunda Vinda são tão irrelevantes quanto hoje, por exemplo, as do Reverendo Sun Moon. (N. do T.)

4 Trata-se da Declaração de Independência das Treze Colônias. (N. do T.)

5 Jean François Lefèbvre, Chevalier de La Barre (1º-7-1766). Por clemência do Parlamento, foi decapitado antes de ser levado às chamas. A Convenção reabilitou sua memória. (N. do T.)

pusera de lado e escolhera para serem as carretas da Revolução. Mas esse Lenhador e essa Fazendeira trabalham em silêncio, embora sem cessar, e ninguém ouviu seus passos amortecidos. Suspeitar apenas da sua atividade já era àquele tempo prova de ateísmo e traição.

Na Inglaterra não havia ordem ou segurança que justificasse qualquer bazófia nacional. Ataques à mão armada, por assaltantes na capital e por bandoleiros nas estradas, eram fatos da vida diária. As famílias eram advertidas publicamente a não deixar a cidade sem confiar a guarda de seus móveis e alfaias a depósitos seguros. Aqueles que de noite assaltavam faziam comércio de dia na City. Um deles, reconhecido e desafiado por um dos seus confrades, que o detivera certa vez, no seu disfarce de "Capitão", atravessara-lhe galantemente a cabeça com uma bala e se fora a galope. A diligência do correio foi tocaiada por sete salteadores dos quais três foram mortos a tiros pelo guarda; mas este, por sua vez, deixara a pele nas mãos dos quatro restantes, "por insuficiência de munição". Depois disso, as malas puderam ser saqueadas em paz. O Lorde Mayer de Londres, esse magnífico potentado, foi detido e despojado do que levava consigo, em Turham Green, por um único salteador e nas barbas do seu séquito. Os presos das masmorras de Londres, armados até os dentes, empenhavam-se em verdadeiras batalhas com seus carcereiros, e a majestade da lei via-se obrigada a disparar no meio deles bacamartes carregados de bala e chumbo grosso. Ladrões arrancavam cruzes de diamantes do pescoço de lordes da Corte no próprio recinto da Corte. Mosqueteiros entravam em St. Giles para descobrir contrabando, a malta atirava nos mosqueteiros e os mosqueteiros na malta, e ninguém tinha essas coisas por extraordinárias. O carrasco, sempre ocupado e sempre pior do que inútil, vivia solicitado, ora para enforcar réstias de criminosos de toda espécie; ora para executar no sábado um arrombador preso na terça; ora para marcar a fogo a mão de contraventores em Newgate — e isso às dúzias —; ora para queimar panfletos na porta de Westminster Hall; hoje para tirar a vida de um assassino atroz, amanhã a de um miserável gatuno que subtraíra seis dinheiros de um pequeno camponês incauto.

Todas essas coisas, e mil outras da mesma espécie, aconteceram por volta do dito ano de 1775 e no próprio também. Cercados por elas, enquanto o Lenhador e a Fazendeira faziam das suas à socapa, Suas Majestades, os dois da queixada possante e as duas de presença ordinária e distinguida, seguiam seu caminho com animação — e exerciam o direito divino de que, ao nascer, haviam sido investidas com toda a prosopopeia. Assim o ano da graça de 1775 conduzia Suas Grandezas e seus súditos, miríades de infusórios — criaturas que são os heróis e as heroínas desta crônica —, pelas estradas que se estendiam a perder de vista diante deles.

2.

A diligência

Era a estrada de Dover que se estendia, já bem tarde, numa noite de sexta-feira, em novembro, à frente do primeiro personagem desta história. Para o nosso herói, a estrada de Dover ficava a jusante da diligência de Dover, que começava a galgar Shooter's Hill. Ele subia a pé pelo lamaçal que é a margem da estrada real do correio, como todos os demais passageiros. Não porque lhes agradasse o exercício naquelas circunstâncias. Mas porque o aclive era tão forte, o atoleiro tão fundo, os arreios e o coche tão pesados, que os cavalos tinham empacado três vezes. Uma quarta vez tinham arrastado a diligência para a outra banda da estrada no sedicioso intento de levá-la de volta para Blackheath. Rédeas e chicote, cocheiro e postilhão, combinados, a isso se opuseram, na forma da lei marcial, embora a rebeldia dos animais viesse reforçar o argumento de que alguns deles são dotados de razão. A parelha capitulara e retornara à obra.

De cabeça baixa e rabo entre as pernas, os pobres animais iam abrindo caminho e amassando barro, no lamaçal espesso, chapinhando aqui, tropeçando acolá, como se caíssem aos pedaços. Cada vez que o seu condutor deixava que descansassem um minuto, sujigando as rédeas com um "Wo-ho! So-o..." acautelatório, o animal de guia dava de cabeça violentamente, sacudindo tudo que a ele estava ligado — a negar, com ênfase inusitada para um animal de tração, que a diligência pudesse atingir o topo da colina. E sempre que o cavalo de guia chocalhava assim com estrépito o seu arnês, o passageiro tinha um sobressalto, como qualquer passageiro nervoso teria, e ficava mesmo transtornado.

Uma névoa fumarenta se aninhava em cada concavidade do terreno, depois de ter girado desamparada nos cimos da elevação como um espírito mau e andarilho que buscasse a paz sem encontrá-la. A cerração era pegajosa e friíssima e subia lentamente no ar em vagas sucessivas que se seguiam e superavam umas às outras à vista do observador, como fariam as ondas de um mar de pesadelo. Era bastante densa para esconder da luz das lanternas do coche tudo que não fosse ela mesma na sua dança e umas poucas jardas de estrada. E o vapor malcheiroso do suor dos cavalos exaustos fumegava nela e nela se vaporizava como se a tivesse feito toda.

Dois outros passageiros, além do mencionado, subiam o morro a pé, aos trancos e barrancos, ladeando como ele o coche. Todos os três iam embuçados até os olhos e de orelhas cobertas, e usavam botas d'água de cano alto. Nenhum deles seria capaz de saber, pelo que via, a aparência dos demais. E cada um escondia o pensamento aos outros tão zelosamente quanto escondia o corpo. Naquela época, companheiros de viagem fechavam-se em copas, temendo abrir-se assim em pouco tempo, pois qualquer um podia ser um malfeitor ou estar em liga com malfeitores. Esses bandidos confederados eram a raça mais fácil de encontrar: cada locanda ou taberna, cada estalagem de muda ou casa de pasto tinham alguém a soldo do "Capitão". E tanto podia ser o dono do estabelecimento como o mais obscuro dos seus eguariços. Assim cogitava com seus botões o postilhão da diligência de Dover naquela noite de sexta-feira do mês de novembro de 1775, enquanto o coche avançava penosamente morro acima, de pé no seu poleiro habitual na traseira da carruagem, sapateando para espantar o frio, de olho vivo e mão enfiada na canastra à sua frente, onde um bacamarte carregado repousava por cima de seis ou oito pistolas de cavalaria, depositadas por sua vez no topo de um amontoado de cutelos.

A diligência de Dover estava na sua condição costumeira: o postilhão suspeitava dos passageiros, os passageiros suspeitavam uns dos outros e do postilhão, e todos juntos suspeitavam de qualquer pessoa estranha. O cocheiro só punha a mão no fogo pelos animais. Mesmo assim, teria jurado sobre os dois Testamentos que não estavam em boas condições físicas para aquela viagem.

— Wo-ho! — ia dizendo. — Vamos! Mais um esforço e vocês estão lá em cima, desgraçados! Mas que trabalho me dão, seus demônios, até lá! Joe!

— Eu! — respondeu o postilhão.

— Que horas calcula que sejam?

— Dez minutos talvez depois das onze.

— Sangue de Cristo! — exclamou o cocheiro. — Onze horas e ainda não estamos no alto de Shooter's! Tst! Yah... Vamos, andem!

O vigoroso animal de guia, cortado pelo chicote, deu um arranco à frente, e os três outros o acompanharam. Uma vez mais a diligência de Dover avançou, enquanto as botas dos que iam a pé afundavam-se no lamaçal ao lado dela. Paravam quando a diligência parava, e mantinham-se em linha com ela tanto quanto possível. Se qualquer um deles tivesse a audácia de propor ao vizinho caminharem um pouco à frente, no escuro e na neblina, correria o risco de levar um tiro como ladrão de estrada.

O último esforço deu com o carro no alto da colina. Os cavalos pararam para recobrar fôlego, e o postilhão saltou da sua boleia a fim de calçar as rodas para a descida da vertente oposta. Também abriu a porta do coche para que os passageiros entrassem.

— Psiu! Joe! — gritou o cocheiro, lá de cima, fazendo-lhe sinal para que apurasse o ouvido.

— O que é, Tom?

Ambos escutaram.

— Diria que é alguém a meio-galope.

— Pois eu diria que é alguém num galope largado, Tom — respondeu o postilhão, largando a porta e içando-se com agilidade ao seu posto.

— Senhores! Em nome do rei, todos!

Com essa apressada adjuração, engatilhou o bacamarte e esperou na defensiva.

O passageiro que interessa a esta nossa história tinha o pé no estribo da carruagem para entrar. Os outros dois preparavam-se para segui-lo. Ele se deteve onde estava, metade dentro do coche, metade fora.

Os outros ficaram na estrada, à sua retaguarda. Todos os três olharam do cocheiro para o postilhão e do postilhão para o cocheiro, e puseram-se à escuta. O cocheiro olhou para trás, o postilhão olhou para trás e até o vigoroso cavalo de guia levantou as orelhas e olhou para trás. Ele é que não iria contradizer o resto da companhia.

O silêncio sobrevindo da cessação de todos os labores do coche, acrescido do profundo silêncio da noite, produziu uma grande quietude em torno. O arfar dos cavalos fazia trepidar a diligência, como se ela também estivesse presa de agitação. Os corações dos passageiros batiam tanto que talvez pudessem ser ouvidos. De qualquer maneira, a pausa em si mesma era expressiva: de gente que parou de respirar, que prende a respiração na expectativa, com o pulso acelerado de emoção.

O rumor de um furioso galope crescia à medida que o cavalo ganhava terreno na subida.

— So-ho! — gritou o postilhão, tão alto quanto pôde. — Você aí! Alto! Ou atiro.

O passo do cavalo foi contido, com muito estrépito de água lançada longe e de barro mole espezinhado. Do meio da névoa uma voz masculina se fez ouvir:

— Esta é a diligência de Dover?

— Não importa — respondeu o postilhão. — Quem é você?

— Mas é ou não é a diligência de Dover?

— Para que deseja saber?

— Quero falar com um dos passageiros, se estiver no carro.

— Que passageiro?

— O sr. Jarvis Lorry.

O passageiro desse nome confirmou que se tratava dele. O postilhão, o cocheiro e os outros dois passageiros olhavam-no de soslaio.

— Fique onde está — comandou o postilhão, falando com a voz que saía da neblina. — Porque, se cometer um erro, não poderá consertá-lo nesta encarnação. Senhor de nome Lorry: responda-lhe direitinho.

— O que há? — perguntou então o passageiro, numa voz um tanto trêmula. — Quem quer falar comigo? É você, Jerry?

— Não estou gostando nada da voz de Jerry, se é mesmo Jerry — resmungou o postilhão, mais para si mesmo. — É rouco demais para o meu gosto.

— Sim, sr. Lorry.

— De que se trata?

— De um despacho para o senhor, do ultramar. T. & Cia.

— Eu conheço esse mensageiro, postilhão — disse o sr. Lorry, apeando, assistido da retaguarda, mais apressada do que polidamente, pelos outros dois passageiros, que logo em seguida pularam para dentro do coche, fechando porta e janela.

— Pode deixar que ele se aproxime. Não há nada de suspeito.

— Espero que não, mas como ter certeza? — disse o postilhão, numa espécie de áspero solilóquio. — Olá, você!

— Está bem. Olá! — respondeu Jerry, numa voz ainda mais roufenha.

— Aproxime-se a passo, entendeu? E se tem coldres na sela, mantenha as duas mãos longe deles. Porque sou rápido como um demônio, e se cometo um engano ele toma em geral forma de chumbo. Agora vamos dar uma boa olhada em você.

A figura de um cavaleiro materializou-se devagarinho na fímbria da névoa movediça, e avançou para o coche, do lado onde o passageiro se encontrava. O homem sofreou o animal, parou, curvou-se e, pondo os olhos no postilhão, entregou ao passageiro um pequeno papel dobrado. Sua montaria era castanha, e tanto cavalo quanto cavaleiro estavam cobertos de lama, desde os cascos do animal até o chapéu do homem.

— Postilhão! — disse o passageiro num tom normal, confiante, de homem de negócios.

O postilhão, de bacamarte em riste, mão direita no gatilho e esquerda no cano, mantinha-se de olho no estranho. Respondeu apenas:

— Senhor.

— Não há nada a temer. Eu faço parte do Banco Tellson. Você deve conhecer o Tellson de Londres. Vou a Paris a negócios. Aí tem uma coroa para beber à minha saúde. Mas posso ler isso?

— Se o fizer depressa, senhor.

Jarvis Lorry abriu a mensagem à luz da lanterna dependurada do seu lado e leu, primeiro para si mesmo, depois em voz alta: "Espere em Dover por mam'selle."

— Não é longo, como vê. Jerry: diga que minha resposta foi: "Chamado de volta à vida."

Jerry sobressaltou-se no alto da sua sela.

— É uma resposta dos diabos, senhor! — disse, mais rouco do que nunca.

— Pois leve-a e eles saberão que recebi isso aqui tão bem quanto se eu lhes tivesse escrito. Boa viagem. E boa noite.

Com essas palavras, o passageiro abriu a portinhola do coche e entrou, dessa vez sem nenhuma assistência dos seus companheiros de viagem, os quais, àquela altura, já tinham rapidamente escondido relógios e bolsas nos canos das botas, e fingiam dormir, sem outro propósito que o de não provocarem qualquer incidente.

A pesada diligência se pôs em marcha outra vez, sacolejando, envolvida em grinaldas de névoa que iam ficando mais espessas à medida que baixavam. O postilhão colocou logo de volta na arca o bacamarte, conferindo de passagem o resto do conteúdo. Verificou também se estavam em ordem as duas pistolas suplementares que levava à cinta e, no cofre que havia debaixo do assento, a isca e a pederneira, os dois archotes, as ferramentas de ferreiro. Andava sempre prevenido. De modo que, se as lanternas do coche se apagassem ou fossem apagadas por uma lufada mais forte de vento, como às vezes acontecia, tinha só de bater a pedra ao abrigo para obter fogo em cinco minutos e com razoável segurança — bastava não deixar que as faíscas pegassem na palha.

— Tom! — disse o postilhão, baixinho, do alto da boleia.

— Sim, Joe.

— Você ouviu a mensagem?

— Ouvi, Joe.

— E o que foi que achou?

— Nada, Joe.

— Pois é uma coincidência — resmungou o postilhão. — Eu também não. Para mim é coisa sem pé nem cabeça.

Enquanto isso, Jerry, abandonado à cerração e às trevas, desmontava, não só para descansar o animal, como para limpar a lama do rosto e sacudir a água da aba do chapéu capaz de guardar bem um meio galão. Depois de esperar de pé, e sujigando a montaria pela brida, até que não mais se ouvisse o som das rodas da diligência, e que o majestoso silêncio da noite se restabelecesse, virou-se e começou a descer a colina a pé, puxando o animal.

— Depois daquele galope, minha senhora, desde Temple Bar, não vou confiar em suas pernas dianteiras até que a gente esteja outra vez em terreno plano. "Chamado de volta à vida." É uma mensagem de todos os diabos. Para você é que não serve, Jerry. Hein, Jerry? Você estaria em maus lençóis, meu caro, se isso de ser chamado à vida virasse moda agora!

3. As sombras da noite

Um admirável fato que deve servir de matéria para reflexão: todo ser humano é criado para constituir um profundo segredo e mistério para os seus semelhantes. Sempre que entro numa grande cidade à noite, considero com solenidade que todas aquelas casas escuras, encostadas umas às outras, encerram segredos; que cada cômodo de cada uma delas tem seu próprio mistério; que cada batida de coração das centenas de peitos que ali se reúnem é, em algumas das suas elucubrações, um enigma impenetrável mesmo para o coração que lhe fica mais próximo! E algo da hediondez das coisas, a Morte inclusive, é atribuível a isso. Da mesma forma, não posso virar as folhas desse livro escolhido, que amei e em vão espero, um dia, ter os vagares para ler até o fim. Também não posso olhar nas profundezas dessas águas insondáveis, onde vislumbrei, a uma luz precária, transitória, tesouros escondidos e mil outras coisas submersas. Estava escrito que o livro se fecharia de um golpe e para todo o sempre, como que movido por uma mola, quando eu lera dele apenas uma página. Estava escrito que a água se petrificaria em gelo eterno, mesmo quando a luz lhe batia de chapa na superfície, e eu, na praia, tudo ignorava. Meu amigo é morto, meu vizinho é morto, minha bem-amada, a eleita de minha alma, é morta. É a inexorável confirmação e perpetuação do segredo que sempre esteve escondido na personalidade deles e que eu mesmo carregarei na minha até o fim da vida. Haverá em algum dos cemitérios desta cidade por onde passo, dentre os que dormem, alguém mais inescrutável do que são os atuais habitantes para mim, no mais íntimo da sua individualidade, ou do que eu mesmo sou para eles?

No que diz respeito a isso, sua herança, natural e intransferível, o mensageiro a cavalo estava em pé de igualdade com o Rei, com o Primeiro-Ministro da Inglaterra, com o mais rico mercador de Londres. O mesmo poderá ser dito dos três passageiros confinados no espaço exíguo da velha e sacolejante diligência do correio. Constituíam insondáveis mistérios uns para os outros, tão completos quanto se cada um estivesse sozinho no seu próprio coche, puxado por seis cavalos, ou por sessenta, e com todo o território de um país entre si e o mais próximo.

O mensageiro retomou ao lugar de onde viera num trote descansado, detendo-se frequentemente nos albergues do caminho para tomar cerveja, mas revelando um certo pendor para guardar segredo de si e para sombrear os olhos com a aba do chapéu. Tinha olhos que iam bem com esse adorno, pretos como azeviche na superfície, sem qualquer profundidade na cor ou na forma, e muito juntos um do outro — como se tivessem medo de serem apanhados em falta se acaso se apartassem demais. Tinham uma expressão sinistra, debaixo do velho chapéu armado, que semelhava uma escarradeira de três bicos, e acima do grande cachenê que lhe envolvia pescoço e queixo e cujas pontas desciam até os joelhos. Quando se detinha em algum local para beber, afastava o cachenê com a mão esquerda e com a direita despejava a cerveja na boca. Terminada essa operação, embuçava-se de novo.

"Não, Jerry, não!", dizia consigo, repisando sempre o mesmo tema. "Para você não serve, Jerry. Jerry, você é um comerciante honesto, isso não está na sua linha... Chamado de volta... Enforquem-me se o homem não estava bêbado!"

A mensagem de que era portador deixava-lhe a mente perplexa, e a tal ponto que, de tempos em tempos, sofreava a montaria e tirava o chapéu para coçar a cabeça. Exceto na coroa, parcialmente calva, ele tinha cabelo preto e espetado, que lhe descia farto até o avantajado nariz, ou quase. Sua cabeleira semelhava obra de ferreiro, era mais como um topo farpado de muralha. E os mais peritos puladores de carniça teriam hesitado saltar por cima dele: era o mais perigoso obstáculo do mundo para esse brinquedo.

Enquanto trotava de volta com a mensagem, que naquela mesma noite entregaria ao vigia noturno na sua guarita da porta do Banco Tellson, em Temple Bar, que por sua vez a encaminharia à autoridade mais alta lá dentro, as sombras da noite assumiam formas tão fantásticas como as que a própria mensagem sugeria, e de tal modo pareciam assombrar a égua que ela despertou das *suas* próprias cogitações e passou a espantar-se a cada passo, como se fossem inumeráveis os seus temores.

Àquela hora, a diligência, desajeitada e pesadona, avançava aos sacolejos, estralejando, com os três inescrutáveis viajantes no seu bojo, para os quais também as sombras da noite assumiam as formas que lhes sugeriam seus olhos sonolentos e suas mentes perdidas em devaneio.

O Banco Tellson tinha sua parte nesse divagar. Enquanto o passageiro do Banco — com um braço enfiado na alça de couro, que fazia o possível para impedi-lo de bater no vizinho ou precipitar-se para o seu canto sempre que o coche dava um solavanco maior — dormitava no seu lugar, de olhos semicerrados, as janelinhas do coche debilmente iluminadas pelas lanternas e a massa informe do passageiro em frente tomavam para ele a forma do Banco, que fazia um animado negócio. Os tinidos dos arreios eram o tinido do dinheiro que entrava, e mais cheques eram honrados em cinco minutos do que o Tellson verdadeiro, com todos os seus correspondentes no país e no exterior, seria capaz de honrar em três vezes o mesmo tempo. Então, foi a caixa-forte subterrânea, no Tellson, com os tesouros e segredos de que o passageiro tinha notícia — e não eram poucos! — que se abriu diante dele; e ele se meteu por ela adentro com o grande molho de chaves e o tremeluzente coto de vela, e viu que tudo estava em ordem, seguro, forte e tranquilo como da última vez em que por lá andara.

Mas, embora o Banco continuasse presente e o coche (de maneira um tanto confusa, como a dor sob a ação de um narcótico) também, havia uma outra corrente de impressões que não cessava nunca, pela noite afora. Ele estava a caminho de um cemitério para desenterrar alguém.

Agora, qual seria, em meio à multidão de rostos que tinha diante dos olhos, o da pessoa morta e enterrada, as sombras da noite não se dignavam indicar; mas todos eram rostos de homens de quarenta e cinco anos e diferiam principalmente pelas paixões que expressavam e pelo maior ou menor horror do seu estado de corrupção e deperecimento. Orgulho, desprezo, desafio, teimosia, submissão, contrição sucediam-se uns aos outros; da mesma forma se sucediam as variedades de rostos escaveirados, cores cadavéricas, mãos emaciadas, dedos esqueléticos. Os rostos eram, porém, de maneira geral, o mesmo rosto, e todas as cabeças pareciam prematuramente encanecidas. Cem vezes o passageiro que dormia perguntou ao espectro:

— Há quanto tempo está sepultado aqui?

A resposta era sempre a mesma:

— Há quase dezoito anos.

— Já tinha perdido a esperança de ser desenterrado?

— Há muito tempo.

— Sabe que está sendo chamado de volta à vida?

— Assim me foi dito.

— Espero que goste de viver.

— Não sei dizê-lo.

— Devo exibi-la? Gostaria de vir comigo, e de vê-la?

As respostas a essas perguntas eram variadas e contraditórias. Algumas vezes a resposta entrecortada era a seguinte: "Espere! Eu morreria se a visse tão depressa!" Outras vezes, as palavras vinham num jorro de lágrimas: "Leve-me até ela." E ocasionalmente tocava-se de incompreensão e perplexidade: "Não sei de quem fala. Não compreendo."

Depois desse discurso imaginário, o passageiro, na sua fantasia, cavava, cavava e cavava — ora com uma pá, ora com uma enorme chave, ora com as mãos nuas —, cavava até desenterrar a miserável criatura. Uma vez fora do buraco, ainda com terra no rosto e nos cabelos, o defunto desabava por terra, reduzido num átimo a pó. O passageiro voltava a si com o susto, e baixava o vidro da janela, para sentir no rosto a realidade da névoa e da chuva.

E mesmo de olhos abertos para a névoa e para a chuva, para a luz movente das lanternas, para a margem da estrada que recuava e fugia aos repelões, as sombras da noite vinham fundir-se às de dentro do carro. O Banco real, de Temple Bar, o negócio tratado na véspera, a verdadeira caixa-forte e a verdadeira mensagem retornavam, faziam-se presentes outra vez. E do meio daquilo tudo, as feições fantasmagóricas se precisavam de novo, e ele de novo interpelava a criatura:

— Enterrado há quanto tempo?
— Quase dezoito anos.
— Espero que queira viver.
— Não sei...

Havia que cavar, cavar sem trégua. Até que, a um movimento de impaciência de um dos dois companheiros de viagem, ele fechava de novo a janela, prendia de novo o braço à correia de couro, e ficava a especular sobre as duas massas adormecidas a seu lado. Depois, seu espírito outra vez se desgarrava e voltava ao Banco e à sepultura.

— Há quanto tempo?
— Quase dezoito anos.
— Renunciou a qualquer esperança de salvamento?
— De há muito.

As palavras ainda ressoavam em seus ouvidos como se acabassem de ser pronunciadas — distintamente, como quaisquer que ele jamais tivesse ouvido —, e já o estremunhado passageiro voltava à consciência, e era dia claro, e as sombras da noite se tinham esfumado como num passe de mágica.

Baixou a janela, olhou o sol nascente. Havia um sulco fresco de arado na terra, e o arado fora deixado nela, talvez na noite anterior, quando se desatrelaram os cavalos. Um pouco além, um pequeno bosque tranquilo, cujas árvores ostentavam ainda nos galhos muitas folhas rubras e douradas. Embora a terra estivesse fria e molhada, o céu era claro e o sol brilhava, plácido, glorioso.

— Dezoito anos! — disse o passageiro, pondo os olhos no sol. — Ó Deus, Criador de todas as coisas! Ficar dezoito anos enterrado vivo!

4.
A preparação

Quando a diligência do correio chegou sã e salva a Dover, no correr da tarde, o principal porteiro do Hotel Royal George abriu a porta do coche, como mandava o costume. Fê-lo com um floreio e algum cerimonial porque uma viagem pela diligência de Londres no inverno era proeza que valia ao aventuroso viajor as maiores congratulações.

Aquela altura só restava um herói para ser felicitado, pois os outros dois tinham sido deixados na porta das suas respectivas destinações. O embolorado interior do coche, com sua palha suja e úmida, com seu cheiro desagradável e sua penumbra, semelhava uma casa de cachorro. O sr. Lorry, o passageiro remanescente, sacudindo a palha da roupa, mas coberto ainda por um xale felpudo, com o chapéu desabado e as pernas enlameadas, tinha todo o aspecto de um grande cão pastor.[6]

— Haverá um vapor para Calais amanhã, taverneiro?

— Certamente, senhor, se o tempo continuar firme e o vento favorável. A maré estará boa lá pelas duas da tarde. O senhor deseja um quarto?

— Não pretendo deitar-me antes da noite, mas desejaria, sim, um quarto e um barbeiro.

---

6 Discute-se se o cão pintado por Gainsborough no retrato do duque de Buccleuch, em 1771, era de fato um *bobtail* ou *bearded collie*. Talvez o animal de Sua Graça não passasse de um grande *terrier* de pelo revolto do tipo do Dandie Dinmont. Mas todas as autoridades estão de acordo em reconhecer um verdadeiro *old english sheepdog* no animal pintado por Sidney Cooper, em 1835. A raça é criação da família Tilley, de Somerset. Ao tempo de Dickens já existia, perfeitamente caracterizada. (N. do T.)

— E em seguida café? Muito bem. Por aqui, senhor. Mostre o Concord[7] ao cavalheiro. Leve a valise dele e uma botija de água quente para o Concord. E traga de volta as botas do senhor, para serem limpas. O senhor encontrará um belo fogo de carvão de pedra[8]. E mande ir um barbeiro ao Concord. Agora, mexa-se, rumo ao Concord!

O aposento conhecido por Concord era sempre reservado aos passageiros da diligência do correio, e como estes estavam sempre embrulhados da cabeça aos pés, o quarto tinha um interesse especial para os empregados do Royal George: pois, se viam entrar sempre a mesma espécie de freguês, viam sair gente de toda espécie. Por isso mesmo, um segundo garçom, dois carregadores, várias arrumadeiras e a própria dona do hotel podiam ser vistos como que por acaso em diversos pontos da rota entre o Concord e a sala de jantar, quando um cavalheiro de sessenta anos, vestido de maneira formal num terno marrom, de muito uso mas bem conservado e correto, com largos punhos quadrados e largas abas nos bolsos, passou pelo corredor para ir tomar o seu café.

A sala de jantar estava deserta, sem outro ocupante que o homem de marrom. Sua mesa fora posta diante da lareira. Sentado e imóvel, com o rosto voltado para o fogo, à espera de que o servissem, parecia posar para um retrato.

Tinha ar de ser homem ordeiro e metódico, com as mãos pousadas nos joelhos, e um barulhento relógio de bolso, cujo tique-taque debaixo do colete era como que um sonoro sermão sobre a própria gravidade e longevidade contra a frivolidade evanescente do fogo que crepitava alegre na lareira. Tinha pernas bem torneadas e envaidecia-se delas, pois suas meias marrons, de seda fina, ajustavam-se, colantes e lisas,

---

7 É um velho costume inglês dar nomes próprios aos quartos dos hotéis. O Rei Henrique IV da Inglaterra morreu num aposento chamado "Jerusalém", cumprindo assim, de certo modo, a profecia de que deveria morrer "na Terra Santa". O hoteleiro inglês John Parsons, de Tiradentes, Minas Gerais, mantém a tradição no seu Solar da Ponte, onde "Belmondo", por exemplo, é o nome de um dos quartos (desde que nele se hospedou o ator francês desse nome). (N. do T.)

8 Em inglês *sea coal* (carvão do mar), talvez por ter sido explorado primeiro na orla do mar. (N. do T.)

nas panturrilhas boleadas. Sapatos e fivelas, embora singelos, eram bem cuidados. Usava uma curiosa peruca, pequena, lustrosa e encaracolada, e muito bem posta na cabeça. Uma peruca que, embora de cabelo, parecia feita de filamentos de seda ou de vidro. Sua roupa branca, apesar de não tão fina quanto as meias, era de uma alvura perfeita, como a da crista das ondas que quebravam na praia vizinha, ou as velas que luziam ao sol como pontos bem longe no mar. O rosto, de hábito reservado e tranquilo, era iluminado, sob a estranha peruca, por um par de olhos brilhantes e úmidos, aos quais só a duras penas o dono conseguira impor, em anos passados, a expressão composta e discreta que convinha ao Banco Tellson. Tinha uma carnação saudável, e o rosto, embora vincado, mostrava poucos traços de apreensão. Mas talvez os funcionários de confiança do Banco Tellson, celibatários como o nosso herói, se ocupassem principalmente com os cuidados dos outros, cuidados talvez de segunda mão, como essas roupas de ocasião que se envergam com facilidade e que com a mesma facilidade se deitam fora.

Completando a semelhança com um modelo que posasse para um retrato, o sr. Lorry cochilou. A chegada do café acordou-o, e ele disse ao garçom, aproximando a cadeira da mesa:

— Quero que se preparem acomodações para uma jovem que deve chegar hoje a qualquer hora. Talvez ela pergunte pelo sr. Jarvis Lorry ou pelo representante do Banco Tellson. Desejo ser informado, por favor.

— Sim, senhor. Disse Banco Tellson, de Londres?

— Sim.

— Muito bem. Temos frequentemente a honra de hospedar seus agentes em viagem de Londres a Paris e vice-versa. Viaja-se um bocado nesse tal de Banco Tellson e Companhia.

— É exato. Somos também um estabelecimento francês.

— Mas o senhor pessoalmente não viaja tanto?

— Não nos últimos tempos. Há quinze anos que eu, que nós estivemos pela última vez na França.

— Tanto assim? Então foi antes do meu tempo. Antes dos novos proprietários. O George estava em outras mãos, senhor.

— Creio que sim.

— Mas eu apostaria bom dinheiro, senhor, que uma casa como Tellson e Companhia já era florescente, digamos, há cinquenta anos, quanto mais há quinze.

— Pode dobrar a conta e dizer cento e cinquenta. Não estaria longe da verdade.

— Deveras, senhor?

Abrindo a boca e arregalando os olhos, o garçom recuou e, depois de mudar seu guardanapo do braço direito para o esquerdo, recaiu na sua atitude habitual e apropriada, vendo o freguês comer e beber, como que de um observatório ou atalaia, à maneira imemorial de todos os garçons.

Quando o sr. Lorry acabou de tomar café, saiu para uma caminhada na praia. A pequena cidade de Dover, toda retorcida, escondia-se do mar, enfiando a cabeça nos seus brancos penhascos de greda como faz o avestruz marinho na areia. A praia era um deserto em que massas de água salgada e de pedra se chocavam sem trégua; o mar, na sua faina, que é a mesma de sempre, o que queria era destruir. Batia contra a cidade, batia contra os paredões de giz, minando-os, solapando-os com fragor. O ar mesmo entre as casas, tinha um odor tão pronunciado de peixe que se poderia imaginar que peixes doentes subiam para um mergulho nelas como os moradores doentes desciam para um mergulho na salsugem medicinal. Havia alguma pesca noturna no porto, e os habitantes gostavam de passear à noite, sem destino certo, olhando para o lado do mar, principalmente na hora da maré cheia, quando tudo era só água. Pequenos comerciantes que não faziam nenhum negócio de súbito se viam inexplicavelmente com uma rica fortuna nas mãos. E é de notar que ninguém na vizinhança podia tolerar um acendedor de lampiões.

À medida que a tarde caía, e que a atmosfera, até então intermitentemente límpida — pelo menos o bastante para que se visse o litoral francês —, carregava-se outra vez de vapor e de bruma, os pensamentos do sr. Lorry pareciam também enevoar-se. Quando escureceu e ele se viu de novo sentado em frente ao fogo na sala de jantar, esperando o jantar como tinha esperado o café, sua mente se pôs a mexer e remexer nos carvões ardentes.

Uma garrafa de bom clarete depois do jantar só pode fazer bem a um homem que mexe e remexe nos carvões em brasa, não fosse a tendência que tem de fazê-lo abandonar toda e qualquer ocupação. O sr. Lorry estivera ocioso por muito tempo, e acabava de servir-se seu último copo de vinho com toda a aparência de satisfação que tem um homem de certa idade e tez ainda fresca que chega ao fim de uma garrafa, quando um fragor de rodas lhe veio da rua estreita e invadiu o pátio da estalagem.

Ele depôs o cálice intacto.

— Eis, afinal, mam'selle! — disse.

Dentro de alguns minutos, o garçom entrava para anunciar que a srta. Manette acabava de chegar de Londres e muito apreciaria ver o representante do Tellson.

— Já?

A srta. Manette comera alguma coisa na estrada e assim não queria nada. Por outro lado, estava ansiosa para ver o cavalheiro do Tellson sem mais tardança, se isso lhe fosse agradável e conveniente.

O sr. Lorry não teve remédio senão esvaziar o copo com um ar de glacial desespero, ajustar sua diminuta peruca nas orelhas, e acompanhar o garçom até o apartamento da srta. Manette. Era uma peça ampla e funérea, mobiliada com um excesso de mesas pesadas e cadeiras cobertas com pano de crina. Os tampos escuros das mesas haviam sido lustrados com tanto afinco que as duas altas velas postas na mesa do centro refletiam-se lugubremente em cada uma das demais, como se *elas* estivessem no fundo de caixões de mógono negro, e nenhuma luz digna desse nome se devesse esperar *delas* até que fossem devidamente desenterradas.

A penumbra era tão impenetrável que o sr. Lorry, avançando com cuidado pelo tapete turco já no fio, imaginou que a srta. Manette estivesse em algum quarto adjacente até que, quando passado pelas duas velas, viu de pé, ao lado da mesa, entre as luzes e o fogo, pronta para recebê-lo, uma jovem de não mais do que dezessete anos, que vestia trajes de montaria e tinha ainda na mão, seguro pela fita, seu chapéu de palha de viagem. Contemplando a figurinha encantadora, miúda e bem-feita, com sua massa de cabelos cor de ouro, seus dois olhos azuis que enfrentavam os dele com um olhar de interrogação, a fronte capaz de contrair-se (malgrado a sua juventude e perfeição) para exprimir ao mesmo tempo a perplexidade, o assombro, o alarme ou apenas uma viva atenção fixa — contemplando todas essas coisas, uma vívida imagem passou frente a ele, a imagem da criança que tivera nos braços durante uma travessia daquele mesmo Canal, quando fazia um grande frio, o granizo caía pesadamente e o mar era empolado e bravio. Mas a visão se esfumou como um sopro na superfície do grande espelho que estava por trás dela, entre as duas altas janelas, e em cuja moldura cupidos negros em procissão digna do celebrado Pátio dos Milagres, todos mutilados e muitos sem cabeça, ofereciam cestas de frutos do Mar Morto a divindades negras do sexo feminino — e então ele fez a sua cerimoniosa reverência diante da srta. Manette.

— Queira sentar-se — disse ela, numa voz jovem, clara e agradável. Tinha algum sotaque estrangeiro, mas muito pouco.

— Beijo-lhe as mãos, senhorita — disse o sr. Lorry, com os modos de outra época, inclinando-se de novo. Depois, sentou-se.

— Recebi ontem uma carta do Banco, informando-me de que a constatação... ou a descoberta...

— A palavra não importa, senhorita, qualquer das duas nos convém.

— ... de alguma coisa relacionada com a pequena propriedade de meu pobre pai, que não cheguei a conhecer, e que há tanto tempo está morto...

O sr. Lorry mexeu-se na sua cadeira e lançou um olhar inquieto para o cortejo dos cupidos. Como se aqueles negrinhos aleijados pudessem ajudar alguém no que quer que fosse com as suas absurdas cestinhas!

— ... tornava imperativa minha presença em Paris, a fim de entrar em contato com um cavalheiro do Banco, que teria a bondade de ir ao meu encontro.

— Eu mesmo.

— Como eu esperava.

E assim dizendo, a srta. Manette lhe fez uma mesura (as moças faziam mesuras naquele tempo), como que para significar o quanto ele era mais velho e mais sábio do que ela. O sr. Lorry inclinou-se outra vez.

— Respondi ao Banco que, uma vez que aqueles que estavam a par da situação e que se dignavam aconselhar-me julgavam indispensável que eu fosse à França; e uma vez que sou órfã e não tenho amigo que me acompanhe, muito agradeceria se me fosse permitido fazer a viagem sob a proteção do representante deles. Este já não se encontrava em Londres, mas quero crer que lhe enviaram um mensageiro pedindo-lhe que me esperasse aqui.

— Muito me alegrei de que a missão me tivesse sido confiada. Alegrar-me-ei ainda mais levando-a a bom termo.

— Eu lhe agradeço infinitamente. O Banco me disse que o senhor me explicaria os detalhes do caso e que eu me preparasse, já que eles são, ao que parece, surpreendentes. Preparei-me o melhor que pude e confesso que tenho grande interesse e desejo de saber do que se trata.

— Naturalmente — respondeu o sr. Lorry. — Sim... eu...

E depois de uma pausa, acrescentou, ajustando de novo a rebelde peruca atrás das orelhas:

— É muito difícil começar.

Não começou. E, na sua indecisão, seu olhar procurou o da moça. A jovem fronte se enrugou pela segunda vez da mesma maneira singular — mas era encantadora, e característica também, além de singular —, e a moça levantou a mão num vago gesto, como se quisesse apanhar ou deter uma sombra passageira.

— O senhor me é de todo desconhecido?

— Pois não sou? — disse o sr. Lorry, abrindo os braços e espalmando as mãos com um sorriso em que havia uma ponta de dúvida.

Entre as sobrancelhas e logo acima do pequenino nariz, de linha tão feminina e delicada quanto seria possível imaginar, um vinco se formou e aprofundou-se, quando a moça ocupou, pensativa, a cadeira junto da qual estivera até então de pé. Ele a observava absorta na sua meditação, e só quando viu que a moça erguia de novo o olhar para ele, continuou:

— No seu país de adoção, imagino que deverei tratá-la como a uma jovem inglesa, srta. Manette?

— Como julgar melhor.

— Srta. Manette, sou um homem de negócios. Minha missão é também de negócios. Escutando-me, não me dê maior consideração do que teria com uma máquina falante; na verdade, não sou muito mais que isso. Procederei, então, agora, se me permite, ao relato da história de um dos nossos clientes.

— História!

Ele fez como se tivesse ouvido mal a palavra que ela estranhara e deu-se pressa em acrescentar:

— Isso mesmo, clientes. Na minha profissão, chamamos sempre clientes aos que têm negócios conosco. Este era um cavalheiro francês. Um sábio. Um homem de grande cultura. Um médico.

— Não seria de Beauvais?

— Mas sim! Que curioso! De Beauvais. Como monsieur Manette, seu pai, o cavaleiro era de Beauvais. E como monsieur Manette, seu pai, o cavalheiro gozava de grande reputação em Paris. Foi lá que tive a honra de conhecê-lo. Nossas relações eram de negócio, mas confidenciais. Eu estava, naquele tempo, com nossa agência de Paris, e isso há bem uns... Oh! Vinte anos...

— Naquele tempo... Posso perguntar-lhe que tempo foi esse?

— Falo, senhorita, de vinte anos atrás. Ele se casara com uma... senhora inglesa... e eu era um dos diretores do Banco... Os negócios dele, como os de muitos outros cavalheiros franceses e famílias francesas, achavam-se inteiramente nas mãos do Tellson. Do mesmo modo, fui, e sou ainda, responsável, de uma forma ou de outra, pela gestão dos negócios de inúmeros clientes nossos. São simples relações de negócios, senhorita. Não entra amizade nelas, nem interesse particular, nem qualquer espécie de sentimento. Passei de uma dessas coisas para outra, no curso da minha vida profissional, como passo de um cliente a outro, no curso de um dia de trabalho. Em suma, não sinto nada, sou uma simples máquina. Para continuar...

— Mas trata-se da história de meu pai, e começo a crer — com a fronte enrugada daquela maneira peculiar, a moça o observava com atenção — que, quando fiquei órfã, com a morte de minha mãe sucedendo-se à de meu pai com uma diferença de apenas dois anos, foi o senhor quem me trouxe para a Inglaterra. Estou quase certa disso.

O sr. Lorry pegou a pequena mão que se adiantava, hesitante, para pegar a sua, e levou-a com alguma cerimônia aos lábios. Depois, conduziu de volta a moça para a sua cadeira e, apoiando-se com a mão esquerda ao espaldar e servindo-se da direita para, alternadamente, esfregar o queixo, puxar a peruca atrás das orelhas ou sublinhar com um gesto o que ia dizendo, ficou a fitar a moça que, por sua vez, o encarava, levantando os olhos para os dele.

— Srta. Manette, *era* eu. E verá o quanto fui sincero quando, falando de mim mesmo ainda há pouco, disse que não tinha sentimentos, e que as relações que mantenho com os meus semelhantes são puras relações comerciais: eu não a revi depois disso. Não. A senhorita está sob a tutela da Casa Tellson desde então e, durante todo esse tempo, ocupei-me dos outros negócios da Casa Tellson. Sentimentos! Não tenho tempo para eles. Nem ocasião. Passo a vida inteira, senhorita, fazendo girar uma imensa calandra de produzir dinheiro.

Depois dessa insólita descrição da sua rotina profissional, o sr. Lorry achatou com as mãos a peruca linhosa na cabeça (o que era de todo desnecessário, pois nada jamais fora tão liso quanto a luzente superfície da sua cabeça) e retomou a atitude anterior.

— Até aí (como a senhorita observou), essa é a história do seu pranteado pai. Agora vem a diferença. Se seu pai não tivesse morrido quando morreu... Não se assuste! Como estremeceu!

Ela havia, de fato, estremecido. E segurava-lhe o punho com as duas mãos.

— Rogo-lhe — disse o sr. Lorry num tom de voz tranquilizador, abandonando o espaldar da cadeira para pousar a mão esquerda sobre os dedos suplicantes que o agarravam com tremor tão violento —, rogo-lhe que se controle, estamos, afinal, tratando de negócios. Como eu ia dizendo...

O olhar da moça o desconcertava a tal ponto que ele se interrompeu, hesitou, e começou de novo:

— Como eu ia dizendo, se monsieur Manette não tivesse morrido; se não tivesse morrido de repente e sem barulho; se tivesse sido sequestrado; se tivesse sido levado para um lugar terrível, que não é difícil adivinhar qual fosse mesmo na falta de qualquer indício; se tivesse por inimigo um compatriota com o poder de exercer um privilégio a respeito do qual, no meu tempo, eu mesmo vi os homens mais valentes calarem a boca, isso do lado de lá do Canal — o privilégio, digamos, de preencher um formulário em branco para a reclusão de qualquer pessoa no segredo de uma masmorra por tempo indeterminado —; e se a sua mulher tivesse suplicado notícias dele ao rei, à rainha, à Corte, ao clero, e tudo isso em vão; então, a história de seu pai teria sido a história desse infeliz cavalheiro, o médico de Beauvais.

— Imploro-lhe, senhor, que me diga mais.

— Vou contar. É a minha intenção. Será capaz de suportá-lo?

— Posso suportar qualquer coisa, menos a incerteza em que me deixa neste momento.

— Fala como se estivesse senhora de si, e *está* senhora de si. Muito bem! (Sua expressão, ao dizer isso, parecia menos convencida que as palavras.) Tratamos de negócios. Procure ver as coisas a essa luz. Negócios que têm de ser levados a cabo. Agora, se a mulher desse médico, embora dona de grande bravura e espírito forte, sofrera tanto por causa disso antes que seu bebê nascesse...

— Esse bebê era uma menina, senhor?

— Sim, com efeito: era uma filhinha. E... isso... são negócios. Não se deixe comover a tal ponto. Senhorita, se a pobre senhora tivesse sofrido de maneira atroz antes que a filhinha nascesse; e se ela tivesse tomado a resolução de poupar à inocente criança sua parte na agonia por que passara criando-a na ilusão de que o pai estava morto... Não, não se ajoelhe! Em nome dos Céus, por que a senhorita se ajoelharia diante de mim?

— Para saber a verdade. Oh, querido, bondoso, compassivo senhor, a verdade!

— Vamos! São negócios... A senhorita me confunde, e como posso tratar de negócios, se fico assim confuso? Vamos conservar a cabeça fria. Se me pudesse, por exemplo, dizer agora mesmo quanto é nove vezes nove *pence*, ou quantos xelins há em vinte guinéus,[9] isso me animaria. Eu ficaria muito mais tranquilo quanto ao seu atual estado de espírito.

Sem responder diretamente a esse apelo, ela se sentara com tamanha docilidade quanto ele, com toda a delicadeza, a levantara, e as mãos, que não tinham deixado por um momento os seus punhos, estavam tão mais firmes do que antes, que o sr. Lorry ficou um pouco mais tranquilo.

— Muito bem, muito bem. Coragem! Negócios são negócios! A senhorita tem negócios a resolver, de muito interesse, aliás. Srta. Manette, sua mãe tomou essa resolução que mencionei. E quando ela morreu — de coração partido, imagino —, sem jamais ter cessado a inútil busca do senhor seu pai, deixou a senhorita, então com dois anos de idade, apta a crescer e florescer, bela e feliz, sem esta nuvem escura sobre a cabeça: teria seu pai morrido logo, com o coração despedaçado; ou teria sobrevivido longos anos, consumindo-se aos poucos na prisão?

Dizendo essas palavras, ele contemplava com uma piedade cheia de admiração os belos cabelos louros, como se julgasse consigo mesmo que já deveriam estar tocados de cinza.

— A senhorita sabe que seus pais não possuíam grande fortuna, e que tudo o que tinham foi posto em nome de sua mãe ou em seu nome. Não se trata, portanto, de uma nova descoberta de dinheiro, ou de qualquer outra propriedade. Mas...

Sentiu que seu punho era de novo apertado, e deteve-se. A expressão tão peculiar da fronte da moça, que ele já observara e que era, agora, como que fixa, acentuara-se numa expressão de sofrimento e de horror.

— Seu pai... ele foi... bem, encontrado. Está vivo. Muito mudado provavelmente; uma ruína talvez; mas vivo. Foi levado para a casa de um velho servo, em Paris, e é para lá que nós vamos, os dois. Eu, para

---

9 Cada xelim (*shilling*) vale doze *pence*, e cada guinéu (*guinea*), vinte xelins. A conta, de cabeça, não é tão simples. (N. do T.)

identificá-lo, se puder; a senhorita, para trazê-lo de volta à vida, ao amor, ao dever, ao repouso, ao bem-estar.

Um calafrio pareceu percorrer a moça. E dela passou a ele. Numa voz surda, cheia de pasmo, mas distinta, ela disse, como se falasse em sonhos:

— Verei o Espectro de meu pai. Será o seu Espectro, não ele!

O sr. Lorry deu tapinhas nas mãos que o seguravam pelo braço.

— Vamos, vamos... Veja! A senhorita sabe tudo, agora, o lado bom e o ruim da história. E já está a meio caminho do pobre cavalheiro injustiçado. Com uma boa travessia, e uma boa viagem por terra, logo se achará junto dele.

Ela repetiu no mesmo tom de antes, reduzido agora a um murmúrio:

— Eu era feliz, era livre, e seu Espectro jamais me assombrou!

— Uma coisa ainda — falou o sr. Lorry, insistindo um pouco no que ia dizer como se quisesse forçar a atenção da moça. — Ele foi achado sob nome suposto; o seu próprio está há muito esquecido ou escondido. Seria perfeitamente ocioso a essa altura procurar saber qual das duas coisas ocorreu; e mais do que inútil indagar se o esqueceram na sua masmorra ou se foi mantido prisioneiro todo esse tempo deliberadamente. Seria sem propósito fazer sindicâncias, e perigoso também. Vale mais ignorar o assunto de todas as maneiras e em qualquer lugar. E removê-lo, pelo menos por algum tempo, da França. Eu mesmo, que não corro nenhum risco, como inglês, e a Casa Tellson, por importante que seja para as finanças francesas, evitamos aludir ao caso. Não levo comigo uma linha sequer que se refira abertamente a ele. Minha missão é absolutamente secreta. Minhas credenciais, anotações e memorandos reduzem-se a uma única sentença: "Chamado de volta à vida." O que pode significar qualquer coisa. Mas que se passa? Ela não escuta uma palavra! Srta. Manette!

Perfeitamente imóvel e calada, e nem mesmo caída sobre o espaldar da cadeira, a moça desmaiara, debaixo da mão do sr. Lorry. Tinha os olhos abertos e fixos nele, e com aquela última expressão como que esculpida ou marcada a ferro em brasa na sua fronte. Tão apertadas estavam as mãos dela no seu braço que ele não tinha coragem de soltar-se, de medo de machucá-la. Assim, pôs-se a pedir socorro, mas sem mudar de posição.

Uma espantosa mulher que, mesmo na sua agitação, o sr. Lorry observou ser vermelha da cabeça aos pés, e ter cabelos vermelhos, e estar metida num extraordinário vestido muito justo, e levar na cabeça um incrível barrete, que era como um gorro de granadeiro, e dos grandes, ou um alto queijo Stilton,[10] entrou correndo na sala, antes dos empregados do hotel. E logo resolveu a questão, separando-o da pobre moça sem sentidos e empurrando-o violentamente com mão musculosa contra a parede mais próxima.

("Deve ser um homem", foi a reflexão do sr. Lorry, ao bater, com o fôlego cortado, contra a parede.)

— Olhem só para eles! — berrou a mulher, dirigindo-se aos empregados. — Por que não se mexem e vão buscar o que é preciso ao invés de ficarem aí plantados a me fitar? Não sou tão bonita assim. Ou sou? Por que não vão buscar alguma coisa? Hão de se haver comigo se não me trouxerem logo sais aromáticos, água fria e vinagre! E não vai demorar muito!

Os empregados dispersaram-se imediatamente em busca dos artigos pedidos, enquanto ela estendia a paciente no sofá e tratava dela com toda a competência e ternura, chamando-lhe "meu tesouro" e "minha pombinha", arranjando-lhe a cabeleira dourada sobre os ombros, com grande cuidado e mostras de admiração.

— E o senhor aí de marrom — disse, voltando-se, indignada, para o sr. Lorry. — Não poderia ter-lhe dito o que disse sem dar-lhe esse susto mortal? Olhe a pobrezinha, com seu belo rostinho lívido e suas mãos geladas. É a isso que chama ser um banqueiro?

O sr. Lorry ficou tão desconcertado com essa pergunta retórica, impossível de responder, que se contentou com o papel de espectador, observando a distância, com simpatia e humildade, os esforços que a mulher fazia — depois de despachar os empregados do hotel

---

10 Os granadeiros usavam gigantescos gorros de pelo de urso. Quanto aos queijos Stilton, de veios azuis, fabricados na Inglaterra desde 1750, são altos e cilíndricos como cortiços de abelhas. (N. do T.)

sob a misteriosa ameaça de "fazê-los ver uma coisa" (não mencionou nada) se permanecessem na sala de olhos arregalados — para reanimar gradualmente a moça, induzindo-a a reclinar no seu ombro a cabeça abandonada.

— Espero que logo ela se sinta melhor — disse o sr. Lorry.

— Não será graças ao senhor. Minha queridinha!

— Espero — disse o sr. Lorry depois de outra pausa cheia de delicada simpatia e humildade —, espero que a senhora acompanhe a srta. Manette na sua viagem à França.

— É coisa das mais prováveis — replicou a enérgica mulher. — Se jamais esteve nos desígnios divinos que eu atravessasse água salgada, imagina o senhor que a Providência me condenaria a viver numa ilha?

Sendo essa outra pergunta difícil de responder, o sr. Jarvis Lorry retirou-se para pensar nela.

5.
A loja do mercador de vinhos

Um grande tonel de vinho caíra e se rompera na rua. O acidente aconteceu quando o retiravam de uma carroça. O tonel caiu e rolou, os arcos rebentaram, e ele ficou sobre as pedras da calçada, justamente diante da porta de uma loja de mercador de vinhos, em mil pedaços como uma casca de noz.

Todas as pessoas da vizinhança interromperam suas ocupações ou seu lazer e acorreram para beber o vinho. As pedras ásperas e irregulares do calçamento, que tinham pontas em todas as direções e pareciam feitas expressamente para estropiar qualquer vivente, haviam represado o vinho em pequenas poças. Cada uma delas estava agora cercada por uma multidão mais ou menos numerosa. Alguns homens se ajoelhavam e sorviam com as mãos em concha, ou ajudavam a beber as mulheres debruçadas por cima deles, antes que o vinho todo se perdesse entre os seus dedos. Outros, homens e mulheres, mergulhavam nas poças de vinho pequenas canecas desbeiçadas de cerâmica, ou mesmo lenços, que eram depois espremidos nas bocas das crianças. Outros faziam pequenos taludes de barro para cercar o vinho e impedir que escapasse. Ou, guiados pelos espectadores encarapitados nas janelas, corriam em todos os sentidos para conter e cortar os pequenos riachos de vinho que tomavam novas direções. Outros, enfim, devotavam-se às peças do tonel, empapadas de vinho e de borra, lambendo a madeira ou chupando e mascando com delícia fragmentos dela. Não havia maneira de transportar o vinho, e não só todo ele foi sorvido no local, mas tanta lama desapareceu com ele que se diria que um varredor de rua passara por ali, se é que tão miraculosa presença fosse concebível para quem quer que conhecesse aquelas redondezas.

Um concerto estridente de risos e de vozes — vozes de homens, mulheres e crianças — encheu a rua enquanto o vinho durou. Havia uma certa brutalidade e muita alegria na brincadeira. Havia sobretudo uma qualidade especial de camaradagem, uma tendência visível da parte de cada um para juntar-se aos outros, que levou, especialmente entre os mais afortunados ou mais afoitos, a abraços de galhofa, brindes efusivos, apertos de mão intermináveis, e mesmo a desatadas cirandas de doze e mais pessoas. Quando o vinho acabou, e os lugares onde fora mais abundante estavam riscados e raspados pelos dedos inumeráveis dos beberrões, essas demonstrações cessaram tão subitamente como haviam começado. O homem que deixara sua serra na acha de lenha que estivera cortando pôs de novo mãos à obra. A mulher que abandonara na porta de casa a pequena tigela de cinzas quentes com que tentava aliviar as dores que a miséria lhe punha nos dedos dos pés e das mãos e nos pés e mãos do seu filho apanhou-a do chão. Homens de braços nus, cabeleiras emaranhadas e rostos cadavéricos, que haviam saído à luz do sol de inverno, mergulharam de volta nos seus porões. E uma tristeza, que combinava melhor do que o sol com aquele cenário, desceu sobre o lugar.

O vinho era tinto e manchara as pedras da rua estreita, do Faubourg Saint-Antoine, em Paris, onde o tonel se partira. Manchara muita mão também, e muito rosto, e muito pé descalço, e muito tamanco de madeira. As mãos do homem que serrava madeira deixaram riscos vermelhos nos paus de lenha. E a fronte da mulher que amamentava seu bebê estava listrada de vermelho, por causa do velho trapo de lenço que ela enrolara outra vez na cabeça. Aqueles que haviam sugado com avidez o vinho dos aros do barril tinham alguma coisa de tigrino em volta da boca, e um sujeito assim lambuzado, de grande estatura e com uma espécie de gorro branco afunilado e sujo que quase lhe caía da cabeça, rabiscou numa parede com o dedo molhado em borra de vinho: SANGUE.

Tempo viria em que aquele vinho também correria nas ruas e mancharia do mesmo modo a fronte e as mãos de muitos dos que ali se encontravam.

E agora que as nuvens, depois de uma breve estiada de luz e serenidade, cobriam de novo a venerável fronte do Faubourg Saint-Antoine, tudo se fizera sombrio e pesado. Frio, imundície, ignorância, doença e miséria formavam o cortejo da sagrada presença — e todos eram senhores de muita prestança e poder. Principalmente o último. Espécimes de um povo que fora triturado mais de uma vez num terrível moinho de pesadelo, e não naquela máquina da fábula que faz dos velhos moços, tiritavam pelos cantos, mostravam-se e desapareciam em cada porta, espiavam do alto das janelas, metidos nos mais inconcebíveis farrapos, que o vento fazia adejar. O moinho que os reduzira àquela condição era o que faz dos jovens anciãos. As crianças tinham vozes graves e máscaras de adultos. Nos seus rostos, como nos dos demais, gravada, por assim dizer, em cada ruga da pele, lia-se: fome. Era ela que se exibia, onipresente, nas roupas de trapos que pendiam de cordas e varais nas janelas das mansardas. Era ela que constituía os lamentáveis remendos das casas, fossem eles de palha, de pano, de madeira ou de papel. Fazia-se presente, multiplicada, no pobre feixe de lenha que o homem serrava; nas chaminés apagadas; na rua infecta, em cujos detritos não havia nada que alguém pudesse comer. Lia-se 'Fome' na tabuleta do padeiro, nas suas prateleiras desguarnecidas, em cada um dos pães expostos, que eram poucos e de má qualidade; na do salsicheiro, e em cada uma das salsichas de carne de cão à venda. Era ela que chocalhava seus ossos secos no cilindro giratório onde assavam castanhas. Era ela que reduzia a átomos, em cada tigela, a porção de batatas estorricadas, fritas numas poucas e relutantes gotas de azeite.

Seu domínio ia-lhe, em todos os pontos, como uma luva: uma rua estreita e tortuosa, empestada de odores, de onde irradiavam outras da mesma espécie, todas povoadas de gente em andrajos com toucas de dormir na cabeça. Todas as coisas visíveis tinham um ar deplorável. E as pessoas tinham um ar de animais acuados, embora algumas fossem como feras que ainda pensassem em dar meia-volta e reagir. Por deprimidas e furtivas que fossem, não faltavam olhares em brasa; nem lábios apertados, brancos do esforço de calar; nem testas que não tivessem o aspecto enrugado da corda do patíbulo que as obcecava: tanto podiam infligi-la aos outros quanto nela morrer.

As tabuletas, tão numerosas quanto as lojas, eram, todas sem exceção, imagens ferozes da Necessidade. O açougueiro e o salsicheiro tinham pintados nas suas os pesos mais descarnados; o padeiro, a mais grosseira das suas magras bisnagas. A gente do povo, que se dizia embrutecida de beber nas tascas, ranzinzava, na verdade, debruçada sobre as suas canecas de vinho aguado ou de cerveja, trocando lúgubres confidências. Nada parecia florescente, salvo ferramentas e armas: as facas e machadinhas do cuteleiro eram afiadas e brilhantes. Os martelos do ferreiro, pesadões; o estoque do armeiro, assustador. As perigosas lajes do calçamento, com seus pequenos reservatórios de água e de lama, não terminavam em calçadas de um lado e de outro, mas abruptamente na porta das casas. Em compensação, a enxurrada corria bem no meio da rua — quando corria; mas isso apenas sobrevinha em dia de chuva grossa. Então, corria, caprichosa e errática, para dentro das casas. Por cima da rua, de longe em longe, um lampião canhestro pendia de uma corda munida de polia. À noite, uma vez puxados para baixo, acesos e içados de novo pelo acendedor de lampiões, uma tímida floração de pavios balançava no alto, como se estivesse ao largo no mar. A bem dizer, *estavam* em pleno mar, barco e tripulação, com tempestade à vista.

Porque, um dia, os espantalhos emaciados daquelas paragens, tendo visto tantas vezes, na sua ociosidade e na sua fome, a faina do acendedor de lampiões, conceberiam a ideia de aperfeiçoar o método, pendurando homens nas mesmas cordas e polias, para iluminarem por um fugaz momento as trevas da sua condição. Mas essa hora não era chegada. E cada borrasca que varria a França em vão agitava os farrapos dos espantalhos. Os pássaros permaneciam surdos aos avisos, em vez de baterem a linda plumagem.

A loja em questão ficava numa esquina. Tinha melhor aspecto que muitas da sua espécie, e melhor freguesia também, provavelmente. O patrão, de colete amarelo e calções verdes, quedara-se à margem da comoção causada pelo vinho à porta do seu estabelecimento.

— Não tenho nada com essa história — disse, dando terminantemente de ombros. — A gente do mercado foi responsável pelo desastre. Que me traga outro!

E como, no mesmo momento, desse com o galhofeiro a escrever sua pilhéria na parede, indagou para o outro lado da rua:

— O que é que há, Gaspard, que diabo você faz aí?

O outro apontou para o que escrevera com grande satisfação, como costumam fazer os da sua laia. Não provocou nenhum efeito, porém, coisa que também acontece com frequência a essa mesma tribo.

— O que pretende? Candidatar-se a um hospício? — disse o taberneiro, atravessando a rua e apagando a inscrição "sangue" com uma mancheia de barro que apanhou para isso.

— Por que você escreve assim nos muros? Não haverá, tenha a bondade de dizer-me, outro lugar para escrever essas coisas?

Expostulando desse modo, deixou cair sua mão mais limpa (talvez acidentalmente, talvez não) sobre o peito do brincalhão. Este deu-lhe um golpe seco com a própria mão, fez uma pirueta no ar e pousou em terra com uma fantástica atitude de dança, correndo em volta, como se fosse um prato, um dos seus sapatos manchados de lama, que tirara do pé. Era ainda uma brincadeira, mas extremamente e até vorazmente prática, naquelas circunstâncias.

— Calce-o, vamos, calce-o — disse o outro. — E chame o vinho de vinho. E acabe com isso.

Com esse conselho, limpou a mão nas roupas do farsante com toda a deliberação. Afinal, sujara-a por culpa dele. E, atravessando de novo a rua, entrou na sua loja.

Esse mercador de vinhos era homem de seus trinta anos, de pescoço taurino e ar marcial. Devia ter o sangue quente, pois, embora fizesse frio naquele dia, não vestira o paletó: levava-o jogado ao ombro. Enrolara as mangas da camisa, e seus braços queimados de sol estavam nus até os cotovelos. Também não levava nada na cabeça, salvo os cabelos, que eram curtos, castanhos e crespos. Era um homem sombrio, mas de olhar franco e olhos largamente separados. Tinha o ar jovial, mas via-se que podia ser implacável também, quando fosse o caso. Era evidentemente resoluto, forte e determinado. Não a pessoa ideal para encontrar descendo às pressas por um caminho estreito entre dois abismos: nada o faria voltar sobre os seus passos.

Madame Defarge, sua mulher, estava sentada atrás do balcão quando ele entrou. Madame Defarge era uma senhora de proporções avantajadas e da idade aproximada do marido. Tinha um olho atento a todas as coisas e que, no entanto, não parecia demorar em nenhuma. Mãos grandes, pejadas de anéis, e um rosto sereno, de traços fortes, e grande compostura de maneiras. Havia alguma coisa no caráter de madame Defarge que levava a prever que ela não se enganava facilmente nem cometia erros contra si mesma nas muitas contas pelas quais era responsável. Sensível por demais ao frio, achava-se envolta em peliças e tinha a cabeça enrolada em muitas voltas de um xale de cor viva — que não lhe escondia, porém, as imensas argolas das orelhas. Tinha um trabalho de agulha sobre o tampo do balcão, mas deixara-o de lado para palitar os dentes. Assim ocupada, e com o cotovelo direito apoiado na mão esquerda, madame Defarge não disse nada quando seu senhor entrou, mas puxou um pigarro. Isso, combinado com o alçar das sobrancelhas muito negras uma linha acima do palito, deu a entender ao marido que seria bom que ele passasse uma vista de olhos em volta, a fim de localizar algum freguês entrado enquanto estivera fora.

Em consequência, o mercador olhou em torno até fixar um cavalheiro de certa idade e uma jovem senhora, sentados a um canto. Dos demais fregueses, dois jogavam cartas e outros dois, dominó. Três bebiam junto ao balcão, fazendo durar como podiam sua magra ração de vinho. Ao passar por eles, por dentro do balcão, ouviu que o velho dizia à moça, mostrando-o com o olhar:

— É esse o nosso homem.

"Que diabo farão esses dois por aqui?", disse monsieur Defarge para si mesmo. "Nunca os vi mais gordos."

Fingiu, porém, que não os notara. E pôs-se a conversar com a trinca de beberrões do balcão.

— Como acabou a história, Jacques? — perguntou um dos três a monsieur Defarge. — O vinho todo foi bebido?

— Até a última gota, Jacques — respondeu monsieur Defarge.

Terminada essa troca de prenomes, madame Defarge, sempre ocupada em palitar os dentes, tossiu outra discreta tossinha e ergueu as sobrancelhas mais imperceptivelmente ainda que da primeira vez.

— Não é sempre — disse o segundo dos três — que esses miseráveis provam um bom vinho. A vida deles é só pão preto e morte. Não é mesmo, Jacques?

— É sim, Jacques — respondeu monsieur Defarge.

A essa nova troca de nomes de batismo, madame Defarge, sempre às voltas com o seu palito, mas com impecável compostura, tossiu pela terceira vez e levantou as sobrancelhas mais um pouco.

O último do trio disse, então, a sua fala, estalando os lábios e depondo em cima do balcão o copo vazio.

— Tanto pior! Essa gente vive de boca amarga, Jacques, e é vida penosa. Não estou certo, Jacques?

— Está muito certo, Jacques — disse monsieur Defarge.

Com esse terceiro lote de prenomes, madame Defarge abandonou o palito, manteve as sobrancelhas erguidas e mexeu-se ligeiramente na cadeira.

— Esperem! É verdade... — resmungou o marido. — Senhores, minha patroa!

Os três fregueses tiraram o chapéu para madame Defarge, com o mesmo floreio. Ela recebeu a homenagem inclinando a cabeça e lançando-lhes uma rápida olhadela circular. Depois, correu os olhos displicentemente pelo recinto, retomou o tricô com toda a aparência de serenidade de espírito, e pareceu absorver-se nele.

— Senhores — disse o marido, que a mantivera de olho todo o tempo —, passar bem. O quarto para solteiros, que desejavam ver, e pelo qual perguntavam quando saí, fica no quinto andar. A porta da escada dá para um pequeno pátio à esquerda, ali — apontou —, junto do janelão da frente. Mas, se bem me lembro, um dos senhores já esteve aqui e pode mostrar o caminho aos outros. *Adieu*, meus senhores!

Eles pagaram pelo vinho e saíram. Os olhos de monsieur Defarge estudavam a mulher ocupada com o seu tricô quando o cavalheiro idoso saiu do seu canto e pediu-lhe o obséquio de uma palavrinha.

— Às suas ordens, meu senhor — disse monsieur Defarge, acompanhando-o tranquilamente até o desvão da porta.

A confabulação foi breve mas decisiva. Desde as primeiras palavras, ou quase, monsieur Defarge sobressaltou-se e pôs-se atento. Não passou um minuto e ele assentia de cabeça e saía. E logo o senhor chamou a moça e, juntos, saíram por sua vez. madame Defarge continuou a tricotar placidamente, com dedos ágeis e cenho imóvel, sem nada ver.

O sr. Jarvis Lorry e a srta. Manette, emergindo da loja, reuniram-se a monsieur Defarge, que os esperava na porta que indicara antes aos outros fregueses. Dava para um pátio nauseabundo e escuríssimo, e constituía a entrada pública para um conjunto de moradias, todas habitadas por grande número de pessoas. Na sombria passagem lajeada que conduzia à escada de pedra não menos sombria, monsieur Defarge ajoelhou-se num joelho diante da filha do seu antigo senhor e levou-lhe a mão aos lábios. Era um gesto delicado, mas feito sem grande delicadeza. Em alguns segundos, uma extraordinária transformação se operara no homem. Seu rosto se transmudara e já não tinha nada de jovial ou aberto. Defarge parecia agora um homem cheio de segredos, rancoroso, violento.

— Fica lá em cima e é uma ascensão penosa. Melhor ir devagar — disse, num tom severo, dirigindo-se ao sr. Lorry quando encetaram a subida.

— Ele estará sozinho? — perguntou este último, em voz baixa.

— Sozinho! Que Deus o ajude, mas quem poderia estar com ele? — respondeu o outro, no mesmo diapasão.

— Está sempre só, então?

— Sim.

— Por livre escolha?

— Por necessidade. Ele estava só quando o revi pela primeira vez depois que me encontraram e que me perguntaram se eu o receberia por minha própria conta e risco, e se estava disposto a ser discreto. Estava só e continua só.

— Mudou muito?

— Se mudou!

E o mercador deteve-se para desferir um murro na parede e soltar uma praga medonha. Nenhuma resposta direta poderia ter eloquência maior. O sr. Lorry sentiu que seu ânimo minguava à medida que ele e seus dois companheiros iam subindo.

Uma escada daquelas num dos distritos mais envelhecidos e populosos de Paris já seria má hoje em dia. Naquela época, era repelente para quem quer que não conhecesse o local nem tivesse a alma empedernida. Cada uma das moradas daquele abominável tugúrio — quer dizer, todo quarto ou quartos que estavam por detrás das portas que abriam para a escadaria comum — deixava seu lixo no patamar, quando não o lançava pelas janelas. A massa incontrolável de detritos em decomposição assim amontoados teria poluído o ar de maneira irremediável, mesmo que a pobreza e as privações não o carregassem com seus eflúvios impuros e intangíveis. A combinação dessas duas fontes tornava a atmosfera quase insuportável. E era em meio dela, por uma espécie de funil de imundície e de peçonha, como o poço de uma velha mina, que cumpria passar. Cedendo à sua própria perturbação mental e à crescente agitação da sua jovem companheira, o sr. Jarvis Lorry parou duas vezes para recobrar o fôlego — e a coragem. Cada uma dessas paradas se deu em face de uma pequena seteira gradeada, pela qual o pouco ar puro que restava parecia perder-se e por onde todos os vapores contaminados e insalubres introduziam-se sorrateiramente. Através das barras enferrujadas, experimentava-se mais do que se via a confusa e tumultuada vizinhança. E nada, ao alcance dos olhos, mais perto ou mais baixo que as flechas das duas grandes torres gêmeas de Notre-Dame, oferecia qualquer promessa de pureza ou de vida saudável e decente.

Atingiram finalmente o topo da precipitosa escadaria, e ali se detiveram pela terceira vez. Havia um lanço a vencer, mais íngreme ainda e mais estreito, antes que chegassem às águas-furtadas. O mercador, sempre adiante alguns passos, e sempre no mesmo lado que o sr. Lorry, como se temesse que a moça lhe fizesse perguntas, deu meia-volta então e, palpando as algibeiras do casaco que levava ao ombro, tirou uma chave.

— A porta está trancada, meu amigo? — indagou, surpreso, o sr. Lorry.

— Sim. Sem dúvida — respondeu gravemente monsieur Defarge.

— Julga necessário manter debaixo de chave o infortunado cavalheiro?

— Julgo necessário manter trancada a porta — disse Defarge ao ouvido do sr. Lorry, e franziu o cenho.

— Por quê?

— Por quê? Porque ele viveu tanto tempo trancafiado que ficaria perdido, assustado... Poderia perder o juízo... ferir-se... morrer até, prejudicar-se de algum modo, sei lá, se a porta fosse deixada aberta.

— Mas é possível isso?

— Se é possível? — repetiu monsieur Defarge. — Ah, sim. Belo mundo este em que vivemos quando coisas assim *são* possíveis, e muitas outras da mesma espécie. Não só possíveis: acontecem todos os dias, o senhor entende?, debaixo deste céu azul. Ah! Viva o Demônio! Mas vamos.

Esse diálogo fora travado num sussurro tão baixo que nem uma só palavra dele chegou aos ouvidos da moça. Àquela altura, ela tremia tanto de emoção, seu rosto manifestava uma tal angústia, e mesmo tanto medo e terror, que o sr. Lorry julgou imperativo dizer uma ou duas palavras que a tranquilizassem.

— Coragem, minha filha! Ânimo! São negócios. O pior ficará para trás num minuto. Basta franquear aquela porta e o pior terá passado. Então começa o bem que lhe fará, o alívio, a felicidade... Deixe que nosso amigo aqui a sustente pelo outro lado. Muito bem, amigo Defarge. Isso. Agora, vamos. Negócios são negócios.

Subiram devagar e sem fazer ruído. A escada era curta e logo se acharam no alto. Ali, depois de uma volta, deram de súbito com três homens, cujas cabeças, juntas, curvavam-se a fim de olhar ao mesmo tempo, por algumas frestas da parede, para dentro do quarto a que a porta pertencia. Ao ouvir passos tão perto, os três viraram-se e correram, e mostraram ser os três fregueses do mesmo nome de Jacques, que tinham estado a beber na loja de vinhos.

— Eu me tinha esquecido deles com a surpresa da sua visita — explicou monsieur Defarge. — Deixem-nos, meus amigos. Temos negócios aqui.

Os três homens passaram furtivamente por eles e se foram, escada abaixo, sem uma palavra.

Como não parecia haver outra porta no patamar, e como o mercador se dirigiu para aquela que eles tinham abandonado, o sr. Lorry interpelou-o com alguma irritação:

— O senhor costuma exibir monsieur Manette?

— Mostro-o, como viu, a algumas pessoas escolhidas.

— E é correto isso?

— Julgo que sim.

— Quem são essas pessoas? E qual o critério da escolha?

— Seleciono os candidatos entre homens de verdade, que tenham o mesmo nome que eu, Jacques, e para os quais o espetáculo possa ser salutar. Mas basta. O senhor é inglês. Isso faz uma grande diferença. Aguardem um instante aqui, por favor.

Com um gesto admonitório, cuja intenção era detê-los, ele se abaixou e olhou através da fenda na parede. Logo se ergueu e deu dois ou três golpes na porta — com o fim único e evidente de fazer barulho. Com o mesmo intento raspou a chave contra a madeira, duas ou três vezes, de atravessado, antes de metê-la desajeitadamente na fechadura, girando-a com tanto estrépito quanto possível.

A porta se abriu para dentro devagar, sob a mão dele. Monsieur Defarge olhou e disse alguma coisa. Uma voz sumida respondeu-lhe. Não mais que uma sílaba terá passado de parte a parte.

O mercador olhou por cima do ombro e fez sinal aos outros que entrassem. O sr. Lorry passou o braço pela cintura da jovem, segurando-a com firmeza. Sentiu que ela fraquejava.

— É, afinal de contas, uma visita de negócios! Negócios... — insistiu, embora algo de úmido lhe orvalhasse as maçãs do rosto. Algo que nada tinha a ver com negócios.

— Tenho medo — disse a moça.

— Medo de quê?

— Dele. De meu pai.

Em desespero de causa, pelo estado em que ela se encontrava, e pelo sinal que lhe dava o guia, o sr. Lorry passou em torno do seu próprio pescoço o braço da moça, que tremia no seu ombro, levantou-a um pouco do chão, e entrou com ela, vivamente, no quarto. Depositou-a por terra mal passaram a porta, continuando, porém, a sustentá-la. A moça colou-se a ele.

Defarge tirou a chave do buraco, fechou a porta, trancou-a de novo pelo lado de dentro, retirou a chave e ficou com ela na mão. Fez tudo isso metodicamente e com tanto barulho quanto pôde. Finalmente, atravessou a peça com andar compassado até a janela. Aí se deteve e fez meia-volta.

A mansarda, destinada a servir de depósito de lenha e coisas tais, era bastante escura. Porque a lucarna era, na verdade, uma porta no teto, dotada de corda e polia para içar material da rua. Não tinha vidros, como uma janela, e fechava no meio com duas bandeiras, como qualquer outra porta de construção francesa. Para manter de fora o frio, metade dessa portinhola estava fechada firmemente. A outra estava entreaberta. Tão pouca luz entrava pela fresta que era difícil, para um recém-chegado, ver qualquer coisa. E só o hábito lentamente adquirido permitiria a alguém fazer, naquela escuridão, qualquer coisa que exigisse delicadeza. E, todavia, trabalho dessa espécie era feito na água-furtada. Porque, com as costas voltadas para a porta e o rosto para a lucarna, onde se postara o mercador, de face para ele, um homem de cabelos brancos, sentado em um banco baixo e curvado para a frente, estava muito ocupado em fazer sapatos.

6.

O sapateiro

— Bom dia! — disse monsieur Defarge, olhando a cabeça branca debruçada sobre o sapato em fabricação.

O ancião encarou-o por um instante e respondeu ao cumprimento com voz fraca, como se viesse de uma grande distância.

— Bom dia.

— Sempre trabalhando, ao que vejo!

Depois de um longo silêncio, a cabeça se ergueu de novo, por outro momento, e a voz respondeu:

— Sim, estou ocupado.

Dessa vez, um par de olhos esgazeados tinha fixado o mercador antes que a cabeça se inclinasse de novo sobre a obra.

A fraqueza da voz dava pena, era medonha. Não parecia provir de uma debilidade física, embora o longo confinamento e a alimentação precária pudessem ter contribuído para isso. O que a tornava peculiar e deplorável era o fato de ser efeito da solidão e do desuso. A voz do velho era como que o último eco de um som antigo, muito antigo. Perdera tão inteiramente a vida e a ressonância de uma voz humana que afetava os sentidos como uma bela cor de outrora que tivesse desbotado e já não passasse de uma pobre mancha indistinta. Tão velada e contida, parecia provir do fundo da terra. De tal modo expressava a condição desesperada e perdida de uma criatura que um viajor, faminto e exaurido à força de errar num deserto, invocaria lar e amigos naquele tom antes de deitar-se por terra para morrer.

Alguns minutos de trabalho silencioso se seguiram. Os olhos esgazeados se tinham levantado outra vez, não com algum interesse ou curiosidade, mas por uma espécie de percepção mecânica de que o lugar onde haviam notado um visitante continuava ocupado.

— Desejaria — disse Defarge, que não tirava os olhos do sapateiro — fazer entrar um pouco mais de luz aqui. O senhor seria capaz de suportar claridade maior que essa?

O sapateiro suspendeu o trabalho e, com uma vaga expressão de quem ouvisse, olhou primeiro para um lado, depois para o outro do chão, e finalmente para o homem que lhe dirigira a palavra:

— O que foi que disse?

— Suportaria mais luz que essa?

— Tenho de suportar (com uma leve ênfase na primeira palavra), se vai mexer na lucarna.

A bandeira meio aberta da janela foi aberta um pouco mais e fixada nessa nova posição. Um largo raio de luz entrou na mansarda e mostrou o artesão com um sapato inacabado no regaço. Interrompera o trabalho. Umas poucas ferramentas do ofício e retalhos de couro juncavam o soalho a seus pés. O homem tinha uma barba branca, aparada grosseiramente, mas não muito comprida, um rosto escaveirado e olhos muito brilhantes. A magreza do rosto os teria feito parecer exageradamente grandes, debaixo das sobrancelhas ainda negras e da cabeleira desgrenhada e alvíssima, mesmo que, na realidade, não o fossem. Mas eram naturalmente grandes e pareciam ainda maiores. Os restos amarelecidos da camisa estavam abertos no pescoço, e deixavam à mostra o peito gasto e murcho. Ele mesmo, seu velho blusão de lona, suas meias muito abertas em cima, todos os trapos que envergava, tinham, naquela demorada reclusão, privados de luz direta e de ar, desbotado juntos, e, ao desbotarem, adquirido a apagada uniformidade dos pergaminhos amarelecidos. De modo que era difícil distinguir uma coisa de outra.

Ele erguera a mão como um escudo entre os seus olhos desacostumados de claridade e a luz. E os próprios ossos pareciam transparentes. Estava sentado e sentado ficou, com o trabalho interrompido e um olhar vazio de expressão. Não encarava jamais a pessoa que o confrontava sem olhar primeiro para o chão, à direita e à esquerda dele mesmo, como se tivesse perdido o hábito de associar lugar e som. E não falava sem antes passear assim o olhar vago, esquecendo mesmo de falar.

— Vai acabar esse par de sapatos hoje? — perguntou Defarge, fazendo sinal ao sr. Lorry para que se aproximasse.

— O que foi que disse?

— Se pretende acabar esse par de sapatos hoje.

— Não posso dizer se pretendo. Suponho que sim. Não sei.

Mas a pergunta recordou-lhe o trabalho. E de novo curvou-se sobre ele.

O sr. Lorry avançou sem ruído, deixando a filha junto da entrada. Estava há um ou dois minutos ao lado de Defarge quando o sapateiro levantou os olhos. Não mostrou surpresa vendo uma segunda figura, mas, ao encará-lo, os dedos de uma das suas mãos procuraram os lábios num gesto impreciso (lábios e unhas tinham o mesmo palor de chumbo). Depois a mão retombou no seu regaço e ele mais uma vez pôs-se a trabalhar. Gesto e olhar tinham ocupado um minuto, não mais.

— O senhor tem uma visita — disse monsieur Defarge.

— O que foi que disse?

— Que temos aqui uma visita.

O sapateiro levantou os olhos, como antes, mas sem tirar as mãos do trabalho.

— Vamos! — insistiu Defarge. — Este é um homem capaz de reconhecer um sapato bem-feito quando o vê. Mostre-lhe este que está fazendo. Pegue-o, senhor.

O sr. Lorry apanhou o sapato.

— Diga ao senhor que espécie de sapato é esse, e o nome do fabricante.

Houve uma pausa mais longa do que as outras antes que o sapateiro respondesse.

— Esqueci o que me perguntou. O que foi que disse?

— Eu disse se poderia descrever para este senhor aqui o sapato que está fazendo.

— É um sapato de mulher. Um sapato de passeio, para uma donzela. No estilo da moda. Eu nunca vi nenhum. Mas tenho aqui um molde — e considerou o sapato com um grão, fugaz, de orgulho.

— E o nome do fabricante? — perguntou Defarge.

Agora que não tinha nada nas mãos, o homem pousou as costas da mão direita na palma da esquerda em concha, depois as costas da mão esquerda na concavidade da direita. Passou, então, uma das mãos no queixo barbado e repetiu esses gestos de maneira regular e sem interrupção. Arrancá-lo ao devaneio em que parecia recair quando acabava de falar era como fazer voltar a si de um desmaio uma pessoa muito fraca, ou como tentar, na esperança de uma derradeira revelação, reter a alma de um agonizante.

— Perguntou meu nome?

— Certamente.

— Cento e Cinco, Torre Norte.

— Isso é tudo?

— Cento e Cinco, Torre Norte.

Com uma espécie de queixume, que não era nem gemido nem suspiro, debruçou-se novamente sobre a sua tarefa até que o silêncio foi de novo rompido.

— O senhor não é de ofício um sapateiro — disse o sr. Lorry, olhando-o fixamente.

Os olhos vazios voltaram-se para Defarge, como se o ancião lhe transferisse a obrigação de responder. Mas, como nenhum auxílio lhe veio dessa direção, procuraram, depois de postos um momento no chão, o homem que o interrogara.

— Se sou sapateiro de profissão? Não, não sou. Aprendi esse ofício... aqui. Aprendi sozinho. Pedi permissão...

Pareceu recair, em seguida, numa de suas ausências, longa de vários minutos dessa vez. E durante todo o tempo ficou a esfregar alternadamente as mãos e o queixo, como antes. Aos poucos, seus olhos ficaram de novo em foco no rosto de que se tinham desgarrado. Quando pousaram nele, o velho estremeceu e retomou o fio do que estivera a dizer, como alguém que acordasse nesse momento e retomasse um assunto da véspera:

— Pedi permissão para aprender sozinho, o que consegui depois de muito tempo e com muita dificuldade. Faço sapatos desde então.

E estendeu a mão para recuperar o pé de sapato que lhe tinham subtraído. Sem desviar os olhos dele, o sr. Lorry então disse:

— Monsieur Manette, não se lembra de mim?

O pé de sapato caiu no chão, e o homem ficou imóvel, olhando fixamente o seu interlocutor.

— Monsieur Manette — repetiu o sr. Lorry, com a mão no braço de Defarge. — Deste homem não se lembra também? Olhe para ele. Olhe para mim. Nenhum velho banqueiro, nenhum velho negócio, nenhum servidor, nenhum passado desperta na sua memória?

Enquanto o cativo de tantos anos continuava a olhar fixamente, ora para o sr. Lorry, ora para Defarge, alguns traços há muito obliterados de uma inteligência ativa e arguta romperam gradualmente, no meio da sua fronte, o véu escuro que sobre ele caíra. Mas logo se enevoaram outra vez, desmaiaram, sumiram. Mas tinham estado lá. E a mesma expressão se fez ver, repetida, no rosto da moça, que se esgueirara pelas paredes até um ponto de onde pudesse enxergar o ancião, e de onde o contemplava com as mãos estendidas para ele. Mãos que ela primeiro tinha elevado num meio gesto de temor e compaixão, se não para afastá-lo ou conjurar a vista dele — tremendo agora na impaciência de estreitar aquele rosto espectral contra o seu peito ardente e jovem —, para devolvê-lo à vida e à esperança e força do amor. E tão igual era a expressão repetida no seu rosto (embora em traços mais vigorosos) que se diria que esta passara com um reflexo movediço dele para ela.

A escuridão se fizera pouco a pouco em torno dele. Parecia fitá-los menos atentamente a cada minuto que passava, com olhos que de novo buscavam o chão com uma expressão abstrata e que o examinavam à direita, à esquerda, como de costume. Por fim, com um longo e profundo suspiro, ele tomou o sapato nas mãos e se pôs a trabalhar.

— O senhor o reconheceu? — perguntou Defarge baixinho.

— Sim. Por um momento. No começo, honestamente, pensei que era sem esperança. Mas depois vi, sem dúvida nenhuma, embora só por um segundo, o rosto que tão bem conheci um dia. Mas silêncio! Recuemos nós dois agora. Silêncio!

A moça já não estava colada à parede da mansarda, mas junto ao banco do sapateiro. Havia alguma coisa de terrível na inconsciência do velho quanto à figura a seu lado, que poderia tocá-lo, se quisesse, debruçado daquele modo sobre o trabalho.

Nenhuma palavra foi dita, não houve nenhum som. A moça era como um espírito, e ele trabalhava.

Aconteceu, finalmente, que ele teve necessidade de mudar de ferramenta, de apanhar o seu trinchete. Estava do lado oposto ao da moça. E ele vinha de apanhá-lo, e já se curvava para a tarefa em vista, quando seus olhos perceberam a fímbria do vestido. Ergueu-os e viu o rosto dela. Os dois espectadores deram um passo à frente, mas ela os deteve com um gesto. Não tinha medo de que o velho a ferisse com a faca, embora eles tivessem.

Encarou-a com algum temor e, ao cabo de um instante, seus lábios começaram a formar umas poucas palavras, ainda que nenhum som escapasse deles. Depois, entrecortadamente, ouviam que dizia, nas pausas da respiração curta e laboriosa:

— O que é isso?

Com lágrimas a correr-lhe pelas faces, ela pôs as duas mãos nos lábios e enviou-lhe um beijo. E então cruzou-as no peito, como se afagasse a pobre cabeça desfeita.

— Você não é a filha do carcereiro?

Ela soltou um suspiro:

— Não.

— Quem é você?

Não ousando ainda confiar na firmeza da sua voz, sentou-se no banco ao lado dele. O velho encolheu-se, mas ela pôs a mão no braço dele. Um estranho arrepio sacudiu o corpo do ancião quando ela o fez. Depôs a faca por terra e continuou a contemplá-la fixamente.

Os cabelos dourados da moça, que ela usava em longos cachos, tinham sido postos apressadamente para o lado e caíam-lhe sobre as espáduas. Avançando a mão pouco a pouco, ele pegou nos cabelos para examiná-los. Mas, em meio a essa ocupação, teve uma nova ausência e, com um fundo suspiro, recomeçou a trabalhar no sapato.

Mas não por muito tempo. Soltando o braço do velho, ela pôs a mão no seu ombro. Depois de olhar essa mão com ar de dúvida, duas ou três vezes, como que para ver se ela estava efetivamente ali, ele depôs o sapato, levou a mão ao pescoço e destacou um cordão enegrecido do qual pendia um pequeno pano dobrado. Abriu-o com cuidado em cima do joelho: continha uns poucos cabelos: não mais do que dois ou três longos fios, que outrora ele enrolara no dedo.

O velho tomou os cabelos da moça na mão pela segunda vez e examinou-os de perto.

— São os mesmos! Como pode ser? Quando foi isso? Como foi isso?

A concentração voltou ao seu rosto, a testa se contraiu, e ele tomou consciência de que a mesma expressão se refletia nela. Voltou-a, então, de face para a luz, a fim de vê-la melhor.

— Ela pousou a cabeça no meu ombro, na noite em que me mandaram chamar — temia por mim, com respeito a essa partida, embora eu mesmo não temesse —, e, quando fui conduzido à Torre Norte, encontraram esses cabelos na minha manga.

"'Permitem que os guarde? Não me ajudarão a fugir daqui, embora possam fazê-lo em espírito', foi o que eu disse na ocasião. Lembro-me muito bem."

Ele formara as palavras nos lábios muitas vezes antes de conseguir proferi-las. Mas, quando achou as palavras apropriadas ao seu discurso, elas lhe vieram de modo coerente, embora com lentidão.

— Como foi isso? *Era você?*

Uma vez mais os dois espectadores tiveram um sobressalto, pois o ancião se voltara para a moça com uma assustadora celeridade. Ela, porém, permaneceu imóvel, perfeitamente imóvel entre as mãos dele, e apenas disse, em voz baixa:

— Eu lhes rogo, meus bons senhores, que não se aproximem de nós, não falem nem se movam.

— Hein? — exclamou o velho. — Que voz foi essa?

A pressão de suas mãos se relaxou ao soltar esse grito. E levando-as à cabeça, o velho se pôs a arrancar os cabelos freneticamente.

A crise passou, como tudo passava nele, exceto sua aplicação ao ofício de sapateiro, e ele refez o seu pequeno embrulho, tentando abrigá-lo no peito. Mas continuava a contemplar a moça, abanando tristemente a cabeça.

— Não, não, não. Você tem mocidade, frescor. Não pode ser. Olhe a condição do prisioneiro. Estas não são as mãos, nem este o rosto, nem esta a voz que ela conheceu. Não, não. Ela existiu... e ele também... antes dos intermináveis anos da Torre Norte... há séculos! Mas qual é o seu nome, doce anjo dos céus?

Em resposta a esse tom mais brando, a essas maneiras, a filha do sapateiro deixou-se cair de joelhos diante do velho e apoiou no peito dele as duas mãos súplices:

— Oh, meu senhor, em outros tempos saberia meu nome, e o de minha mãe e o de meu pai, e de como eu jamais ouvi a sua cruel história. Eu não poderia contar-lhe tudo isso agora, nem desejaria fazê-lo aqui. Tudo o que lhe posso dizer aqui e agora é que me toque e me abençoe. Beije-me, beije-me, ó meu bem-amado, meu bem-amado.

A cabeça do velho, branca e fria como a neve, misturou-se à radiante cabeleira da moça, que a iluminou e aqueceu como se o archote da Liberdade brilhasse sobre ele.

— Se ouve na minha voz — não sei se é assim, mas espero que seja — o eco de outra voz que foi música, um dia, aos seus ouvidos, chore por ela, oh, chore por ela. E se o contato dos meus cabelos lembra uma cabeça querida que um dia descansou no seu peito, quando o senhor era moço e livre, chore por ela, chore por ela! Se, ao falar de um Lar que nos espera, onde eu cuidarei do senhor com toda a minha devoção, com todo o meu amor, e eu lhe trago de volta a lembrança de um Lar há muito desolado, e pelo qual seu pobre coração longamente penou, chore por ele, chore por ele!

Ela tinha os braços em torno do pescoço do pai e ninava-o contra o peito como se fosse uma criança.

— Se, ao dizer-lhe, ó caríssimo, que a sua agonia é finda, e que eu vim para livrá-lo, e que iremos juntos para a Inglaterra a fim de ter paz e sossego, eu o faço pensar na sua útil existência posta a perder e na nossa França natal que tão cruelmente se portou para com o senhor, oh! chore sobre tudo isso, chore! E quando eu lhe tiver dito o meu nome, e o do meu pai, que é vivo, e o da minha mãe, que já morreu, então compreenderá que devo ajoelhar-me diante do meu venerado pai e implorar-lhe perdão por não ter ocupado todos os meus dias e todas as minhas noites no esforço e na preocupação de salvá-lo. O amor da minha mãe escondera de mim as torturas por que ele passava. Chore por tudo isso! Chore por ela e por mim! Meus bons senhores, Deus seja louvado! Sinto as suas benditas lágrimas no meu rosto e os soluços dele contra o meu coração. Oh! Vejam! Que Deus seja louvado, que Deus seja louvado!

Ele afundara a cabeça nos braços da filha, com o rosto apoiado no seu peito. Era um espetáculo tão comovente e tão terrível, pela monstruosa injustiça e sofrimento que o tinham precedido, que os dois espectadores viraram o rosto.

Quando o silêncio da mansarda ficou sem interrupção por muito tempo, e o peito arquejante e a forma sacudida de soluços cederam por fim à calmaria que sucede sempre a todas as tempestades — símbolo, para a humanidade, do repouso e silêncio finais, em que a tormenta a que chamamos vida deve, um dia, apaziguar-se —, eles se adiantaram para levantar do chão pai e filha. Este, aos poucos, caíra por terra e deixara-se ficar estendido, exausto, numa espécie de torpor. Ela se aninhara junto dele, a fim de apoiar-lhe a cabeça no braço. E os cabelos compridos, derramando-se sobre ele, protegiam-no da luz.

— Se pudermos, sem perturbar meu pai, naturalmente — disse ela, dando a mão ao sr. Lorry, que se debruçava sobre eles depois de ter, por várias vezes, assoado o nariz —, completar nossas providências e deixar Paris imediatamente, saindo de vez por aquela porta...

— Mas reflita. Estará ele em condições de suportar a viagem? — ponderou o sr. Lorry.

— E terá condições de permanecer aqui nesta cidade que tanto mal lhe fez?

— Tem razão — disse Defarge, que se pusera de joelhos para melhor ver e ouvir. — E há mais: monsieur Manette estará muito mais seguro longe da França. Que tal se eu alugasse já uma sege e cavalos de muda?

— São negócios, afinal de contas — disse o sr. Lorry, reassumindo, sem perda de tempo, as suas maneiras metódicas habituais. — E em matéria de negócios, cabe a mim agir.

— Nesse caso — disse a srta. Manette num tom suplicante — deixe-nos ficar aqui no momento. Pode ver como meu pai está calmo agora. Não pode temer deixar-me só com ele. Por que temeria? Se trancar a porta para que não nos perturbem, estou certa de que o encontrará, na volta, tão tranquilo quanto ao deixá-lo. De qualquer maneira, tomarei conta dele até que regresse. E, então, nós o levaremos conosco sem mais tardança.

Lorry e Defarge não estavam inclinados a concordar com isso. Prefeririam que pelo menos um deles ficasse. Mas não se tratava apenas de coche e cavalos. Havia que regularizar papéis de viagem. E como o tempo urgia e já começava a entardecer, acabaram por dividir as tarefas entre ambos, e cada um se foi para seu lado.

Então, enquanto a noite caía, a filha pousou a cabeça no chão, ao lado do pai, e ficou a observá-lo. A treva aumentou mais e mais, e os dois se deixaram ficar, imóveis e quedos, até que uma luz brilhasse através das frestas da parede.

O sr. Lorry e monsieur Defarge tinham tudo pronto para a viagem e haviam trazido consigo, além de mantos e cobertas, pão, carne, vinho e café quente. Monsieur Defarge pôs essas provisões e a lanterna que trouxera consigo em cima do banco do sapateiro (não havia mais nada nas águas-furtadas, salvo um catre), e ele e o sr. Lorry juntos acordaram o prisioneiro e ajudaram-no a pôr-se de pé.

Nenhuma inteligência humana teria sido capaz de decifrar os mistérios da sua mente na expressão aturdida e temerosa do rosto. Se tinha conhecimento do que acontecera, se se lembrava do que lhe fora dito, se sabia que estava livre, eram perguntas que nenhuma sutileza de espírito teria sido capaz de penetrar. Tentaram falar-lhe, mas ele parecia tão confuso, tão tardo nas respostas, que tiveram medo e concordaram que era melhor não insistir por algum tempo. O velho tinha um modo esquisito de tomar ocasionalmente a cabeça nas duas mãos, um modo que não haviam visto antes nele; dava-lhe, no entanto, algum prazer ouvir a voz da filha. A esse som, ele se voltava invariavelmente para ela.

Com o ar submisso de alguém acostumado a obedecer sob coerção, comeu e bebeu o que lhe deram para comer e beber, e vestiu a capa e as outras roupas que lhe deram para vestir. Quando a moça passou o braço no seu, correspondeu sem hesitação ao gesto, tomando e guardando nas suas a mão da donzela.

Começaram a descida. Monsieur Defarge ia à frente com a lanterna, o sr. Lorry fechava a pequena procissão. Antes que tivessem progredido muito, o prisioneiro deteve-se, olhando para o teto e para as paredes em torno.

— O senhor se lembra desse lugar, meu pai? Lembra-se de ter vindo por aqui?

— O que foi que disse?

Mas antes que ela pudesse repetir a pergunta, ele murmurou em resposta:

— Se me lembro? Não, não me lembro. Faz tanto tempo...

Era manifesto que ele não guardava qualquer lembrança de ter sido trazido da prisão para aquela casa. Depois, ouviram-no murmurar: "Cento e Cinco, Torre Norte." Quando olhava em volta, era sem dúvida para procurar os muros poderosos da fortaleza que por tanto tempo o tinham cingido.

Ao atingirem o pátio, ele instintivamente alterou o passo, como se esperasse encontrar uma ponte levadiça. Quando, ao invés dela, viu a diligência à espera, na rua desimpedida, deixou cair o braço da filha e tomou de novo a própria cabeça nas mãos.

Não havia gente nas imediações da porta. Não havia ninguém às janelas, e eram janelas inumeráveis. Também não se via um único transeunte ocasional pelas calçadas. Reinava um silêncio pouco habitual, e tudo parecia deserto, o que era insólito. Apenas madame Defarge, apoiada ao montante da porta, tricotava, absorta.

O prisioneiro entrara no coche, seguido da filha, e já o sr. Lorry tinha o pé no estribo, quando aquele perguntou, numa voz lastimosa, pelas suas ferramentas de sapateiro. madame Defarge gritou de imediato para o marido que se encarregaria de ir buscá-las, e, sem interromper o tricô, sumiu da área iluminada, metendo-se pelo pátio. Logo estava de volta com elas e entregou-as, apoiando-se de novo contra o portal, a tricotar, desligada outra vez de tudo o que acontecia em torno.

Defarge subiu à boleia e deu a ordem: À barreira! O postilhão fez estalar o chicote, e eles partiram com fragor à luz mortiça dos oscilantes lampiões da rua.

Sob lâmpadas iguais, penduradas do alto, mais fortes nas ruas melhores, mais fracas nas outras, por lojas acesas, multidões em festa, cafés, entradas de teatro, chegaram a uma das portas da cidade. Soldados com lanternas no posto da guarda:

— Seus papéis, viajantes!

— Aqui estão, senhor oficial — disse Defarge, apeando-se e tomando o outro gravemente à parte. — Estes são os papéis daquele senhor de cabeça branca. Foram confiados a mim com ele...

Baixou a voz, houve um movimento de lanternas militares, uma delas oscilou por um momento no interior do coche, e os olhos do dono do braço uniformizado que a sustinha perscrutaram por um instante a fisionomia do homem de cabeça branca. Não era um olhar de todo dia ou de toda noite. Mas ele disse:

— Muito bem. Avante!

— *Adieu!* — disse Defarge. E eles passaram, primeiro sob o arco dos lampiões oscilantes, agora cada vez mais separados um do outro, depois sob a arcada do céu estrelado.

Debaixo dessa abóbada de luzes eternas e impassíveis — algumas tão remotas deste minúsculo planeta que os cientistas não sabem se os seus raios o terão localizado como o ponto do espaço onde tudo acontece e onde todo o sofrimento do universo reside —, as sombras da noite eram densas e enormes. Durante todo o tempo que elas duraram até o amanhecer, em meio ao frio e aos sustos da viagem, suas vozes faziam ao ouvido do sr. Jarvis Lorry — sentado de frente para o homem que fora desenterrado, e cujas faculdades, no todo ou em parte, podiam estar perdidas para sempre — a mesma velha pergunta:

— Deseja ser chamado à vida?

E a mesma velha resposta:

— Não sei.

Livro II

O fio de ouro

1.

Cinco anos depois

Mesmo para o ano de 1780, o Banco Tellson, em Temple Bar, era um lugar à antiga, muito pequeno, muito escuro, muito feio e desconfortável. Era antiquado também na atitude moral, pois os seus sócios se orgulhavam da exiguidade, da escuridão, da feiura e do desconforto. Jactavam-se até da sua eminência e superioridade em todos esses particulares, haurindo inspiração na certeza de que seriam menos respeitáveis se tivessem algum conforto. E não se tratava de uma convicção passiva, mas de uma arma que eles brandiam em face de concorrentes mais bem instalados. O Tellson (diziam) não precisava de espaço, o Tellson não queria mais luz ou belezas! Noakes e Companhia, talvez. Snooks Brothers', talvez. Mas não o Tellson. Graças a Deus!

Qualquer desses sócios teria deserdado o filho se este se atrevesse a sugerir a reconstrução da sede. Nesse ponto, a Casa ia de par com o Reino, que muitas vezes havia deserdado seus filhos por propostas de reformas em leis e costumes tidos há muito por obsoletos, mas que, por isso mesmo, dobravam de respeitabilidade.

Aconteceu, então, que o Tellson se tornou o triunfo supremo da falta de comodidade. Era abrir a porta, que primava pela obstinação, e que não só emperrava como fazia estranhos ruídos de garganta, e o incauto degringolava escada abaixo (havia dois degraus internos) e ia recobrar os sentidos num miserando escritório de proporções ridículas, guarnecido de dois balcões. Por detrás deles, os funcionários mais velhos do mundo pegavam os cheques com mãos tão trêmulas que era como se um vento os soprasse. Iam conferir a assinatura à luz da mais embaciada das janelas possíveis, pois recebia incessantes banhos de lama de Fleet Street. Isso para não falar das barras de ferro e da sombra espessa de Temple Bar. Se a natureza dos seus negócios exigisse ver "a Casa", isto é, algum dos responsáveis pelo Banco, o incauto era conduzido a uma espécie de calabouço ao fundo, onde tinha tempo para um minucioso exame de consciência antes que a Casa chegasse, de mãos nos bolsos, e uma expressão praticamente indecifrável naquela desoladora penumbra. O dinheiro do incauto saía ou entrava, mas as gavetas eram as mesmas, de madeira carcomida, e impalpáveis fragmentos delas introduziam-se nariz acima ou garganta abaixo cada vez que se abriam ou fechavam. As cédulas do Tellson cheiravam a mofo como se estivessem à beira da decomposição final, prestes a se tornarem trapos outra vez. A prataria que os clientes confiavam à guarda do Banco era depositada entre as cloacas da vizinhança, cujos eflúvios malsãos logo tisnavam seu brilho. Os contratos eram arquivados em antigas copas e cozinhas improvisadas em caixas-fortes. Ali, eles dessoravam toda a gordura dos seus pergaminhos no ar confinado do Banco. As caixas mais leves, com papéis de família, iam para o andar de cima, digno dos barmácidas,[11] pois tinha sempre uma grande mesa de jantar em que jamais um jantar foi servido, e onde, mesmo neste ano da graça de 1780, as primeiras cartas que alguém recebera de seu amor ou de seus netos, escapavam por pouco de serem espiadas através das janelas pelas sinistras cabeças de olhos abertos, expostas em Temple Bar com uma brutalidade insana e uma ferocidade comparável à dos abissínios e axântis.

Na verdade, naquele tempo, as execuções capitais estavam muito em voga em toda espécie de ofício ou profissão, tanto no Tellson como alhures. A Morte é o remédio que a Natureza tem para todos os males. Por que não para a Lei? Em consequência, o falsário era executado. O emitente de um cheque sem fundos também. O violador da correspondência alheia, idem. O ladrão de quarenta xelins e seis *pence*. O eguariço que

---

[11] Os barmácidas ou barmécidas (barmáquidas) eram uma família de vizires e escribas dos califas abássidas da Pérsia. Seu fastígio durou dezessete anos. Tinham magníficos palácios às margens do Tigre. Distinguiram-se pelo mecenato esclarecido e pela liberalidade religiosa e filosófica. (N. do T.)

fugia com o cavalo que lhe haviam confiado à porta do estabelecimento. O fabricante de um xelim falso. Todos. Em suma: os culpados por três quartos de todas as ilegalidades e felonias cometidas na gama do crime. Não que isso surtisse qualquer efeito preventivo — talvez deva ser dito, a bem da verdade, que o efeito era contraproducente —, mas o método tinha a vantagem (pelo menos no que diz respeito a este mundo) de resolver cada caso em pauta, sem deixar rabos nem rebarbas. Definitivamente. O Banco Tellson, como muitas outras firmas mais importantes da sua época, tirara tantas vidas que, se as cabeças decepadas sob sua responsabilidade tivessem sido alinhadas em Temple Bar, ao invés de levadas embora discretamente, é possível que tivessem interceptado de maneira significativa a pouca luz que o rés do chão recebia.

Apertados entre uma profusão de armários e baús no Tellson, os homens mais velhos do mundo conduziam praticamente no escuro os negócios da Casa com perfeita gravidade. Quando um moço era admitido na matriz de Londres, escondiam-no em qualquer escaninho até que ficasse velho. Era posto onde não houvesse claridade, como um queijo, até que adquirisse o sabor de um verdadeiro Tellson e estivesse coberto de mofo azul, como um Cheddar. Só então permitiam que fosse visto, de nariz enfiado nos mais imensos livros, a enriquecer, com suas polainas e calções, o poderoso estilo do estabelecimento.

Do lado de fora do Tellson — jamais no interior da Casa, a menos que o chamassem — ficava um funcionário especial, que cumulava as funções de porteiro e estafeta, e funcionava como tabuleta viva do Banco. Jamais se ausentava do posto durante o expediente, a não ser em missão, e nesse caso era substituído pelo filho, um atroz rapazelho de doze anos, imagem escarrada do pai. A clientela aceitava que o Tellson, sem descer da sua dignidade, tolerasse a figura de um porteiro-emissário. A Casa sempre convivera com um preposto nessa função. Os azares da vida haviam levado o presente titular ao desempenho delas. Tinha por sobrenome Cruncher. Na adolescência, quando renunciara, pela boca do padrinho, às pompas de Satanás, na igreja paroquial de Houndsitch, batizaram-no como Jerry.

Cenário: estamos em casa do sr. Cruncher, em Hanging Sword Alley, Whitefriars. Tempo: sete e meia da manhã de um dia ventoso do mês de março, *Anno Domini* 1780 (o sr. Cruncher refere-se ao ano de Nosso Senhor como "Ana Dominós", imaginando talvez que a era cristã data da invenção daquele jogo popular a que a sua inventora emprestou o próprio nome).

A morada do sr. Cruncher não ficava numa boa vizinhança e constava de dois cômodos, se é que o armário embutido com porta de vidro pode ser contado como um. Eram bem cuidados, no entanto. Malgrado a hora matinal, a ventania e o mês de março, o quarto onde ele estava deitado já fora varrido e arrumado de ponta a ponta. E entre a louça do café e o tampo da desconjuntada mesa fora estendida uma alvíssima toalha branca.

O sr. Cruncher descansava debaixo de uma colcha de retalhos, como se fora Arlequim em sua casa. Dormira primeiro profundamente; depois, aos poucos, pôs-se a dar voltas na cama até que surgiu à superfície, com o cabelo tão espetado que as cobertas corriam risco de ficar em tiras. E ao vir à tona, exclamou em tom de cólera:

— Macacos me mordam se ela não está outra vez a fazer das suas!

Uma senhora composta e de ar atarefado, até então de joelhos a um canto, levantou-se tão vivamente e com tamanho susto que não deixava dúvidas sobre a identidade da pessoa em questão.

— Ah! Você insiste, não é? — disse Cruncher, estendendo o braço para pescar uma bota debaixo da cama.

Depois de saudar a manhã com essa segunda objurgatória, atirou a bota na mulher à guisa de terceira. Era uma bota enlameada, fato que introduz neste relato uma circunstância estranha da economia doméstica do sr. Cruncher: embora regressasse do Banco com botas limpas, encontrava-as de manhã cobertas de barro.

— Que diabo — disse, variando de apóstrofe, depois de errar o alvo —, que diabo está fazendo aqui, sua bruxa?

— Fazia minhas orações. Só isso.

— Suas orações! Boa bisca! Que significa isso de bater o joelho no chão para rezar contra mim?

— Eu não rezava contra você. Rezava por você.

— Não, não rezava! E se rezava, não vou permitir que o faça outra vez. Venha cá, pequeno Jerry, e veja sua mãe, esta excelente mulher, dizendo uma prece contra a prosperidade do seu pai! Você tem uma santa mãe, meu menino, religiosa como as que mais o são. Que se lança por terra ao menor pretexto, para pedir que o pão de seu filho único lhe seja tirado da boca!

O jovem Cruncher (de camisola) levou a história a mal e, voltando-se para a mãe, berrou em protesto com toda a força dos seus pulmões.

— E por que imagina, sua fêmea pretensiosa — disse o sr. Cruncher, sem se dar conta da sua falta de consistência —, que suas orações tenham algum merecimento? Que valor lhes dá, hein?

— Só o da sinceridade, Jerry. Não têm outro.

— Não têm? Pois então não valem nada, minha filha. De qualquer modo, não quero suas rezas. É coisa que não posso permitir-me. E não vou ficar azarado por sua culpa. Se precisa lançar-se de joelhos por dá cá aquela palha, que seja a favor de seu marido e de seu filho, e não contra. Se eu não tivesse uma esposa desnaturada, e esse pobre fedelho, uma mãe desnaturada, poderia ter ganhado algum dinheiro na semana passada, em vez de ser contrarrezado, contraemboscado e devotamente contaminado até o desastre final. Macacos me mordam...

O sr. Cruncher queixava-se e vestia-se ao mesmo tempo.

— ... se, por causa dessas malditas rezas e mais uma coisa outra, não andei a semana passada com um azar de todos os diabos, do pior que possa cair sobre a cabeça de um comerciante honesto. Menino Jerry, vista-se, meu filho, e, enquanto limpo essas botas, fique de olho em sua mãe. Se ela ameaçar cair de joelhos, você grita. Porque, repito — e aqui dirigiu-se de novo à mulher —, não quero mais saber disso. Já não me aguento em pé, balanço como uma velha sege desconjuntada, morro de sono como se tivesse tomado láudano[12] e as pernas me doem tanto que, não fosse por elas, eu já não saberia se sou eu mesmo ou outro. Nem por isso tenho mais dinheiro no bolso. Desconfio, mulher, que você esteve

---

12 Na Inglaterra do século XVIII, como no Brasil do século XIX e do Codex francês, vendia-se láudano livremente nas farmácias. O elixir paregórico, também à base de ópio (com ácido benzoico, cânfora e outros ingredientes), era o sedativo intestinal por excelência. (N. do T.)

nessa reza da manhã à noite, para impedir que eu melhorasse de sorte. Feiticeira! O que me diz agora, hein?

Resmungando outras frases, como: "E se diz religiosa, a endiabrada! Ela que se põe contra os interesses do marido e do filho!", e soltando faíscas de sarcasmo da pedra em movimento da sua indignação, o sr. Cruncher se pôs a limpar as botas e a completar seus preparativos para mais um dia no escritório. Enquanto isso, o filho, cuja cabeça era também de porco-espinho mas com cerdas menos duras, e que tinha os olhos muito juntos um do outro, como os do pai, manteve a mãe sob observação. De tempos em tempos, saltava do nicho que lhe servia de cama e onde fazia sua toalete, gritando: "Papai, mamãe vai se lançar por terra! Acuda!", e voltando para o seu canto, depois desse falso alerta, com um esgar de riso na cara. Coisa que muito perturbava a pobre senhora.

O humor do sr. Cruncher não parecia melhor ao abancar-se à mesa do café. Reclamou com animosidade especial quando a mulher rendeu graças.

— Vai recomeçar com a bruxaria, Aggerawayter?

A sra. Cruncher explicou que apenas rendia graças pela comida.

— Pois não o faça! — disse o sr. Cruncher, olhando em volta como se temesse ver desaparecer o pão sob o efeito das encantações da mulher. — Fique muda. Não quero que a minha comida suma da mesa por artes do Demo!

De olhos vermelhos e ar sombrio, como homem que tivesse passado a noite em claro numa festa insossa, Jerry Cruncher engoliu mais que comeu o seu desjejum, rosnando como qualquer quadrúpede estabulado. Antes das nove horas, alisou o pelo arrepiado e, apresentando externamente uma aparência tão respeitável e profissional quanto era possível a um homem de seu natural explosivo, saiu para as obrigações do dia.

A despeito da sua favorita designação de si mesmo como comerciante honesto, a ocupação que tinha no Banco não poderia ser chamada de "comércio". Seu material consistia em um tamborete de madeira, feito de uma velha cadeira serrada pelo meio, tamborete que era levado à cabeça, todo dia, até debaixo da janela do Banco mais próxima de Temple Bar, pelo jovem Jerry. Com o tamborete, e um pouco de palha tirada de qualquer viatura de passagem, para defender os pés do porteiro do frio e da umidade, estava completo o seu acampamento cotidiano. Naquele posto, o sr. Cruncher era tão conhecido em Fleet Street e no Temple como a própria Barreira[13] — e quase tão rebarbativo quanto ela.

Instalado no posto um quarto de hora antes das nove, em tempo para saudar, levando a mão ao tricórnio, os homens mais velhos do mundo à medida que entravam no Banco, Jerry tinha a seu lado, nessa ventosa manhã de março, o filho pequeno — a não ser quando este fazia incursões no Temple para infligir violentas correções físicas e mentais em meninos de passagem, pequenos o bastante para que ele pudesse fazê-lo com impunidade. Pai e filho, extremamente parecidos um com o outro, contemplavam em silêncio o tráfego matinal de Fleet Street, com as cabeças tão juntas como seus dois pares de olhos. Lembravam dois símios, e a semelhança era reforçada pelo fato de que Jerry Pai mascava e cuspia palha, enquanto Jerry Filho o observava com atenção, como a tudo mais que podia ser visto na rua.

Logo um dos mensageiros internos do Tellson apareceu na porta e disse:

— Chamam o porteiro!

— Hurra, papai! — exclamou o menino. — Está começando cedo!

Tendo encorajado assim seu genitor, o garoto sentou-se no tamborete e pôs-se a considerar com interesse a palha que o pai estivera mastigando.

— A mesma ferrugem de sempre! — resmungou. — Onde meu pai arranja toda essa ferrugem nos dedos? Aqui é que não é.

---

13 O Temple é um distrito fechado (com entrada por Fleet Street), reservado principalmente aos membros dos tribunais que ali se encontram, Inner Temple, Middle Temple, Lincoln's Inn e Gray's Inn. Consta de uma série de edifícios em tijolo vermelho que ocupam o sítio de um antigo domínio dos cavaleiros templários, cujos túmulos se podem ver em Temple Church, igreja normanda com um acréscimo do século XIII. Sua Barreira (Bar), hoje demolida, era o mais recente dos portões da City. Ali se exibiam para escarmento do povo as cabeças dos condenados à morte. Segundo a tradição, o vento derrubou as duas últimas em 1772, oito anos antes dos acontecimentos deste relato. (N. do T.)

2.

Um espetáculo

— Você conhece bem o Old Bailey, não é? — disse ao porteiro um dos mais velhos funcionários do Banco.

— Sim — concedeu Jerry, com alguma obstinação. — Conheço muito bem o Old Bailey.

— Bom. E conhece o sr. Lorry?

— Ainda melhor do que conheço o Old Bailey. Muito melhor! Nenhum homem de bem como eu gosta de conhecer intimamente o Old Bailey — concluiu como se já tivesse sido uma relutante testemunha naquele tribunal.

— Muito bem. Descubra a porta por onde entram aqueles que vão depor e mostre ao porteiro esse bilhete para o sr. Lorry. Ele o deixará entrar.

— No recinto do tribunal, senhor?

— No recinto.

Os olhos do sr. Cruncher pareceram ficar ainda mais juntos, como se perguntassem um ao outro: "O que acha disso?"

— Devo esperar por alguma resposta no recinto, senhor? — perguntou, como resultado dessa conferência.

— Eu explico: o porteiro levará o papel ao sr. Lorry e você lhe fará um sinal, para que ele fique sabendo onde você está. Depois, o que tem a fazer é apenas aguardar até que ele precise de você.

— É tudo, senhor?

— É preciso que ele tenha um mensageiro à mão. Isso aqui é apenas para dizer a ele que você está lá.

E o velho funcionário dobrou cuidadosamente o bilhete, depois sobrescritou-o. O sr. Cruncher observou-o em silêncio até que o homem chegou ao mata-borrão. Então disse:

— Quero crer que estejam julgando falsários, esta manhã?

— Traição!

— Então, é esquartejamento! — disse Jerry. — Uma barbaridade!

— É a lei — observou o velho funcionário, olhando-o com espanto por cima das lentes.

— É duro rasgar um homem em quatro, acho eu. Seja lei ou não seja. Já é cruel matar. Mas matar e esquartejar, senhor!

— Nada disso — respondeu o funcionário. — Fale bem da lei. Cuide de sua voz e dos seus pulmões, meu amigo, e deixe a lei, que ela cuida de si. É o conselho que lhe dou.

— É a umidade, senhor, que me ataca o peito e a garganta — disse Jerry. — O senhor que julgue se a minha profissão não é de levar muita umidade.

— Bem, bem — disse o velho funcionário —, todos nós temos os nossos meios de ganhar a vida. A uns toca o ar seco, a outros tem de tocar o úmido. Aqui está o bilhete. Vá.

Jerry apanhou o papel, observando com os seus botões, com menos deferência do que era obrigado a mostrar externamente: "Você também, meu velho, não é dos mais robustos." Depois, saudou, disse ao filho, de passagem, aonde ia, e seguiu caminho.

Naquele tempo, os enforcamentos eram feitos em Tyburn, de modo que a rua de Newgate ainda não adquirira a infame notoriedade que teria depois. Mas a prisão era um lugar abominável, em que se praticava toda espécie de deboche e vilania. Ali se engendravam horríveis doenças, que iam para o tribunal com os presos e que algumas vezes pulavam do banco do acusado para a cadeira do próprio juiz, puxando-o pela perna estrado abaixo. Mais de uma vez aconteceu que o magistrado, já de carapuça preta para proferir a sentença capital, proferisse ao mesmo tempo a sua, e, até, que morresse antes dele.

Além disso, o Old Bailey era famoso como uma espécie de pátio de abrigo dos mais mortíferos, do qual pálidos viajantes embarcavam continuamente, em carroças ou coches, para uma violenta travessia em direção ao outro mundo, através de umas boas duas milhas e meia de ruas e estradas, sem causar a menor comoção pública. Poucos eram os cidadãos a que aquilo afetava, se é que afetava algum. Tal é a força do costume, e daí a necessidade de que seja, desde o início, um bom costume.

O Old Bailey tinha fama, ou infâmia, também por causa do pelourinho, velha e sábia instituição, que infligia castigo de que ninguém seria capaz de avaliar o alcance; ou por causa do poste dos condenados à chibata, outra venerável instituição, que despertava no espectador a sua humanidade — a par de um santo temor —; ou por causa de um outro exemplo da sabedoria ancestral: um ativo comércio de assassínios pagos, responsável pelos mais horrendos crimes mercenários que se podem perpetrar neste mundo. Em suma, naquele tempo o Old Bailey era uma ilustração cabal do preceito "Tudo que existe é bom", aforismo que seria tão definitivo quanto ocioso, se não implicasse o incômodo corolário de que "Nada do que foi foi mau".

Abrindo caminho pela multidão variegada e ignóbil com a desenvoltura de um homem acostumado a fazê-lo sem atrair atenção desnecessária, o mensageiro atravessou rapidamente o distrito e chegou à entrada que procurava, passando a carta que trazia por uma abertura feita na porta para isso. Porque as pessoas pagavam, na época, pelo privilégio de ver o espetáculo da Justiça como pagavam para ver o da Insânia em Bedlam — só que o primeiro divertimento era muito mais caro que esse outro —, todas as portas do tribunal eram fechadas e bem guardadas, salvo, curiosamente, as entradas sociais, pelas quais os criminosos eram admitidos e que ficavam sempre abertas de par em par.

Depois de alguma espera e hesitação, a porta se entreabriu como que de má vontade, e permitiu ao sr. Jerry Cruncher esgueirar-se para o interior do tribunal.

— O que estão julgando? — perguntou em voz baixa ao vizinho mais próximo.

— Nada, por enquanto.

— O que vão julgar?

— Um caso de alta traição.

— É esquartejamento, pois não?

— Ah! — respondeu o outro, com delícia. — Ele será arrastado até o lugar da execução e içado até a forca, mas só pela metade. Depois, descem-no para abrir-lhe a barriga de alto a baixo. Suas entranhas lhe são tiradas e queimadas à sua vista, depois a cabeça é cortada e, por fim, o corpo, em quatro grandes nacos. É a lei.

— Se ele for julgado culpado, naturalmente — disse Jerry como condição.

— Oh, não se preocupe. Ele será declarado culpado! — disse o outro.

Nesse momento, a atenção do sr. Cruncher foi distraída pelo porteiro que já se aproximava do sr. Lorry com o bilhete na mão. Lorry estava sentado a uma mesa, em meio aos senhores de perucas, não longe do cavalheiro de peruca que servia de advogado de defesa e tinha um grande maço de papéis à frente, e quase em face de outro personagem de peruca que tinha as mãos nos bolsos e cuja atenção, sempre que o sr. Cruncher olhava para ele, parecia concentrada no teto do tribunal.

Depois de tossir duas ou três vezes, de esfregar o queixo e abanar a mão, Jerry conseguiu atrair a atenção do sr. Lorry, que se ergueu para vê-lo melhor, fez-lhe um pequeno sinal de cabeça e sentou-se outra vez.

— O que tem *ele* a ver com o processo? — perguntou o homem com quem Jerry tinha trocado algumas palavras.

— Macacos me mordam se eu sei — disse Jerry.

— E o *senhor* mesmo, o que tem a ver com a história?

— O diabo me carregue se souber isso também.

O diálogo foi interrompido pela entrada do juiz e pela comoção que isso provocou na sala. Logo o banco dos acusados tornou-se o centro da curiosidade geral. Dois guardas, que tinham estado ali de pé até aquele momento, saíram e logo voltaram trazendo o prisioneiro.

Todos os presentes, exceto o alto personagem de peruca branca que contemplava o teto, olharam para ele. A respiração de todas aquelas pessoas dirigiu-se para ele, como um mar ou uma lufada de vento ou um incêndio. Cabeças apontaram por detrás de colunas ou avançaram dos cantos da sala com a mesma expressão ávida, para poderem vê-lo melhor.

Os espectadores das últimas fileiras puseram-se de pé para não perderem um só fio de cabelo da cabeça dele. Os que não tinham lugar e apinhavam-se ao fundo apoiavam as mãos nos ombros dos que estavam mais à frente, na ânsia de vislumbrarem o acusado, fosse como fosse. Punham-se na ponta dos pés, subiam no peitoril das janelas, içavam-se precariamente às saliências mais inadequadas, para não perderem uma só polegada do réu. Desses últimos, Jerry era talvez o mais conspícuo. Com seus cabelos de arame, era como que um animado fragmento do muro eriçado de Newgate. Seu hálito, que cheirava a cerveja tomada em trânsito, misturava-se aos outros hálitos, de cerveja, de gim, de chá, de café, e do que mais se queira, que rolavam em direção ao réu e se quebravam contra as grandes vidraças que para além dele fechavam o recinto numa névoa impura.

O objeto de todo esse interesse e clamor era um moço de seus vinte e cinco anos, bem-parecido e forte, de olhos escuros e pele queimada de sol. Vestia-se como um cavalheiro, em preto ou cinza-carvão. Seus cabelos, compridos e negros, eram presos à nuca por uma fita, mais por comodidade que por ornamento. Como qualquer emoção interior passa através de tudo o que cubra o corpo, assim a sua palidez se fazia visível, malgrado o trigueiro da cor. A alma era mais forte que o sol. Parecia senhor de si, mantendo-se de pé e direito, depois de se haver inclinado para saudar o juiz.

O interesse que ele inspirava ao público, que o olhava estatelado e arfante, não era dos que dignificam a humanidade. Tivesse ele uma possibilidade de receber sentença mais branda ou de ser poupado a qualquer dos selvagens detalhes da lei, e perderia grande parte do fascínio que agora exercia. O espetáculo residia na forma pela qual ia ser despedaçado; a sensação, na maneira de chacinar e despedaçar uma criatura imortal. Fosse qual fosse o verniz com que os espectadores, cada um segundo a sua condição e os seus poderes de enganar a si mesmo, mascaravam a própria razão de estarem presentes, o interesse era, no fundo, um só: o instinto bestial do ogre.

Silêncio! Charles Darnay declarou-se ontem inocente da acusação que lhe foi feita (e, aqui, toda uma xaropada legalista) por traição contra a augusta pessoa de nosso ilustre, sereníssimo, excelente etc. etc. monarca, o Rei; por haver, em diversas oportunidades, e por inúmeros meios e modos, dado assistência a Luís, Rei de França, em suas guerras contra o mesmo ilustre, sereníssimo etc. etc.; por haver, em diversas viagens entre os domínios do dito príncipe, ilustre, sereníssimo etc. etc. e os do francês Luís, revelado, traiçoeiramente, perversamente (e outros advérbios de modo), ao dito Rei Luís de França que forças o nosso ilustre, sereníssimo e excelente etc. etc., preparava-se para enviar ao Canadá e à América do Norte.

Jerry, cujos cabelos de ouriço-cacheiro ficavam cada vez mais em riste sob a provocação da terminologia jurídica, acabou por compreender com alegria que era de fato o indigitado Charles Darnay quem estava a ser julgado à sua vista; que os membros do júri prestavam juramento; e que o promotor-geral estava a ponto de proferir seu requisitório.

O acusado, que já se achava mentalmente condenado, enforcado, decapitado e esquartejado por todos e cada um dos presentes — e sabia muito bem disso —, permanecia firme e digno, sem qualquer atitude afetada ou teatral. Mantinha-se calado e atento, acompanhando os preliminares com um grave interesse; tão composto no seu banco, com as mãos em repouso sobre a guarda de madeira à sua frente, que não deslocara uma única folha das ervas com que estava coberta. Com efeito, a sala de audiências estava juncada de ervas e fora aspergida com vinagre como precaução contra as temidas emanações de febre dos cárceres.

Acima da cabeça do acusado, havia um espelho destinado a dirigir a luz para ele. Centenas de miseráveis e de infelizes se tinham mirado nele antes de passar para sempre da sua superfície e da superfície da Terra. Se o espelho pudesse devolver os seus reflexos, como se diz que um dia o mar devolverá os afogados, aquele lugar de horrores seria o mais mal-assombrado do mundo.

Talvez algum fugidio pensamento sobre a ignomínia e desgraça que ali se teriam refletido passasse pela mente do prisioneiro. O fato é que, tendo mudado de posição, percebeu que um raio de luz lhe feria o rosto. Ergueu os olhos, viu o espelho, e uma onda de rubor o tomou. E com um gesto brusco da mão direita afastou de um golpe as ervas medicinais.

Aconteceu que, com esse gesto, ele voltou o rosto para o lado do tribunal que lhe ficava à esquerda. No nível dos seus olhos, no canto reservado à cadeira do juiz, havia duas pessoas, sobre as quais o seu olhar pousou de imediato. Tão de imediato, e com tal efeito sobre o seu aspecto, que todos os olhos até então fixos nele voltaram-se para elas.

Os espectadores viram uma donzela de pouco mais de vinte anos e um ancião, evidentemente seu pai, homem de grande presença, dada a absoluta brancura das cãs que lhe nimbavam a cabeça e uma intensidade indescritível de expressão, não ativa, mas meditativa e concentrada. Quando se revestia dela, como naquele momento, parecia muito velho; mas quando ela se alterava e desaparecia, como agora, por um instante, ao falar com a filha, tornava-se quase formoso e como que na força da idade.

A filha, sentada ao seu lado, tinha uma das mãos passada por baixo do braço dele, e a outra por cima, de modo a cingi-lo, no horror que lhe inspirava a cena, na piedade que sentia pelo réu. A fronte expressiva mostrava muito bem o crescendo de terror e compaixão que a tomava, preocupada unicamente com o perigo que o acusado corria. Esses sentimentos eram de tal forma visíveis, exibiam-se com tamanha naturalidade e vigor que observadores que antes não tinham pena do moço deixaram-se comover por ela. E um murmúrio correu a sala: "Quem seriam?"

Jerry, o mensageiro, que tirava suas próprias conclusões, a seu modo, e que, absorto, chupava a ferrugem que lhe manchava os dedos, esticou o pescoço para ouvir o que se dizia. A multidão que o cercava fizera circular a pergunta de boca em boca até um oficial, e a resposta viera de volta pelo mesmo caminho. Eram testemunhas.

— De que lado?

— Contra.

— Contra quem?

— O réu.

O juiz, cujo olhar tinha ido na direção geral, desviou os olhos, recostou-se na cadeira e fitou fixamente o homem cuja vida tinha em suas mãos. Então, o procurador-geral levantou-se, para atar a corda, afiar a acha e bater os pregos do cadafalso.

3.
Desapontamento

O senhor procurador-geral tinha a dizer aos senhores membros do júri que o prisioneiro ora no tribunal, embora verde em anos, era useiro e vezeiro nas malvadas práticas que o tornavam passível de pena de morte. A sua correspondência com o inimigo público não era correspondência de hoje ou de ontem, nem mesmo do ano anterior, ou do precedente. Tinha provas de que o prisioneiro, por muito mais tempo do que isso, estivera no hábito de passar com frequência da França à Inglaterra e da Inglaterra à França, para negócios secretos dos quais não fora capaz de dar conta satisfatória. Se prosperar fosse da natureza dos negócios suspeitos (coisa que felizmente não acontece), a perversidade intrínseca e culposa dessas transações teria permanecido escondida. A Providência, todavia, inspirara ao coração de um homem sem medo e sem mancha a ideia de investigar a natureza dos projetos do prisioneiro. Tomado de horror ao descobri-la, deu parte deles ao Primeiro-Secretário de Estado de Sua Majestade e ao ilustre Conselho Privado. Esse patriota seria apresentado ao tribunal. Sua conduta e atitude eram sublimes. Fora amigo do prisioneiro, mas, tendo em certo dia, auspicioso e maldito ao mesmo tempo, percebido a infâmia dele, decidira-se a imolar no sagrado altar da Nação o traidor a que já não podia estimar. Se, a exemplo da Grécia e da Roma antigas, se erigissem estátuas na Inglaterra aos benfeitores da Pátria, esse cidadão impoluto certamente teria a sua. A Virtude, como proclamam os poetas em estrofes que os jurados tinham, sem dúvida, palavra por palavra, na ponta da língua (nesse passo, a expressão contrita dos jurados deixou patente que nada sabiam das estrofes em questão), era contagiosa. E muito particularmente a Virtude conhecida como Patriotismo ou Amor da Pátria. O exemplo sublime da testemunha da Coroa, virtuosa e irrepreensível, que o orador se honrava em citar, mesmo cônscio da sua própria indignidade e inadequação, fora levado ao conhecimento do servo do réu, despertando nele a sagrada determinação de revistar os bolsos e gavetas do patrão e de apoderar-se dos seus papéis. Ele, procurador-geral, estava preparado para ouvir da defesa críticas à conduta desse admirável empregado. Porém, quanto a ele, procurador-geral, preferia-o aos seus próprios irmãos e irmãs, e honrava-o mais que a pai ou mãe. Convidava os jurados a fazer o mesmo. O testemunho dos dois homens e as provas por eles recolhidas (que seriam no devido tempo apresentadas ao tribunal) demonstravam à exaustão que o dito prisioneiro tinha em seu poder listas das forças de Sua Majestade, da sua localização e preparativos na terra e no mar, o que não permitia dúvidas sobre a transmissão dessas informações a uma potência inimiga. Não fora possível provar que as listas, manuscritas, tivessem sido redigidas de próprio punho pelo acusado. Mas isso não importava. Na verdade, era até melhor que assim fosse para a acusação. Mostrava a perfídia do réu. A prova remontava há cinco anos e evidenciaria que o prisioneiro já se entregava às mesmas perniciosas missões, várias semanas antes do primeiro encontro entre os soldados britânicos e os coloniais. Por todas essas razões, o júri, sendo leal (como muito bem o sabia) e responsável (como os próprios jurados sabiam), teria de declarar o réu culpado e condená-lo à morte, quer isso lhe custasse ou não. De outro modo, jamais poderiam dormir sossegados; nem suas mulheres nem seus filhos jamais teriam repouso. Em suma, nem eles nem suas mulheres nem seus filhos jamais poderiam pensar em pôr a cabeça para dormir num travesseiro, se a do prisioneiro não fosse cortada fora. Essa cabeça, o senhor procurador-geral a pedia a eles, para concluir. Em nome de tudo o que lhes viesse à mente como sagrado, com fé na sua garantia solene de que já considerava o réu como morto e aniquilado.

Quando o procurador-geral se calou, houve um grande vozerio no tribunal, como se um enorme enxame de moscas azuis se tivesse posto a esvoaçar em torno da cabeça do acusado, em antecipação da carniça em que estaria logo convertido. Quando o murmúrio se aplacou, o irrepreensível patriota fez sua aparição no banco das testemunhas.

Então, o advogado da Coroa, seguindo na esteira do seu chefe, interrogou o patriota, um tal John Barsad. A história dessa alma imaculada conformava-se inteiramente ao que dela fora dito pelo procurador-geral — se a descrição pecava, era por excesso de exatidão.

Aliviado do peso que tinha no peito, ele se retiraria modestamente se o cavalheiro de peruca, cercado de papéis, sentado não muito longe do sr. Lorry, não lhe tivesse pedido que respondesse a algumas perguntas. O cavalheiro de peruca, sentado em frente ao sr. Lorry e que se obstinava em fixar o teto.

Fora ele pessoalmente um espião? Não. A testemunha repelia a baixa insinuação. De que vivia? De rendas. Onde tinha bens? Não se lembrava direito. E em que consistiam tais bens? Não era da conta de ninguém. Eram bens de família? Sim. De quem os herdara? De um parente longe. Muito longe? Sim. Estivera jamais presa a testemunha? Certamente que não. Nem mesmo em prisão por dívida? A testemunha não via que relação isso podia ter com o caso. O advogado insistiu: nem mesmo em prisão por dívida? Vamos, diga! Sim, estivera. Quantas vezes? Duas ou três vezes. E não cinco ou seis? Podia ser. Profissão? Cavalheiro. Teria levado pontapés algum dia? Talvez. Muitas vezes? Não. Fora alguma vez chutado escada abaixo por alguém? Certamente que não. Recebera, certa feita, um pontapé no alto de uma escadaria, mas rolara por si mesmo. Por ter trapaceado num jogo de dados? O bêbado que o chutara tinha dito isso, mas era mentira dele. Estava pronto a jurar? Positivamente. Não fora jamais trapaceiro de profissão? Jamais. Jogador profissional? Não mais que outros cavalheiros. Alguma vez pedira dinheiro emprestado ao prisioneiro? Sim. Pagara a dívida? Não. Seu conhecimento com o prisioneiro não era, na verdade, superficial, uma intimidade imposta, em diligências, albergues e vapores? Não. Vira de fato as listas em poder do prisioneiro? Com certeza. Sabia mais sobre as listas? Não. Não as teria fornecido ele mesmo? Não. Esperava ser pago pelo depoimento? Não. Não estaria a soldo do governo como agente provocador? Oh, Deus, não! Ou como qualquer outra coisa? Também não. Sob juramento? Quantas vezes o advogado quisesse. Não tinha então outro motivo para fazer o que fez afora o patriotismo? Nenhum, absolutamente.

O virtuoso valete Roger Cly prestou juramento em seguida e depôs com espantosa rapidez. Estivera a serviço do prisioneiro de boa-fé e com toda a simplicidade havia quatro anos. No vapor de Calais perguntara ao prisioneiro se não precisaria de um criado jeitoso, e o prisioneiro o contratara. Não pedira ao prisioneiro que o contratasse como um ato de caridade. Nunca pensara em tal coisa. Começou a desconfiar do prisioneiro e a mantê-lo em observação logo depois. Ao arranjar as roupas dele, por ocasião das viagens que faziam juntos, vira as tais listas nos bolsos dele inúmeras vezes. As que estavam nos autos, ele havia tirado de gavetas da escrivaninha do prisioneiro. Não, não fora ele mesmo quem as pusera lá. Vira o prisioneiro mostrar listas idênticas a franceses em Calais e em Boulogne. Como amava o seu país, não pôde suportar aquilo e fez a denúncia. Jamais se suspeitou dele com respeito ao furto de um bule de chá de prata. Fora caluniado, sim, por causa de um pote de mostarda, mas esse não era de prata maciça, como ficou provado. Conhecia a testemunha que o precedera havia oito anos. Mas isso era uma simples coincidência. Não, não diria que fosse particularmente curiosa: a maior parte das coincidências são curiosas. Não achava também que o fato de ter no patriotismo seu único motivo fosse outra coincidência curiosa. Era apenas um inglês leal ao seu país. Esperava que houvesse muitos da sua marca.

As moscas azuis voejaram de novo, enchendo a sala com seu burburinho. O procurador-geral chamou então o sr. Jarvis Lorry.

— Sr. Jarvis Lorry, trabalha no Banco Tellson?

— Sim.

— Numa certa noite de sexta-feira, em novembro de 1775, o senhor fez uma viagem de negócios entre Londres e Dover pela diligência do correio?

— Sim.

— Havia outros passageiros na diligência?

— Dois.

— Desembarcaram na estrada durante a noite?

— Sim.

— Sr. Lorry, olhe para o prisioneiro. Era ele um dos dois passageiros?

— Não posso afirmar com certeza.

— Não se parece, pelo menos, com algum dos seus companheiros de viagem?

— Todos dois estavam de tal modo embuçados, a noite era tão escura e mantivemos, os três, tal reserva que não ouso afirmar sequer isso.

— Sr. Lorry, olhe de novo para o prisioneiro. Procure figurá-lo tão embrulhado em mantas como os dois viajantes daquela noite. Vê alguma coisa no seu porte ou estatura que torne impossível ser ele um dos dois?

— Não.

— O senhor está disposto a jurar que ele não era um dos dois?

— Não.

— Então, pelo menos, concede que poderia ser.

— Sim. Salvo uma coisa: lembro-me de que ambos tinham medo de salteadores, como eu também. E o prisioneiro não tem ar timorato.

— O senhor já terá visto alguém fingir medo?

— Certamente que sim.

— Sr. Lorry, olhe para o prisioneiro. Está seguro de tê-lo visto antes?

— Seguríssimo.

— Quando?

— Quando voltava da França alguns dias depois. Em Calais, o prisioneiro embarcou e fez a travessia comigo.

— A que horas ele subiu a bordo?

— Pouco depois da meia-noite.

— No meio da noite então. Foi ele o único passageiro a embarcar nessa hora insólita?

— Aconteceu que fosse efetivamente o único.

— Não importa esse "aconteceu", sr. Lorry. Foi ele ou não o único passageiro a embarcar no meio da noite?

— Foi.

— O senhor viajava sozinho, sr. Lorry, ou em companhia de alguém?

— Tinha dois companheiros, um cavalheiro e uma dama. Eles estão presentes.

— Estão presentes. O senhor conversou com o prisioneiro?

— Muito pouco. O tempo era tempestuoso, a travessia foi longa e penosa, e eu me deixei ficar deitado num sofá quase que de uma margem a outra.

— Srta. Manette!

A moça, que fora alvo de todos os olhares pouco antes, e para a qual todos se voltavam de novo agora, levantou-se, mas ficou onde estava. O pai levantou-se com ela, sempre com o braço da filha passado no seu.

— Srta. Manette, queira olhar para o prisioneiro.

Ser confrontado por tal compaixão, com tal mocidade e beleza, era para o acusado mais penoso que enfrentar a multidão. Assim apartado dela como estava, e como que à beira da própria sepultura, nem a curiosidade agressiva do público pôde impedir que ele se perturbasse. Com a mão direita, dividiu as ervas que tinha à sua frente em imaginários canteiros de flores num jardim. E os esforços que fez para controlar e normalizar a respiração puseram-lhe a tremer os lábios, que ficaram sem cor: todo o sangue afluiu ao coração.

Era audível na sala o zumbido das grandes moscas.

— Srta. Manette, lembra-se de ter visto o prisioneiro antes?

— Sim, meritíssimo.

— Onde?

— A bordo do mencionado vapor e nas mesmas circunstâncias já referidas.

— A senhora é a dama à qual a testemunha anterior fez menção?

— Desgraçadamente, sim.

O tom de piedade da sua voz foi coberto pela voz menos musical do juiz, que disse com alguma severidade:

— Limite-se a responder as perguntas que lhe são feitas, sem acrescentar-lhes comentários. Repito: teve ocasião de conversar com o acusado durante a travessia do Canal?

— Sim, senhor.

— Rememore a conversação.

Em meio ao mais profundo silêncio, ela começou com voz fraca:

— Quando o cavalheiro subiu a bordo...

— Fala do prisioneiro? — disse o juiz, franzindo o cenho.

— Sim, senhor.

— Diga, então, "o prisioneiro".

— Quando o prisioneiro subiu a bordo, logo se deu conta do estado de fadiga do meu pai — e ela voltou os olhos carinhosamente para o ancião ao seu lado — cuja debilidade era extrema. Meu pai estava tão doente que tive medo de levá-lo para a cabine e preparei um leito para ele ao ar livre, no chão do convés, junto da escada. E fiquei sentada no chão para tomar conta dele. Nós quatro éramos os únicos passageiros naquela noite. O prisioneiro teve a bondade de mostrar-me como abrigar meu pai melhor do que eu fizera contra o frio. Na minha ignorância, eu não tinha ideia da direção dos ventos depois que nos fizéssemos ao largo. Ele executou tudo por mim, demonstrando a maior atenção e cuidado com meu pai, e estou segura de que era sincero. Foi assim que nos pusemos a conversar.

— Permita uma interrupção: o prisioneiro estava só ao embarcar?

— Não.

— Quantas pessoas o acompanhavam?

— Dois senhores franceses.

— Conversaram?

— Sim, até a hora em que os franceses tiveram de voltar ao seu escaler.

— Houve algum manuseio de papéis entre eles, de papéis que pudessem ser essas listas?

— Tinham papéis nas mãos, mas não sei que espécie de papéis.

— Eram como estes, na forma e no tamanho?

— É possível, mas, na verdade, nada sei, embora conversassem perto de mim. Estavam no topo da escada que leva às cabines, para disporem da luz da lâmpada que nelas pende do teto. Mas era lâmpada muito fraca, falavam em voz baixa. Não ouvi o que diziam, apenas vi que lidavam com papéis.

— Agora, quanto à conversa com o prisioneiro, srta. Manette.

— O prisioneiro foi tão aberto comigo, por causa, provavelmente, da minha situação, quanto havia sido gentil e prestativo com meu pai. Desejaria — concluiu, rebentando em soluços — não estar a pagar-lhe a bondade, fazendo-lhe mal aqui, hoje.

Zumbido de moscas.

— Srta. Manette, se o prisioneiro não compreender perfeitamente que a senhora apenas dá o testemunho que tem o dever de dar — a obrigação de dar, que não pode deixar de dar, mesmo a contragosto —, ele será a única pessoa presente nessas condições. Queira prosseguir.

— Ele me disse que viajava a negócios, de natureza delicada e comprometedora, passível de causar dificuldades a terceiros, e por isso viajava com nome suposto. Disse que esse negócio o levara havia poucos dias à França e que, no futuro, talvez se visse obrigado a andar entre França e Inglaterra por muito tempo.

— Falou da América, srta. Manette? Seja explícita e minuciosa.

— Ele tentou explicar-me como começara a questão. Disse-me que, tanto quanto sabia, a posição inglesa era tola e errônea. Acrescentou, brincando, que talvez George Washington viesse a ter tão grande nome na história quanto Jorge III. Mas não disse isso a sério, disse-o rindo, para passar o tempo.

Qualquer expressão mais marcante na fisionomia de um grande ator que faz uma cena crucial é inconscientemente imitada por todos os espectadores que têm os olhos nele. A fronte da moça tinha rugas de angústia mortal, mas também de determinação, todo o tempo em que prestou depoimento. Quando fazia uma pausa, para que o juiz tivesse tempo de escrever o que havia dito, via-se o efeito das suas palavras sobre os advogados de acusação e de defesa. A mesma expressão se lia no rosto dos espectadores em toda a sala. A tal ponto que a maioria das testas ali presentes eram como espelhos que refletissem a da testemunha, quando o juiz levantou os olhos do papel, ao ouvir a inominável heresia a respeito de George Washington.

O senhor procurador-geral indicou, então, ao senhor juiz que seria necessário interrogar em seguida, por simples formalidade que fosse, o pai da jovem testemunha, o dr. Manette, que foi chamado.

— Dr. Manette, queira olhar para o prisioneiro. Já o viu antes?

— Sim. Uma vez. Quando ele me veio ver em Londres. Há três anos ou três anos e meio.

— Pode identificá-lo como o seu companheiro de viagem no barco ou relatar-nos a conversa que ele teve com sua filha?

— Não, senhor. Nem uma coisa, nem outra.

— Tem alguma razão particular para ser assim incapaz de responder às perguntas?

— Sim — disse o velho, num sopro.

— O senhor teve o infortúnio de sofrer um longo termo de prisão no seu país natal, sem processo e até sem acusação, dr. Manette?

O velho respondeu:

— Muito longo — num tom que comoveu todos os espectadores.

— O senhor acabava de ser libertado, na época dessa viagem?

— Foi o que me disseram.

— O senhor não se lembra?

— Não. Minha mente é um espaço em branco desde a época, que não sei precisar, em que me ocupei no cativeiro a fazer sapatos, até o momento em que me encontrei em Londres, na companhia da minha querida filha. Ela já me era familiar quando um Deus misericordioso restaurou as minhas faculdades. Mas sou incapaz de dizer como isso ocorreu. Não tenho qualquer lembrança do processo.

O procurador-geral deu-se por satisfeito e sentou-se. Pai e filha fizeram o mesmo.

Um incidente dos mais singulares produziu-se naquela altura, no caso. A justiça tinha a intenção de provar que o prisioneiro viajara na diligência de Dover naquela noite de sexta-feira do mês de novembro, cinco anos atrás, com um cúmplice; que descera, durante a noite, com intuito de despistamento, num lugar onde não permaneceu mas do qual voltou cerca de doze milhas aproximadamente, até uma guarnição e estaleiro, onde colheu informações. Uma testemunha foi chamada para identificá-lo como o homem que estava abancado numa mesa do bar do hotel da dita cidade portuária e fortificada, exatamente na hora indicada, a esperar por outra pessoa. O advogado de defesa interrogava a testemunha sem grandes resultados. Apenas obtivera dela a admissão de que jamais vira o prisioneiro antes. Mas naquela altura o cavalheiro de peruca, que até então contemplara meditativamente o teto da sala, rabiscou uma palavra ou duas num pedaço de papel, amassou-o até fazer uma bola e lançou-a para o causídico. Abrindo-o no primeiro intervalo, o advogado olhou o acusado com a maior atenção e curiosidade.

— O senhor tem certeza de que se tratava do prisioneiro?

A testemunha tinha certeza.

— Jamais viu alguém parecido com o prisioneiro?

— Não tão parecido que pudesse tomar um pelo outro.

— Pois olhe então para aquele meu douto colega ali — e apontou o homem que lhe lançara o papel — e olhe de novo para o prisioneiro. O que me diz? Não são parecidíssimos um com o outro?

Descontada a aparência descuidada e negligente do "meu douto colega", descuidada e negligente para não dizer dissoluta, eles se pareciam suficientemente um com o outro para surpreender não só a testemunha, mas todos os presentes, quando foram assim comparados um com o outro. Com a relutante permissão do meritíssimo juiz, "meu douto colega" retirou por um momento a sua peruca, e a semelhança ficou ainda mais extraordinária. O juiz indagou do sr. Stryver (o advogado de defesa) se era intenção dele processar o sr. Carton (era esse o nome do "meu douto colega") por traição. O sr. Stryver tranquilizou o juiz. Tinha apenas querido perguntar à testemunha se o que acontecera uma vez não poderia acontecer de novo; se não veria abalada a sua segurança se essa prova das consequências da precipitação lhe fosse apresentada antes; e outras coisas do mesmo gênero, com o objetivo final de reduzir a testemunha a pedaços, como se fora uma tigela, e sua parte no caso a cacos inúteis.

O sr. Cruncher, que acompanhava o interrogatório esfregando os dedos, já conseguira limpá-los da maior parte da ferrugem. Tinha agora de aguardar que o sr. Stryver acabasse de provar o caso do prisioneiro no júri, como se fora um terno feito sob medida. Mostrar-lhes que o pretendido patriota, Barsad, era um espião mercenário e um traidor, um cínico traficante de sangue humano, e um dos maiores celerados da superfície da Terra desde aquele maldito Judas, do qual era o retrato escarrado. Que o virtuoso criado Cly era seu amigo e cúmplice, e digno de ser ambas as coisas. E como os olhos vigilantes dessa dupla de falsários e perjuros descobriram no acusado uma vítima em potencial. Pois, sendo ele de origem francesa e tendo negócios de família a tratar na França, fazia frequentes travessias do Canal — embora, por consideração e afeto para com os seus, ele se recusasse teimosamente a divulgar a natureza dos ditos negócios, mesmo com risco de vida. A evidência arrancada a saca-rolhas da nobre donzela, cuja angústia todos haviam testemunhado naquela sala, não importava em grande coisa. Reduzia-se mesmo, a rigor, a uma simples troca de inocentes gentilezas e galanterias, esperável num encontro como aquele entre um rapaz de sociedade e uma jovem de boa família — com exceção da referência a George Washington, essa de todo extravagante e impossível de ser considerada a outra luz que não a de uma monstruosa brincadeira. E, como seria fraqueza do governo não se aproveitar da ocasião para ganhar popularidade com a exploração das mais baixas antipatias nacionais e dos mais vis temores do povo, o senhor procurador-geral procurara tirar do incidente o maior partido possível. Não obstante tudo isso, o caso não tinha qualquer base, salvo o caráter desprezível e infame da prova, que não raro desfigura casos como esse e abunda nos anais dos julgamentos sobre Segurança do Estado no país. Nesse momento o juiz interrompeu-o com uma cara comprida (como se o que ele estivera a dizer não fosse verdadeiro) e declarou que não poderia ocupar aquela cadeira e ouvir impassível alusões desse tipo.

O sr. Stryver chamou, então, suas poucas testemunhas, e o sr. Cruncher teve de ouvir o procurador-geral virar do avesso o terno que o sr. Stryver tinha alinhavado, mostrando como Barsad e Cly eram até cem vezes mais virtuosos do que ele pensara e o prisioneiro cem vezes mais perverso. Por fim, o próprio juiz ficou a mexer com o terno, ora pelo direito, ora pelo avesso, porém sempre e decididamente a dar-lhe forma para com ele enterrar o prisioneiro.

E o júri se pôs a deliberar, e de novo encheu a sala o mesmo zunzum de um milheiro de moscas das grandes.

O sr. Carton, que por tanto tempo fitara o teto do tribunal, não mudou de lugar nem de atitude, em meio à excitação. Enquanto seu douto colega, o sr. Stryver, reunindo os seus papéis, trocava palavras em voz baixa com os vizinhos, olhando de tempos em tempos ansiosamente para onde o júri discutia; enquanto os espectadores se deslocavam e se reagrupavam outra vez; enquanto o meritíssimo em pessoa se erguia da sua cadeira e andava de um lado para o outro, pausadamente, na plataforma, acompanhado pela suspeita geral de se achar num estado de agitação febril; o sr. Carton, e só ele, permanecia reclinado no assento, com a toga rasgada um tanto solta no corpo, a peruca um tanto de viés, como se a tivesse deixado ficar tal qual lhe caíra na cabeça, depois de removida para o golpe de teatro da comparação com o prisioneiro, as mãos nos bolsos e os olhos no teto, como desde o começo da audiência. Uma certa desenvoltura na atitude dava-lhe um ar equívoco e diminuía a sua semelhança com o acusado (antes tida por extrema), tanto quanto a sua seriedade anterior contribuíra para acentuá-la. De modo que a maior parte dos espectadores, observando-o, perguntava-se agora, e perguntavam uns aos outros, como fora possível achar os dois parecidos. O sr. Cruncher fez exatamente essa observação ao vizinho mais próximo e acrescentou:

— Aposto meio guinéu como esse freguês não consegue causas com frequência. Não tem ar de conseguir, não é mesmo?

E, todavia, o sr. Carton observava muito mais do que se diria olhando-o. Quando, por exemplo, a srta. Manette deixou pender a cabeça para o peito do pai, ele foi o primeiro a percebê-lo e a dizer em voz alta: "Meirinho, cuide da moça. Não vê que ela pode cair? Ajude o pai a retirá-la da sala."

Houve grande comiseração por ela quando foi levada, e muita simpatia pelo pai. Fora, visivelmente, muito penoso para ele evocar os dias do seu cativeiro. Mostrava grande agitação interior quando interrogado, e depois um ar meditativo e sombrio, que o fazia parecer ainda mais velho, envolveu-o como que numa nuvem pesada e escura. Quando saiu, os membros do júri, que tinham feito uma pausa nas suas deliberações para acompanhá-lo com o olhar, manifestaram-se através do seu porta-voz.

Não chegavam a um acordo e queriam retirar-se. O meritíssimo (talvez com George Washington em mente) demonstrou alguma surpresa, mas concordou em que se recolhessem para deliberar melhor, sob escolta, naturalmente. E ele próprio se recolheu à sua câmara.

O julgamento durara o dia inteiro, e as lâmpadas da sala eram agora acesas. Começou a correr o rumor de que os jurados não voltariam tão cedo, e os espectadores saíram para beber ou comer alguma coisa. Quanto ao prisioneiro, foi levado para o fundo da sala e lá ficou sentado.

O sr. Lorry, que saíra quando a moça e seu pai saíram, reapareceu. E fez sinal a Jerry. Este não teve dificuldade, com a sala esvaziada, de reunir-se a ele.

— Jerry, se quiser sair para tomar alguma coisa, vá. Mas fique atento. Ouvirá quando o júri vier de volta. Não se atrase um minuto, pois quero que leve o veredito ao Banco. Você é o mensageiro mais rápido que conheço e estará em Temple Bar muito antes de mim.

A testa de Jerry era estreita, mas sempre havia nela espaço bastante para que ele a tocasse com a mão em sinal de respeito. Foi o que fez, acatando a ordem. Depois, embolsou o xelim de que tinha vindo acompanhada. Nesse momento, o sr. Carton aproximou-se e pôs a mão no braço do sr. Lorry.

— Como vai a moça?

— Está muito aflita, mas o pai a conforta, e ela já se sente melhor pelo fato de ter saído da sala.

— Vou dar essa notícia ao prisioneiro. Não fica bem para um respeitável banqueiro como o senhor falar com ele em público.

O sr. Lorry corou vivamente, pois estivera debatendo justamente esse ponto consigo mesmo, e o sr. Carton se afastou. Como a saída ficava no mesmo lado, Jerry seguiu atrás dele, todo ouvidos, olhos e cabelo espetado.

— Sr. Darnay!

O prisioneiro acercou-se logo.

— Estará naturalmente ansioso por notícias da srta. Manette. Ela vai bem. O pior já passou.

— Lamento muito ter sido a causa de tudo. Poderia dizer-lhe isso por mim e dar-lhe conta do meu vivo reconhecimento?

— Sim, posso e vou fazê-lo, se é o que pede.

As maneiras do sr. Carton eram tão indiferentes que chegavam quase à insolência. Apoiado na barra do tribunal, dava a meio as costas ao acusado.

— Sim, peço. Aceite os meus agradecimentos.

— O que espera, sr. Darnay? — perguntou o sr. Carton, ainda mais de costas para o outro.

— O pior.

— Faz bem. O pior é o mais provável. Mas o fato de se retirarem para deliberarem é-lhe favorável.

Como não podia obstruir o caminho por mais tempo, Jerry não ouviu o resto. Deixou os dois homens, tão parecidos fisicamente, tão diversos nos modos, de pé, um ao lado do outro, refletidos ambos pelo espelho pendurado acima deles.

Uma hora escoou penosamente. Hora e meia. Nos estreitos corredores cheios de gente, a multidão impacientava-se, embora revigorada por tortas de carneiro e cerveja. O rouco mensageiro, mal sentado num banco depois dessa refeição, caíra numa espécie de estupor, quando o vozerio e o tumulto de uma vaga humana que se lançava para as escadas arrastaram-no também para cima.

— Jerry! Jerry! — já o sr. Lorry gritava da porta quando ele apareceu.

— Aqui, senhor! É uma guerra para entrar. Mas aqui estou!

O sr. Lorry passou-lhe um papel por cima da cabeça dos circunstantes.

— Depressa! Você tem o papel?

— Sim, tenho.

Rabiscada às pressas no papel havia uma única palavra: "Absolvido".

— Se fosse, como da outra vez, "chamado de volta à vida" — resmungou Jerry —, eu saberia o que o senhor quer dizer agora.

Não teve tempo de dizer mais nada nem de pensar até que se viu longe do Old Bailey. Pois a massa de povo precipitou-se para fora do tribunal com tal violência que ele quase foi levantado no ar. E um imenso burburinho encheu a rua, como se as grandes moscas-varejeiras, desapontadas na sua expectativa, se dispersassem em busca de outra carniça.

4.
Congratulações

Enquanto os últimos sedimentos daquele grande cozido humano que fervera ali todo o dia escorriam para fora dos corredores mal iluminados do tribunal, o dr. Manette, Lucie Manette, sua filha, o sr. Lorry, o advogado de defesa e seu colega, sr. Stryver, se reuniam em torno do sr. Charles Darnay — recém-libertado — para congratulá-lo por haver escapado à morte.

Mesmo a uma luz mais clara teria sido difícil reconhecer no dr. Manette, com suas feições de intelectual e seu porte de aristocrata, o sapateiro da mansarda parisiense. E, todavia, ninguém que o olhasse duas vezes deixava de olhá-lo de novo, mesmo sem ouvir-lhe a voz surda de cadência merencória ou de perceber a nuvem passageira que lhe toldava de repente os traços sem razão aparente, dando-lhe um ar distraído. Por vezes, a causa era externa, e qualquer referência à sua longa provação — como durante a audiência — evocava-lhe das profundezas da alma essa tristeza. Mas era da natureza dela aflorar por si mesma, e escurecer-lhe a fisionomia de maneira tão incompreensível para os que ignoravam sua história como se tivessem visto, num dia de sol de verão, projetar-se no chão a sombra da Bastilha, embora a fortaleza estivesse a trezentas milhas de distância.

Só a filha tinha o condão de afastar da sua mente esse véu tenebroso. Era ela o fio de ouro que o ligava a um Passado anterior à sua miséria e ao Presente que sucedera a essa miséria. E o som da voz da moça, a luz do seu rosto, o toque da sua mão provocavam quase sempre o mais benéfico efeito sobre ele. Não sempre, pois ela mesma se lembrava de ocasiões em que esse poder se mostrara ineficaz. Eram, no entanto, raras, e ela queria crer que não se repetiriam.

O sr. Darnay beijara-lhe a mão com fervor e reconhecimento. Voltara-se depois para o sr. Stryver, a quem também agradecera calorosamente. O sr. Stryver, homem de seus trinta anos, mas com aparência de vinte anos mais velho, era rubicundo, fornido e verboso. Falava alto, tinha maneiras bruscas e abria caminho às cotoveladas, moral e fisicamente, em qualquer sociedade ou conversação, o que era sinal de sucesso na vida.

Ostentava ainda toga e peruca, e, postando-se em face do seu último cliente, conseguiu excluir do grupo o inocente sr. Lorry.

— Muito me alegro por havê-lo tirado da enrascada com honra, sr. Darnay — disse. — Era uma infâmia, uma verdadeira infâmia, mas que, por isso mesmo, tinha toda probabilidade de vingar.

— Fico-lhe agradecido por toda a vida, pois é a própria vida que lhe devo — disse o ex-réu, sacudindo-lhe a mão.

— Fiz o melhor que pude pelo senhor, sr. Darnay, mas não creio que tenha feito mais do que outro advogado faria.

O cliente tinha a obrigação de responder: "Fez muito mais." Foi, todavia, o sr. Lorry quem o disse, mais para entrar outra vez na roda.

— Ah, o senhor acha? — disse o sr. Stryver. — Bem, afinal assistiu a tudo desde o começo. E entende do riscado. O senhor é um homem de negócios.

— E como tal — replicou o sr. Lorry, que um golpe de espádua do eminente causídico reintroduzira no grupo depois de havê-lo excluído dele antes da mesma maneira —, e como tal apelo para o dr. Manette para que encerre essa reunião e nos mande a todos para casa. A srta. Lucie não está passando bem, o sr. Darnay teve um dia terrível, e estamos todos exaustos.

— Fale por si, sr. Lorry — disse Stryver. — No que me diz respeito, tenho ainda uma noite de trabalho pela frente. Fale apenas por si.

— Falo por mim, e pelo sr. Darnay e pela srta. Lucie. Diga, srta. Lucie, acha que posso falar por todos? — Fez a pergunta diretamente à moça, mas com um olhar para o pai dela, cuja fisionomia se fechara.

Fitava o sr. Darnay de maneira curiosa, com uma expressão de crescente aversão e desconfiança em que havia também uma ponta de medo. Com essa expressão afivelada no rosto, parecia ter de novo a mente perdida em divagações.

— Pai! — disse Lucie, pousando a mão de leve na sua.

Ele repeliu devagar as sombras que o envolviam e voltou-se para a moça.

— Vamos para casa, pai?

Com um fundo suspiro, ele respondeu:

— Sim.

Os amigos do acusado absolvido se tinham àquela altura dispersado, sob a impressão, que ele mesmo sugerira, de que não seria solto àquela hora. As luzes já estavam quase todas apagadas nos corredores, os portões de ferro estavam sendo fechados com fragor para a noite, e o lúgubre local ficaria deserto até o dia seguinte — quando o fascínio da forca, de pelourinho, do poste de açoites e do ferro em brasa de novo o povoaria.

Entre seu pai e o sr. Darnay, Lucie Manette saiu para a rua. Uma sege de aluguel foi chamada e pai e filha partiram nela.

O sr. Stryver deixara-os no corredor para dirigir-se à antecâmara que servia de vestiário. Um outro personagem, que não se juntara ao grupo nem trocara uma palavra com qualquer dos circunstantes, mas que estivera todo o tempo apoiado, à parede, onde a sombra era mais densa, seguira-os silenciosamente de longe, até que o coche se afastou. Avançou, então, para onde o sr. Lorry e o sr. Darnay se encontravam, na calçada.

— Muito bem, sr. Lorry. Os homens de negócios podem agora ser vistos com o sr. Darnay?

Ninguém fizera alusão ao papel do sr. Carton nos acontecimentos do dia. Ninguém tomara conhecimento desse papel. Ele estava agora sem a sua toga, o que em nada lhe melhorava a aparência.

— Se o senhor soubesse que conflito se estabelece na cabeça de um homem de negócios quando dividido entre a bondade natural e a necessidade de guardar as aparências, certamente acharia isso divertido, sr. Darnay.

O sr. Lorry ficou vermelho e retrucou com algum calor:

— O senhor já mencionou isso antes. Nós, homens de negócios, que servimos uma Casa, não somos donos do nosso nariz. Temos de pensar mais na Casa que em nós mesmos.

— Mas eu sei, eu sei — respondeu o sr. Carton com indiferença. — Não se abespinhe, sr. Lorry. O senhor faz como os outros. Faz melhor, não tenho dúvida.

— A rigor — prosseguiu o sr. Lorry sem fazer caso dessa resposta —, não sei o que tem a ver com isso. Se me permite a liberdade, por ser eu muito mais velho que o senhor, não acho que seja da sua conta.

— Nada é da minha conta. Não tenho negócios, eu — disse o sr. Carton.

— Pois é uma pena.

— Também acho.

— Se os tivesse — concluiu o sr. Lorry —, talvez se ocupasse deles.

— Deus meu, não! — disse o sr. Carton.

— Muito bem! — exclamou o sr. Lorry, irritado com o descaso do outro. — Os negócios são coisa excelente, e coisa muito respeitável também, se quer saber. E se os negócios impõem suas reservas, suas peias, o sr. Darnay, como um cavalheiro, saberá, na sua generosidade, compreender a minha posição e dar o desconto que as circunstâncias impõem. Boa noite e passar bem, sr. Darnay. Que Deus o guarde. Se Ele o preservou neste dia deve ter sido para uma vida feliz e próspera. Cadeirinha!

Talvez um pouco zangado consigo mesmo e com o advogado, o sr. Lorry subiu à cadeira e foi carregado em direção ao Banco Tellson. Carton, que recendia a vinho do Porto, e não parecia lá muito sóbrio, riu-se. Depois, virou-se para Darnay:

— Estranho acaso esse que nos reúne, o senhor e eu. Não lhe parece curioso estar aqui nesta rua sozinho com o seu sósia?

— Eu ainda não me acostumei a fazer parte deste mundo outra vez.

— Não me admira. Não faz tanto tempo assim que estava bem adiantado no caminho do outro. Fala com voz tão fraca!

— Começo a sentir-me fraco.

— Então, por que diabo não cear? Eu jantei, enquanto aqueles beldroegas discutiam a que mundo você deveria pertencer, a este ou a algum outro. Mas permita que lhe mostre a taberna mais próxima em que se come bem.

E passando o braço pelo de Charles Darnay, Carton desceu Ludgate Hill com ele até Fleet Street, onde entraram, por uma passagem coberta, numa taberna. Ali, instalaram-se num salãozinho particular, onde o ex-prisioneiro logo se pôs a restaurar as forças, com uma refeição singela e um bom vinho, enquanto Carton, sentado em face dele, com uma garrafa de Porto ao alcance da mão, tinha a mesma expressão um tanto insolente de sempre.

— Já se sente de novo membro do reino terrestre, sr. Darnay?

— Embora muito confuso ainda em matéria de tempo e de lugar, começo a senti-lo.

— Deve ser uma satisfação imensa!

Disse-o com amargor. E logo encheu de novo o copo, que era grande.

— Quanto a mim, não tenho maior desejo do que esquecer que a ele pertenço. Ele nada tem a oferecer-me, exceto vinho como este. Eu, por meu lado, nada posso dar-lhe. De modo que, nesse particular, temos algo em comum. Na verdade, inclino-me a pensar que não temos muito mais em comum, o senhor e eu.

Perturbado ainda pelas emoções do dia, e sentindo como um pesadelo o fato de estar ali com aquele duplo de si mesmo (em forma mais grosseira), Charles Darnay não achou prontamente palavras para responder. Então, calou.

— Agora que comeu — disse Carton por fim —, por que não propõe uma saúde? Isso mesmo, um brinde!

— Que saúde? Que brinde?

— Mas se o tem na ponta da língua... Deve ter, juraria que tem!

— À srta. Manette, então!

— À srta. Manette!

Olhando seu companheiro nos olhos enquanto bebia o brinde, Carton lançou o copo vazio por cima do ombro contra a parede, onde ele se partiu em mil pedaços. E logo pediu outro ao garçom.

— É uma bela moça para entregar a uma carruagem no escuro, sr. Darnay! — disse, enchendo o novo copo de vinho do Porto.

Um "sim" lacônico e um franzir de sobrolhos foram a sua resposta.

— É uma bela moça, para se apiedar por alguém, chorar por alguém. Como se sente como objeto de uma tal ternura? Vale a pena ser julgado por traição só para receber a homenagem dessa simpatia e compaixão. Hein, sr. Darnay?

Darnay de novo não respondeu.

— Ficou encantada com o recado que lhe mandou, quando eu o dei a ela. Não que o demonstrasse. Mas suponho que tenha ficado.

A alusão serviu muito a propósito para recordar a Darnay que o desagradável companheiro ajudara-o espontaneamente a safar-se das aperturas daquele dia. Torceu a conversa para esse ponto e agradeceu ao outro pelo que fizera.

— Não desejo nem mereço gratidão alguma — foi a negligente resposta do outro. — Era coisa fácil, em primeiro lugar. Em segundo, não sei por que o fiz. Permita, apenas, que lhe dirija uma pergunta.

— Pois não. É pouco pelo muito que lhe devo.

— Imagina que eu goste do senhor especialmente?

— Deveras, sr. Carton? — disse o outro, desconcertado. — Não me fiz essa pergunta.

— Pois faça-a.

— O senhor agiu como se gostasse. Mas não penso que goste.

— Eu também não penso. Mas começo a ter uma alta opinião do seu bom senso.

— Seja como for — disse Darnay, levantando-se para tocar a campainha —, espero que nada haja nisso que me impeça de pedir a conta, nem de nos despedirmos sem rancor, de parte a parte.

— Nada absolutamente — disse Carton.

Darnay tocou.

— O senhor pretende pagar toda a conta? — perguntou Carton. E como o outro respondesse afirmativamente: — Então, garçom, traga-me uma segunda garrafa desse mesmo vinho e venha acordar-me às dez.

Paga a conta, Charles Darnay levantou-se e desejou boa noite a Carton. Sem fazer voto semelhante, Carton também se levantou e disse, com um grão de ameaça na atitude:

— Uma última palavra, sr. Darnay. Pensa que estou bêbado?

— Penso que andou bebendo.

— Pensa? O senhor sabe que andei bebendo.

— Se é o que deseja que diga, sim: sei.

— Pois então precisa saber por quê. Sou um escravo do trabalho, um fracassado. Não me importo com ninguém no mundo e ninguém se importa comigo.

— É de lamentar. Poderia tirar melhor partido dos dons que possui.

— Pode ser que sim e pode ser que não, sr. Darnay. E não se envaideça muito com sua cabeça fria. Não sabe o que pode acontecer-lhe. Boa noite!

Uma vez sozinho, o estranho indivíduo tomou uma vela, foi até um espelho pendurado na parede e examinou-se minuciosamente nele.

— Você gosta de fato desse homem? — resmungou para a própria imagem. — Por que gostar de um homem que se parece com a gente quando não se gosta da gente? Ah, diabos confundam você! Como você está mudado! E isso é razão bastante, gostar de um homem porque ele mostra o que você foi um dia, ou o que poderia ter sido? No lugar dele, você teria sido o alvo daqueles olhos azuis, o objeto da angústia daquele rostinho agitado... Vamos, confesse francamente: você odeia o desgraçado!

Dito isso, voltou para o consolo do vinho, que bebeu todo em poucos minutos. Depois adormeceu com a cabeça nos braços e os cabelos em desalinho sobre o tampo da mesa. A vela, ao derreter, recobriu-o de um longo sudário de pingos de cera.

5.

O chacal

Bebia-se naquele tempo. E a maior parte dos homens bebia brutalmente. Tão grande foi o progresso que o Tempo operou em tais hábitos que o simples relato da quantidade de vinho e ponche que um homem tomava no curso de uma única noite, sem detrimento da sua reputação de cavalheiro, pareceria hoje exagerada e absurda. A ilustrada companhia dos homens da lei certamente não ficava na rabeira em matéria de propensões báquicas. Quanto ao sr. Stryver, que já abria caminho na profissão, como na rua, a cotoveladas, dispondo em pouco tempo de uma ampla e lucrativa clientela, não tinha nada a invejar aos seus confrades nesse particular — não mais do que nos setores igualmente áridos da prática jurídica.

Muito estimado no Old Bailey e também no Supremo Tribunal, o sr. Stryver começara igualmente a podar e limpar os degraus mais baixos da escada que tinha de subir futuramente. O Supremo Tribunal e o Old Bailey estendiam seus braços ao novo favorito, que empurrava agora tudo o que estava à frente na direção do lorde-presidente da Suprema Corte Real de Justiça. De modo que a cara vermelhaça do sr. Stryver podia ser vista diariamente, por cima de um canteiro de perucas brancas, como um gigantesco girassol que se levantasse para a luz no meio de um jardim repleto de flores da mesma espécie, todas luxuriantes.

Muitas vezes, observara-se no tribunal que, se o sr. Stryver tinha o verbo eloquente, um mínimo de escrúpulos, e réplica pronta e fácil, carecia da faculdade de extrair a essência do caso de uma pilha de documentos, o que é, afinal de contas, a qualidade mais eminente e necessária num advogado. Mas ele fizera progressos nisso. Quanto mais causas tinha, mais parecia empenhado em tirar delas, suco e moela. E por mais que ficasse à noite bebendo com Sydney Carton, na manhã seguinte tinha a causa na ponta da língua.

Sydney Carton, o mais preguiçoso e o menos promissor dos homens, era o grande aliado de Stryver. O que os dois bebiam juntos entre Hilary Term e Michaelmas daria para fazer flutuar um navio da esquadra real. Stryver jamais tinha uma causa onde quer que fosse que Carton não estivesse por perto, de mãos nos bolsos e olhos fitos nas tábuas do teto. Faziam sempre a mesma ronda de tribunais e sempre achavam meio de prolongar as suas orgias até a manhã seguinte. Corria que Carton fora visto voltando para casa já dia alto, com o andar furtivo e trôpego de um gato dissoluto. Por fim, já se dizia, entre os que se interessavam por essas coisas, que, embora Sydney Carton jamais pudesse ser um leão, era um excelente chacal e que nessa humilde capacidade prestava a Stryver excelentes serviços.

— Dez horas, senhor — disse o homem da taberna, que ele encarregara de acordá-lo. — São dez horas, senhor.

— E daí?

— Dez horas, senhor?

— O que quer dizer? Dez da noite?

— Isso mesmo. Vossa Honra mandou que eu o chamasse.

— Ah, sim. Lembro-me. Muito bem.

E depois de um último e vão esforço para dormir de novo, que o garçom combateu atiçando o fogo continuamente por cinco minutos, ele se pôs de pé, enfiou o chapéu na cabeça e saiu. Na rua, dirigiu-se para o Temple, curando-se do torpor que sentia, fazendo duas vezes o mesmo caminho, na calçada de King's Bench Walk e Paper Buildings. Só então se dirigiu ao apartamento de Stryver.

O empregado de Stryver, que jamais assistia a essas conferências, já fora para casa; foi o próprio patrão quem abriu a porta. Estava de chinelos, metido num robe folgado, com o pescoço nu para ficar mais à vontade. Os olhos em brasa, pisados, tinham dessas olheiras inflamadas, encontradiças em todos os dissolutos da sua classe, do retrato de Jeffries para baixo, e que se podem ver, sob os variados disfarces da Arte, nos retratos de todas as Eras de Dissipação.

— Você está um tanto atrasado, Memória — disse Stryver.

— Não, é a minha hora habitual. Com quinze minutos talvez para mais ou para menos.

Foram para uma peça em desordem, com as paredes cobertas de livros e o chão juncado de papéis, e, em cuja lareira ardia um grande fogo. Uma chaleira fervia na sua chapa lateral, e, em meio à confusão da papelada, brilhava uma mesa, bem guarnecida de vinho, *brandy*, rum, açúcar e limões.

— Vejo que tomou sua garrafa, Sydney.

— Duas esta noite, penso eu. Ceei com o meu constituinte do dia, ou assisti à ceia dele, o que vem a dar no mesmo.

— Foi uma brilhante ideia a sua de levantar aquele ponto sobre a identificação. Quando lhe ocorreu? Isto é, quando percebeu a semelhança?

— Dei-me conta de que ele era um belo rapaz e que eu teria sido como ele se tivesse tido sorte.

O sr. Stryver riu até sacudir a sua pança precoce.

— Você e sua sorte, Sydney! Ao trabalho, vamos, ao trabalho!

Taciturno, o chacal afrouxou a roupa, foi até um quarto vizinho e voltou com uma jarra de água fria, uma bacia e uma toalha ou duas. Embebendo as toalhas na água e torcendo-as, ele as enrolou na cabeça como um horroroso turbante, instalou-se à mesa e anunciou:

— Agora, estou pronto!

— Não temos muito a destrinchar esta noite, Memória — disse o sr. Stryver jovialmente, mexendo nos seus papéis.

— Quantos casos?

— Dois.

— Comecemos pelo pior.

— Pois aí está. Mãos à obra.

O leão se reclinou num sofá junto do aparador das bebidas, e o chacal ficou do outro lado, abancado à mesa, mas também com as garrafas e os copos ao alcance da mão. Ambos recorreram frequentemente a esse bar, mas cada um à sua maneira: o leão, o mais das vezes, estirado em todo o comprimento e com as mãos metidas no cinto, contemplava as chamas e flertava ocasionalmente com um documento secundário; o chacal, de cenho enrugado e expressão atenta, mergulhava com tal concentração na tarefa que seus olhos nem acompanhavam a mão quando ela avançava para o copo, e muitas vezes ela tateava por um minuto ou mais antes de levá-lo aos lábios. Duas ou três vezes o problema em pauta ficou tão enrolado que o chacal julgou imperativo levantar-se e molhar suas toalhas de novo. Dessas peregrinações a jarro e bacia ele retornava com tais excentricidades como carapuça que não há palavras capazes de descrevê-las. O seu ar de ansiosa gravidade acentuava-lhe o grotesco.

Por fim, o chacal reuniu um copioso repasto para o leão e correu a apresentá-lo. O leão recebeu-o com as devidas cautelas, fez sua escolha no lote, e entregou-se a judiciosos comentários, com a assistência do chacal. Uma vez tudo degustado, o leão pôs de novo as mãos na cinta e alongou-se de novo, para meditar. O chacal fortaleceu-se com uma boa talagada, fez nova aplicação de toalhas molhadas e lançou-se à consideração do segundo cardápio — que foi, a seu tempo, administrado, como o outro, ao leão e liquidado apenas quando o relógio batia três da manhã.

— E agora que terminamos, Sydney, faça-nos uma boa tigela de ponche — disse o sr. Stryver.

O chacal tirou as toalhas da cabeça, que havia fumegado outra vez, sacudiu-se, bocejou, tiritou um pouco, e obedeceu.

— Você esteve muito lúcido hoje, Sydney, na questão dessas testemunhas de acusação. Todas as perguntas foram respondidas.

— Não sou sempre lúcido?

— Não digo o contrário. Mas o que foi que o deixou assim abespinhado? O ponche é uma boa panaceia.

Com um grunhido imprecatório, o chacal de novo obedeceu.

— O mesmo Sydney Carton do velho colégio de Shrewsbury — disse Stryver, abanando a cabeça como se passasse em revista a vida do seu camarada —, o mesmo Sydney, na sua eterna gangorra, um minuto no alto e logo embaixo outra vez, hoje alegre, amanhã deprimido!

— Ah! — respondeu o outro, com um suspiro. — Sim, o mesmo Sydney, com a mesma falta de sorte. Já naquela época eu fazia as lições dos outros e raras vezes a minha.

— E por quê?

— Só Deus sabe. É o meu jeito. Ou o meu fado.

Sentou-se, pôs as mãos nos bolsos. E de pernas estiradas, ficou a contemplar o fogo.

— Carton — disse o amigo, postando-se à frente dele com ar ameaçador. Era como se a lareira fosse a fornalha onde se temperam os esforços perseverantes, e a única coisa delicada a fazer em benefício do velho Sydney Carton do velho colégio de Shrewsbury fosse dar-lhe um bom empurrão para dentro do fogo. — O seu jeito, meu caro, é e sempre foi capenga. Você não tem energia nem constância. Olha só para mim!

— Bolas! — replicou Sydney, com um riso mais leve e mais bem-humorado. — Não me venha agora pregar moral!

— Como consegui fazer tudo o que fiz, hein? — perguntou Stryver retoricamente. — Como é que faço o que faço?

— Em parte porque tem a mim, para que o ajude, imagino eu. Mas não vale a pena apostrofar-me nem à atmosfera a esse respeito. O que você quer fazer, faz mesmo. Você sempre esteve na primeira fila e eu sempre fiquei para trás.

— Eu tinha de ficar na primeira fila. Pois não foi nela que nasci?

— Não presenciei a cerimônia. Mas, na minha opinião, nasceu de fato — disse Carton e riu de novo. Ambos riram. — Antes de Shrewsbury, em Shrewsbury e depois de Shrewsbury — continuou ele —, você sempre ocupou o seu lugar e eu ocupei o meu. Mesmo quando fomos companheiros de estudos no Quartier Latin, em Paris, aprendendo francês e direito francês, e outras coisas supérfluas e francesas que não nos valeram grande coisa, você sempre chegava a algum lugar e eu nunca chegava a nenhum.

— Por culpa de quem?

— Sinceramente, não juraria que não tenha sido por sua culpa. Você estava sempre a forçar a mão, a empurrar os outros com os ombros e com os cotovelos e de maneira tão encarniçada que a mim só restava fazer corpo mole e fingir de morto. É melancólico, porém, meu caro, esmiuçar o próprio passado quando o dia vem chegando. Ponha-me num outro trem de pensamento antes que eu me despeça.

— Muito bem! Pois bebamos à saúde da bela testemunha — disse Stryver, erguendo o copo. — Isso o põe numa direção mais simpática?

Aparentemente não, pois Carton ficou de novo sombrio.

— A bela testemunha — resmungou, olhando o fundo do copo. — Tive a minha dose de testemunhas desde essa manhã. A quem se refere você exatamente?

— À filha do dr. Manette, bonita como uma pintura.

— *Ela,* bonita?

— E porventura não é?

— Não.

— Homem de Deus! A moça foi a sensação do tribunal!

— Pois o tribunal que se dane. Desde quando o Old Bailey julga também rainhas de beleza? A moça não passa de uma boneca de cabelo amarelo.

— Sabe de uma coisa, Sydney? — disse o sr. Stryver, fincando nele os olhos penetrantes e passando a mão devagar pelo rosto corado. — Eu tive a nítida impressão de que você simpatizava com essa boneca de cabelo de trigo. Pois não foi você a primeira pessoa a se dar conta do que acontecia com ela?

— Grande coisa! Se uma fêmea, boneca ou não boneca, desmaia a um palmo do meu nariz, não preciso de um óculo de longo alcance para ver o que se passa. Bebo o seu brinde, mas nego a beleza da dama. E agora não bebo mais. Vou dormir.

Quando o seu anfitrião o acompanhou até a porta da rua com uma vela, para iluminar os degraus da escada externa, o dia começava a espiar friamente pelas vidraças imundas. Quando Carton saiu, o ar estava frio e parado, o céu baixo e indiferente, o rio negro e impreciso. Todo o cenário era um deserto sem vida. Volutas de pó rodopiavam aqui e ali levadas pelo vento matinal, e era como se a areia de um saara longínquo se tivesse elevado para além do horizonte e enviado suas primeiras lufadas antes de engolir a cidade.

Com essa desolação em torno e sem forças na alma, o homem se deixou ficar de pé e incerto por um bom momento, depois atravessou a esplanada silente e viu na solidão que se estendia à sua frente uma miragem feita de ambição, de honras, renúncias e perseverança. Na cidade mirífica dessa visão, havia galerias de vidro de onde se debruçavam para ele todos os amores e graças, jardins em que os frutos da árvore da vida amadureciam, fontes de Esperança de águas espelhantes. Essa visão durou apenas um momento e esfumou-se. Galgando o mais alto dos quartos num poço de casas escuras, ele caiu pesadamente, sem tirar a roupa, numa cama descuidada, e logo o travesseiro se molhou de lágrimas inúteis.

Triste, muito triste, o sol nasceu, subiu. E nada iluminou de mais confrangido do que aquele homem de boa sensibilidade e bons talentos, mas incapaz de orientá-los, e incapaz de governar-se, ajudar-se, prover a própria felicidade, cônscio dessa jaça insanável e resignado a deixar-se roer por ela.

6.
Centenas de pessoas

A tranquila morada do dr. Manette ficava numa esquina, não muito longe de Soho Square. Numa bela tarde de domingo, depois que as ondas de quatro meses tinham rolado sobre o julgamento por traição, levando-o, no que diz respeito à memória e aos interesse públicos, bem longe, mar adentro, o sr. Jarvis Lorry saiu a pé de Clerkenwell, onde morava, ao longo das ruas ensolaradas, para jantar com o médico. Depois de várias recaídas no seu absorvente trabalho, o sr. Lorry se tornara amigo pessoal dele, e aquele canto ensolarado de rua era o ponto luminoso de sua vida.

Naquele domingo em particular, o sr. Lorry ia a Soho por três razões, todas habituais: primeiro porque, em dias bonitos de domingo, ele costumava caminhar antes do jantar em companhia do médico e de Lucie; segundo porque, nos domingos de mau tempo, ficava com eles como amigo da família, conversando, lendo, olhando pela janela, passando agradavelmente o fim do dia; terceiro porque tinha certas dúvidas a esclarecer e, conhecendo os hábitos da família, sabia ser aquela hora a mais propícia para resolvê-las.

Não se poderia achar em Londres sítio mais peculiar do que aquele onde o médico morava. Ficava ao fundo de um beco sem saída, mas das janelas da frente descortinava-se a simpática perspectiva de um trecho de rua, com um doce ar de recolhimento e paz. Havia poucas casas, naquele tempo, para o norte de Oxford Road, e nos campos hoje desaparecidos havia ainda árvores da floresta primitiva, flores silvestres, pilriteiros cobertos de botões. Em consequência, o ar do campo circulava livremente em Soho, ao invés de rondar vagaroso pela paróquia como um pobre vagabundo sem eira nem beira. E em muitos muros voltados para o sul, os pêssegos amadureciam na estação própria.

Pela manhã, a esquina ficava brilhantemente iluminada. Mas, quando o dia avançava, cobria-se de sombra, embora não de sombra espessa: era sempre possível ver, para além dela, o sol brilhante. Era fresco na esquina do dr. Manette, ao mesmo tempo calmo e alegre, com maravilhosos ecos. Um verdadeiro porto seguro depois da agitação das ruas.

Uma enseada assim tranquila tem sempre um barco ancorado. Nesta, era a casa do médico. Ele ocupava dois andares de uma vasta mansão, onde funcionavam de dia, sem que nenhum ruído o desse a perceber, diversos ateliês. Todos fechavam à noite. Num outro corpo, mais ao fundo, ao qual se tinha acesso por um pátio com um plátano de farfalhante copa, fabricavam-se, ao que se dizia, órgãos para igrejas. Havia também um misterioso gigante que fazia objetos de prata batida e ouro. O braço dele, igualmente cor de ouro, saía pela parede da frente — como que transmudado ele também em metal precioso e ameaçando da mesma conversão os visitantes. Muito pouco se via ou ouvia de toda essa atividade ou do locatário que diziam viver sozinho na água-furtada. A existência adicional no térreo de um estofador de coches talvez tivesse fundamento, mas dela não havia qualquer evidência. Ocasionalmente, um operário retardatário atravessava o vestíbulo enquanto punha o paletó, ou se percebia para além do pátio um clique distante ou um *bang* do ferreiro auricolor. Eram, porém, exceções, necessárias para confirmar a regra de que os pardais na árvore e os ecos na rua eram donos e senhores do local de domingo a sábado.

O dr. Manette atendia em casa os doentes que sua antiga reputação atraía — ou a história da sua vida, que corria na boca do povo. Seus conhecimentos científicos, sua vigilância e perícia na condução de engenhosas experiências de laboratório traziam-lhe também clientes, embora em número reduzido. E ele ganhava o seu sustento.

Essas coisas, do conhecimento do sr. Lorry, ocupavam os seus pensamentos quando ele tocou a campainha da tranquila residência da esquina, naquela agradável tarde de domingo.

— O dr. Manette está em casa?

Não estava, mas era esperado.

— E a srta. Lucie?

Também esperada.

— A srta. Pross?

Talvez. A empregada não podia garantir, porém, se a srta. Pross admitiria isso e se faria visível.

— Muito bem. Quanto a mim, estou decididamente em casa. E vou subir — disse o sr. Lorry.

Embora a filha do médico nada soubesse do seu país de origem, herdara dele a faculdade inata de fazer o máximo com o mínimo de recursos, o que é uma das características nacionais mais úteis e mais simpáticas dos franceses. Embora os móveis fossem singelos, faziam efeito, realçados que eram por bibelôs e outros pequenos ornamentos, também sem valor mas de bom gosto. A disposição de tudo na sala, dos maiores objetos aos mais ínfimos, a harmonia das cores, a elegância e a variedade dos contrastes obtidos com economia de meios, por mãos habilidosas, olhar seguro e bom senso, formavam um conjunto tão agradável e tão revelador da personalidade da sua autora que para o sr. Lorry, que olhava em torno com encantamento, as próprias cadeiras e mesas pareciam perguntar-lhe, com uma expressão que àquela altura ele já conhecia muito bem, se não as aprovava integralmente.

Eram três peças corridas num andar e todas as portas tinham sido deixadas abertas de modo que o ar pudesse circular pela casa toda. O sr. Lorry, observando com um sorriso o toque pessoal que em tudo se percebia, foi de sala em sala.

A primeira era a principal e melhor, e ali se encontravam os pássaros de Lucie, suas flores, sua escrivaninha, sua mesa de trabalho, a caixa de aquarelas. Na segunda, era o consultório do médico, que servia também de sala de jantar; a terceira, marchetada de luz e sombra pelo plátano do pátio, era o quarto de dormir do dr. Manette. A um canto via-se o abandonado banco de sapateiro com sua bandeja de ferramentas, exatamente como estivera na triste mansarda da loja de vinhos do Faubourg Saint-Antoine, em Paris.

— Pergunto-me — disse em voz alta o sr. Lorry, correndo os olhos em torno — por que ele guardará essa lembrança dos seus sofrimentos.

— E por que se pergunta? — interrogou alguém abruptamente, fazendo-o sobressaltar-se.

Era a srta. Pross, a grande mulher de cabelos ruivos que ele conhecera no Royal George Hotel de Dover e que conhecia melhor agora.

— Eu imaginaria... — começou o sr. Lorry.

— Ah! Imaginaria... — disse a srta. Pross. E o sr. Lorry desistiu de terminar a frase.

— Como vai? — perguntou a mulher, ainda ríspida, mas já de maneira a indicar que não o levara a mal.

— Muito bem, obrigado — respondeu o sr. Lorry docilmente. — E a senhora?

— Razoavelmente.

— Não diga!

— Pois é. Estou muito aborrecida por causa da minha pombinha[14].

— Não diga!

— Pelo amor de Deus, sr. Lorry, esses "não diga" me botam nervosa — disse a srta. Pross que, por comprida que fosse de estatura, tinha, como diz o povo, pavio curto.

— Deveras? — disse o sr. Lorry, para variar.

— "Deveras" também não vale grande coisa, mas sempre é melhor que "não diga". Sim, estou aborrecidíssima.

— Posso perguntar por quê?

— É que não desejo que dezenas de pessoas, todas indignas da minha pombinha, venham aqui saber notícias dela.

— *Dezenas,* disse a senhora?

---

14 Em inglês está *ladybird*. É a joaninha, coleóptero da família dos coccinelídeos. Usado como *term of endearment*. A mulher do ex-presidente dos Estados Unidos Lyndon B. Johnson tinha o mesmo apelido por ter sido miúda e delicada na infância. (N. do T.)

— Centenas — disse a srta. Pross.

Era típico daquela senhora (como de outras pessoas, antes e depois dela) exagerar uma afirmação se o interlocutor duvidava dela.

— Meu Deus! — disse o sr. Lorry, achando que não podia ser mais inócuo.

— Vivi com esse amor de menina, ou esse amor de menina viveu comigo, digamos, e pagou pelos meus cuidados, o que eu não permitiria, pode crer, se tivesse meios para cuidar dela e de mim. De qualquer maneira, vivemos juntas desde que ela tinha dez anos. E é, de fato, duro para mim...

Não sabendo bem de que ela falava, o sr. Lorry limitou-se a sacudir a cabeça. Utilizava-se dessa importante parte do corpo como uma espécie de manto mágico que servisse para tudo.

— Toda espécie de gente, absolutamente indigna da minha pombinha, aparece por aqui, e isso todo o tempo — disse a srta. Pross. — Quando o senhor começou essa história...

— *Eu* comecei?

— E não começou? Não foi o senhor quem ressuscitou o pai dela?

— Oh! Se é a isso que chama começar... — disse o sr. Lorry.

— Acabar é que não foi! Mas como eu ia dizendo: quando o senhor começou essa história, já foi duro. Não que eu tenha qualquer coisa contra o dr. Manette, exceto que ele não vale a filha que tem, o que não é falar mal dele, uma vez que jamais alguém poderia ser digno dela em qualquer circunstância. Mas é duas vezes pior, ou três vezes pior ter legiões e multidões aqui, depois dele (a ele eu poderia perdoar), para roubar-me o coração da minha pombinha.

O sr. Lorry sabia que a srta. Pross era muito ciumenta, mas também sabia que por baixo daquela excentricidade escondia-se uma dessas criaturas absolutamente devotadas — como só se encontram entre a raça das mulheres —, as quais, por pura admiração e afeto, se escravizam voluntariamente à mocidade dos outros, depois que perderam a sua, à beleza dos outros, quando nunca tiveram beleza, aos talentos alheios na ausência de talentos próprios, ou às brilhantes esperanças que nunca luziram sobre as suas vidas escuras. O sr. Lorry conhecia suficientemente o mundo para saber que nada é tão precioso quanto o serviço de um coração fiel, livre e desinteressado, e tinha tão profundo respeito por isso que nas acomodações mentais que ia fazendo por amor da justiça — todos nós fazemos arranjos desse tipo, uns mais que os outros — classificava a srta. Pross mais próxima da ordem inferior dos Anjos que muitas senhoras infinitamente mais bem favorecidas pela Natureza e pela Arte, e donas de substanciais saldos no Banco Tellson.

— Jamais houve e jamais haverá outro homem digno da minha pombinha — disse a srta. Pross —, e esse era meu irmão Solomon, salvo o pecadilho que cometeu.

Aqui, de novo, as discretas investigações que o sr. Lorry fizera sobre a história pessoal da srta. Pross estabeleceram o fato de que o tal Solomon era, na verdade, um celerado sem entranhas, que despojara a irmã de tudo o que ela possuía a pretexto de lucrativos investimentos. E depois a abandonara sem sombra de remorso e para todo o sempre na mais negra miséria. A fidelidade da sua confiança em Solomon (descontado o aludido pecadilho) assombrava o sr. Lorry e reforçava consideravelmente a boa opinião que tinha da srta. Pross.

— Uma vez que estamos sós, os dois, no momento, e que somos, ambos, gente prática, afeita aos negócios — disse ele, depois que tinham ido de volta ao salão e estavam sentados para conversar amigavelmente —, permita que lhe pergunte uma coisa: nas suas conversas com Lucie já aconteceu ao doutor referir-se ao tempo em que era sapateiro?

— Nunca.

— E, todavia, conserva a sua velha banca no quarto.

— Ah! — replicou a srta. Pross, sacudindo a cabeça. — Eu não disse que ele não pensa nesse tempo.

— Acha que pensa muito?

— Sim, acho.

— E a senhora imagina... — começou o sr. Lorry. Mas a srta. Pross interrompeu-o logo:

— Nunca imagino coisa nenhuma. Sou de todo desprovida de imaginação.

— Dou a mão à palmatória. Mas a senhora nem sequer supõe... não se permite supor?...

— De tempos em tempos — concedeu a srta. Pross.

— Supõe — continuou o sr. Lorry com um brilho malicioso no olhar, que tinha fixo nela, mas bondosamente — que o dr. Manette tem alguma teoria lá dele, preservada todos esses anos, sobre o motivo pelo qual foi preso? Talvez, até, sobre o nome do responsável pela prisão?

— Não suponho nada além do que a minha pombinha me conta.

— Quer dizer...

— Ela pensa que ele sabe quem foi e por quê.

— Não me queira mal por fazer-lhe todas essas perguntas. Digamos que eu seja apenas um obtuso homem de negócios. A senhora é uma mulher do mundo, uma pessoa prática... de negócios...

— ... obtusa? — perguntou ela placidamente.

Desejando engolir seu desastrado adjetivo, o sr. Lorry respondeu apressadamente:

— Não, não, não! Certamente que não! Mas voltando aos negócios. Não é digno de nota que o dr. Manette, cuja inocência é incontestável — todos estamos seguros disso — não se refira jamais a esse ponto? Não digo que devesse referir-se a isso comigo, embora tivéssemos relações de negócios anos a fio e sejamos agora amigos íntimos. Mas com a filha. Por que não com a filha, a quem ele ama tanto e que lhe é de tal modo dedicada? Creia-me, srta. Pross, que não abordo esse tópico por curiosidade gratuita, mas apenas em virtude do interesse que tenho pelo doutor.

— Muito bem! Tanto quanto eu saiba, e sei pouco — disse a srta. Pross, desarmada pelo tom apologético do interlocutor —, é assunto de que ele tem medo.

— Medo?

— Medo. E é compreensível, imagino. São recordações insuportáveis. O fato de perder o siso tem essa única raiz. Não sabendo muito bem como perdeu a razão nem como a recuperou, teme, por certo, perdê-la outra vez. Basta isso para tornar o assunto odioso para ele.

Essa reflexão era mais judiciosa do que o sr. Lorry esperava.

— Sem dúvida. Ele terá medo de refletir sobre isso. E, todavia, uma dúvida subsiste na minha mente: se será saudável para o dr. Manette ter esse bloqueio dentro dele. A bem dizer, foi justamente essa dúvida que tenho e a inquietação que ela me causa que me incitaram a falar-lhe assim, em confidência.

— Não podemos fazer nada — disse a srta. Pross, sacudindo a cabeça. — É tocar nessa tecla e ele muda de assunto... e de humor de maneira aterradora. Em suma, vale mais calar, de boa ou má vontade. Por vezes ele se levanta no meio da noite e se põe a caminhar de um lado para outro no quarto (a gente ouve). Minha pombinha entende que, nessas ocasiões, ele anda para lá e para cá *na sua antiga cela.* Corre a juntar-se a ele, e fazem lado a lado esses passos perdidos, até que o velho se acalme. O dr. Manette, porém, não fala nunca da verdadeira causa da sua agitação, e a menina Lucie prefere não aludir a ela, nem de leve. Em silêncio caminham, para lá, para cá, para lá, para cá, até que o amor de um pelo outro e a doce companhia que assim se fazem operam o milagre de trazê-lo de volta a si mesmo.

Embora a srta. Pross negasse à exaustão qualquer dote imaginativo, havia na sua repetição da frase para lá, para cá uma percepção da dor de estar o doutor obsedado por uma ideia fixa — e mórbida —, o que provava que a excelente senhora não era desprovida, e em apreciável dose, da referida faculdade.

Já dissemos que a esquina era famosa pelos seus ecos. Dir-se-ia que a simples evocação das andanças noturnas de pai e filha havia despertado na rua o eco de passadas sonoras que se aproximavam da casa.

— Aí estão eles! — exclamou a srta. Pross, erguendo-se e dando por terminada a conferência. — E logo teremos *centenas* de pessoas aqui!

Tratava-se, na verdade, de um recanto tão privilegiado em matéria de ecos, uma verdadeira concha acústica, que o sr. Lorry, de pé junto à janela aberta, à espreita do pai e da filha cujos passos ouvia, acreditou que jamais os veria chegar. Não só os ecos haviam morrido, como se os passos se tivessem afastado, mas ecos de outros passos que nunca chegavam mais perto faziam-se audíveis na esteira dos outros e desapareciam de todo na distância, justamente quando se imaginaria que estavam próximos. Não obstante, pai e filha se materializaram ao cabo de um momento, e a srta. Pross estava a postos, na soleira da porta, para recebê-los.

Por estranha que fosse, e selvagem, vermelha, severa, era coisa de ver-se, a srta. Pross, tirando o chapéu da sua Lucie quando esta assomou à porta, escovando-o um pouco com o canto do lenço, e soprando a poeira que nele se acumulara, e dobrando a capa da moça, como se já fosse guardá-la, e tocando-lhe os ricos cabelos com a ponta dos dedos, como se fossem os seus próprios e ela mesma fosse a mais bela e vaidosa das mulheres.

Sua "pombinha" era também digna de ver-se, beijando-a e agradecendo-lhe, e protestando que a outra se dava demasiado trabalho com ela, coisa que apenas ousava fazer em tom de brincadeira, sem o que a srta. Pross se retiraria ofendida para os seus aposentos para chorar. Quanto ao dr. Manette, dava prazer ver o modo como olhava as duas, como dizia à srta. Pross que ela estragava Lucie de mimos — mas com uma voz e uma expressão de quem fazia o mesmo, e só não fazia mais por não ser tal coisa possível. Finalmente, o sr. Lorry constituía, por sua vez, espetáculo dos mais edificantes, com sua pequena peruca muito justa e o rosto aberto num riso que lhe ia de orelha a orelha. Estaria agradecendo à sua estrela de solteirão a dádiva desse Lar no fim da vida. Mas as centenas de indesejáveis, anunciados pela srta. Pross, não apareceram e em vão o sr. Lorry esperou que a profecia da boa senhora se cumprisse.

Veio a hora do jantar, e nada das centenas de pessoas. Na economia daquele pequeno estabelecimento, cabia à srta. Pross a direção da cozinha. E ela sempre se desincumbiu dessas atribuições às maravilhas. Seus jantares, embora singelos, eram tão bem preparados, tão bem servidos e apresentados, meio à inglesa, meio à francesa, que nada se poderia desejar de melhor. Como a amizade da srta. Pross pelos seus era de natureza eminentemente prática, ela vasculhara céus e terra, em Soho e províncias adjacentes, na busca de franceses pobres que, tentados por xelins e meias coroas, lhe comunicassem seus segredos culinários. Graças a esses filhos e filhas decaídos da Gália, ela adquirira tal proficiência que as duas empregadas domésticas da casa consideravam-na como uma espécie de Feiticeira ou de Fada Madrinha, como a de Cinderela. Bastavam-lhe uma ave ou um coelho, um ou dois molhos de vegetais da horta, para fazer maravilhas.

Aos domingos, a srta. Pross jantava à mesa do médico, mas nos outros dias da semana insistia em comer quando e onde lhe aprouvesse, ora nas dependências dos empregados, ora no seu próprio quarto de dormir no segundo andar, um quarto azul onde ninguém, salvo a sua "pombinha", jamais era admitido. Dessa feita, sensível ao rosto radiante de Lucie e à sua amável insistência, ela cedeu. De modo que o jantar foi extremamente agradável.

Fazia um calor opressivo e, depois do jantar, Lucie propôs que o vinho fosse levado para o jardim e que se sentassem lá, à sombra do plátano. Como tudo gravitava em torno dela, assim foi feito. E Lucie em pessoa levou o vinho, pensando particularmente no banqueiro. Já fazia algum tempo que ela se constituíra em copeira do sr. Lorry. E enquanto conversaram, debaixo da copa da árvore, ela cuidou que o copo dele não ficasse vazio. Misteriosos fundos de casas espiavam-nos por detrás da folhagem e o plátano sussurrava no alto, por cima das cabeças deles.

E, todavia, as centenas de intrusos não se apresentaram. O sr. Darnay, é verdade, fez uma aparição, mas foi só ele.

O dr. Manette recebeu-o com toda a cordialidade, e o mesmo fez Lucie. Mas a srta. Pross foi atacada, de súbito, por violentas contrações no rosto e no corpo e teve de recolher-se. Ela era vítima frequente dessa indisposição a que chamava, familiarmente, "os meus espasmos".

O médico estava com excelente disposição e parecia particularmente jovial. A semelhança entre ele e Lucie era muito sensível quando ficavam, como nessa ocasião, sentados lado a lado, ela apoiada ao seu ombro, ele descansando o braço no encosto da cadeira. Era, então, um prazer observar a semelhança entre pai e filha.

Ele falara o dia todo sobre uma variedade de assuntos, e com vivacidade pouco habitual.

— Por favor, dr. Manette — disse o sr. Darnay, sentado como os outros à sombra do velho plátano e dando prosseguimento ao tópico em discussão, que era os velhos monumentos de Londres —, o senhor conhece bem a Torre?

— Lucie e eu já estivemos lá. Mas apenas casualmente. Vimos o bastante para saber o interesse que tem. Só isso.

— Quanto a mim — disse Darnay com um sorriso, embora ficasse vermelho de raiva —, quanto a mim, conheço-a pelo avesso, em outro contexto, que não permite ver grande coisa. Contaram-me uma coisa curiosa quando lá estive.

— E o que foi? — perguntou Lucie.

— Ao fazerem algumas alterações, os trabalhadores deram com um antigo calabouço, que ficara murado — e esquecido — por muitos anos. Cada pedra das paredes internas tinha inscrições gravadas pelos prisioneiros — datas, nomes, queixas, súplicas. Numa pedra angular, um preso, que deve ter sido executado em seguida, fixou com mão trêmula, às pressas e com instrumento precário, três letras: D. I. C. Um exame mais cuidadoso mostrou que o C era na verdade um G. Não há registro de um interno com essas iniciais nem lenda nenhuma que se lhes aplique, e muitas hipóteses foram formuladas em vão. Por fim, sugeriu-se que as letras não eram iniciais, mas uma palavra completa, DIG ("cavar" ou "cavai"). O piso debaixo da inscrição foi examinado cuidadosamente, e na terra, sob uma laje ou ladrilho, encontraram-se as cinzas de um documento misturadas às cinzas de uma pequena bolsa ou carteira de couro. O que o desconhecido escrevera jamais se saberá. Mas tinha escrito algo que escondera ali dos olhos do carcereiro.

— Papai! — exclamou Lucie. — Sente-se mal?

Ele tivera um sobressalto e levara a mão à fronte. Seu aspecto e seu olhar estarreceram todos os circunstantes.

— Não, minha querida. Mas começa a chover, foram essas pesadas gotas de chuva que me assustaram. Vamos entrar.

Voltara ao normal instantaneamente. De fato, chovia em grossas gotas, e ele mostrou algumas nas costas da mão. Mas não disse palavra sobre a descoberta de que tinham falado havia pouco. Ao alcançarem a casa, os olhos treinados do sr. Lorry, esse homem de negócios, descobriram, ou julgaram descobrir, no rosto do médico, sempre que se voltava para Charles Darnay, a mesma curiosa expressão que lera nele nos corredores do tribunal.

Todavia, o velho recobrara tão depressa o seu ar costumeiro que o sr. Lorry chegou a duvidar do que vira. O braço do gigante dourado não era mais firme que o seu quando se deteve debaixo dele, no vestíbulo, para dizer aos outros que não estava ainda ao abrigo de certas surpresas (talvez jamais ficasse imune a elas, mesmo as ligeiras) e que a chuva o apanhara de improviso.

Chegou a hora do chá, e a srta. Pross incumbiu-se de tudo, ainda cheia de esgares e repelões. E nada das famosas centenas de pessoas. O sr. Carton fizera uma aparição, mas ele significava apenas dois.

A noite era abafada, e embora tivessem janelas e portas abertas, o calor incomodava. Terminado o chá, aproximaram-se de uma das janelas e puseram-se todos a contemplar o crepúsculo fechado. Lucie sentava-se ao lado do pai; Darnay, junto dela. Carton apoiava-se à moldura da janela. As cortinas eram brancas e iam até o chão. Uma lufada de vento, depois de rodopiar por um canto da sala, inflou-as por inteiro, levantando-as até o teto, onde adejaram como asas espectrais.

— As gotas de chuva continuam a cair, mas são raras e grossas — disse o dr. Manette. — A tempestade está demorando.

— Mas virá seguramente — disse Carton.

Falavam baixo, como gente que espera por alguma coisa sempre faz. Como faz a gente que de dentro de um quarto às escuras aguarda ansiosamente um relâmpago.

Havia uma certa pressa nas pessoas que passavam pela rua, em busca de abrigo, antes que o esperado aguaceiro desabasse. Aquele canto, famoso pela acústica, ressoava com o eco dos passos que iam e vinham, embora não se visse ninguém.

— Tal multidão e, no entanto, o deserto! — disse Darnay, depois que ficaram por um momento a escutar.

— Não é mesmo impressionante, sr. Darnay? — disse Lucie. — Muitas vezes me deixo ficar aqui à noite. Chego a imaginar... mas só a ideia de uma fantasia tola basta para assustar-me quando a escuridão é tamanha e a noite tão solene...

— Pois assuste-nos com ela. Ou não podemos saber o que imagina?

— Para os outros não quererá dizer muito. Tais caprichos só impressionam aqueles que os originam. São incomunicáveis. Mas, quando estou só aqui, à noite, a ouvir, parece-me que o que me vem no eco é o ruído de todos os passos que, cedo ou tarde, virão misturar-se à nossa vida.

— Pois vai ser uma vasta multidão, srta. Lucie, ao que tudo indica! — disse Sydney Carton, com o azedume habitual.

As passadas eram incessantes e cada vez mais rápidas. A casa da esquina vibrava com os ecos. Era como se muita gente passasse debaixo das janelas; como se houvesse gente dentro da própria casa. Os passos se aproximavam e se afastavam, interrompiam-se ou paravam de todo. Todos nas ruas da vizinhança, mas nenhum à vista.

— Esses passos, srta. Manette, estão destinados, todos, a cada um de nós, ou devemos dividi-los irmãmente?

— Não sei, sr. Darnay. Eu lhe disse que se tratava de uma tolice minha, mas o senhor insistiu em conhecê-la. Quando pensei nisso estava só, então imaginei que eram os passos de todos os seres que devem ter parte na minha vida e na vida de meu pai.

— Pois que entrem para a minha também — disse Carton. — Sem perguntas ou condições. Vejo uma considerável multidão, srta. Manette, e marcha em nossa direção. Vejo-a... à luz do relâmpago.

Essas últimas palavras foram acrescentadas depois que um vívido clarão o mostrou nitidamente encostado à janela.

— Posso ouvi-la também! — acrescentou, depois de um trovão. — Aí vêm eles, velozes, nervosos, furibundos!

Era o rumor da chuva que ele personalizava assim, e teve de calar-se pois nenhuma voz humana poderia fazer-se ouvir agora. Foi uma memorável tormenta, em que a trovoada, a chuva torrencial e o fogo do céu não fizeram pausa. Até que, à meia-noite, a lua surgiu.

O grande sino de St. Paul batia uma hora no ar purificado quando o sr. Lorry, escoltado por Jerry, que usava botas de cano alto e levava uma lanterna, pôs-se em marcha para Clerkenwell. Havia trechos desertos no trajeto entre Soho e Clerkenwell, e o sr. Lorry, temendo assaltantes, sempre guardava Jerry consigo, por segurança. De regra, ia para casa duas horas mais cedo.

— Que noite terrível, Jerry! — disse o sr. Lorry. — Dir-se-ia uma noite capaz de tirar os defuntos das covas.

— Nunca vi noite capaz de uma coisa dessas, senhor. Nem espero ver! — respondeu Jerry.

— Boa noite, sr. Carton — disse o homem de negócios.

— Boa noite, sr. Darnay. Será que veremos juntos noite que se compare a esta?

Possivelmente. E talvez também uma considerável multidão vociferante, a galopar na direção deles.

7.
Monsenhor na cidade

Monsenhor, um dos grandes figurões da Corte, dava a sua recepção quinzenal em Paris. Estava nos seus aposentos particulares, no mais recôndito desse santuário, que era o Santo dos Santos para a massa de adoradores que esperava por ele nas antecâmaras. Monsenhor preparava-se para tomar chocolate. Monsenhor era capaz de engolir muita coisa e as más línguas diziam que estava prestes a engolir a própria França. Mas, para fazer descer aquele chocolate matinal pela goela de Monsenhor abaixo, eram precisos quatro homens robustos além do cozinheiro.

Sim. Quatro homens, cada qual mais constelado de condecorações que o outro. E cabia ao seu chefe — para quem a vida era inimaginável sem pelo menos dois relógios de ouro no bolso, no que emulava o próprio Monsenhor, autor dessa casta e elegante moda —, cabia-lhe levar o feliz chocolate aos lábios do príncipe. Um lacaio trazia a chocolateira até a sagrada presença; um segundo moía e mexia o chocolate com a ajuda de um pequeno instrumento que levava para esse expresso fim; um terceiro apresentava o guardanapo escolhido; o quarto (o dos relógios de ouro) servia. Seria impossível a Monsenhor dispensar um único desses quatro assistentes do seu chocolate sem perder sua exaltada posição debaixo dos admirativos céus. Servido ignobilmente por três homens apenas, o chocolate lhe teria manchado o brasão. Servido por dois, teria sido a sua morte.

Monsenhor participara na noite anterior de uma pequena ceia na qual a Comédia e a Grande Ópera estavam admiravelmente representadas. Monsenhor saía para cear quase toda noite, sempre em fascinante companhia. Tão fino e impressionável era Monsenhor que a Comédia e a Grande Ópera ocupavam muito mais seu pensamento que os aborrecidos negócios, os segredos de Estado e as necessidades da França. Felizmente para o país — como para outros favorecidos com o mesmo insigne privilégio, como a Inglaterra, por exemplo, no reinado do alegre Stuart, que a vendeu.[15]

Monsenhor tinha uma nobre ideia geral do bem público que consistia no seguinte: deixar que cada coisa ficasse como estava e marchasse como bem quisesse. No que dizia respeito aos negócios privados do Estado, a ideia de Monsenhor era outra: deviam marchar a seu jeito, isto é, no sentido de encher-lhe o bolso e fortalecer-lhe o poder. Quanto aos prazeres, gerais e particulares, Monsenhor tinha uma outra ideia não menos nobre: a de que o mundo fora feito para eles. Sua divisa (em que apenas um pronome, o que não era grande coisa, modificava o texto original do Livro) rezava: "A terra e tudo o que ela contém são meus, disse Monsenhor."

Sim, Monsenhor descobrira aos poucos que contratempos vulgares intrometiam-se nos seus negócios, tanto privados quanto públicos. E se aliara, em consequência, com um Coletor-Geral de Rendas, no que dizia respeito às finanças públicas, pois Monsenhor não entendia nada do assunto e, portanto, tinha de entregá-lo a quem entendesse; e no que dizia respeito ao seu próprio bolsinho, pois os coletores-gerais são ricos e Monsenhor, depois de gerações de gastadores e gozadores da vida, empobrecia a olhos vistos. Por isso mesmo retirara sua irmã do convento a tempo, antes que tomasse o iminente véu (a mais barata peça de vestuário que poderia usar), dando-lhe a mão em casamento a um coletor-geral dos mais opulentos mas pobre como Jó em matéria de nobreza, o qual coletor-geral, munido da bengala do seu ofício, de castão de ouro, misturava-se agora à sociedade que se acotovelava nas suas antecâmaras, e era adulado pela maioria — mas não por gente do mesmo sangue azul de Monsenhor ou da irmã de Monsenhor, sua mulher, que o olhava de cima, como companhia de ínfima espécie.

---

15 Carlos II, que vendeu Dunquerque e Mardick a Luís XIV. (N. do T.)

Esse coletor era homem rico. Trinta cavalos tinha ele nos seus estábulos, vinte e quatro lacaios na sua casa. E seis mulheres serviam a sua esposa. Sem outra pretensão que pilhar e locupletar-se onde pudesse, o dito coletor-geral — cujas relações matrimoniais deviam levar a uma certa moral social — era, de qualquer maneira, a mais substancial das realidades no círculo dos personagens presentes naquele dia no *hôtel* de Monsenhor.

Porque os salões, embora magníficos de ver, adornados como estavam com todas as maravilhas que o gosto e a arte da época eram capazes de oferecer, não tinham lá grande futuro — se vistos em perspectiva, isto é, com referência aos espantalhos em farrapos e toucas de dormir que formigavam alhures (e não tão longe assim; as altaneiras torres de atalaia de Notre-Dame, equidistantes dos dois extremos, podiam vê-los muito bem). Teriam sido uma preocupação das mais angustiantes, se fossem uma preocupação para os átrios de Monsenhor. Aqui, e às dezenas, viam-se oficiais de exército desprovidos de qualquer ciência das armas; oficiais de marinha sem a menor ideia do que fosse um navio; funcionários civis sem a mais remota noção de negócios públicos; prelados impudentes, tão mundanos quanto os que mais o fossem, de olhos lânguidos, língua solta, e fígados ainda mais soltos, ou seja, boquirrotos e libertinos. Todos em absoluto incapazes — pelo menos para as funções que exercem — e mentindo desesperadamente na ânsia de convencer ou embair os demais. Mas, como todos pertenciam, de perto ou de longe, à casta de Monsenhor, era deles por direito de nascença os empregos que aparecessem. Embora mais justo fora fustigar-lhes a inépcia, e em massa. Gente menos ligada ou ligada menos diretamente a Monsenhor e ao Estado, mas tão longe da realidade quanto os demais, e cujas vidas se escoavam do berço ao túmulo sem destino certo, também era encontradiça nos salões do príncipe. Médicos que enriqueciam prescrevendo remédios para doenças imaginárias sorriam blandiciosamente para os seus pacientes da aristocracia nas antecâmaras de Monsenhor. Inventores de outra espécie de remédios, para as mazelas da coisa pública (exceto o remédio heroico de trabalhar a sério para arrancar pela raiz um abuso específico), despejavam sua conversa fiada nos ouvidos mais acessíveis ou mais complacentes, nessa recepção que nos ocupa nos paços de Monsenhor. Filósofos agnósticos, dedicados a remodelar o mundo com palavras ou a levantar castelos de cartas — frágeis torres de Babel com as quais montar o assalto do Olimpo —, conversavam com químicos incréus mas de olho na transmutação dos metais, todos eles ornamentos do esplêndido sarau de Monsenhor. Refinados cavalheiros de genealogia impecável, cujas maneiras já eram tidas naquela época admirável, e depois também, como fruto da indiferença da sua classe por tudo o que é naturalmente objeto de interesse humano, exibiam seu langor exemplar no *hôtel* de Monsenhor. Os lares que tais notabilidades haviam deixado para trás nessa noite no mundo maravilhoso de Paris eram de tal ordem que os espiões presentes — uma boa metade dos devotos de Monsenhor ali reunidos — teriam tido a maior dificuldade em descobrir entre os anjos-guardiães do círculo uma única esposa que, pelos modos ou pelo aspecto, revelasse a sua condição de mãe. Na verdade, a não ser pelo simples ato de botar no mundo mais uma enfadonha criatura — o que não basta para configurar em plenitude a condição de mãe ou para merecer tal nome —, a maternidade não estava na moda. As camponesas eram encarregadas de criar esses bebês incômodos, e sedutoras avós de sessenta anos vestiam-se e banqueteavam-se como se tivessem vinte.

A lepra da artificialidade desfigurava todos os personagens que se amontoavam no *hôtel* de Monsenhor. Na primeira antecâmara, havia uma boa meia dúzia de pessoas excepcionais, que se davam conta, havia alguns anos, de que as coisas não iam bem. Mas isso difusamente e de modo muito geral. Com a vaga intenção de dar-lhes remédio, metade dessa meia dúzia se convertera a uma fantástica seita de convulsionistas. E os tresloucados estavam justamente a considerar consigo mesmos se não deveriam pôr-se a berrar, espumar pela boca, ranger os dentes e cair por terra num acesso coletivo de catalepsia naquele mesmo instante e lugar — apontando assim um nítido caminho a seguir, para uso de Monsenhor. Além desses dervixes, outros havia que tinham escolhido seita diversa, cuja receita era um jargão sobre o "Centro da Verdade": sustentavam que o homem se deslocara do

Centro da Verdade — que, sendo axiomático, dispensava demonstração —, mas não saíra da Circunferência, e tinha de ser, a todo custo, mantido dentro dela e, até, forçado a voltar à posição anterior, com jejuns e visão de espíritos. Entre estes, então, discutia-se muito sobre espíritos, o que fazia um bem enorme, conquanto longe de manifesto.

De consolador havia uma evidência: a de que toda a companhia, naquele esplêndido *hôtel* de Monsenhor, vestia-se com perfeição. Se fosse ponto pacífico que o dia do Juízo Final exige traje de gala, todos os presentes mostravam-se corretíssimos e podiam enfrentar a Eternidade. Eram perucas bem frisadas, empoadas, vistosas; peles de cetim, artificialmente preservadas ou reparadas com arte extrema; espadas tão galantes de ver e perfumes tão agradáveis às narinas eram, por si sós, uma garantia de perenidade. Os requintados cavalheiros da mais fina educação cortesã usavam pequenos berloques que tilintavam ao mais leve meneio; eram algemas de ouro e soavam como minúsculas campainhas de ouro. De modo que, com esses tinidos e o fru-fru das sedas, dos brocados e das rendas, havia no ar um alvoroço que remetia para bem longe a memória do Faubourg Saint-Antoine e da sua fome devoradora.

A roupa era o sortilégio eficaz, o talismã infalível para manter cada coisa no seu lugar. Todo mundo se vestia como que para um Baile a Fantasia que jamais tivesse fim. Do Palácio das Tulherias, passando por Monsenhor e toda a Corte, pelas Câmaras, Tribunais de Justiça, Sociedade (salvo os Espantalhos), o Baile a Fantasia descia até o Carrasco comum do reino: do qual se exigia, para não quebrar o encantamento, que oficiasse "de cabelos frisados e empoados, casaca debruada de ouro, escarpins e meias brancas até o joelho".

Na roda ou na forca — pois que o machado era uma raridade —, monsieur Paris, assim chamado, à moda episcopal, pelos seus colegas da província, monsieur Orléans, por exemplo, e os demais, pontificava em traje de corte. Quem, naquela confraria, presente à recepção de Monsenhor, no ano da graça de 1780, poderia duvidar de que um sistema, montado sobre um carrasco frisado a ferro quente, empoado, agaloado de ouro e metido em meias de seda, sobrevivesse às estrelas?

Monsenhor, tendo dispensado seus quatro valetes e tomado o chocolate, mandou abrir de par em par as portas do Santo dos Santos e deixou o *boudoir*. Ah! Que servilismo, que obsequiosidade rastejante, que humilhação abjeta! Curvando-se de corpo e espírito diante de Monsenhor, nada restava para oferecer ao Céu — o que talvez explique por que os aduladores do príncipe jamais o invocassem.

Distribuindo uma promessa aqui e um sorriso mais adiante, um cochicho a um escravo favorito e um leve aceno a outro, Monsenhor atravessou com afabilidade os seus salões até a remota região da Circunferência da Verdade. Lá, Monsenhor girou nos calcanhares e voltou sobre os seus passos. De modo que, ao fim, fechou-se de novo no seu santuário com os gênios do chocolate, e ninguém mais o viu.

Terminado o espetáculo, o frêmito no ar transformou-se numa pequena tempestade, e os preciosos sininhos tilintaram escada abaixo. Logo só restou daquela multidão inumerável uma única pessoa, a qual, de chapéu debaixo do braço e caixa de rapé na mão, dirigiu-se lentamente, por entre todos os espelhos, para a saída.

Detendo-se diante da última porta e voltando-se para o fundo do salão, onde ficava o santuário, disse:

— Que fique com todos os diabos!

Com isso, sacudiu o rapé dos dedos como se batesse o proverbial pó dos sapatos e desceu sem pressa as escadas.

Era um homem de seus sessenta anos, vestido com grande apuro, e de porte altaneiro. Seu rosto, de palidez transparente, era uma verdadeira máscara. Nele cada traço desenhava-se com perfeita nitidez. E a expressão era fixa e impenetrável. O nariz, bem desenhado, tinha, no entanto, acima de cada narina, uma ligeira depressão. Nelas residiam as únicas alterações que a face jamais registrava: persistiam, por vezes, em mudar de cor, dilatavam-se ou contraíam-se de acordo com as circunstâncias como que sob o efeito de uma ligeira pulsação. E davam a todo o rosto um ar de perfídia e crueldade. Examinado de perto, esse ar era acentuado pela linha da boca e pelas das órbitas oculares, por demais horizontais e finas. E, todavia, o efeito geral era de beleza e excepcional distinção.

Seu possuidor desceu para o pátio, entrou na sua carruagem, e partiu. Pouca gente lhe dirigira a palavra durante a recepção. Deixara-se ficar um tanto à parte, e Monsenhor poderia ter mostrado maneiras mais calorosas. Talvez por essa circunstância, parecia ter prazer com a fuga dos pedestres à sua aproximação. Muitos escapavam por pouco de serem esmagados pela sege ou pelos cavalos. O cocheiro se comportava como se estivesse em perseguição de tropa inimiga, e sua brutalidade insana não fazia brotar qualquer expressão de censura dos lábios do patrão. Nem seu rosto refletia reprovação visível. A queixa, essa, fazia-se por vezes audível, mesmo naquela cidade surda, naquele século sem voz, contra o bárbaro costume patrício de percorrer em disparada aquelas ruas estreitas e sem calçadas, pondo em perigo ou estropiando de maneira atroz os pobres labregos. Poucos eram os que concediam um segundo pensamento às vítimas, de modo que nisso, como em todas as coisas, os miseráveis safavam-se da entaladela como podiam.

Com tremendo fragor e uma falta de consideração deveras inumana, difícil de conceber em nossos dias, a carruagem atravessava rua depois de rua, fazendo curvas fechadas, pondo mulheres em fuga ou aos gritos, e obrigando os homens a se ajudar uns aos outros e a ajudar os meninos a escapar das patas dos cavalos. Por fim, ao fazer a volta de uma esquina onde havia uma fonte, uma das rodas deu um tranco inesperado, um urro elevou-se da multidão, os cavalos estacaram e recuaram, empinando.

Sem esse último incidente, é improvável que a carruagem se tivesse detido. Muitas vezes já se vira um coche dar partida deixando para trás mortos e feridos. E por que não? Mas o lacaio, assustado, desceu de um salto, e já vinte mãos sujigavam os cavalos pela brida.

— O que foi? — indagou monsieur, espiando tranquilamente pela janela.

Um homem de grande estatura, com um gorro na cabeça, apanhara o que parecia ser um fardo de roupa de entre as patas dos cavalos, depusera-o à beira da fonte e, metido na água e no limo, uivava como um animal selvagem.

— Perdão, monsieur le Marquis — disse um popular, subserviente, vestido de farrapos —, é um meninozinho.

— E por que ele faz essa gritaria abominável? É dele a criança?

— Perdão, monsieur le Marquis, lamento muito, mas... é dele, sim.

A fonte ficava a alguma distância, porque a rua se alargava naquele sítio e formava uma pracinha de suas dez ou doze jardas quadradas. Quando o homem se levantou de chofre e correu para o coche gritando, monsieur le Marquis apertou por um instante a guarda da sua espada.

— Morto! — berrava o pai, no auge do desespero, elevando os braços aos céus e encarando o marquês com olhos esbugalhados. — Morto!

A massa se fechou em torno da carruagem, de olhos fixos em monsieur le Marquis. E nesses muitos olhos não havia senão atenção e interesse, sem ameaça perceptível ou ira. Ninguém disse nada. Depois do primeiro grito, haviam todos calado. E calados permaneciam. A voz do homem humilde que falara antes era surda e sem cor, na sua extrema submissão. Monsieur le Marquis correu os olhos em volta como se os circunstantes fossem meros ratos saídos dos seus buracos. Sacou a bolsa.

— É, para mim extraordinário — disse — que vocês, do povo, não saibam tomar conta de vocês mesmos nem de seus filhos. Há sempre um de vocês ou um deles atravessado no caminho. Como vou saber se não feriram os meus cavalos? Veja! Dê-lhe isto.

E lançou ao valete, pela portinhola, uma reluzente peça de ouro. Todos os pescoços avançaram para acompanhar a órbita da moeda cadente. O homem alto soltou novo grito, que agora nada tinha de humano:

— Morto!

Seu choro foi interrompido pela aparição de outro homem, que se achegou ao grupo rapidamente e para o qual a multidão abriu caminho. Vendo-o, o miserável o abraçou, chorando e soluçando e apontando para a fonte, onde umas poucas mulheres estavam debruçadas sobre o volume inerte, como se o velassem ou ninassem com gestos delicados. Elas, como os homens, guardavam silêncio.

— Sei de tudo — disse o recém-chegado. — Tudo. Coragem, meu bom Gaspard! É melhor para o pobre garotinho morrer assim, do que viver. Morreu num instante, nem teve tempo de sofrer. Acredita que pudesse viver feliz pelo espaço de uma hora?

— Vejo que se trata de um filósofo — disse o marquês, com um sorriso. — Como se chama?

— Defarge.

— Seu ofício?

— Mercador de vinhos, monsieur le Marquis.

— Pois leve isso, ó filósofo e mercador de vinhos! — disse o marquês, atirando-lhe também uma peça de ouro. — Gaste o dinheiro como melhor lhe parecer. Quanto aos cavalos: estão intactos?

E sem dignar-se lançar outro olhar ao ajuntamento, o marquês se recostou no assento do coche com o ar de um cavalheiro que, por acidente, quebrou um objeto e — tendo amplos meios para isso — pagou por ele e deu o caso por encerrado. Esperava ser levado embora, quando a sua paz interior foi turbada por uma peça de ouro que entrou pela janela e foi cair no chão, com um tinido.

— Alto! — gritou o marquês. — Pare os cavalos! Quem me lançou isto?

Defarge, o mercador de vinhos, não estava mais onde estivera segundos antes. Em seu lugar, junto do pai, que rolava e batia com a cabeça no calçamento, havia agora uma figura de mulher, robusta, morena, que tricotava.

— Cães! — disse o marquês, sem elevar a voz nem mudar de cor, exceto no nariz, onde apareceram duas manchas vermelhas. — Muito me agradaria esmagar todos sob as minhas rodas e exterminar-lhes a raça da face da Terra. Se eu soubesse quem foi o canalha que me lançou isto e se esse malfeitor estivesse por perto, eu o esmigalharia de bom grado!

Tão abjeta era a condição deles, tão longa e tão dura era a experiência que tinham do mal que uma criatura como aquela lhes poderia causar, de acordo com a lei ou para além da lei, que, dentre os homens, não houve um gesto, nem nenhuma voz ou olhar se ergueu. Mas a mulher que fazia tricô, essa encarou o marquês. A dignidade do marquês não lhe permitiu tomar conhecimento disso. Seus olhos desdenhosos passaram por cima dela como por cima dos outros ratos, e ele afundou-se de novo nos coxins, ordenando:

— Vamos!

Logo se foi, e outras carruagens surgiram na esteira da sua, em rápida sucessão: o Ministro, o Superintendente, o Coletor-Geral, o Doutor, o Advogado, o Prelado, a Grande Ópera, a Comédia, o Baile a Fantasia inteiro. Surgiram e desapareceram, num turbilhão brilhante, interminável... Os ratos, que tinham emergido das suas tocas, ficaram assistindo àquela procissão durante horas. Por vezes, soldados e policiais se interpunham entre eles e o espetáculo, ou formavam uma barreira por detrás da qual eles se esgueiravam e através da qual espreitavam furtivamente.

Havia muito que o pai apanhara seu fardo e se fora com ele. As mulheres que por tanto tempo lhe haviam feito companhia junto da fonte deixaram-se ficar a ver a água e o desfile luzidio da nobreza. Quanto à mulher que tricotava, continuou a fazê-lo, de pé, com a impassibilidade e a constância do Destino.

A água da fonte rolava e rolava, o rio passava, veloz. O dia corria a afundar-se na noite e a quota habitual de vivos corria para a morte, na cidade de Paris, tudo de acordo com as regras: tempo e maré não esperam por ninguém. Os ratos, amontoados nos seus ninhos escuros, foram dormir. O Baile a Fantasia foi cear à luz dos candelabros. Todas as coisas seguiam seu curso.

8.
Monsenhor no campo

Uma bonita paisagem, enfeitada de trigo a um canto. Louro mas nada abundante. Manchas de um enfezado centeio onde as outras espigas deviam estar; canteiros falhados de ervilhas e vagens, leiras de vegetais rústicos, culturas precárias e alternativas. Havia em toda essa natureza inanimada — como nos homens e mulheres que dela cuidavam — uma tendência acentuada a vegetar de qualquer maneira, um desânimo, uma disposição de desistir, definhar, sucumbir.

Monsieur le Marquis, na sua carruagem de viagem (que poderia ter sido mais leve), puxada por quatro cavalos e conduzida por dois postilhões, subia penosamente um aclive escarpado. O rubor que coloria as faces de monsieur le Marquis não desmerecia da sua linhagem, pois não provinha de dentro, mas devia-se a uma circunstância exterior independente da sua vontade: o sol poente.

Seus últimos raios bateram com tal brilho no interior do coche, quando ele atingiu a crista, que seu ocupante ficou literalmente tinto de carmesim.

— Vai passar — disse o marquês, olhando as próprias mãos —, vai passar logo.

Com efeito, o sol já estava tão baixo que logo mergulhou atrás da linha do horizonte. Depois que ajustaram à roda a pesada trave que serviria de freio na descida, e a carruagem se pôs em marcha, morro abaixo, o rubro clarão logo desapareceu numa nuvem de pó que cheirava a cinza. E, como marquês e sol desciam juntos, não restou nenhum brilho quando a trave foi removida.

Restava, porém, a campanha, aberta e franca, uma pequena aldeia aninhada ao pé da colina e, para além dela, uma vasta planura e, ao fundo, um campanário, um moinho de vento, uma floresta para a caça à raposa, e um penhasco com uma fortaleza no topo: servia de prisão. Sobre todos esses acidentes, que a noite começava a envolver e velar, o marquês lançava os olhos, com o ar de alguém que volta para casa e já se sente próximo.

A aldeia tinha uma rua só, uma pobre rua, onde ficavam a pobre cervejaria, o pobre curtume, a pobre estrebaria que servia aos cavalos do correio, uma pobre fonte e todas as pobres facilidades costumeiras. Tinha também seus habitantes, pobres como o resto. Todos paupérrimos. Uns estavam sentados às soleiras das portas, ocupados em descascar umas poucas cebolas para a sopa. Outros lavavam folhas, ervas e o mais que a terra produzia e podia servir de alimento. Não faltavam razões para tal penúria: os impostos pagos ao erário, os dízimos pagos à Igreja, o foro pago ao senhor, as taxas locais e as gerais que cumpria pagar aqui e ali, de conformidade com editais afixados na aldeia. Que houvesse ainda aldeia, que não tivesse sido engolida pelo fisco, é que era de admirar.

Viam-se poucas crianças e nem um só cão. Quanto aos homens e mulheres, sua escolha neste mundo era simples: Vida na aldeia, ao sopé do moinho, em condições que beiravam a fome, ou Morte na prisão que dominava o rochedo.

Precedido por um arauto, que corria à frente da equipagem, e pelos estalos dos chicotes dos postilhões, que se torciam no ar como serpentes por cima das cabeças deles — como se o marquês viesse escoltado pelas Fúrias —, esse grão-senhor mandou que a carruagem parasse no portão da muda. Era junto da fonte, e os camponeses interromperam o que faziam para vê-lo. Olhou-os também, e viu neles, sem disso tomar consciência, o trabalho progressivo e inexorável da miséria que tornaria a magreza dos franceses proverbial na Inglaterra, mesmo cem anos depois de ter acabado.

Monsieur le Marquis correu os olhos por todas aquelas faces submissas que se inclinavam diante dele como ele mesmo se tinha inclinado diante do Monsenhor da Corte. Com uma diferença: estes baixavam a cabeça por humildade e não por lisonja.

Nesse momento, um homem grisalho, que trabalhava na conservação das estradas reais, juntou-se ao grupo.

— Faça avançar aquele sujeito! — comandou o marquês.

O arauto foi buscá-lo, e o homem veio, de chapéu na mão. Os demais logo se acercaram, para melhor ver e ouvir, como tinham feito os de Paris, na outra fonte.

— Não passei por você na estrada?

— Sim, Monsenhor. Tive essa honra.

— Subindo a encosta e, de novo, no alto da colina. Não foi?

— É verdade, Monsenhor.

— E o que é que você olhava com tanta fixidez?

— Eu olhava o homem, Monsenhor.

Ele se abaixou um pouco e apontou com o gorro azul em farrapos. Todos os circunstantes se abaixaram para olhar debaixo da carruagem.

— Que homem, animal! E por que olham aí debaixo?

— Perdão, Monsenhor. Ele estava suspenso pela corrente do calço, da trave.

— Quem?

— O homem, Monsenhor.

— Que o diabo carregue todos esses idiotas! Como se chama esse homem? Você conhece todos os habitantes do lugar. Quem era esse homem?

— Piedade, Monsenhor! Não era gente dessas partes. Eu nunca o vi antes.

— Pendurado na corrente? Sufocou?

— Com vossa graciosa permissão, essa era a maravilha, Monsenhor. A cabeça dele balançava... assim!

Ele se pôs de lado do coche e jogou o corpo para trás, apoiando-se no veículo, com o rosto voltado para o céu e a cabeça pendente. Depois, aprumou-se constrangido, ficou a virar o boné nas mãos e fez uma espécie de reverência.

— Como era esse homem?

— Monsenhor, era mais branco que o moleiro. Todo coberto de pó, alvo como um espectro e alto como um espectro!

A descrição provocou a mais viva impressão na massa dos espectadores. Todos os olhos fixaram-se espontaneamente no senhor marquês. Sem dúvida para verificar se ele tinha um espectro na consciência.

— Você agiu bem — disse o marquês, felicitando-se por não ter sido tocado por aquele verme —, vendo um ladrão acompanhar a minha carruagem e não botando a boca no mundo, essa imensa boca que você tem aí. Bah! Afaste-o, monsieur Gabelle.

Monsieur Gabelle era o agente do correio, função que acumulava com a de coletor de alguma vaga taxa ou imposto. Saíra à rua com grande obsequiosidade para assistir ao interrogatório e mantivera o homem seguro pela manga com seu ar mais oficial.

— Venha! Não ouviu? Afaste-se!

— Bote a mão nesse estranho se ele procurar pernoite na aldeia, e certifique-se se a intenção dele é honesta.

— Monsenhor, envaideço-me de poder servi-lo.

— Ele fugiu? Onde está o infeliz?

O infeliz já estava debaixo das molas da carruagem, em companhia de meia dúzia dos seus amigos mais chegados, mostrando a corrente com o velho boné azul. Outra meia dúzia deu-se pressa em tirá-lo de lá para apresentá-lo, ainda sem fôlego, a monsieur le Marquis.

— O homem fugiu, Dolt, quando nós paramos para pôr a trave?

— Monsenhor, ele mergulhou de cabeça na macega, para o outro lado da colina, como se mergulha n'água.

— Cuide disso, Gabelle. Agora, vamos. A caminho!

A meia dúzia de amigos que tinham estado a examinar a corrente ainda se achava debaixo da carruagem, como carneiros. As rodas giraram tão subitamente que tiveram sorte de poderem salvar a pele e os ossos. De qualquer maneira, não tinham muito mais que isso para salvar. Do contrário, talvez não tivessem sido tão afortunados.

A velocidade com que o coche deixou a aldeia e enveredou pela subida à frente logo foi contida. O aclive era íngreme. Gradualmente, a carruagem se pôs a passo, oscilando e ganhando caminho penosamente por entre os inumeráveis perfumes da noite de verão. Os postilhões, cada um com uma nuvem de mosquitos girando em círculo em cima da cabeça — substitutos das já mencionadas Fúrias —, consertavam pacientemente as pontas dos seus chicotes. O valete ia a pé, na mesma andadura dos cavalos; e ouvia-se o arauto que trotava à frente, na distância apenas entrevista.

No ponto mais escarpado da subida havia um pequeno cemitério, com um cruzeiro e uma grande imagem, nova, do Salvador. Fora talhada por algum artista camponês sem grande prática, mas via-se que trabalhara com modelo vivo, talvez ele mesmo, pois o Cristo era terrivelmente magro.

Aos pés daquele emblema de uma grande miséria, que havia muito se prolongava e não atingira ainda seu ponto máximo, havia uma mulher ajoelhada. Ela se voltou quando a carruagem chegou junto dela, ergueu-se rapidamente e apresentou-se à portinhola.

— É o Monsenhor! Uma petição, Monsenhor, uma súplica!

Com uma exclamação de impaciência, mas de fisionomia impassível, Monsenhor olhou para fora.

— E então? Do que se trata? Essas eternas petições!

— Monsenhor. Pelo amor de Deus! Meu marido, o guarda-florestal.

— O que há com seu marido, o guarda-florestal? É sempre a mesma coisa com a gente do povo. Não pode pagar alguma conta?

— Ele pagou todas: está morto.

— Bem, está em paz. Acha que posso devolvê-lo à vida e à senhora?

— Oh, não, Monsenhor. Mas ele repousa debaixo de um pequeno monte de mato.

— E então?

— Monsenhor, há tantos montes desses...

— De novo: e então?

Ela parecia velha, mas era jovem. Portava-se como se estivesse presa do maior desespero: ora apertava uma na outra as mãos nodosas, de veias salientes, ora apoiava uma delas na porta da carruagem, com doçura, como se lhe fizesse uma carícia, como se a porta fosse um peito humano e pudesse sentir o apelo contido no gesto.

— Monsenhor, ouça-me! Ouça a minha súplica! Meu marido morreu de miséria. Muitos morrem e morrerão ainda de miséria.

— Repito: e então? Posso alimentar a todos?

— Monsenhor, só Deus sabe. Mas não peço tanto. O que quero é que uma pedra ou uma cruz de madeira, com o nome do meu marido, seja posta no lugar onde ele está enterrado. Se isso não for feito, o local cairá no esquecimento e não será encontrado quando eu por minha vez morrer da mesma doença. Não quero ser posta em outro lugar. São tantas as sepulturas anônimas, Monsenhor! A miséria é tão grande, tão grande... Monsenhor! Monsenhor!

O valete afastara a mulher da portinhola, e os cavalos haviam partido num trote vivo. Os postilhões aceleraram a marcha, e a mulher ficara para trás. Monsenhor, de novo escoltado pelas Fúrias, viu diminuir a distância de uma légua ou duas que o separava do seu castelo.

Os perfumes da noite o envolviam e, como a chuva que cai, imparcial, sobre justos e injustos, envolviam também, não longe dali, o grupo de miseráveis reunidos em torno da fonte, rasgados, sujos de pó, moídos de fadiga. O consertador de estradas ainda perorava, gesticulando com o seu boné azul, sem o qual ele não valia nada, e elaborando a história do homem que parecia um fantasma até se fartarem dela. Um por um, os ouvintes o deixaram, e pequenas luzes se foram acendendo e tremendo nos casebres. Quando essas luzinhas se apagaram e mais estrelas saíram, parecia que, ao invés de se extinguirem, tinham saltado para o céu.

A sombra de um vasto casarão, de altos tetos, cercado de muitas árvores copadas, caiu sobre o marquês. A carruagem deteve-se, a sombra cedeu lugar à luz de um archote, e a grande porta do castelo se abriu para acolher o senhor.

— Monsieur Charles, que espero da Inglaterra, chegou?

— Ainda não, Monsenhor.

9. A cabeça da Górgone

O castelo de monsieur le Marquis era um maciço conjunto de edifícios, com um vasto pátio à frente e duas escadas que se juntavam diante da entrada principal num terraço. Tudo em pedra. Havia ainda pesadas balaustradas de pedra, urnas de pedra, flores de pedra, estátuas de pedra e cabeças de leões de pedra, em todas as direções. Como se, uma vez pronta a construção, dois séculos atrás, a própria Górgone tivesse inspecionado a obra.

Descendo da carruagem, o marquês se foi, escada acima, precedido pelo archote. E de tal modo perturbou as trevas que uma coruja aninhada no teto das cavalariças, uma confusa massa metida entre as árvores, protestou ruidosamente. Tudo mais estava quieto, tão quieto que o archote que precedia o marquês e o outro que um lacaio segurava à porta ardiam direitos como se estivessem num salão nobre e não ao ar livre. O pio da coruja e o jato da fonte caindo na sua bacia de pedra eram os únicos sons que se ouviam. Porque era uma dessas noites escuras que prendem a respiração durante horas a fio, deixam escapar uma espécie de suspiro, longo, baixinho, e retêm o sopro outra vez.

A grande porta se fechou com estrondo depois que o marquês entrou. Atravessou o largo vestíbulo, ornado um tanto rebarbativamente com chuços de espetar javalis, espadas, facões de caça; varas e chicotes de montar tornavam-no ainda mais sinistro. Muito camponês, antes de ir-se para a Morte benfeitora, sentira-os no lombo, quando a cólera possuíra o marquês.

Evitando os grandes salões, escuros e trancados à chave para a noite, monsieur le Marquis, precedido sempre pelo homem do archote, subiu as escadas até uma porta num corredor. Aberta de par em par, admitiu-o aos seus aposentos privados que se compunham de três peças: o quarto de dormir e mais duas. Cômodos de pé-direito altíssimo, teto abobadado, piso fresco, lajeado, sem tapete, dois grandes cães de lareira para o fogo no inverno, e todas as alfaias apropriadas à posição de um marquês naquele século e naquele país. O estilo do penúltimo Luís — o décimo quarto de uma linhagem sem fim — predominava no rico mobiliário, mas inúmeros objetos ilustravam também outras épocas da história da França.

Na terceira das peças, um salãozinho redondo, encaixado numa das quatro torres de telhado pontudo, em forma de apagador de velas, uma mesa fora posta para dois. A janela estava escancarada, mas as venezianas de madeira, fechadas, de modo que a noite escura apenas se mostrava em finas listras horizontais, que alternavam com as largas lâminas cor de pedra.

— Meu sobrinho — disse o marquês ao ver o segundo prato. — Mas disseram-me que ele não havia chegado.

Não havia mesmo. Mas era esperado, como Monsenhor.

— Ah! É improvável que ele venha esta noite. Mesmo assim, deixem ficar a mesa como está. Apronto-me num quarto de hora.

Ao cabo de um quarto de hora, Monsenhor estava, de fato, pronto, e sentou-se sozinho para a sua suntuosa e requintada ceia. De frente para a janela, acabara de tomar a sopa e levava o copo de *bordeaux* aos lábios quando parou e pôs o copo de novo na mesa.

— O que há? — perguntou calmamente, examinando com atenção as varas horizontais da veneziana.

— Onde, Monsenhor?

— Do lado de fora. Abra as venezianas.

Foi obedecido.

— E então?

— Não há nada, Monsenhor. Somente a noite e as árvores.

O lacaio que falara abrira completamente as duas bandeiras das venezianas, perscrutara a escuridão exterior e esperava novas ordens, de costas para o vazio.

— Bem — disse o senhor, imperturbável. — Feche-as outra vez.

Isso feito, o marquês continuou a comer. Estava a meio da refeição quando de novo se deteve, de copo na mão, ao ouvir um barulho de rodas. Aumentou rapidamente e logo cessou, diante do castelo.

— Pergunte quem chegou.

Era o sobrinho de Monsenhor. Estivera léguas atrás do marquês, no começo da tarde. Conseguira diminuir a distância, mas não tanto que o alcançasse na estrada. Ouvira, na muda do correio, que Monsenhor ia à frente.

Que o avisassem (disse Monsenhor) que a ceia estava servida e que ele era esperado naquela sala. Logo o moço apareceu. Era conhecido na Inglaterra como Charles Darnay.

Monsenhor recebeu-o de maneira cortês, mas não lhe deu a mão.

— Deixou Paris ontem? — perguntou-lhe Darnay pondo-se à mesa.

— Sim, ontem. E você?

— Vim diretamente.

— De Londres?

— Sim.

— Pois demorou — disse o marquês, com um sorriso.

— Muito pelo contrário. Vim sem parar.

— Perdão. Não quis dizer que levou demasiado tempo em trânsito. Mas que demorou a decidir-se.

— Diversos negócios — disse o sobrinho, depois de hesitar — atrasaram-me.

— Sem dúvida — disse polidamente o marquês.

Enquanto o criado esteve presente não trocaram mais uma palavra. Servido o café, os dois ficaram sozinhos. Então, o sobrinho encarou o tio e, fixando aquele rosto qual uma bela máscara, encetou a conversa.

— Voltei — disse —, como o senhor antecipou, na perseguição do mesmo objetivo que me levou ao exílio e me expôs a um grande e inesperado risco. Trata-se, porém, de causa sagrada para mim, e mesmo que me conduzisse à morte, sei que me sustentaria o ânimo até o fim.

— Não à morte — disse o tio. — Não tem necessidade de dizer "à morte".

— O que me pergunto — respondeu o sobrinho — é se o senhor levantaria um dedo para salvar-me se eu estivesse à beira do abismo.

As marcas se aprofundaram dos dois lados do nariz, e os finos vincos daquela face cruel pareceram de súbito ameaçadores. O tio fez um gracioso gesto com a mão. Protestava, mas era tão visivelmente uma simples forma de polidez que o moço não se sentiu confiante.

— Para dizer a verdade, meu tio, o senhor parece haver contribuído para tornar mais suspeitas ainda as circunstâncias suspeitas em que me encontrei.

— Mas não, não mesmo!

— Seja como for — continuou o sobrinho, olhando-o com profunda desconfiança —, sei que a sua diplomacia faria o possível para me deter e não teria escrúpulos quanto aos meios.

— Eu o avisei, meu amigo — disse o tio, cujas narinas fremiam agora —, faça-me a justiça de reconhecer que foi prevenido por mim, expressamente, e há muito tempo.

— Eu me lembro.

— Obrigado — disse o marquês com a maior doçura.

O timbre da sua voz ficou no ar, quase como o timbre de um instrumento musical.

— Com efeito, senhor — prosseguiu o sobrinho —, quero crer que devo à sua má sorte e à minha boa estrela o estar fora de uma prisão aqui na França.

— Não compreendo muito bem — disse o tio, bebericando seu café. — Ousaria pedir-lhe que se explique melhor?

— Creio que, se não estivesse em desgraça na Corte e se a nuvem que conhece não cobrisse de sombra a sua existência há tantos anos, uma *lettre de cachet* me teria posto numa fortaleza por tempo indefinido.

— É bem possível — concedeu o tio, com toda a calma. — Pela honra da nossa família eu poderia chegar a isso, até a isso.

— Entendo que, felizmente para mim, a Recepção de anteontem foi, como de hábito, glacial.

— Não estou seguro de que tenha sido felizmente. Não estou nada seguro — replicou o tio, com um requinte de polidez. — A prisão lhe daria uma boa oportunidade para meditar, com a vantagem suplementar da solidão. Coisa que poderia influir mais beneficamente sobre o seu destino que qualquer outra que possa fazer. Mas é ocioso discutir a questão. Estou, como diz, em desgraça. Esses pequenos instrumentos corretivos, esses prestimosos auxiliares do poder e da honra das famílias, os pequenos favores que tanto o incomodariam, só se obtêm hoje em dia com a intriga e o dinheiro. Tantos vão em pós deles, e tão poucos os obtêm, comparativamente. Não era assim antigamente, mas a França mudou para o pior, nisso como em tudo o mais. Nossos antepassados tinham direito de vida e de morte sobre os rústicos à sua volta, nos seus domínios. Muitos desses cães saíram desta mesma sala diretamente para a forca. No cômodo ao lado (que é o meu quarto de dormir), um rufião, tanto quanto eu saiba, foi imediatamente apunhalado por demonstrar uma insolente susceptibilidade com relação à sua filha. *Sua* filha? Perdemos muitos privilégios, uma nova filosofia entrou em moda e qualquer reivindicação dos nossos direitos, nestes dias, poderia causar-nos (veja bem que não digo "causaria" mas "poderia causar") grandes aborrecimentos. Tudo vai mal, muito mal!

O marquês tomou uma pitada de rapé e abanou a cabeça, elegantemente desanimado como convinha. Afinal o país ainda podia contar com ele como instrumento de regeneração.

— Sustentamos tão bem a nossa posição, tanto no passado quanto no presente — disse o sobrinho amargamente —, que não haverá na França nome mais detestado que o nosso.

— Esperemos que sim! — disse o tio. — O ódio aos grandes é uma homenagem involuntária da ralé.

— Não há — continuou o sobrinho, no mesmo tom sombrio —, não há uma só criatura em toda a região que não me olhe com deferência, mas é a deferência do medo e da subserviência.

— Um cumprimento à grandeza da família, merecido pela maneira como a família manteve a sua posição. Ah! — E tomando outra leve pitada de rapé, o marquês cruzou as pernas.

Mas, quando o sobrinho, apoiando o cotovelo na mesa, cobriu os olhos com a mão, pensativo e abatido ao mesmo tempo, a fina máscara o olhou de lado, com uma atenção e uma aversão tão concentradas que desmentiam a pretendida indiferença daquele que a usava.

— A repressão é a única filosofia perdurável. A deferência do medo e da subserviência, meu amigo, manterá os cães na obediência do chicote, enquanto este teto — e olhou para cima — esconder o céu.

O que talvez não tardasse tanto quanto o marquês supunha. Se lhe tivessem mostrado a imagem do seu castelo como seria apenas alguns anos mais tarde, e a de outros cinquenta como ele, no mesmo período, o marquês teria dificuldade em reconhecê-lo em meio a todas aquelas medonhas ruínas, depois da pilhagem e do fogo. Quanto ao teto, de que tanto se orgulhava, esconderia o céu de outra maneira e por toda a eternidade; seu chumbo, convertido em balas, cegaria milhares de olhos nas guerras da Revolução.

— Entrementes — disse o marquês — pretendo zelar pela honra e segurança da família, já que você não o faz. Mas deve estar fatigado. Vamos interromper nesse passo a nossa pequena conferência?

— Só um momento.

— Uma hora, se o desejar.

— Senhor — disse o sobrinho —, fizemos mal, e estamos colhendo os frutos disso.

— *Nós* fizemos mal? — repetiu o marquês, com um sorriso incrédulo, apontando primeiro para o sobrinho, depois para si mesmo.

— Nossa família. Nossa honrada família, cuja honra é tão cara para nós ambos, se bem que de maneira diferente. Mesmo no tempo de meu pai, fizemos coisas horrendas, destruindo qualquer um que se interpusesse entre nós e os nossos prazeres, quaisquer que eles fossem. E por que falar no tempo de meu pai se foi o seu também? Posso separar meu pai do seu irmão gêmeo, co-herdeiro e sucessor?

— A Morte já o fez! — respondeu o tio.

— E me deixou — prosseguiu o sobrinho — atrelado a um sistema odioso, pelo qual me sinto responsável e que não tenho meios de alterar; procurando executar o último desejo de minha mãe, obedecer ao último olhar dos seus olhos, que me imploravam misericórdia e reparação. E torturado pela busca incessante e vã de ajuda e poder.

— Não espere qualquer ajuda de mim — disse o marquês tocando o peito do moço com o indicador (estavam agora de pé junto à lareira). — Pois não terá nenhuma, asseguro-lhe.

Cada linha daquele rosto muito branco estampava crueldade e malícia. O marquês se deixou ficar por algum tempo encarando o rapaz, com a tabaqueira na mão. Depois, uma vez mais, espetou-lhe o dedo no peito como se o dedo fosse a ponta acerada de uma espada curta, com a qual, num lance delicado, ele o traspassasse:

— Meu amigo, vou morrer perpetuando o sistema em que nasci e tenho vivido sempre.

Dizendo isso, tomou uma pitada final de rapé e pôs a caixinha no bolso.

— Melhor faria cedendo à razão — acrescentou, agitando uma pequena sineta que estava em cima da mesa — e aceitando o destino que lhe coube. Mas sinto que está perdido, monsieur Charles. Vejo isso.

— Essa propriedade e a França estão perdidas para mim — disse o sobrinho. — Renuncio a elas.

— Mas são suas para que renuncie a uma e a outra? A França, talvez, este domínio, porém... Nem valeria a pena falar nisso: mas ele ainda não lhe pertence.

— Não tive a intenção de reclamá-lo, ao dizer o que disse há pouco. Mas se viesse a passar amanhã das suas mãos para as minhas...

— Coisa que, tenho a vaidade de crer, não acontecerá...

— ... ou daqui a vinte anos...

— Muito me honra. Gostaria, aliás, que tivesse razão.

— Pois bem, eu abandonaria tudo para ir viver alhures e de outra maneira. Não será sacrifício muito grande. O que são estas terras senão um deserto de miséria e ruína?

— Ah! — fez o marquês, correndo os olhos pelo luxo que o cercava.

— Sim, agrada a vista. Mas considerado na sua inteireza, à luz do dia, não passa de uma torre de extravagância que cai aos pedaços. E não só de extravagância, mas de desperdício, inépcia administrativa, extorsões, dívidas, hipotecas, opressão, fome, nudez e sofrimento.

— Ah! — fez de novo o marquês, contente de si.

— Se algum dia isso me vier às mãos como herança, eu o confiarei a mãos mais qualificadas que as minhas para libertá-lo pouco a pouco (supondo que seja possível tal coisa) do peso que o arrasta para o abismo, a fim de que os miseráveis que daqui não podem sair e que foram explorados até o último limite possam sofrer menos numa outra geração. Este domínio é maldito, todo ele.

— E você? — perguntou o tio. — Perdoe a minha curiosidade. Você, com essa nova filosofia, como pretende viver decentemente?

— Terei de fazer o que muitos dos meus compatriotas, mesmo nobres, terão de fazer um dia: trabalhar.

— Na Inglaterra, por exemplo?

— Sim. O nome da família, senhor, estará resguardado, pois eu só o uso aqui.

Em obediência à sineta o quarto contíguo fora aceso. Viam-se as luzes pela porta de comunicação. O marquês olhou para aquele lado e apurou o ouvido até que o valete se foi.

— A Inglaterra deve ter um enorme fascínio para você, porque fortuna não fez, que eu saiba — observou, então, voltando para o sobrinho o rosto sorridente e calmo.

— Quanto a isso, já lhe disse o que penso: talvez o responsável seja o senhor mesmo. Quanto ao resto: a Inglaterra é o meu Refúgio.

— Esses ingleses jactanciosos pretendem ser o Refúgio de muitos. Talvez conheça um compatriota que se refugiou por lá. Um médico?

— Sim.

— Com a filha?

— Sim.

— Você está cansado. Boa noite!

E inclinou a cabeça com a sua mais graciosa maneira. Havia algo de enigmático na face sorridente, e isso conferiu um certo mistério às palavras, sensível aos olhos e aos ouvidos do sobrinho. Ao mesmo tempo, as finas rugas dos olhos e da boca de lábios finos, e as depressões das asas do nariz, locadas pelo sarcasmo, assumiram uma beleza diabólica.

— Sim — repetiu o marquês. — Um médico que tem uma filha. Sim. E por aí que começa a nova filosofia. Mas você está cansado. Boa noite!

Interrogar aquele rosto impenetrável teria sido tão inútil quanto interrogar os rostos de pedra das estátuas do parque. Em vão o sobrinho olhou-o ao passar.

— Boa noite! — repetiu o marquês. — Terei muito prazer em revê-lo de manhã. Durma bem. Acompanhe o senhor meu sobrinho até os seus aposentos. Ilumine o seu caminho. E queime-o na cama, se quiser — acrescentou, consigo mesmo, antes de tocar de novo, chamando o seu próprio valete.

O empregado veio e se foi. Monsieur le Marquis pôs-se a andar de um lado para o outro, vestido com seu folgado robe. A noite estava quente e tranquila, e ele se preparava assim, devagarinho, para dormir. Seus chinelos macios não faziam ruído no chão, e ele ia e vinha com a graça de um felino. Lembrava um daqueles marqueses perversos e impenitentes das histórias de fadas, que se transformam em tigres: estava a ponto de mudar-se em fera ou acabara de fazer-se homem outra vez.

Medindo de ponta a ponta o seu voluptuoso dormitório, repassando na cabeça os incidentes da viagem daquele dia — a penosa subida da colina, o sol poente, a descida, o moinho, a fortaleza-prisão no seu penhasco, a pequena aldeia, do vale, os camponeses na fonte, o consertador de estradas apontando com o boné azul, a corrente debaixo da carruagem. A fonte evocou a de Paris, o pequeno fardo posto no degrau, as mulheres debruçadas sobre ele e o homem alto com os braços para os céus, a gritar: Morto!

— Agora estou calmo — disse monsieur le Marquis consigo mesmo. — Posso deitar-me.

Deixando acesa uma única vela sobre a lareira, o marquês fez cair em torno de si as longas cortinas de gaze, ouviu a noite romper seu próprio silêncio com um longo suspiro e acomodou-se finalmente para dormir.

Por três lentas horas, as efígies de pedra da fachada externa olharam as trevas com seus olhos vazios; por três horas, os cavalos dos estábulos agitaram-se nas suas baias, os cães ladraram, e a coruja deu um pio em nada semelhante ao que lhe atribuem os poetas — pois é o obstinado costume dessa criatura não dizer nunca o que lhe foi prescrito.

Por três longas horas, os rostos de pedra do castelo, leoninos e humanos, fixaram com olhos cegos a noite. Uma treva espessa envolvia a paisagem adormecida e seu silêncio aprofundava o silêncio da poeira em todas as estradas. No cemitério humilde, os pequenos montículos cobertos de grama já não se distinguiam uns dos outros. A figura do Cristo poderia ter descido da Cruz sem que ninguém visse. Na aldeia, coletor e contribuintes dormiam profundamente. Talvez sonhassem com grandes comezainas, como os famintos costumam sonhar, ou com uma vida de repouso e bem-estar, como, sob o jugo, sonham os bois e os escravos. E, se não sonhavam, pelo menos dormiam. Dormiam profundamente, por magros que estivessem, e no sono eram libertos e saciados.

A água da fonte da aldeia, agora invisível, jorrava sem que ninguém a visse. A da fonte do castelo corria, silente e despercebida. Perdiam-se, como os minutos que procedem da fonte do Tempo. Durante três longas horas escuras, jorraram, fluíram e perderam-se. Então, a água cor de pérola dos dois chafarizes se fez espectral no crepúsculo da manhã. E os olhos mortos dos rostos de pedra do castelo se abriram.

O céu clareou mais e mais, até que a aurora tocou com a ponta dos dedos a ramaria das árvores imóveis. E o sol radiante tomou a colina. Embrasada, a água na bacia de pedra do grande jardim mudou-se em sangue e os rostos de pedra ficaram da cor do carmim. O pio das aves se fez coro e algazarra, e no antigo rebordo da janela de Monsenhor, que o tempo gastara, um passarinho solitário desferiu com toda a força o seu mais doce canto. A estátua mais próxima pareceu assombrada com ele: de boca aberta e queixo caído, era a imagem da estupefação.

Agora o sol já ia alto no céu e o movimento começou na aldeia: janelas se abriam, portas eram destrancadas e as primeiras pessoas saíram para a rua, arrepiadas de frio no ar fresco e puro. E teve início a pesada jornada de trabalho. Uns rumo à fonte, outros rumo ao campo. Homens e mulheres aqui, a cavar ou aprofundar os sulcos. Homens e mulheres acolá, cuidando dos pobres animais, levando as vacas esqueléticas a pastar o ralo capim da margem da estrada. Na igreja e no cruzeiro, uma ou duas pessoas, de joelhos. Esperando, paciente, o fim da reza, uma vaca puxada por uma corda tosava as ervas rasteiras.

O castelo acordou gradualmente e mais tarde, como convinha à sua qualidade, mas acordou. Primeiro, as armas brancas do vestíbulo ficaram rubras como outrora, ao tempo em que eram usadas na caça; depois, luziram no sol matinal. Portas e janelas se abriram, os cavalos, nas suas estrebarias, olharam por cima de seus dorsos a luz e o frescor que entravam em borbotões. As folhas cintilavam sussurrantes, roçando nas janelas gradeadas; os cães puxavam, indóceis, as suas correntes esticadas, querendo soltar-se.

Todos esses incidentes triviais faziam parte da rotina da vida e repetiam-se todas as manhãs. Mas que dizer do sino de alarma do castelo, das subidas e descidas nas escadas, das figuras entrevistas a correr pelos terraços, do som de botas e tropel um pouco por toda parte, dos cavalos selados a toda pressa e partidos em disparada?

Teriam as brisas da manhã comunicado essa pressa febril ao grisalho consertador de estradas já às voltas com seu trabalho no alto da colina que fica além da aldeia, com sua merenda posta num monte de pedras, tão magra que nem um corvo lhe faria atenção? Ou teriam as aves, que esparzem grãos a esmo, deixado cair sobre ele os grãos da notícia? O certo é que o homem se pôs a correr como um louco, apesar do calor, deixou para trás a colina e só se deteve ao chegar à fonte.

Todos os habitantes da aldeia já se achavam ali reunidos a cochichar, com a sua resignada atitude habitual. Nenhuma grande emoção se lia nos seus rostos sombrios, só uma certa curiosidade. E surpresa. As vacas, trazidas às pressas e amarradas a qualquer coisa que se prestasse a isso, olhavam estupidamente para diante ou, deitadas, ruminavam qualquer coisa engolida no seu curto passeio e que, na verdade, não valia o trabalho.

Gente do castelo, do correio e do fisco, mais ou menos armada, aglomerava-se do outro lado da rua, com ar determinado. Na verdade, ninguém fazia nada. Mas o consertador de estradas se juntou aos seus amigos mais íntimos, uns cinquenta, e começou a bater no peito com o seu boné azul.

Que diabo significava tudo isso? Ou o que significava o portento de ver monsieur Gabelle içar-se à garupa de um lacaio, que logo partiu a galope, apesar da carga dupla que o cavalo tinha de levar, numa versão inesperada da velha balada alemã de Leonora?

É que havia mais uma efígie de pedra no castelo.

A Górgone visitara a propriedade a horas mortas e acrescentara à coleção de estátuas a única figura que faltava e pela qual esperara há bem duzentos anos!

Repousava no travesseiro de monsieur le Marquis. Era a bela máscara de um homem que acordou sobressaltado, ardeu por um minuto em cólera e caiu para trás petrificado. No coração do marquês, enfiada até o cabo, uma faca. E nela, um pedaço de papel em que fora escrito, laboriosamente:

"*Levem-no ligeiro para* o *túmulo. Da parte de JACQUES.*"

10.
Duas promessas

Meses se passaram, doze meses, exatamente. E o sr. Charles Darnay encontrava-se estabelecido na Inglaterra, onde lecionava francês e literatura francesa. Hoje, teria sido chamado professor. Àquele tempo, era tido como "preceptor" ou "explicador". Dava aulas particulares a jovens de boas famílias, que se interessavam por essa língua viva, falada no mundo inteiro, e dispunham de lazeres para estudá-la. Ele mesmo era um cultor das riquezas do seu idioma, que sabia transmitir aos seus pupilos num inglês impecável. Mestres dessa qualidade não eram comuns naquele tempo. Reis destronados ou pretendentes implumes não faziam ainda parte da classe ensinante e nenhum aristocrata arruinado teria a ideia de tornar-se marceneiro ou mordomo só por ter sido riscado dos cadastros do Banco Tellson.

Como preceptor, cujos dotes tornavam extraordinariamente atraente para os alunos o estudo do francês e dos autores franceses; como tradutor que não se limitava ao que dizia o dicionário mas punha nos textos uma elegância toda pessoal — o jovem sr. Darnay ficou logo conhecido e respeitado. Acresce que estava a par dos negócios do seu país, e estes eram a cada dia de maior interesse. Assim, à força de perseverança e indústria, prosperou.

Não imaginara que iria nadar em ouro na cidade de Londres, e muito menos que sua vida decorreria num mar de rosas. Se tivesse pensado assim, não teria feito progressos. Esperara — e conseguira — trabalho, e tirava desse labor o melhor partido possível. Nisso consistia o segredo da sua prosperidade.

Dedicava parte do tempo aos alunos da Universidade de Cambridge, onde era tolerado seu pequeno contrabando de línguas europeias modernas — quando os outros lentes davam grego e latim — depois de passarem pela alfândega. Mas vivia habitualmente em Londres.

Acontece que desde o tempo do Paraíso, quando reinava um eterno verão na face da Terra, até o presente, quando faz frio as mais das vezes, nas nossas pobres latitudes decaídas, o homem segue invariavelmente um só caminho, isto é, o que leva ao amor de uma mulher.

Charles Darnay amara Lucie Manette desde a hora do seu perigo mortal. Jamais ouvira nada mais doce nem mais querido que a sua voz compadecida no tribunal; jamais vira rosto tão belo quanto o da moça, quando este confrontava o seu do outro lado da cova que lhe tinham aberto sob os pés. Mas não tinha ainda tratado do assunto com ela. Fazia um ano que o crime fora cometido naquele castelo abandonado para além das águas revoltas do Canal e das estradas poentas, sem fim. Um sólido castelo de pedra que já agora se esfumava na sua lembrança como os castelos da lenda. E nunca, nem por uma palavra, deixara-lhe ver o estado do seu coração.

Tinha boas razões para isso, e sabia-o perfeitamente. De modo que, num dia de verão em que voltava a Londres depois do seu curso na universidade, procurou aquele recanto tranquilo de Soho na esperança de poder abrir-se com o dr. Manette. Sabia que, no fim da tarde, Lucie estaria fora com a srta. Pross.

Encontrou o médico ocupado em ler na sua cadeira de braços junto da janela. A energia com que suportara o sofrimento (agravando-o, embora; aguçando-o, talvez) fora-lhe aos poucos restituída. O médico era agora um homem resoluto, com grande firmeza de ânimo, perseverança e vigor. Por vezes essa força se apagava, como costumava acontecer no princípio com todas as suas faculdades. Essas crises, no entanto, que nunca haviam sido frequentes, eram agora cada vez mais raras.

Estudava muito, dormia pouco, suportava facilmente a fadiga, e era de um humor igual e prazenteiro. Ao ver Charles Darnay, que entrava, pôs de lado o livro e estendeu a mão.

— Charles Darnay! Folgo muito em vê-lo. Há quatro dias que o esperamos. O sr. Stryver e Sydney Carton estiveram ambos aqui ontem e ambos achavam que já devia estar de volta.

— Muito me alegra o interesse deles — disse Darnay, na verdade frio em relação aos dois, se bem que caloroso para com o médico. — A srta. Manette...

— Vai bem — completou o médico, quando ele interrompeu o que ia dizer. — E sua volta nos alegrará a todos. Ela saiu para fazer umas compras mas não se demora.

— Dr. Manette, eu contava com essa ausência e queria aproveitar a oportunidade para falar-lhe em particular.

Houve um silêncio.

— Sim? — disse, por fim, o médico, cujo constrangimento era visível. — Pois puxe uma cadeira e fale.

Darnay obedeceu quanto à cadeira, mas pareceu ter alguma dificuldade em falar.

— Há um ano e meio, dr. Manette, tenho a felicidade de privar da intimidade desta casa, e espero que o tópico que vou abordar não venha a...

Deteve-se, pois o médico levantara a mão para interrompê-lo:

— Trata-se de Lucie?

— Sim.

— É penoso para mim falar de Lucie. E ainda mais penoso ouvir falar dela no tom em que o faz.

— É um tom de admiração ardente, de homenagem sincera, de amor profundo, dr. Manette!

Houve outra pausa demorada antes que o pai respondesse:

— Acredito. Faço-lhe essa justiça. Acredito.

Seu embaraço era tão manifesto, e tão manifesto era também o fato de originar-se de uma espécie de repugnância em discutir a questão, que Charles Darnay hesitou:

— Devo continuar, senhor?

Outro silêncio.

— Sim, continue.

— O senhor imagina o que vou dizer, embora não possa saber com que fervor o digo, com que emoção o sinto, uma vez que não conhece o segredo do meu coração, as esperanças, temores e ansiedades que tanto e há tanto tempo me têm pesado. Caro dr. Manette, amo sua filha de um amor sincero, ardente, desinteressado e respeitoso. Se jamais existiu amor no mundo, é esse que tenho por ela. O senhor já amou também. Que a memória desse amor fale por mim.

O médico olhava para o outro lado, para o chão. Às últimas palavras, levantou a mão outra vez, num gesto brusco, e exclamou:

— Não, isso não! Suplico-lhe, não me relembre isso!

Era um grito saído do fundo da alma, um grito de dor física e ficou a ecoar nos ouvidos de Charles Darnay muito depois de haver cessado. O médico fez mais um gesto com a mão que estendera, e Darnay interpretou-o como um outro apelo para que não continuasse. Calou-se, então.

— Peço que me perdoe — disse o médico depois de alguns momentos e com voz surda. — Não tenho dúvidas sobre o seu amor por Lucie, creia.

Voltou-se, dessa vez, para o rapaz, embora ainda sem encará-lo. Apoiando o queixo na mão, deixou cair os cabelos brancos sobre a fronte inclinada, e seu rosto ficou escondido.

— Já falou disso a Lucie?
— Não.
— Escreveu-lhe?
— Nunca.
— Não seria generoso de minha parte ignorar que foi por consideração pelo pai dela que o senhor agiu assim com tanto desprendimento. O pai dela lhe agradece.

E estendeu-lhe a mão. Mas seus olhos não acompanharam o gesto.

— Sei — disse Darnay num tom respeitoso — e não poderia deixar de saber, dr. Manette, eu que os tenho visto, aos dois, seguidamente, que existe entre o senhor e sua filha uma afeição tão rara, tão comovente, tão ligada às circunstâncias especiais em que se desenvolveu, que tem poucos paralelos mesmo na ternura de pai e filha. Sei, e não poderia deixar de saber, que perduram, na afeição e devoção de uma filha que se tornou mulher, todo o amor e toda a confiança da criança que ela foi. Não ignoro que, não tendo tido pai quando menina, ela agora se consagra ao senhor, a par da constância e fervor da sua juventude e do seu caráter amadurecido, a afetuosa confiança e o apego daqueles dias em que o perdeu. Sei muito bem que pelo fato de lhe haver sido restituído miraculosamente de um mundo para além desta vida, o senhor assume aos olhos dela um aspecto por assim dizer sacral. Sei que, quando Lucie o abraça, são as mãos do bebê, da menina e da mulher que se juntam em torno do seu pescoço. Sei que, amando-o, ela ama a própria mãe ao tempo que esta tinha a idade dela, vê e ama o senhor como era na idade que eu tenho, ama sua mãe quando o coração de sua mãe se partiu, ama o senhor através do seu calvário e da sua ressurreição. Sempre soube de tudo isso, sempre pensei nisso, dia e noite, desde que frequento a sua casa.

O pai permanecia silencioso, de cabeça baixa. Sua respiração se acelerara um pouco, mas ele reprimia qualquer outro sinal de agitação.

— Caro dr. Manette, pelo fato de saber de tudo isso, de vê-los um e outro nimbados dessa auréola, abstive-me de falar enquanto a minha condição de homem o permitiu. Senti, e sinto agora mesmo, que trazer o meu amor — mesmo o meu — entre os dois é uma intromissão. E introduzir na história dos dois um elemento que dela, de certo modo, desmerece. Mas amo sua filha. O Céu é testemunha disso.

— Creio — respondeu o pai, acabrunhado. — Pensei nisso antes que me falasse. Sim, creio no que me diz.

— Mas não creia — disse Darnay, tomando o acento doloroso como recriminação — que, se tivesse um dia de separá-los, tendo tido antes a ventura de desposar sua filha, eu fosse confessar esse amor. Não só uma separação dessas seria impossível como seria também uma baixeza. Se tal possibilidade existisse, mesmo remota, mesmo a uma distância de anos, se eu abrigasse essa ideia no meu pensamento ou no meu coração (onde nunca poderia estar), eu não seria capaz de apertar essa mão honrada e digna.

Dizendo essas últimas palavras, Darnay pôs a sua mão na do médico e continuou:

— Não, caro dr. Manette. Exilado voluntário da França, como o senhor mesmo, expulso da minha pátria pelas insânias, opressões e misérias que por lá campeiam, procurando viver do meu trabalho, e confiando num futuro melhor, aspiro unicamente a partilhar a sua sorte e a viver a vida do seu lar e a ser-lhes fiel até a morte. Não para dividir com Lucie o privilégio que ela tem como sua filha, companheira e amiga. Mas para juntar-me a ela, contribuindo para aproximá-la ainda mais do senhor, se tal coisa for possível.

Darnay não retirara a sua mão, e o médico respondeu à pressão dela. Só por um instante, mas não friamente. Depois, apoiou as duas mãos nos braços da poltrona e encarou o rapaz pela primeira vez desde o começo da conversa. Sua expressão traía a luta interior que ia nele, que se exprimia de tempos em tempos por aquele olhar perdido que continha um grão de dúvida e de temor.

— Fala de maneira tão digna e tocante, Charles Darnay, que lhe agradeço do fundo do coração. Desejo, por minha vez, abrir-me com você, ou quase. Tem razões para crer que Lucie o ama?

— Nenhuma, até agora.

— E o objetivo imediato da confidência que me fez é o certificar-se disso com o meu conhecimento?

— Nem isso. Não tinha esperança de poder fazê-lo de imediato. Dentro de algumas semanas, talvez. A não ser que o senhor me permita tentar amanhã.

— É um conselho que me pede?

— Não. Mas talvez me quisesse espontaneamente dar algum.

— Quer uma promessa de mim?

— Sim, quero.

— Qual é?

— Sei perfeitamente que, sem o senhor, minha causa é perdida. Mesmo que a srta. Manette me tivesse, neste momento, no seu inocente coração — e não pense que tenho a pretensão de acreditar nisso —, sei que não conservaria esse lugar contra a vontade de seu pai.

— Se é assim: já considerou tudo o que está em jogo?

— Entendo que uma palavra do seu pai em favor de qualquer pretendente teria maior peso que os seus próprios sentimentos e que o resto do mundo. Por essa razão, dr. Manette — disse Darnay com modéstia mas também com firmeza —, eu não lhe pediria essa palavra nem que minha vida dependesse dela.

— Estou certo disso. O amor, como o ódio, é cheio de mistérios, sutis, delicados, difíceis de penetrar. Minha filha, sob esse aspecto, é um mistério para mim. Não saberia adivinhar o que lhe vai no coração.

— Posso perguntar-lhe, senhor, se acredita que ela seja...

E, como hesitasse, o pai completou:

— ... objeto das atenções de outro?

— Era o que eu ia dizer.

O médico refletiu um pouco, antes de responder.

— Você tem visto o sr. Carton aqui. E o sr. Stryver também, ocasionalmente. Se alguém de fato se interessa por ela terá de ser um dos dois.

— Ou ambos — disse Darnay.

— Eu não tinha considerado essa possibilidade. Também não penso que um dos dois goste dela. Mas quer uma promessa. O que é?

— Se a srta. Manette algum dia fizer ao senhor uma confidência como esta minha, quero que me prometa repetir-lhe as minhas palavras e dizer-lhe que acreditou na sinceridade delas. Espero merecer-lhe alguma estima, o bastante para que não use sua influência contra mim. Só isso. E como tem o direito de ditar suas condições, comprometo-me a aceitá-las e a observá-las imediatamente.

— Prometo o que pediu — disse o médico —, incondicionalmente. Creio que as suas intenções são as que me expôs com toda a sinceridade. Estou certo de que visa a estreitar e nunca a enfraquecer os laços que me unem a essa outra e querida parte de mim mesmo. Se ela algum dia me disser que você é essencial à sua felicidade, eu lha darei. E mais: se houvesse, Charles Darnay, se houvesse...

O moço apertara a mão do pai de Lucie com reconhecimento. Estava com ela nas suas quando o médico concluiu:

— ... prevenções, objeções, apreensões, antigas ou recentes, com relação ao homem que ela amasse — desde que ele não fosse diretamente responsável —, todas seriam obliteradas no interesse da felicidade dela. Ela é tudo para mim. Importa mais que o sofrimento, que as provações, que... Bem, é inútil dizer tais coisas.

Tão estranha foi a maneira pela qual o médico se calou e tão estranha a fixidez do seu olhar, em seguida, que Darnay sentiu sua mão esfriar na outra mão que devagarinho a soltou.

— Você me dizia qualquer coisa — disse o dr. Manette, sorrindo. — O que era mesmo?

Darnay não achou logo palavras para responder-lhe, mas depois lembrou-se de ter falado de uma condição. Aliviado, disse:

— Sua confiança em mim deve ser paga com inteira confiança da minha parte. O nome que uso, e que é uma variação ligeira do nome de minha mãe, não é o meu verdadeiro nome, como se lembrará. Desejaria dizer-lhe esse nome e por que estou na Inglaterra.

— Pare! — exclamou o médico de Beauvais.

— Desejo-o para merecer a sua confiança, para que não haja segredos entre nós.

— Pare!

Por um instante, o médico chegou a levar as mãos aos ouvidos. E logo as tinha selando os lábios de Darnay.

— Diga-me isso quando eu lhe perguntar, mas agora não. Se tudo se realizar como deseja, se Lucie o amar, você me dirá isso na manhã do casamento. Promete?

— Sim.

— Dê-me sua mão. Ela vem logo para casa e será melhor que não nos veja juntos esta noite. Vá. Que Deus o abençoe.

Estava escuro quando Charles Darnay o deixou e foi uma hora mais tarde que Lucie voltou. Correu ao salão — a srta. Pross subira diretamente para o quarto — e ficou surpresa de ver a cadeira do pai desocupada.

— Papai! — chamou. — Papai querido!

Não ouviu qualquer resposta, apenas um rumor surdo de martelo no quarto de dormir. Atravessando sem ruído o quarto intermediário, olhou da porta e voltou depressa, com o sangue gelando nas veias.

— O que devo fazer? O que devo fazer? — dizia consigo mesma.

Sua incerteza durou apenas um minuto. Voltou ao quarto do pai, bateu na porta, chamou. O rumor cessou ao som da sua voz e pouco depois ele apareceu, e andaram juntos, de um lado para o outro, por longo tempo.

Durante a noite, ela desceu uma vez para ver se ele dormia tranquilamente. Encontrou-o de fato adormecido, e tanto as suas ferramentas de sapateiro quanto a antiga obra inacabada achavam-se no lugar habitual.

11.
Para completar a descrição anterior

— Sydney — disse o sr. Stryver naquela mesma noite ao seu chacal —, prepare outra tigela de ponche, tenho algo a dizer-lhe.

Sydney trabalhara dobrado naquela noite, e na noite anterior também, e na precedente, e muitas noites em sucessão, pondo em dia a papelada do sr. Stryver antes de partir para as férias grandes. Tudo estava pronto, agora; as coisas atrasadas já não estavam atrasadas, e só novembro, com suas brumas atmosféricas e suas brumas legais, traria novos cuidados.

Nem por isso Sydney parecia mais cheio de vida ou mais sóbrio. Só um grande número de compressas molhadas tinha permitido que ele enfrentasse essa última noite de trabalho. E uma quantidade suplementar de vinho precedera cada aplicação de toalha. Assim, foi num estado lamentável que ele finalmente tirou o turbante, lançando-o dentro da bacia em que o molhara intermitentemente nas últimas seis horas.

— Está fazendo o ponche, homem? — perguntou Stryver, o bem fornido, do sofá onde estava reclinado, de mãos metidas no cinto, a olhar em torno.

— Sim, estou.

— Pois escute: vou contar-lhe algo que o surpreenderá, e que talvez o faça pensar que eu não seja tão esperto quanto você pensava. Pretendo casar.

— Casar?

— Sim. E não por interesse. Então, o que diz?
— Não me sinto disposto a dizer muito. Quem é ela?
— Adivinhe.
— Eu a conheço?
— Adivinhe.
— Não vou adivinhar nada às cinco da manhã e de cabeça quente. Meus miolos estão fervendo. Se está com mania de me propor adivinhações, então convide-me para jantar.
— Pois bem, então lhe conto — disse Stryver, erguendo-se lentamente até ficar sentado. — Embora não tenha grandes esperanças de me fazer compreender. Você é um animal. E tão insensível!
— E você — respondeu Sydney, mexendo o ponche —, uma alma tão delicada, um poeta!
— Vamos! — disse Stryver, rindo-se, mas vaidoso. — Embora eu não tenha a pretensão de ser romântico (julgo-me superior a isso), mesmo assim sou menos empedernido que você.
— Quer dizer é que tem mais sorte.
— Não quero, não. Digo é que sou mais...
— Mais fino. É isso? Pois diga-o com todas as letras.
— Seja. Mais fino. Ou melhor: sou um homem — disse Stryver, inchando de importância diante do amigo ocupado com o ponche —, sou um homem que se compraz em ser agradável, que se dá muito trabalho para ser agradável, e que sabe ser sociável e agradável, na companhia de mulheres, naturalmente.
— Continue — disse Sydney Carton.
— Não. Antes de ir mais longe — disse Stryver, sacudindo a cabeça com ar petulante —, quero abrir-me com você. Frequenta tanto quanto eu, ou até mais que eu, a casa do dr. Manette. Às vezes me envergonho das suas maneiras, da sua atitude, sempre calado, emburrado, de rabo entre as pernas. Sim, envergonho-me, Sydney!
— É bom que um homem da sua profissão ainda seja capaz de envergonhar-se de alguma coisa — respondeu Sydney. — Deveria agradecer-me pela oportunidade que lhe dou.

— Não, não vai sair dessa com tanta facilidade — disse Stryver, enfático. — Não, Sydney. É meu dever dizer-lhe, e faço-o para o seu bem, que você não está preparado para essa espécie de sociedade. Você é um sujeito desagradável.

Sydney provou o ponche que tinha feito e soltou uma risada.

— Olhe para mim! — disse Stryver, endireitando os ombros. — Tenho menos necessidade de fazer-me agradável do que você, sendo, nessas circunstâncias, mais independente. E por que me dou esse trabalho, hein?

— Não tinha ainda percebido isso.

— Faço-o porque é boa política. Faço-o por princípio. Olhe para mim! Eu tenho êxito, progrido!

— Só não progride no relato das suas intenções matrimoniais — respondeu Carton num tom de indiferença. — Espero que persevere. Quanto a mim, sou incorrigível. Mas você não vai entender isso nunca.

Havia um certo desprezo na sua voz.

— Você não tem o direito de ser incorrigível — disse o amigo com alguma rispidez.

— Não tenho é o direito de ser — disse Sydney Carton.

— Tenho consciência disso. Mas quem é a dama?

— Que a revelação não o deixe constrangido, Sydney — disse o sr. Stryver, preparando o espírito do amigo para o que ia dizer. — Sei que você não fala a sério, que não pensa metade do que diz. E, se pensasse, também não teria importância. Faço esse pequeno preâmbulo porque certa vez você mencionou a dama em questão em termos pejorativos.

— Eu?

— Perfeitamente. E nesta sala.

Sydney Carton olhou para dentro do ponche, depois para o seu complacente amigo. Bebeu de um trago, e de novo encarou o seu complacente amigo.

— Você se referiu a ela como uma boneca de cabelos de ouro. Sim. Trata-se da srta. Manette. Se você tivesse qualquer sensibilidade, qualquer tato, eu me zangaria. Mas você não tem. Sua opinião, portanto, importa-me tanto como a opinião de um homem que não entende de pintura sobre os meus quadros, ou de um outro que não entende de música sobre uma composição minha.

Sydney Carton bebia agora uma quantidade exagerada de ponche. Bebia copos cheios. Sempre sem tirar os olhos do amigo.

— Agora sabe de tudo, Sydney — disse Stryver. — Não me importo com o dote: ela é uma pessoa encantadora, e decidi gozar a vida. Afinal, meus recursos permitem-me gozar a vida. Ela terá em mim um homem em boa situação, encarreirado, o que para ela é sem dúvida uma oportunidade inesperada. Embora merecida. Não está surpreso?

Carton, que continuava a beber o ponche, respondeu:

— Por que deveria estar surpreso?

— Aprova?

E Carton, sempre bebendo o ponche:

— Por que não aprovaria?

— Bem — disse Stryver —, você toma a coisa com mais naturalidade do que eu tinha imaginado, e é menos interesseiro e mercenário na defesa dos meus interesses do que eu supunha. É verdade que você sabe muito bem, depois de tanto tempo, que este seu velho amigo tem uma vontade de ferro. Sim, Sydney, estou farto desse gênero de vida e, francamente, não vejo outra saída. Deve ser agradável ter um lar para onde ir (e quando não se tem vontade, não se vai) e estou certo de que a srta. Manette saberá conduzir-se em qualquer situação e ser motivo de orgulho para mim. E agora, Sydney, meu velho, quero acrescentar uma palavra sobre o seu próprio futuro. Você vai mal, muito mal mesmo. Não sabe dar valor ao dinheiro, vive precariamente, e se um belo dia cair doente será a miséria. É tempo de pensar numa enfermeira.

O ar protetor com que disse essas coisas fê-lo parecer duas vezes maior do que era e quatro vezes mais insolente do que costumava ser.

— Agora, permita que eu recomende a você encarar as coisas como são. Faço isso a meu modo. Faça-o você como quiser, mas case. Arranje alguém que possa tomar conta de você. Pouco importa que não lhe agrade a sociedade das mulheres ou que fique cheio de dedos na companhia delas. Arranje uma. Respeitável, com algum dinheiro, uma senhora que viva de rendas, por exemplo, que tenha casas de aluguel. É o que lhe convém, Sydney. Pense nisso.

— Vou pensar — disse Sydney.

12.
Um modelo de delicadeza

Tendo tomado a decisão magnânima de dar à filha do dr. Manette a oportunidade de casar com um homem rico, o sr. Stryver apressou-se em ir comunicar-lhe a sorte que a esperava antes de partir, ele mesmo, para as férias grandes. Depois de debater consigo mesmo os prós e os contras dessa resolução, concluiu que seria melhor liquidar logo os preliminares para depois decidir com calma se o casamento se realizaria uma semana ou duas antes de Michaelmas[16] ou nas pequenas férias de Natal, que vão do dia 25 a Hilary.[17]

    Achava que tinha causa ganha. Disso não tinha dúvida: o veredito lhe seria favorável. Debatido com o júri em terreno firmemente mundano — as razões materiais são as únicas dignas de consideração em qualquer processo —, o problema era simples, claro, sem o menor ponto fraco. Fazendo-se parte civil, não havia como escapar a meridiana nitidez das provas. O advogado da defesa abandonaria a causa e o dito júri não teria sequer de deliberar. Presidindo um julgamento simulado, o juiz Stryver chegou à conclusão de que não havia o que arguir contra a sua postulação.

---

16 A festa de São Miguel (29 de setembro) e a sessão dos tribunais que com ela coincide. (N. do T.)

17 O dia de Santo Hilário de Poitiers (13 de janeiro), quando funciona tradicionalmente na Inglaterra a High Court of Justice. (N. do T.)

Em consequência, o sr. Stryver abriu as férias grandes com uma proposta formal: convidou a srta. Manette para ir aos jardins de Vauxhall.[18] Quando ela não aceitou, propôs Ranelagh. Inexplicavelmente, a moça recusou outra vez. Resolveu, então, apresentar-se em Soho e expor em pessoa seu nobre propósito.

E para Soho partiu a pé o sr. Stryver, abrindo caminho a cotovelos desde o Temple, quando as férias grandes estavam ainda em flor. Quem quer que o visse projetar-se em direção a Soho quando ainda se encontrava do lado de St. Dustan, em Temple Bar, com todas as velas pandas, a atropelar os transeuntes mais fracos, teria sentido o quanto estava cheio de si.

Seu caminho passava pelo Banco Tellson e, como ele era cliente da Casa e conhecido do sr. Lorry, amigo íntimo dos Manettes, ocorreu ao sr. Stryver entrar no estabelecimento e revelar ao sr. Lorry os brilhantes horizontes que se abriam em Soho. Assim, empurrou a porta, que rangiu nos gonzos com um som débil, por pouco não caiu nos dois degraus, passou pelos dois vetustos caixas e forçou passagem até o embolorado gabinete de janelinhas gradeadas como papel quadriculado, onde o sr. Lorry pontificava, cercado de grandes livros cheios de números. Ali, tudo o que havia eram somas.

— Olá — disse o sr. Stryver. — Como vai? Muito bem, espero.

Era uma das particularidades do sr. Stryver parecer maior que o lugar onde estava. Era grande demais para o Tellson, os velhos funcionários olhavam-no com reprovação, como se ele os espremesse contra as paredes. A própria Casa, que lia majestosamente o jornal ao fundo de uma longa perspectiva, pareceu descontente, como se o sr. Stryver tivesse dado uma cabeçada no seu respeitável colete.

Discreto, o sr. Lorry respondeu à saudação no tom apropriado ao local e às circunstâncias.

— Bom dia, sr. Stryver, como está passando?

Havia uma peculiaridade no seu modo de apertar a mão de alguém, encontradiça, aliás, entre os empregados do Banco, sempre que

---

18 Belos jardins públicos, para os lados de Kensington. (N. do T.)

cumprimentavam as pessoas na presença da Casa: da maneira mais impessoal possível, para significar que o faziam por conta de Tellson e Companhia.

— Posso servi-lo em alguma coisa? — perguntou o sr. Lorry, na sua melhor qualidade de banqueiro.

— Não, não, esta é apenas uma visita particular ao senhor. Tenho a dizer-lhe uma palavrinha.

— Tem mesmo? — disse o sr. Lorry, apurando ouvido, mas lançando um olhar para a Casa, no fundo da sala.

— Estou indo a Soho — disse o sr. Stryver, apoiando as mãos no tampo da mesa do sr. Lorry que, embora avantajada, valendo por duas das comuns, logo pareceu ridiculamente pequena para ele. — Estou indo a Soho pedir a mão da nossa encantadora amiguinha, a srta. Manette.

— Meu Deus! — exclamou o sr. Lorry, esfregando o queixo e olhando o visitante com ar incrédulo.

— Por que "meu Deus", sr. Lorry? — indagou o sr. Stryver, recuando um passo. — O que quer dizer com isso?

— Nada que o desmereça, sr. Stryver — respondeu o homem de negócios. — Seus bons propósitos fazem-lhe muita honra. Quanto ao sentido das minhas palavras, veja nelas só o que o senhor poderia desejar. Sou seu amigo e admirador. E, no entanto... na verdade... sr. Stryver... o senhor sabe...

O sr. Lorry fez uma pausa e abanou a cabeça com um ar lúgubre ou, pelo menos, dos mais esquisitos. Era como se, involuntariamente, se visse compelido a reconhecer que o outro ocupava demasiado espaço no escritório e no mundo.

— Pois macacos me mordam... — exclamou o sr. Stryver arregalando os olhos, respirando fundo e dando uma forte palmada com a mão no tampo da mesa. — ... se compreendo o que está tentando dizer!

O sr. Lorry ajustou a sua pequena peruca atrás das duas orelhas como preâmbulo ao que ia dizer. Depois, mordiscou um filamento da sua pena de ganso.

— Com mil diabos, senhor! — disse o sr. Stryver. — Não lhe pareço aceitável como partido?

— Meu Deus, longe disso! Sim, muito aceitável, esplêndido! — disse o sr. Lorry. — Se a questão é ser aceitável, o senhor é eminentemente aceitável.

— E não disponho, financeiramente, de uma situação brilhante?

— Oh! Não tenho a menor dúvida a respeito. É brilhante.

— E minha carreira não vai de vento em popa?

— Sim, vai — disse o sr. Lorry, feliz de poder concordar com o outro uma vez mais. — Se a questão é essa, ninguém poderá contestar o fato.

— Então qual é a dificuldade, sr. Lorry? — perguntou Stryver, visivelmente desconcertado.

— Bem. Eu... O senhor disse que ia para lá agora? — perguntou o sr. Lorry.

— Sim. Agora mesmo. Estou a caminho — disse o sr. Stryver com outro murro na mesa.

— Pois no seu lugar eu não iria.

— Por quê? — disse Stryver. — Olhe que vou apertá-lo. Afinal de contas, o senhor é um homem de negócios e não pode falar assim sem uma boa razão. Apresente-a — e sacudia um dedo forense diante do nariz do banqueiro. — Vamos. Por que não deveria ir?

— Porque — disse o sr. Lorry — eu não me atreveria a tal empreitada sem uma razoável expectativa de sucesso.

— Ora, ora! — exclamou Stryver. — Essa agora é o cúmulo!

O sr. Lorry lançou outro olhar de soslaio na direção da Casa, no fundo da sala, e de novo encarou seu aguerrido interlocutor.

— Eis-me diante de um homem de negócios, um homem entrado em anos, experiente, alto funcionário de um Banco — disse Stryver. — O qual, depois de aceitar como boas três razões de sucesso, conclui que não há razão nenhuma! E diz isso com a cabeça aparentemente no lugar.

O sr. Stryver insistiu nessas últimas palavras como se tivesse sido infinitamente menos extraordinário que o sr. Lorry houvesse exprimido a sua opinião decapitado.

— Quando falo de sucesso, quero dizer sucesso com a dama em questão. Quando falo em razões, quero dizer razões capazes de influenciar a mesma pessoa. A moça, meu caro senhor, a moça passa à frente do resto — disse o sr. Lorry com um tapinha afetuoso no braço de Stryver.

— O que me diz é que, na sua abalizada opinião, sr. Lorry — disse Stryver, formalizando-se —, a moça de que falamos é uma imbecil?

— Não exatamente. Quero dizer, sr. Stryver — continuou o sr. Lorry, rubro de indignação —, quero dizer que não estou disposto a ouvir da boca de ninguém uma só palavra desrespeitosa sobre essa moça. Se eu conhecesse algum homem — espero não conhecer! — suficientemente grosseiro, arrogante e descontrolado para falar de maneira insolente sobre essa moça, e na minha própria sala, nem o próprio Tellson aqui presente me impediria de dizer-lhe umas boas verdades.

A necessidade de ficar zangado em voz baixa pusera os vasos sanguíneos do sr. Stryver em perigo de explosão no começo da conversa. Agora, que cabia ao sr. Lorry enfurecer-se, os seus não se mostravam em melhor estado.

— Era o que tinha a dizer-lhe — disse o sr. Lorry. — Que não subsista a menor dúvida a respeito.

O sr. Stryver chupou por alguns instantes a extremidade de uma régua e depois pôs-se a tirar dela uma pobre musiquinha, o que talvez lhe tenha dado dor de dentes. Foi ele quem rompeu o desagradável silêncio, dizendo:

— Isso é coisa inaudita para mim, sr. Lorry. O senhor me aconselha expressamente a não ir a Soho pedir a mão da srta. Manette, a mim, Stryver, advogado militante, e da Suprema Corte Real de Justiça?

— O senhor me pediu conselho, sr. Stryver?

— Sim, pedi.

— Muito bem. Eu o dei. O senhor acaba de repeti-lo corretamente.

— E tudo o que posso dizer dele e disto — disse Stryver, com um riso forçado, amarelo — é que passa dos limites, ganha de tudo que tenho visto em matéria de... de...

— Entenda-me bem — prosseguiu o sr. Lorry. — Na qualidade de homem de negócios, não posso opinar, pois nada sei desse assunto, não estou qualificado para julgar. Mas como um velho, que carregou a srta. Manette nos braços e que é um devotado amigo da srta. Manette e do seu pai também, que nutre por eles uma grande afeição, o que tinha a dizer, disse. A confidência não foi provocada por mim. Acha que estou enganado, não é?

— Oh, não! Eu? — respondeu Stryver, assobiando. — Não devo esperar bom senso dos outros, só de mim mesmo. Imaginei que certas pessoas tinham juízo, o senhor julga o contrário. Surpreende-me, mas talvez esteja certo. Admito-o.

— O que eu julgo, sr. Stryver, julgo-o por mim mesmo. Que não haja mal-entendidos — continuou, encolerizando-se outra vez. — Não vou admitir, nem mesmo aqui no Tellson, que ponham palavras na minha boca.

— Peço-lhe desculpas.

— Está desculpado. Obrigado. Mas o que eu ia dizer era o seguinte: poderá ser penoso para o senhor se estiver enganado, mais penoso ainda para o dr. Manette, que terá de ser explícito, penoso para a srta. Manette dizer não. O senhor bem conhece em que termos tenho a honra e o privilégio de ser amigo da família. Se me permite, ou autoriza, sem comprometê-lo de nenhum modo, procurarei ratificar minha opinião com uma observação mais atenta e por alguma reflexão daí tirada. Se o senhor não ficar satisfeito ou convencido, só lhe restará então verificar por si mesmo a exatidão do meu relatório. Se, pelo contrário, a situação é tal como lhe expus, evitou-se o constrangimento de todas as partes interessadas. O que me diz?

— Quanto tempo terei de ficar em Londres?

— Uma questão de horas. Eu poderia ir a Soho hoje mesmo, à noite, e procurá-lo em casa logo depois.

— Nesse caso, concordo. Desisto de ir lá hoje. Afinal de contas, já não tenho tanta pressa. Concordo com a sua proposta e espero-o em minha casa esta noite. Passar bem.

Com isso, o sr. Stryver girou nos calcanhares e saiu do Banco, provocando um tal deslocamento de ar à sua passagem que, para permanecerem de pé atrás dos seus balcões e ainda saudarem com uma curvatura o cliente que se retirava, os dois venerandos guarda-livros tiveram de reunir todas as suas forças remanescentes.

Essas frágeis e respeitáveis figuras eram vistas invariavelmente pelo público no ato do salamaleque. O que levou à crença popular de que continuavam a saudar no vazio depois da saída de um correntista até a chegada do seguinte, quando tudo recomeçava, sem, na verdade, ter acabado.

O causídico era dotado de suficiente agudeza de espírito para adivinhar que o banqueiro não teria ido tão longe sem bom motivo ou base sólida. E, embora despreparado, acabou por engolir aquele sapo.

— Agora — disse, arengando o Temple em geral e sacudindo para os edifícios imóveis o seu dedo forense —, agora, o único meio que tenho de sair disso é provar que todos se enganam.

O que era coisa fácil para um tático da sua qualidade, formado na escola do Old Bailey. A ideia deu-lhe grande alívio.

— Está muito enganada, mocinha, se pensa que vai pôr-me em desvantagem. A senhora é que ficará numa posição falsa.

Em consequência, quando o sr. Lorry apresentou-se à noite — e foi tarde, lá pelas dez horas —, o sr. Stryver, cercado de alfarrábios por todos os lados, numa preparada encenação, parecia não ter outro cuidado que os seus processos. Chegou a demonstrar surpresa à vista do banqueiro e recebeu-o com ar distraído e preocupado.

— Pois bem — disse o jovial emissário, depois de uma boa meia hora de tentativas inúteis de provocar o assunto —, estive em Soho.

— Em Soho? — repetiu o sr. Stryver friamente. — Oh, é verdade. Onde estava eu com a cabeça?

— E não há dúvida nenhuma de que eu tinha razão hoje pela manhã quando conversamos. Minha opinião confirmou-se e reitero o conselho que lhe dei.

— Asseguro-lhe — disse o sr. Stryver no tom mais amistoso — que isso me deixa desolado. Primeiro, pelo senhor mesmo. Depois, pelo pobre pai. Imagino que o assunto deva ser penoso para a família. Não se fala mais nisso.

— Não compreendo — disse o sr. Lorry.

— Tenho certeza de que não — disse o sr. Stryver, com uma inclinação de cabeça das mais definitivas. — Mas não importa, não importa absolutamente.

— Como não importa? — insistiu o sr. Lorry.

— Garanto-lhe que não. Tendo imaginado que houvesse bom senso onde não há nenhum, e uma louvável ambição onde nenhuma existe, corrijo meu engano, e ninguém sofrerá com isso. É sabido que jovens donzelas cometem tolices desse tipo e delas se arrependem na pobreza e na obscuridade. Falando desinteressadamente, lamento pela moça a decisão que tomou. Mas, como para mim a coisa teria sido danosa do ponto de vista social, felicito-me. Não tinha nada a ganhar. Acresce que foi evitado o pior: não propus casamento à jovem senhora e, aqui entre nós, já nem estou seguro de que o teria feito. É de todo impossível, sr. Lorry, levar a melhor contra a vaidade e a frivolidade dessas cabeças de vento. Quem pensa o contrário sai desapontado. Não se fala mais nisso. Repito que lamento o desfecho, por ela e por terceiras pessoas, mas não por mim. Muito pelo contrário. Felicito-me. E fico muito grato pela oportunidade que me deu de pedir-lhe conselho e, em seguida, pelo próprio conselho. O senhor conhece a moça, e tem carradas de razão: a coisa não podia dar certo.

O sr. Lorry ficou de tal modo perturbado com esse discurso que olhou para o sr. Stryver com ar estúpido. Do que se aproveitou o outro para empurrá-lo jeitosamente em direção à porta da rua, cumulando-o todo o tempo com expressões de generosidade, indulgência e boa vontade.

— Não se fala mais nisso, meu caro senhor. Façamos das tripas coração. Muito obrigado de novo pelo seu bom conselho. Boa noite!

O sr. Lorry se viu no sereno antes de se dar conta de que saía. Quanto ao sr. Stryver, estendido no sofá, piscava o olho para o teto.

13.
Um modelo de nenhuma delicadeza

Se acontecia a Sydney Carton brilhar alguma vez em algum lugar, não era certamente em casa do dr. Manette. Nas inúmeras vezes em que lá estivera no curso daquele ano, sempre se mostrara desabusado e macambúzio. Quando se dignava abrir a boca, falava com facilidade e bem. Mas essa luz que brilhava nele raras vezes penetrava a nuvem de apatia e desinteresse (ou seria insensibilidade moral?) que lhe toldava a mente.

E, no entanto, agradavam-lhe as ruas buliçosas da vizinhança. Gostava até das pedras do calçamento. Muitas vezes andava a esmo pelas imediações da casa dos ecos, à noite, quando o vinho não conseguia alegrá-lo sequer transitoriamente. Madrugadas sem conta surpreenderam por lá a sua figura solitária; e, mesmo quando os primeiros raios de sol punham em relevo de água-forte as belezas arquitetônicas das flechas das igrejas e dos altos edifícios, ele ainda podia ser visto. Talvez a hora tranquila lhe trouxesse à mente a lembrança de coisas mais felizes, as mais das vezes esquecidas e, de qualquer maneira, inatingíveis. Ultimamente sua cama de Temple Bar o via menos do que nunca. Havia noites em que apenas se deitava por uns poucos minutos, para de novo rondar sem descanso o mesmo distrito.

Num certo dia de agosto, quando o sr. Stryver já transportara sua delicada pessoa para o Devonshire (depois de comunicar ao chacal haver "pensado duas vezes sobre a tal história de casamento"), e quando a vista (inusitada) de flores na City e seu perfume inspiravam nobres sentimentos às almas negras, saúde aos doentes e juventude aos velhos de Londres, os pés de Sydney o levaram de novo para a mesma invariável direção. De irresolutos e sem destino certo no começo, animaram-se logo de uma intenção precisa. E levaram-no à porta do médico.

Conduzido ao segundo andar, surpreendeu Lucie no seu trabalho. Como estava só em casa e como jamais se sentira inteiramente à vontade com ele, foi com certo embaraço que a moça o viu sentar-se perto da sua mesa. Mas, olhando-o com atenção, depois das amenidades habituais, notou a mudança que se operara nele.

— O senhor não vai bem?

— Não estou doente, se é isso que quer saber. A vida que levo não favorece a saúde. O que se poderia esperar de costumes dissolutos?

— Não é uma pena, desculpe, mas a pergunta se formou por conta própria nos meus lábios, não é uma pena que viva essa espécie de vida?

— Deus sabe que é!

— Então, por que não mudar de vida?

Olhando-o com bondade, ficou surpresa ao ver que Carton tinha lágrimas nos olhos. Tinha lágrimas na voz também, quando se animou a responder:

— É tarde demais. Nunca serei melhor do que sou. Só poderia descer ainda mais baixo. Seria pior.

Ele apoiou um cotovelo na mesa e cobriu os olhos com a mão. A mesa ficou sacudida pelos seus soluços, em meio ao silêncio que se seguiu.

Ela nunca o vira fraquejar assim, e comoveu-se. Ele não precisou levantar a cabeça para sabê-lo, e disse:

— Perdão, srta. Manette. Mas é que me falece a coragem para dizer-lhe o que desejaria. Estará disposta a ouvir-me?

— Se isso lhe fizer bem, sr. Carton, se isso o fizer um pouco mais feliz.

— Que Deus a abençoe por sua compreensão.

Ele descobriu ligeiramente o rosto e falou com voz pausada e firme.

— Não tenha medo de ouvir-me. Nem recue diante do que eu disser. Sou como um homem que morreu jovem. Minha carreira está atrás de mim.

— Não, sr. Carton. Tenho certeza de que a melhor parte dela ainda está por vir.

— Diga isso da senhora mesma, srta. Manette. Sei muito bem que eu é que estou certo, no recôndito do meu miserável coração sei que estou certo. Mas nunca esquecerei as suas palavras.

A moça empalidecera e tremia; ele demonstrava um irredutível desespero de si mesmo. Se isso ajudava a moça, também conferia ao encontro um aspecto inusitado e, até, único.

— Se fosse possível à senhora retribuir o amor do homem que vê à sua frente — dissipado, inútil, alcoólatra como sabe —, ele seria o primeiro a reconhecer, aqui e agora, malgrado a sua felicidade, que ele só lhe traria miséria, tristeza e arrependimento; que iria arrastá-la na sua desgraça e envergonhá-la. Sei perfeitamente que a senhora não pode ter qualquer ternura por mim. Não peço nenhuma. Gratifica-me saber que seria impossível.

— Mesmo sem isso, não poderei ainda salvá-lo, sr. Carton? Não poderei influir, desculpe-me outra vez! Influir para que volte ao bom caminho? Como pagar a sua confidência? Pois sei que isso é uma confidência — disse ela, em lágrimas, depois de uma curta hesitação — que não faria a ninguém mais. Não se poderia tirar de tudo isso alguma coisa que lhe aproveitasse, sr. Carton?

Ele sacudiu a cabeça.

— Nenhuma, desgraçadamente. Não, srta. Manette. Se me ouvir até o fim, ou mais um pouco, tudo o que está em seu poder fazer por mim estará feito. Quero que saiba que a senhora foi o último sonho da minha alma. Minha degradação não é tamanha que, vendo-a nesta casa, com seu pai, nesta casa que soube transformar num lar para ele, não tenha sentido reviverem em mim velhas sombras que julgava mortas de há muito. Desde que a vi, senti-me tomado de um remorso de que me julgava para sempre incapaz, e ouvi antigas vozes que acreditava silenciadas e que me exortavam a lutar e a subir. Alimentei a veleidade de esforçar-me, de recomeçar, de sacudir a sensualidade e a preguiça, de combater até o fim. Um sonho apenas, um sonho um tanto informe, desses que logo se esfumam e deixam o sonhador exatamente onde se achava ao adormecer. Queria, no entanto, que soubesse que foi a senhora que inspirou tais sonhos.

— E nada restará? Oh, sr. Carton, pense de novo, tente de novo!

— Não, srta. Manette. Sempre tive consciência de ser indigno da senhora. E, todavia, tive a fraqueza, tenho ainda a fraqueza, de desejar que saiba o quão magistralmente a senhora transformou a minha vida, mudando de repente o pobre monte de cinzas que sou em fogo vivo — um fogo, todavia, inseparável, em sua natureza, de mim mesmo — que nada aquece ou ilumina, que para nada serve, e que apenas arde e se consome em pura perda.

— Desde que me cabe, sr. Carton, o infortúnio de tê-lo tornado mais infeliz ainda do que já era...

— Não diga isso, srta. Manette. A senhora me salvaria se fosse possível salvar-me. E não será causa de um agravamento da minha condição.

— Mas, se o estado de espírito que me descreveu é, afinal de contas, atribuível a uma certa influência minha — foi isso o que entendi, se me permite ser sincera —, então por que não usar essa influência para ajudá-lo? Não tenho nenhum poder benéfico sobre o senhor?

— O maior bem de que sou capaz no momento, srta. Manette, vim aqui para fazê-lo. Permita-me levar pelo resto da minha vida desregrada a lembrança deste dia em que, dentre todas as pessoas do mundo, abri meu coração à senhora. E a certeza de que havia nele ainda alguma coisa da qual se pudesse apiedar.

— E que lhe afirmei, ardentemente, repetidamente, e de todo o coração, que o julgava capaz de mais nobre destino, sr. Carton.

— Não me peça mais que creia nisso, srta. Manette. Já me pus à prova, e sei melhor. Sinto, porém, que estou a afligi-la. Falta pouco. Posso ter certeza, quando me lembrar deste dia, de que a última confidência da minha vida foi depositada no seu puro e inocente coração e lá repousa em segurança, e não será partilhada por ninguém?

— Se isso o conforta, sim.

— Nem mesmo por aquele que lhe será mais caro um dia que todos os outros mortais?

— Sr. Carton — respondeu Lucie, depois de uma pausa de perturbação —, o segredo é seu, não meu. Prometo respeitá-lo.

— Obrigado. E, mais uma vez, que Deus a abençoe.

Ele beijou a mão da moça e dirigiu-se para a porta.

— Não tema, srta. Manette, que eu jamais retome essa conversa ou a ela venha a aludir por uma palavra que seja. Nunca o farei. Estivesse eu morto e a certeza disso não seria maior. Nos meus últimos momentos, recordarei essa única lembrança boa: que a minha derradeira confissão foi feita à senhora, e que meu nome, meus erros, minhas misérias foram recebidos bondosamente em seu coração. Que, afora esse peso, ele seja sempre leve e feliz!

Ele parecia tão diferente do que costumava ser, e era tão triste considerar tudo o que lançara fora, tudo o que calava diariamente e que lhe envenenava a alma, que Lucie Manette chorou por ele, que permanecia ali, de pé, a encará-la.

— Console-se — disse ele. — Não mereço essa emoção, srta. Manette. Mais uma hora ou duas, e as más companhias e os maus hábitos, que desprezo mas conservo, far-me-ão ainda menos digno de lágrimas como as suas do que qualquer miserável que se arrasta por aí. Console-se! No íntimo, serei sempre, para com a senhora, como agora me vê, embora exteriormente vá continuar sendo como sempre me viu. Tenho ainda duas súplicas a fazer-lhe. A primeira é essa: peço-lhe que acredite em mim.

— Acredito, sr. Carton.

— A outra é a última que lhe dirijo. E com ela a senhora se livra de um visitante com o qual, bem sei, não tem nada em comum e do qual um espaço intransponível a separa. É inútil dizê-lo, estou consciente disso, mas brota-me da alma. Para a senhora, e para os que lhe são caros, tudo farei. Se a minha fosse uma nobre carreira, dessas que comportam sacrifícios, eu me sacrificaria sem hesitação pela senhora e pelos seus entes queridos. Veja-me na sua mente, em hora mais tranquila, como um homem ardente e sincero nesse ponto.

Dia virá, e talvez não esteja longe, em que novos laços se formarão em torno da senhora — laços que deverão prendê-la mais ternamente e mais estreitamente ao lar de que é hoje ornamento, laços mais doces que todos os outros. Oh, srta. Manette, quando a feliz miniatura de um pai extremoso erguer os olhos para o seu rosto, quando a senhora mesma vir a sua própria beleza brotando com novo frescor a seus pés, pense de vez em quando que existe um homem pronto a dar a vida para conservar ao lado da senhora aquele a quem amar.

E dizendo "Adeus!" e, mais uma vez, "Que Deus a abençoe", ele a deixou.

14.
O comerciante honesto

Aos olhos do sr. Jeremiah Cruncher, sentado no seu tamborete de Fleet Street, com o medonho garoto do lado, era grande e vário o espetáculo que a rua oferecia diariamente. Pois quem poderia estar assim, não importa onde, em Fleet Street, nas horas de maior movimento, sem se deixar estontear e ensurdecer por duas imensas procissões, uma que se movia, com o sol, rumo ao poente, outra que ia de volta para leste, afastando-se dele, mas ambas tendendo para as planícies que ficam para além da linha de ouro e de púrpura que marca o lugar onde o sol desaparece toda tarde?

Com a habitual haste de palha seca na boca, o sr. Cruncher quedava-se a observar os passantes, como aquele rústico da Antiguidade pagã que, há vários séculos, vigia um rio que passa. Só que Jerry não tinha a mesma esperança: ver o rio secar. Isso, aliás, não teria sido vantajoso para ele, pois, uma parte da sua renda derivava de pilotar mulheres assustadas, na maior parte gordas e já entradas em anos, do lado do Banco Tellson até a margem oposta. Por breve que fosse, em cada caso, seu contato com essas mulheres, o sr. Cruncher sempre se interessava por elas. O bastante, pelo menos, para manifestar desejo de beber-lhes a saúde. Dos donativos recebidos para esse meritório fim derivava, como já se disse, parte da sua receita.

Já se foi o tempo em que um poeta se abancava num logradouro público para meditar à vista dos transeuntes. O sr. Cruncher, sentado em plena rua, mas ignorante de poesia, meditava muito pouco. Mas via tudo o que se passava em torno dele.

Aconteceu que estava assim, olhando em volta, num período em que as multidões eram ralas e poucas as mulheres atrasadas, e em que as suas finanças iam tão mal que ele de novo se via obrigado a suspeitar de que a sra. Cruncher mais uma vez se desmandara contra ele, quando um insólito cortejo apontou para as bandas do oeste. Vinha Fleet Street abaixo. Apurando a vista, o sr. Cruncher percebeu que se tratava de alguma espécie de funeral e que o povo, por algum motivo, opunha-se a ele, o que começava a gerar confusão.

— Meu jovem — disse ele a Jerry —, aquilo me parece um enterro.

— Hurra, pai! — gritou o jovem Jerry, exultante.

O rapazinho deu à frase um sentido misterioso. E o velho tomou isso tão mal que ficou à espera de uma oportunidade para dar um pescoção no garoto.

— O que quer dizer com isso? Esse "hurra", que diabo significa? O que está procurando comunicar aqui ao pai, seu ordinário? Não posso mais com esse menino! — disse o sr. Cruncher, examinando o filho. — Com ele e com os seus hurras! Cale o bico daqui para a frente, entendeu? Ou terá más notícias minhas. Está ouvindo?

— Não fiz nada de mais — protestou o jovem Jerry, esfregando o rosto.

— Pois cale a boca. Não quero ouvir esses "nada de mais". Agora, suba no tamborete e olhe essa gente.

O menino obedeceu. A massa se aproximava, ruidosa, soltando gritos e assobios em roda de dois coches, um miserável carro funerário e uma sege desconjuntada em que havia um único personagem, vestido pobremente, mas de preto, como achava essencial à sua condição. Não parecia nada à vontade, porém, com a hostilidade da multidão cada vez maior, que o vaiava, fazia-lhe caretas e vociferava: "Espiões! Fora! Abaixo! Espiões..." com outras expressões por demais violentas para serem aqui reproduzidas.

Os funerais exercem sempre notável atração sobre o sr. Cruncher. Ficava invariavelmente alerta e excitado quando um cortejo fúnebre passava diante do Banco Tellson. Naturalmente, um enterro tumultuado como aquele excitava-o ainda mais, e ele perguntou ao primeiro homem que veio na sua direção:

— O que se passa, meu amigo? Quem é?

— Não sei — disse o homem. E continuou: — Espiões! Abaixo!

Por fim, uma pessoa mais bem informada sobre o caso esbarrou nele. E dessa pessoa ouviu que se tratava do enterro de um tal Roger Cly.

— Era um espião, esse Cly?

— Um espião do Old Bailey — explicou o informante. — Espiões! Fora! Espiões do Old Bailey! Abaixo!

— Já sei — disse o sr. Cruncher, lembrando-se do julgamento a que assistira. — Eu o vi. Está morto, então?

— Não podia estar mais morto — disse o outro. E: — Abaixo os espiões! Tirem-nos para fora! Morte aos espiões!

A ideia pareceu tão agradável à multidão, na falta de outras ideias, que logo os mais exaltados se apossaram dela e, repetindo "Tirem-nos para fora!", impediram o cortejo de prosseguir. Os dois veículos estacaram. Quando a multidão abriu a porta daquele em que se encontrava o acompanhante, ele saiu por si mesmo, e com tal agilidade que só por um momento esteve nas mãos do povo. Logo se punha a correr por uma rua transversal, depois de livrar-se de sobretudo, chapéu com fita de crepe, lenço branco de carpidor e outros símbolos do luto.

Foram todos feitos em pedaços pelo povo e dispersados com grandes demonstrações de júbilo. Enquanto isso, os comerciantes cerravam as portas, pois naquele tempo as multidões eram temíveis e não se detinham diante de coisa alguma. Aquela já chegara à extremidade de abrir o carro mortuário para tirar o caixão, quando um gênio teve ideia melhor: escoltarem-no até o seu destino, alvitre que recebeu a mais ruidosa aprovação. Havia necessidade de sugestões práticas, e essa também foi recebida com aclamações gerais. Logo o coche se encheu. Oito pessoas se meteram dentro dele e outras doze ficaram dependuradas do lado de fora, enquanto outras muitas subiam ao teto do veículo, segurando-se como podiam. Jerry Cruncher foi um dos primeiros. Com medo de que sua cabeça eriçada fosse reconhecida por alguém de observação no Tellson, escondeu-a modestamente no canto mais remoto do coche.

Os agentes funerários protestaram contra essa mudança no plano das cerimônias. Mas o rio achava-se alarmantemente próximo, e já algumas vozes propunham um banho frio de imersão como o melhor remédio para agentes funerários recalcitrantes. O protesto foi débil e breve. Recomposto, o préstito pôs-se de novo em marcha, com um limpador de chaminés como cocheiro do carro mortuário — assessorado pelo verdadeiro cocheiro, que ia empoleirado junto dele, embora guardado à vista —, e com um vendedor ambulante de tortas na direção do segundo carro. Um homem que puxava um urso amestrado, tipo popular naquela época, juntou-se à procissão como ornamento adicional, antes que a cavalgada fizesse maior progresso no Strand; e o urso, que era negro e sarnento, acrescentou um ar deveras lúgubre ao setor a que foi incorporado.

Assim, bebendo cerveja, fumando cachimbo, berrando canções e caricaturando, de todas as maneiras, um enterro autêntico, o préstito desorganizado avançou, recrutando gente a cada parada e vendo as lojas fecharem as portas à sua aproximação. Tinha por destino a velha igreja de São Pancrácio, já fora dos limites da cidade. Levou tempo, mas acabou chegando lá; insistiu em entrar no cemitério — uma invasão — e, finalmente, enterrou o falecido Roger Cly lá à sua moda e com inteira satisfação dos circunstantes.

Tendo disposto do defunto, a multidão se viu na necessidade de arranjar um novo divertimento, e um outro gênio (ou talvez o mesmo) teve a ideia de deter transeuntes, acusá-los de serem espiões do Old Bailey, e castigá-los. Muitos inocentes se viram, então, caçados, gente que jamais estivera sequer nas proximidades do tribunal. Pois foram todos insultados e seviciados. Daí a quebrar vidraças por esporte e saquear tabernas foi um passo. Tão fácil quanto natural. Por fim, depois de várias horas, quando inúmeras barracas de comida haviam sido depredadas e ferros de grades arrancados para servirem de armas aos mais beligerantes, correu o boato de que os guardas estavam a caminho. Bastou a notícia para dispersar a multidão, como sempre acontece depois de um tumulto como esse. Talvez os guardas tenham mesmo vindo. Talvez não. Que importa?

O sr. Cruncher não assistiu ao último ato dessa tarde esportiva. Deixara-se ficar para trás, no cemitério, para conferenciar e solidarizar-se com os agenciadores do enterro. O local surtiu um efeito calmante sobre ele. Foi arranjar um cachimbo numa tasca vizinha, e, enquanto fumava, examinava com atenção o sítio.

— Jerry — disse o sr. Cruncher, apostrofando-se na terceira pessoa, como tinha o hábito de fazer —, você viu esse tal de Cly, viu-o com os próprios olhos, e era sujeito ainda jovem e decente.

Acabou de fumar o cachimbo, ruminou mais alguns pensamentos e foi embora, para assumir seu posto antes que o Banco fechasse. Ou porque a sua meditação sobre a morte lhe tivesse atacado o fígado, ou porque já tivesse a saúde abalada, ou porque desejasse mostrar consideração por um homem eminente, o certo é que, na volta, passou pelo seu médico, um importante cirurgião.

O jovem Jerry cedeu o tamborete ao pai, dizendo-lhe que nada tinha a lhe contar. Nada acontecera na ausência dele. O Banco fechou para a noite, os decrépitos empregados saíram, a guarda habitual se instalou, e os dois Crunchers foram para casa tomar chá.

— Vou dizendo logo a quantas andamos! — disse o sr. Cruncher à mulher, ao entrar. — Se meus negócios vão mal esta noite, malgrado a minha honestidade como comerciante, é que de novo você rezou para que isso acontecesse e eu lhe farei pagar muito caro essa falseta, como se a tivesse visto praticando-a!

A pobre sra. Cruncher abanou a cabeça.

— O quê! Vai fazê-lo até nas minhas barbas? — disse o sr. Cruncher com sinais de apreensão e de cólera.

— Estou calada.

— Pois muito bem. Mas não fique tramando em silêncio alguma coisa. Para mim tanto faz que você bata de joelhos no chão ou reze de boca fechada. O melhor é largar mão de tudo.

— Sim, Jerry.

— "Sim, Jerry" — arremedou o sr. Cruncher, sentando-se para o chá. — Mas é isso mesmo, é *sim* mesmo. Pode dizer "Sim, Jerry".

O sr. Cruncher não dava nenhum sentido particular a essas reflexões rabugentas. Usava-as, apenas, como muita gente faz, e, não infrequentemente, para mostrar seu desagrado.

— Você e seus "Sim, Jerry!" — disse o sr. Cruncher, dando uma primeira mordida no seu pão com manteiga, e como que ajudando-o a descer com uma grande ostra invisível que tivesse no pires. — É isso mesmo, é sim mesmo.

— Você vai sair hoje? — perguntou timidamente a digna mulher, quando ele engoliu outro bocado.

— Vou, sim.

— Posso ir com o senhor, pai? — perguntou vivamente o filho.

— Não, não pode. Como sua mãe sabe muito bem, vou pescar. É isso que vou fazer esta noite. Pescar.

— Sua vara de pescar está toda enferrujada, pai.

— Não é da sua conta.

— O senhor vai trazer peixe para casa?

— Se não trouxer, a comida vai ser pobre amanhã — replicou aquele cavalheiro, sacudindo a cabeça. — E basta de perguntas por hoje. Não saio antes que você esteja ferrado no sono.

E durante o resto da noite, ocupou-se em vigiar de perto a sra. Cruncher, obrigando-a a conversar com ele para não poder fazer pedidos mentais que o prejudicassem. Com isso em vista, induziu jeitosamente o filho a fazer o mesmo. A infortunada mulher teve de ouvir um tremendo requisitório, em que os muitos motivos de queixa do marido vieram à luz. Tudo para que ela não tivesse um só momento livre para as suas próprias reflexões. O mais fervoroso devoto não teria rendido homenagem maior à eficácia de uma oração sincera que esse pecador desconfiado da mulher. Era como se um consumado descrente de fantasmas se assustasse com uma história de assombração.

— E tome nota! — disse o sr. Cruncher. — Nada de gracinhas amanhã. Se eu, comerciante honesto que sou, consigo trazer um peso qualquer de carne para casa, nada de não comer e ficar só no pão. E se eu, com a mesma honestidade de ofício, conseguir uma cervejinha para nós, nada de todo mundo beber água! Em Roma, cumpre fazer como os romanos. E ai de quem pensar o contrário. *Eu* sou a Roma de vocês dois, bem entendido!

Dito isso, pôs-se a resmungar:

— Com essa maneira que você tem, mulher, de ficar nos seus próprios comes e bebes, os secos e molhados estão cada vez mais escassos por aqui. Tudo resultado da sua rezação desenfreada, da sua falta de sentimento, mulher de coração de pedra! Olhe só para o seu filho. Porque é seu filho esse aí. Ou não? Está um caniço. Você se considera uma boa mãe. Mas o primeiro dever de uma boa mãe não é engordar a cria?

Era tocar o dito rebento em lugar sensível. O jovem Jerry adjurou sua mãe ao cumprimento desse primeiro dever. Fizesse ela o que fizesse: o primordial era desincumbir-se dessa primeira obrigação materna que tanto lhe dizia respeito e que lhe era indicada pelo outro progenitor de maneira tão delicada e comovente.

Assim transcorreu a noitada da família Cruncher, até que o jovem Jerry foi despachado para a cama; a mãe, recebendo injunção semelhante, não demorou muito a obedecer. Livre deles, o sr. Cruncher passou a primeira parte da noite em solitárias cachimbadas, e só encetou a expedição que se propunha por volta da uma da manhã. A essa hora tardia e mal-assombrada, ele deixou a cadeira, tirou uma chave do bolso e abriu um armarinho do qual tirou um saco, um pé de cabra de bom tamanho, uma corda e uma corrente e outro material da mesma espécie — próprio para pescarias. Distribuindo esses artigos ardilosamente pela sua pessoa, lançou um derradeiro olhar de desafio na direção do quarto, isto é, da sra. Cruncher, apagou a luz e saiu.

O jovem Jerry, que se deitara vestido da cabeça aos pés, não tardou em seguir na esteira do pai. Valendo-se da treva, acompanhou-o na escada, no pátio e, até, na rua. Não tinha receio de não poder entrar depois, já que, dado o grande número de locatários, a porta ficava aberta a noite inteira.

Estimulado pela louvável ambição de estudar a arte e o mistério da profissão paterna, o jovem Jerry, conservando-se tão rente às fachadas, portas e paredes quanto seus olhos eram rentes um do outro, não perdeu de vista o honrado pai. Esse honrado pai não ia longe, no rumo noroeste, quando a ele se reuniu um segundo discípulo de Izaak Walton[19], e os dois seguiram caminho juntos.

Dentro de meia hora estavam para além das lâmpadas pestanejantes e do vigia ainda mais pestanejante. Um terceiro pescador foi então apanhado pelos outros, e tão silentemente que o jovem Jerry, se fosse supersticioso, pensaria que o segundo homem se dividira, de súbito, em dois.

Os três continuaram seu caminho, e o jovem Jerry também, até que se detiveram num talude que dominava a estrada. No alto do talude havia um muro baixo, de tijolo, coroado por uma grade de ferro. À sombra do talude e do muro, os três homens abandonaram a estrada e se meteram num beco do qual o muro — ali com oito ou dez pés de altura — formava um dos lados. Agachando-se num canto, de onde podia observar o beco, a primeira coisa que o jovem Jerry viu foi a silhueta do seu honrado pai, perfeitamente nítida contra uma lua aguada e nebulosa: escalava com incrível perícia um portão de ferro. Logo estava do outro lado. Foi seguido do segundo e, depois, do terceiro pescador. Deixaram-se cair sem um som do outro lado do portão, e ficaram algum tempo deitados por terra, sem dúvida à escuta. Depois, adiantaram-se de gatinhas, no terreno desconhecido.

Cabia agora ao jovem Jerry acercar-se da grade. O que ele fez, prendendo a respiração. Agachando-se de novo num canto e olhando para dentro, percebeu os três pescadores que rastejavam na grama viçosa de um cemitério, cujas pedras tumulares — era um cemitério de vastas proporções — pareciam brancos fantasmas, ao passo que a torre da capela semelhava um espectro maior, o de um gigante monstruoso. Não

---

19 IzaakWalton (1593-1683), inglês de Stafford, é autor de um manual de pesca (*The complete angler*), publicado em 1653 e considerado, com justiça, obra de grandes méritos literários. Deixou também diversas biografias. As dos poetas John Donne, a quem conheceu pessoalmente, e George Herbert são as mais famosas. (N. do T.)

rastejaram por muito tempo. Logo estacaram e puseram-se de pé. Então, começaram a pescar.

Primeiro com uma pá. E logo o honrado progenitor de Jerry pareceu lançar mão de um instrumento parecido a um grande saca-rolhas. Mas fossem quais fossem os instrumentos de que se valiam, trabalharam duro até o momento em que o relógio da igreja pôs-se a dar as horas. O som aterrorizou de tal maneira o jovem Jerry que ele fugiu, com os cabelos em pé — como os de seu pai.

E, todavia, o desejo longamente cultivado de saber mais daquela história não só o deteve a meio caminho como levou-o de volta. Os três ainda pescavam, e febrilmente, ao que parecia, quando ele espreitou pelo portão pela segunda vez. Mas agora parecia que o peixe mordera a isca. Houve um como que queixume surdo vindo do fundo. E as figuras dos três homens pareciam dobradas por um grande esforço ou um grande peso. Pouco a pouco, o peso quebrou a terra acumulada por cima dele e aflorou à superfície. O jovem Jerry sabia muito bem o que devia ser. Mas, quando efetivamente viu o que era, e percebeu que seu honrado pai estava prestes a violá-lo com o pé de cabra, teve tanto medo — sendo aquilo tudo novidade para ele — que fugiu de novo e só se deteve após correr uma boa milha ou mais.

Não se teria detido se não tivesse de recobrar o fôlego, porque era uma espécie de corrida espectral aquela sua corrida, e seria de todo desejável levá-la a termo. Temia que o caixão do defunto estivesse no seu encalço. Imaginava-o pulando atrás dele, de pé sobre a sua extremidade mais estreita, sempre prestes a alcançá-lo e a ir saltitando ao seu lado — talvez até pegando-o pelo braço. De qualquer maneira, era um perseguidor que convinha deixar para trás. Era também um inimigo imaterial e ubíquo. Pois tanto o sentia nos calcanhares, tornando medonha a noite que ia deixando para trás, como pronto a surpreendê-lo saindo da boca de qualquer das ruelas transversais, aos saltos, como uma pipa hidrópica sem asas ou rabo. O monstro se embuçava na entrada das casas, esfregando seus ombros horríveis nas portas, ou erguendo-os até as orelhas, como se estivesse a rir. Escondia-se nas sombras da estrada e deitava-se de costas no chão para fazê-lo tropeçar. Mas, ao mesmo tempo, e todo o tempo, vinha aos pulos em perseguição dele, sempre ganhando terreno, de modo que, quando o garoto finalmente se viu diante da sua própria porta, estava mais morto do que vivo — e com razão. E mesmo aí o monstro não o deixava, seguindo-o escada acima, com um tranco a cada degrau, metendo-se na cama com ele e caindo-lhe com força sobre o peito quando adormeceu.

Desse sono agitado e penoso, o jovem Jerry foi arrancado, depois que o dia raiou mas antes que o sol nascesse, pela presença do pai na sala. Alguma coisa não dera certo ou pelo menos essa foi a dedução do jovem Jerry, quando viu que ele tinha sua mãe segura pelas orelhas e batia-lhe com a cabeça na guarda de madeira do leito conjugal.

— Eu disse que você me pagaria e vai pagar mesmo!

— Jerry! Jerry! Jerry! — implorava a mulher.

— Você é contra o meu sucesso nos negócios — dizia Jerry — e não só eu mas também os colegas sofrem. Não prometeu honrar e obedecer? Por que então nem honra nem obedece?

— Eu procuro ser uma boa mulher, Jerry! — protestava a pobre senhora em prantos.

— Mas como? Opondo-se aos interesses do seu marido? Honrando o seu marido mas desonrando o comércio dele? Chama a isso de obedecer: contrariar seu marido nesse ponto vital, os negócios?

— Mas você ainda não tinha abraçado esse monstruoso negócio, Jerry!

— Devia bastar-lhe — replicou o sr. Cruncher — ser a mulher de um honesto comerciante, sem ficar dando tratos à bola sobre o tipo de comércio: quando começou ou quando não começou. Uma esposa respeitadora e sobretudo dócil não se mete nos negócios do marido. Você se considera religiosa? Pois eu preferia mulher sem fé! Você não tem mais compreensão natural do dever que o leito deste nosso Rio Tâmisa terá de um pilar de ponte. E é por isso que essa compreensão tem de ser enfiada na sua cabeça à força.

A altercação era conduzida em tom baixo de voz. Mas, ao fim, o honesto comerciante chutou para longe, com estrépito, as botas sujas de lama e estendeu-se ao comprido no soalho. Depois de lançar-lhe um tímido olhar e de vê-lo de costas, com as mãos cruzadas atrás da cabeça à guisa de travesseiro, o filho também se deitou por terra e logo adormeceu outra vez.

Não houve peixe para o desjejum nem muito de qualquer outra coisa. Cruncher amanheceu deprimido e de maus bofes, e conservou ao alcance da mão uma tampa de panela de ferro como projétil para a correção da sra. Cruncher, se percebesse nela o menor sintoma de dar graças pela comida. Ele lavou-se e vestiu-se à hora habitual e pôs-se a caminho com o filho para o exercício da sua profissão ostensiva.

O jovem Jerry, caminhando ao lado do pai com o tamborete debaixo do braço, ao longo de Fleet Street, ensolarada e cheia de gente, era pessoa muito diversa do garoto da véspera que correra para casa no escuro perseguido por fantasmas. O dia lhe devolvera a malícia, e os temores haviam desaparecido com a noite — e nisso teria inúmeros confrades em Fleet Street e na City de Londres naquela manhã.

— Pai — disse o jovem Jerry, no caminho, com a precaução de guardar alguma distância do velho e de manter entre os dois o tamborete —, o que é um ressuscitador?[20]

O sr. Cruncher estacou.

— Como posso saber? — disse.

— Para mim o senhor sabe tudo.

— Bem — continuou o sr. Cruncher, tirando o chapéu para arejar os espinhos —, é um comerciante.

— E que mercadoria vende um ressuscitador?

— Espécimes de história natural — respondeu o sr. Cruncher.

— Cadáveres? Hein, pai? — ajuntou o garoto, muito vivo.

— Qualquer coisa assim — disse o sr. Cruncher.

— Oh, pai! — exclamou o menino. — Eu gostaria de ser um ressuscitador quando crescer.

O sr. Cruncher pareceu pacificado, mas abanou a cabeça, dubitativo e moralizador:

---

20 *Resurrectionists* ou *resurrection-men* eram ladrões de cadáveres. Vendiam-nos, com altos lucros, para a dissecação. (N. do T.)

— Tudo vai depender da maneira como se desenvolverem as suas propensões, meu filho. Estude com aplicação, não fale nunca mais do que deve. Depois, veremos. Por enquanto, é impossível predizer sua vocação.

Assim encorajado, o jovem Jerry andou as jardas restantes em perfeito silêncio e instalou o tamborete à sombra de Temple Bar. Quanto ao pai, resmungava:

— Jerry, meu velho, este fedelho ainda vai ser a consolação da sua velhice e uma compensação pela megera da mãe.

15.
Tricotando

a bebedeira começara mais cedo que de costume na loja de vinhos de monsieur Defarge. Já às seis da manhã os rostos pálidos que espiavam de fora, pelas grades das janelas, viam outros rostos lá dentro, debruçados sobre canecos de vinho. Monsieur Defarge vendia sempre um vinho muito aguado, mas naquele dia ele parecia mais ralo do que nunca. E, além disso, azedo. Ou, pelo menos, tinha o efeito de azedar os que o bebiam. Nenhuma chama de bacanal se erguia das uvas pisadas de monsieur Defarge, mas na borra dos seus tonéis dormia um fogo escondido.

Aquela era a terceira manhã consecutiva em que se bebia desde cedo na casa. A coisa começara na segunda-feira, e a quarta acabava de raiar. Na verdade, havia mais queixas e resmungos que vinhaça. Muitos dos homens que chegavam, escutavam, cochichavam e deixavam-se ficar pelas mesas, desde que Defarge tirara a tranca da porta, não tinham um níquel para colocar em cima do balcão, nem que disso dependesse a salvação de suas almas. Pareciam, assim mesmo, tão interessados no lugar como se tivessem encomendado barris de vinho. E ficavam a mudar de lugar, indo de um canto a outro, bebendo palavras em lugar de bebida, com os olhos em brasa.

Malgrado essa afluência de fregueses, o dono do estabelecimento sumira. Ninguém lhe sentia a falta. Nenhum dos que cruzavam a soleira da porta procurava-o em torno ou perguntava por ele, ou estranhava que madame Defarge estivesse sozinha no seu assento habitual, vigiando o serviço, com uma escudela de moedinhas diante dela para fazer troco. Eram moedas já com muito uso, com a efígie original tão apagada e desfigurada quanto a humílima moeda humana de cujos bolsos furados provinha.

Um vago desinteresse, ou um interesse como que suspenso — era o que observavam, provavelmente, os espiões que davam uma olhadela por lá, assuntando, como faziam por toda parte, de alta condição ou miserável, do palácio do rei à prisão do criminoso. Não havia paixão no carteado, e os jogadores de dominó, ao invés de formarem suas cobras sobre a mesa, empilhavam as pedras, como torres, e os poucos que bebiam desenhavam com a ponta do dedo molhada no vinho. A própria madame Defarge acompanhava o bordado da manga com a ponta de um palito, como se escutasse alguma coisa inaudível e invisível, ao longe.

Essa a atmosfera do Faubourg Saint-Antoine naquela manhã. Sob o signo do vinho, o distrito viveu até o meio-dia. E já haviam batido as doze horas quando dois homens cobertos de poeira percorreram as ruas do bairro, sob os lampiões balouçantes: um deles era monsieur Defarge; o outro, o consertador de estradas que já encontramos, de boné azul. Suados, sedentos, os dois entraram na tasca. Sua chegada como que acendera uma chama no seio do Faubourg Saint-Antoine. Esse fogo se fora propagando na trilha deles, e luzia agora nos rostos inflamados que se viam na maior parte das portas e janelas. E, todavia, ninguém os seguira, e ninguém lhes dirigiu a palavra quando entraram na loja, embora todos os olhos se fixassem neles.

— Bom dia, senhores! — disse monsieur Defarge.

Talvez fosse o sinal para que as línguas se soltassem. Provocou, de qualquer maneira, um robusto coro de "bons-dias".

— Tempo ruim, senhores — disse Defarge, abanando a cabeça.

A essas palavras, os fregueses entreolharam-se, depois puseram os olhos no chão e permaneceram mudos. Exceto um. Este levantou-se e saiu.

— Mulher — disse Defarge em voz alta —, viajei algumas léguas com este honrado consertador de estradas, que se chama Jacques. Encontramo-nos por acaso a um dia e meio de viagem de Paris. É boa pessoa, este consertador de estradas, chamado Jacques. Dê-lhe de beber, mulher!

Um segundo homem ergueu-se e saiu. Madame Defarge pôs vinho diante do consertador de estradas chamado Jacques, que saudou levando a mão ao boné. Bebeu. Depois, tirou da blusa uma côdea de pão preto e pôs-se a comer e bebericar seu vinho, alternadamente, encostado ao balcão da mulher. Um terceiro homem levantou-se e foi embora.

Defarge dessedentou-se com um gole de vinho — tomando menos que o recém-chegado, pois vinho para ele não constituía raridade — e esperou que o companheiro acabasse o seu desjejum. Não olhou para ninguém em particular e ninguém o olhou. Nem mesmo madame Defarge, que retomara o seu tricô e trabalhava nele.

— Terminou seu repasto, amigo? — perguntou, oportunamente, o dono do estabelecimento.

— Terminei sim, obrigado.

— Venha, então. Vou mostrar-lhe o quarto que poderá ocupar. Verá que lhe convém.

Passaram da loja à rua, da rua a um pátio, do pátio a uma escada íngreme e da escada a uma mansarda — a mesma em que, outrora, um velho de cabelos encanecidos sentara-se horas a fio num banco de sapateiro a fazer sapatos com aplicação.

O velho não estava lá, mas havia três homens, os três que tinham deixado a loja a curtos intervalos. E entre eles e o ancião de antigamente havia apenas um elo, um pequeno elo: tinham olhado o velho uma vez pelas frestas da parede.

Defarge fechou a porta com cuidado e falou em voz baixa.

— Jacques Um, Jacques Dois, Jacques Três! Esta é a testemunha com quem marquei um encontro, eu, Jacques Quatro. Ele mesmo lhes contará tudo. Fale, Jacques Cinco!

O consertador de estradas, chapéu na mão, enxugou suas palmas suadas no pano azul e perguntou:

— Por onde devo começar?

— Comece — respondeu Defarge com bom senso — pelo começo.

— Pois bem. Eu o vi, senhores, vai fazer um ano e meio este verão, dependurado debaixo da carruagem do marquês. Ia pendurado pela corrente da trave. Prestem bem atenção: eu deixava meu trabalho na estrada, o sol já ia baixo, o coche do marquês subia penosamente a colina, e ele ia com o coche, dependurado na corrente... assim!

E repetiu sua pantomima de cabo a rabo. Estava perfeita a essa altura, o que não deve constituir surpresa para o leitor: durante um ano fora recurso infalível e diversão indispensável para toda a aldeia.

Jacques Um interveio e perguntou se ele já vira o homem antes.

— Nunca — respondeu, recobrando a postura vertical.

Jacques Três quis saber como pudera reconhecê-lo depois.

— Pela estatura — respondeu com voz macia, tocando a ponta do nariz com o dedo. — Quando monsieur le Marquis, naquela noite mesmo, me perguntou como ele era, respondi: "Alto como um fantasma."

— Pois deveria ter respondido: "Do tamaninho de um anão" — replicou Jacques Dois.

— E como poderia eu saber? A coisa não estava feita, nem ele me deu parte dos seus planos. Vejam bem! Mesmo naquelas circunstâncias, não me ofereci para testemunhar. Foi monsieur le Marquis que me apontou com o dedo, eu, de pé junto da fonte, e disse: "Aquele biltre lá. Tragam-no!" Palavra, senhores, não falei de oferecido!

— Ele diz a verdade, Jacques — murmurou Defarge ao homem que interrompera. — Prossiga!

— Bem! — disse o consertador de estradas, com ar de mistério. — O homem alto desaparece e é caçado por toda parte durante meses. Nove, dez, onze?

— O número não importa — disse Defarge. — Ele se escondeu bem. Mas ao fim, por desgraça, é achado. Continue.

— Estou de novo a trabalhar na minha encosta de colina, e o sol de novo se deita, ou quase. Já reúno minhas ferramentas para ir para casa, na aldeia do sopé, onde já é noite quando levanto os olhos e dou com seis soldados bem na crista. Vão descer o morro. E, entre eles, está um homem alto com os braços amarrados rente ao corpo. Assim!

E, com a ajuda do seu indispensável boné, representou um homem com os cotovelos colados à cintura e amarrados com cordas cujos nós se viam às costas dele.

— Fico a um lado, messieurs, junto da minha pilha de pedras, para ver passar soldados e prisioneiro (porque é uma estrada solitária aquela, e qualquer espetáculo merece ser visto). No começo, quando eles ficam mais próximos, vejo apenas que são seis soldados e um homem alto amarrado. À minha vista são todos quase negros, exceto da banda onde o sol se punha, que dessa banda tinham uma ourela vermelha, messieurs. Vejo também que suas sombras compridas se projetam sobre o talude a pique do lado oposto da estrada e nem por isso deixam de bater também na colina de riba, como sombras de gigantes. Noto mais que estão cobertos de pó e que o pó caminha com eles e vem vindo na minha direção: pac, pac... E quando chegam perto, reconheço o homem alto, e ele me reconhece. Ah! Ele bem que gostaria de rolar pela ribanceira abaixo outra vez, como na tarde em que nos conhecemos, quase naquele mesmo lugar!

O narrador descrevia a cena como se ainda se achasse diante dos seus olhos, e era evidente que, para ele, se achava. Talvez não tivesse visto grande coisa na vida.

— Não deixo perceber aos soldados que conheço o homem; e ele também finge que não me conhece. Fazemos isso e nos entendemos só com os olhos. "Vamos!", diz o chefe do grupo. "Vamos levá-lo mais depressa que isso para a cova!" E apertam o passo. Vou atrás. Os braços do homem estão inchados, a corda foi apertada demais, os tamancos dele, de madeira, são pesadões, incômodos. Ele manca. E porque manca, e se atrasa, eles o empurram com os fuzis. Assim!

E imitou o gesto de um homem empurrado e obrigado a avançar pelas pontas de fuzis.

— Enquanto descem a colina, como um bando de loucos que apostassem corrida, ele cai. Eles riem e botam-no de pé. O rosto dele sangra e está coberto de terra, mas não pode tocá-lo, e isso os faz rir mais ainda. Arrastam-no até a aldeia, e toda a aldeia sai para vê-lo. Passam diante do moinho e sobem até a cadeia. A aldeia em peso vê quando o portão da cadeia abre na escuridão da noite e engole o prisioneiro. Assim!

Abriu a boca o mais que pôde e fechou-a com um golpe seco, fazendo estalar os dentes. Percebendo que ele hesitava em abri-la de novo com medo de estragar o efeito, Defarge disse:

— Continue, Jacques.

— Toda a aldeia — prosseguiu o consertador de estradas, nas pontas dos pés agora e em voz baixa —, toda a aldeia se retira e vai cochichar junto à fonte. Depois, toda a aldeia dorme, e sonha com o infeliz, com as grades e fechaduras da prisão, lá no alto do rochedo. De onde ele vai sair apenas para a morte. De manhã, com minhas ferramentas no ombro, vou para o trabalho, mastigando um pedaço de pão preto. Mas faço um desvio para passar pela prisão. E lá está ele, alto, atrás das barras de uma gaiola de ferro, coberto de pó e de sangue como na noite anterior, olhando para fora. Não tem mão livre com que possa acenar. Não me atrevo a chamá-lo. Ele me olha como se já estivesse morto.

Defarge e os outros entreolham-se sombriamente. Durante todo o relato do camponês, os olhares dos quatro são contidos, vingativos, cheios de ódio. Embora reservados, os modos deles respiram autoridade. Têm um ar de tribunal sumário: Jacques Um e Dois, sentados na velha enxerga, com os queixos nas mãos e os olhos fitos no consertador de estradas de boné azul. Jacques Três, atrás deles, com um joelho por terra, está igualmente atento, e leva a toda hora a mão agitada à rede de finos nervos em volta da boca e do nariz. Defarge, de pé entre eles e o narrador, que se postou de modo a receber luz da janela, olha para ele e para os companheiros, alternadamente.

— Continue, Jacques — diz.

— O homem fica na jaula por vários dias. A aldeia o espia um tanto à socapa. Tem medo. Mas sempre espia, de longe, a prisão, empoleirada na sua rocha. E à noite, terminada a faina diária, quando todos os habitantes se reúnem para conversar junto da fonte, os rostos voltam-se para a prisão. Antes, voltavam-se para a muda do correio. Agora, para a prisão. Cochicham junto da fonte. Embora condenado à morte, ele não será executado. Diz-se que foram apresentadas petições em Paris provando que ele enlouqueceu com a morte do filho. Dizem que uma dessas petições foi levada ao próprio Rei. Como vou saber? É possível. Talvez tenha sido mesmo levada, talvez não.

— Escute, Jacques — disse o Número Um do mesmo nome, num tom severo. — É preciso que você saiba que uma petição foi apresentada ao Rei e à Rainha. Todos nós, exceto você, vimos quando o Rei a recebeu, na via pública, sentado à sua carruagem, com a Rainha do lado. Foi Defarge, aqui presente, quem se atravessou, com risco de vida, à frente dos cavalos, com o papel na mão.

— Escute ainda, Jacques — disse Jacques Três, o que estava ajoelhado um pouco à retaguarda dos demais, cujos dedos crispados ficavam a tocar sem descanso os finos nervos do rosto, e que mostrava um ar insatisfeito e ardente, como se tivesse fome ou sede (mas não tinha fome nem sede) —, cumpre que você saiba disso: os guardas, a cavalo e a pé, cercaram o suplicante com a sua petição em punho e deram-lhe pancada. Ouviu bem?

— Sim, ouvi.

— Continue então — disse Defarge.

— Como eu ia dizendo, constava, lá na fonte, na aldeia, que o prisioneiro fora trazido para o campo a fim de ser executado no local do crime e que assim se faria. E que, como assassino de Monsenhor, que era o pai dos seus rendeiros, ou servos da gleba, ou que sei eu?, seria executado como parricida. Um velho contou, lá na fonte, que a sua mão direita, armada outra vez com a faca, seria queimada diante dos seus olhos; que em buracos abertos nos seus braços, peito e pernas, seria derramado azeite fervendo, chumbo derretido, mais resina, cera e enxofre ardentes; e, finalmente, que seria esquartejado por quatro cavalos dos mais fortes. O velho disse que fizeram tudo isso com um desgraçado que atentou contra a vida do último rei, Luís XV. Mas como saber se é mentira? Não sou nenhum sábio.

— Escute uma vez mais, Jacques! — disse o homem com a mão que não parava e ar desinsofrido. — O nome desse desgraçado era Damiens, e tudo foi feito como o velho disse a plena luz do dia e nas ruas desta cidade de Paris. E nada causou maior espanto à vasta multidão que testemunhou a tortura do que o grande número de damas da alta sociedade, vestidas na moda, e presentes até o fim — até o fim, ouve bem, Jacques? —, até a noite, quando ele já perdera as duas pernas e um braço, e ainda respirava! E isso se passou... Que idade você tem?

— Trinta e cinco — disse o consertador de estradas, que aparentava sessenta.

— Pois isso se passou quando você tinha mais de dez anos de idade. Poderia ter estado lá.

— Basta! — exclamou Defarge. — Viva o Demônio! Continue.

— Bem. Uns dizem uma coisa, outros dizem outra. Ninguém fala de outra coisa. Até a fonte parece acompanhar a música. Por fim, na noite do sábado, quando toda a aldeia dorme, desce uma leva de soldados, serpenteando morro abaixo, batendo com a culatra dos fuzis nas pedras da ruazinha central. Aparecem operários, cavam aqui e ali, os soldados riem, cantam. E, de manhã, perto da fonte, há uma forca de pelo menos quarenta pés de altura, um veneno para a água.

O consertador de estradas, de olhos fitos no teto, parecia ver *através* dele, e apontava com o dedo rijo como se pudesse enxergar a forca projetada contra o céu.

— Bom. O trabalho acaba, todo mundo se reúne e, como não sobrou ninguém para levar as vacas a pastar, as vacas também estão presentes. Ao meio-dia, rufam os tambores. Soldados marcharam até a prisão na calada da noite e agora trazem o prisioneiro com eles. São muitos. O homem alto vem no meio deles, amarrado como antes, e com um pano na boca, amarrado de tal jeito e com tanta força que ele parece rir.

O consertador de estradas meteu os polegares nas bochechas e puxou-as para os lados num esgar que lhe ia às orelhas.

— No alto da forca foi posta a faca, de ponta para o ar. Ele é enforcado lá, a quarenta pés do chão. E fica lá. Um veneno para a água!

O narrador limpou o suor do rosto com o boné azul. A transpiração recomeçara com o relato do espetáculo. Os Jacques se entreolharam.

— É horrível, messieurs. Como podem as mulheres, como podem as criancinhas, tirar água da fonte? Quem pode conversar à vontade, de noite, debaixo daquela sombra? Debaixo, disse eu? Pois quando saí da aldeia, domingo de tardinha, quando o sol se punha, e olhei para trás, do alto da colina, a sombra do infeliz batia na igreja, no moinho, na prisão, parecia riscar a Terra, messieurs, a Terra inteira, até a linha do horizonte, onde ela encontra o céu!

O homem de ar sôfrego, famélico, roía um dos próprios dedos que tremia, talvez da avidez que o habitava.

— É tudo, messieurs. Parti ao pôr do sol (como me fora ordenado) e caminhei toda a noite e metade do dia seguinte, até que encontrei (como fora anunciado) este camarada. Com ele, continuei o meu caminho, ora a pé, ora a cavalo ou de coche, todo o resto de ontem e toda a noite passada. E aqui estou.

Depois de um silêncio pesado, o primeiro Jacques disse:

— Bem. Você agiu como devia e relatou tudo fielmente. Quer esperar por nós um pouco, do lado de fora da porta?

— De boa vontade — disse o homem do boné azul. Defarge, então, escoltou-o até o patamar da escada. Quando voltou, os três estavam de pé e conversavam, com as cabeças muito próximas umas das outras.

— O que me diz você, Jacques? — perguntou Número Um. — Devemos tomar nota do fato?

— Sim, para a destruição.

— Magnífico! — exclamou o homem desinsofrido.

— Do castelo e da raça toda?

— Sim. Do castelo e da raça toda — respondeu Defarge. — Extermínio.

O homem nervoso grasnou em êxtase:

— Magnífico! — e pôs-se a roer um outro dedo.

— Está seguro de que nada de embaraçoso advirá da nossa maneira de manter o registro? — perguntou Jacques Dois a Defarge. — Sem dúvida, está seguro, pois ninguém afora nós dois pode decifrá-lo. Mas seremos sempre capazes disso? Ou — devo dizê-lo — ela será?

— Jacques — retorquiu Defarge, endireitando-se —, se madame minha mulher tomasse a resolução de confiar o registro apenas à memória, não perderia dele uma única palavra, uma única sílaba. Tricotando lá com os pontos dela, com os símbolos que inventa, o registro será sempre tão claro para minha mulher como o dia. Confie em madame Defarge. Seria mais fácil ao último dos poltrões desaparecer da face da Terra que apagar uma só letra do seu nome ou dos seus crimes do tricô de madame Defarge.

Houve um murmúrio de aprovação e de confiança. Depois, o homem de ar faminto perguntou:

— Esse rústico não deve ser mandado embora o mais depressa possível? Espero que sim. É por demais ingênuo. Não pode ser um tanto perigoso?

— Ele não sabe nada — disse Defarge —, pelo menos nada mais do que aquilo que poderia levá-lo facilmente a uma forca da mesma altura. Encarrego-me dele. Deixem-no comigo. Tomo conta do homem e providencio sua volta. Ele quer ver os grandes do mundo, o Rei, a Rainha, a Corte. Pode vê-los domingo.

— O quê? — exclamou o homem ávido. — É bom sinal querer pôr os olhos no Rei, na nobreza?

— Jacques — disse Defarge —, mostre leite a uma gata se quiser que ela passe a desejá-lo. Mostre a um cão a sua presa natural, se deseja que um dia ele a pegue.

Nada mais foi dito, e o consertador de estradas, que dormia no patamar, foi aconselhado a deitar-se no catre e descansar um pouco. Não foi preciso insistir, logo ele dormia pesadamente.

Alojamento pior que a água-furtada da loja de Defarge seria fácil de encontrar em Paris para um servo da província como aquele. Afora um inexplicável temor de madame, que era nele constante, sua vida era nova e agradável. Madame ficava o dia todo sentada detrás do seu balcão e não tomava conhecimento dele. Parecia decidida a ignorar que a presença daquele homem tivesse relação com qualquer coisa secreta. Mesmo assim, ele tremia dos pés à cabeça cada vez que botava os olhos nela. Dizia consigo mesmo que era impossível prever o que a dama faria e que, se lhe passasse pela cabeça — por aquela cabeça brilhantemente ornamentada — afirmar que o vira matar e esfolar um homem, era mulher de levar a acusação até o fim.

Por isso, quando veio o domingo, não ficou nada contente (embora dissesse o contrário) ao saber que madame acompanharia monsieur e ele mesmo a Versalhes. Foi desconcertante ver a mulher tricotar a viagem toda num veículo público. E adicionalmente desconcertante dar com ela a seu lado, sempre de tricô na mão, em meio à multidão que se juntara à tarde para ver passarem o Rei e a Rainha.

— Como a senhora trabalha! — disse um homem que estava junto dela.

— Sim — respondeu madame Defarge —, tenho muito que fazer.

— O que faz a senhora?

— Muita coisa.

— Por exemplo...

— Mortalhas — respondeu madame Defarge calmamente.

O homem logo se afastou um pouco, tanto quanto era possível naquelas circunstâncias. O consertador de estradas abanou-se com o boné azul; estava quente e abafado. Se lhe eram precisos um Rei e uma Rainha para recobrar o ânimo, o remédio estava à mão. Porque logo o Rei, com sua cara larga, e a Rainha, com a sua cara branca, surgiram na sua carruagem de ouro, escoltados pelo que havia de mais brilhante no Oeil-de-Boeuf do palácio, uma resplandecente e buliçosa companhia de damas e grão-senhores. O consertador de estradas tomou um banho de joias, sedas, pó de arroz, fausto, elegância, personagens arrogantes e belos rostos desdenhosos dos dois sexos. Tomado por uma embriaguez passageira, chegou a gritar Viva o Rei, Viva a Rainha e Viva todo mundo e todas as coisas, como se jamais tivesse ouvido falar dos ubíquos Jacques. Vieram depois jardins, pátios, terraços, fontes, gramados verdejantes, mais Rei e Rainha, mais Corte, mais senhores e damas, e mais Vivam todos eles, até que ele chorou literalmente de emoção. Durante essa longa cena — pois durou três horas — ele se enterneceu, gritou e confraternizou à vontade. Defarge não o deixou um momento. Chegou mesmo a segurá-lo pela gola, como se temesse que se lançasse sobre os objetos de sua devoção do momento e os fizesse em pedaços.

— Bravo! — disse Defarge, batendo-lhe nas costas com ar protetor quando tudo acabou. — Você é um bom rapaz.

O consertador de estradas, que voltava a si, recriminava-se agora pelo que fizera. Talvez tivesse sido um erro. Mas não.

— Você é o nosso homem — dizia-lhe Defarge ao ouvido. — Você faz crer a esses idiotas que isso vai durar para sempre. Então, eles ficam ainda mais insolentes, e o desenlace se precipita.

— Ei! Não é que tem razão? — disse o consertador de estradas.

— Esses idiotas não desconfiam de nada. Embora o desprezem, e sua morte, como a de centenas de outros como você, seja menos importante para eles que a dos seus cavalos e cães, sabem apenas o que você lhes diz. Continue a iludi-los por algum tempo ainda. Nunca é demais com essa gente.

Madame Defarge olhou com desdém o pupilo e confirmou, com um sinal de cabeça, as palavras do marido.

— Você seria capaz de berrar e chorar assim por qualquer outra coisa, não é mesmo?

— Seria. Madame tem razão. Mas só por um momento.

— Se alguém lhe mostrasse, por exemplo, um monte de bonecas, e lhe desse a oportunidade de fazê-las em pedaços, de saqueá-las para proveito próprio, você escolheria as mais ricas e vistosas, não é mesmo?

— Certamente, madame.

— Sim. E se lhe mostrassem um bando de pássaros impossibilitados de baterem as asas e lhe dissessem que podia depená-los em proveito próprio, você não escolheria os de mais bela plumagem?

— Certamente, madame.

— Pois bem. Você viu hoje as bonecas e os pássaros — disse madame Defarge, mostrando com um gesto da mão o lugar onde os nobres tinham estado. — Agora pode ir para casa.

16.
Sempre tricotando

Madame Defarge e monsieur seu marido voltaram amigavelmente ao seio de Saint-Antoine, enquanto um cisco de boné azul varava a escuridão e a poeira, cobria milhas de estrada e de campo aberto no rumo daquele ponto da bússola onde o castelo de monsieur le Marquis, agora defunto, escutava o murmúrio das árvores. Tanto tempo tinham agora as efígies de pedra para ouvir a folhagem e a água da fonte, que os raros espantalhos da aldeia que — em busca de alguma erva para comer ou de algum galho seco para fazer fogo — se perdiam e iam dar com os costados no grande pátio de pedra com sua escadaria e terraço, imaginavam, malgrado a fome, que a expressão nos rostos de pedra se alterara. Dizia-se na aldeia — era um simples rumor, e rumor de vida precária e fugidia como a dos habitantes — que, quando a faca entrou, os rostos de pedra mudaram de uma expressão de orgulho para expressões de cólera e dor. Depois, que, quando aquele boneco de engonço foi pendurado quarenta pés acima da fonte, elas mudaram de novo e assumiram uma expressão cruel de vingança satisfeita, que guardariam para sempre. No rosto de pedra que ficava por cima da grande janela do quarto de dormir onde o crime fora cometido, duas covinhas eram agora visíveis no nariz esculpido, e todo mundo as reconhecia, embora ninguém se lembrasse de tê-las visto antes. E, nas raras ocasiões em que dois ou três camponeses em andrajos saíam da multidão para dar uma olhadela rápida em monsieur le Marquis petrificado, bastava que um dedo magro as apontasse para que todos fugissem por entre os musgos e a folhagem, como as afortunadas lebres que viviam ali e tinham garantida a sua subsistência.

Castelo e choupanas, efígie de pedra e cadáver de enforcado, mancha vermelha de sangue na laje do chão e água pura do poço banal da aldeia — milhares de acres de terras —, uma província inteira da França — a França inteira —, jaziam sob o céu estrelado, concentrados numa linha da espessura de um fio de cabelo. Desse modo, todo um mundo, com sua grandeza e suas mesquinharias, se contém numa estrela que cintila e tremeluz. Assim como a singela ciência humana sabe decompor um raio de sol e analisar seus elementos constitutivos, as inteligências mais sublimes podem ler no brilho débil deste nosso planeta os pensamentos e atos, os vícios e virtudes de cada criatura responsável que o habita.

À luz das estrelas, os Defarges, marido e mulher, chegaram, sacolejando no seu pesado veículo de transporte coletivo, àquela porta de Paris que tinham por destino. Houve a parada habitual na casa da guarda da barreira, e as lanternas habituais aproximaram-se da diligência para a inspeção e as perguntas do costume. Monsieur Defarge apeou. Conhecia um ou dois soldados do posto e um policial. Deste último era, até, íntimo, e os dois se abraçaram com demonstrações de afeto.

Quando Saint-Antoine de novo engolfou os Defarges nas suas asas escuras; quando os dois finalmente desceram nos limites do bairro do Santo e puseram-se a andar a pé através da lama negra e dos detritos imundos da rua em que moravam, madame Defarge dirigiu a palavra ao marido:

— Então, meu caro, o que foi que lhe disse o Jacques da polícia?

— Muito pouco, esta noite, mas era tudo o que sabia. Um outro espião foi designado para o nosso quarteirão. Haverá outros, muitos talvez, mas ele só tem certeza desse, que nomeou.

— Muito bem — disse madame Defarge, erguendo as sobrancelhas com frieza profissional —, temos de registrá-lo. Como se chama?

— É inglês.

— Melhor. E o nome?

— Barsad — disse Defarge, afrancesando-o pela pronúncia. Mas tivera o cuidado de anotar o nome corretamente e soletrou-o com perfeição.

— Barsad — repetiu madame. — Bom. Primeiro nome?

— John.

— John Barsad — repetiu madame, depois de fazê-lo baixinho duas vezes. — Bem. Que aparência tem? Sabe-se?

— Idade, cerca de quarenta anos. Altura, cinco pés e nove polegadas. Cabelos negros. Tez morena. Rosto bonito, de maneira geral. Olhos escuros, cara estreita, longa e pálida. Nariz aquilino mas não direito: inclina-se de maneira peculiar para a face esquerda. Expressão, em consequência disso, um tanto sinistra.

— Meu caro, é um verdadeiro retrato! — disse madame, rindo. — Será registrado amanhã mesmo.

Entraram na loja, que estava fechada (era meia-noite), e logo madame Defarge ocupou seu posto por detrás do balcão, contou a féria recolhida na sua ausência, conferiu o estoque de bebidas, verificou a escrita no livro, fez nele algumas entradas novas, fez mil perguntas ao empregado e finalmente mandou que ele fosse dormir. Esvaziou, então, pela segunda vez a tigela do troco, amarrando as moedas no lenço, a que deu uma série de nós. Ali estariam em segurança durante a noite. Durante esse tempo, Defarge, de cachimbo na boca, andava de um lado para o outro, admirando-a com complacência, mas sem jamais interferir. Era dessa maneira, aliás, que ele se comportava na vida, tanto na condução dos negócios quanto na sua relação com a mulher.

Era uma noite quente, e a loja, fechada, em meio a um distrito infecto, cheirava mal. O sentido olfativo de monsieur Defarge não era dos mais delicados, mas a reserva de vinho tinha muito mais odor que sabor, e a mesma coisa era verdadeira do rum, do conhaque e da *anisette*.

Ele expulsou essa combinação de cheiros nauseabundos com uma última baforada e depôs o cachimbo apagado.

— Você está é cansado — disse madame, erguendo para ele os olhos enquanto dava nós no lenço. — A fedentina é a mesma de sempre.

— Sim, estou um pouco cansado — reconheceu o marido.

— E um pouco deprimido também — disse madame, cujo olhar vigilante nunca estivera tão concentrado nas contas mas que, mesmo assim, dardejara um raio ou dois na direção do marido. — Oh, os homens, os homens!

— Mas minha querida... — começou Defarge.

— Minha querida... — repetiu madame com um movimento de cabeça cheio de decisão. — Você está pusilânime hoje, meu caro!

— É que — respondeu Defarge — o tempo me parece interminável.

— Sim, é interminável. E quando o tempo não parece interminável? Vingança e Castigo levam mesmo muito tempo. É a regra.

— Não leva tempo fulminar um homem com o Raio.

— E quanto tempo leva — perguntou Madarne, calmamente — para fazer e armazenar o Raio? Diga-me.

Defarge ergueu a cabeça, como se houvesse alguma coisa naquilo também.

— Não muito tempo — continuou madame — para que uma cidade seja engolida por um terremoto. Mas quanto tempo, diga, leva a Natureza para preparar um terremoto?

— Muito tempo, imagino — respondeu Defarge.

— Mas quando está pronto, acontece. E esmaga tudo o que encontra pela frente. No intervalo, prepara-se incessantemente, embora não seja visto ou ouvido. Guarde isso na cabeça. E que lhe sirva de consolo — disse ela, dando um último nó ao lenço. Fê-lo com olhos coruscantes. Dir-se-ia que estrangulava um inimigo.

— Vou dizer-lhe mais uma coisa — acrescentou, estendendo a mão direita para reforçar as palavras —, e é o seguinte: embora levem tempo para vir, Vingança e Castigo estão a caminho e chegarão sem falta. Digo-lhe que não recuam nunca; também não param. Digo-lhe que avançam implacavelmente. Olhe em torno, considere a vida de todas as pessoas que nós conhecemos, considere a face do mundo, considere o rancor e o descontentamento aos quais a Jacquerie se dirige com uma segurança que cresce dia a dia, hora a hora. Podem essas coisas durar muito tempo mais? Bah! Eu zombo de você!

— Minha brava mulher — respondeu Defarge, encarando-a de perto com a cabeça um pouco inclinada e as mãos cruzadas nas costas, como um dócil e atento discípulo em face do seu catequista —, não contesto nada do que você disse. Mas já durou tanto que é bem possível, e você o sabe tanto quanto eu, melhor que eu, é bem possível que não venha em nossos dias.

— E então? Que importa? — perguntou madame, dando um outro nó, e era como se um segundo inimigo estivesse sendo esganado.

— Bem — disse Defarge, dando de ombros, com um ar ao mesmo tempo queixoso e apologético. — Não veremos a vitória da causa.

— Mas teremos ajudado a sua vinda — respondeu a mulher, a mão estendida num gesto cheio de energia. — Nada do que fazemos é vão. Creio firmemente que veremos a vitória. Mas, se isso não tiver de acontecer, se eu tivesse certeza de que não ia acontecer, mesmo assim torceria o pescoço do primeiro aristocrata ou tirano que...

E, dizendo isso, madame atou, cerrando os dentes, um nó verdadeiramente terrível.

— Espere! — disse Defarge, vermelho como se o tivessem acusado de covardia. — Eu também, minha querida, não me deterei diante de nada.

— Sim! Mas é uma fraqueza sua quase sempre necessitar de ver a vítima, de ter certeza do sucesso para agir. Aguente-se sem isso. Quando a hora for chegada, solte ao mesmo tempo tigre e demônio. Entrementes, cumpre manter o tigre e o demônio na corrente e invisíveis. Mas prontos para entrar em ação!

Madame sublinhou o conselho batendo no tampo do balcão com seu pesado saco de moedas. Depois, sobraçando-o, saiu serenamente, observando apenas, de passagem, que era tempo de ir para a cama.

No dia seguinte, ao meio-dia, estava ela a postos, tricotando assiduamente. Tinha uma rosa do lado e se, de vez em quando, deitava um olhar à flor, isso não anulava seu ar preocupado. Havia poucos fregueses, bebendo ou não, nas mesas ou de pé, distribuídos pela sala. Fazia muito calor, e nuvens de moscas, que levavam suas inquisitivas e aventurosas incursões longe demais, em todos os pequenos copos melados vizinhos de madame, encontravam a morte no fundo deles. O que não fazia a menor impressão nas outras moscas, que olhavam com frieza e sem interromper o seu passeio. Portavam-se como se elas mesmas pertencessem à raça dos elefantes ou à raça igualmente remota, até que encontravam destino semelhante. É curioso observar como são despreocupadas e indolentes as moscas! Talvez a mesma atmosfera de irresponsabilidade prevalecesse na Corte no dia quente de verão.

Uma figura que entrou nesse momento lançou uma sombra sobre madame Defarge e ela sentiu que era uma sombra nova. Deixou o tricô de lado e começou a pregar a rosa no seu toucado antes de olhar a figura.

Era curioso. No instante em que madame Defarge apanhou a rosa, os fregueses calaram-se. E gradualmente começaram a sair da loja de vinhos.

— Bom dia, madame — disse o recém-chegado.

— Bom dia.

Respondeu em voz alta. Mas acrescentou para si mesma, ao recomeçar o trabalho de agulha: "Ah! Bom dia para você, idade quarenta anos aproximadamente, altura cerca de cinco pés e nove; cabelo preto, rosto bonito, tez escura, olhos também, feições longilíneas, rosto pálido, nariz aquilino mas não direito, com uma inclinação toda peculiar para a esquerda. O que lhe dá uma expressão sinistra."

— Bom dia, para o senhor e para tudo o mais!

— Tenha a bondade de servir-me um pequeno cálice de conhaque envelhecido e um gole de água fresca, madame.

Madame anuiu polidamente.

— Maravilhoso conhaque o seu, madame!

Era bem a primeira vez que o conhaque da casa era elogiado assim. madame Defarge sabia o suficiente dos antecedentes da bebida para não se deixar embair. Disse, no entanto, que o conhaque ficava lisonjeado. E recomeçou a tricotar. O desconhecido observou os dedos dela por um momento e aproveitou a oportunidade para observar a loja em geral.

— A senhora tricota com grande competência, madame.

— Estou habituada.

— E, ademais, é um belo desenho!

— Acha mesmo? — perguntou madame, encarando-o com um sorriso.

— Certamente. Posso perguntar-lhe que destino lhe reserva?

— É um mero passatempo — disse madame, olhando-o ainda com um resto de sorriso, enquanto os dedos se moviam com perícia.

— Não vai ser usado?

— Depende. Talvez encontre utilidade para ele um dia. Se encontrar... tanto melhor — disse madame, aspirando fundo e fazendo uma espécie de austera *coquetterie* com a cabeça. — Será posto em uso.

Coisa estranha: o gosto de Saint-Antoine parecia decididamente hostil à rosa nos cabelos de madame Defarge. Dois homens entraram na loja separadamente e estavam prestes a pedir suas bebidas quando deram com a novidade. Hesitaram, olharam em torno como se procurassem um amigo ausente e se foram. Dos que se encontravam na loja por ocasião da chegada do novo freguês não restava nenhum. Tinham ido embora. O espião tinha os olhos abertos, mas não fora capaz de perceber qualquer sinal. Os clientes do estabelecimento tinham saído de maneira casual, como gente pobre e sem destino certo, mas com impecável naturalidade.

"John", pensou madame, conferindo seu trabalho enquanto os dedos tricotavam. Depois, olhando o estranho, pensou: "Fique mais um pouco e tricotarei 'BARSAD' antes que se vá embora."

— A senhora tem marido, madame?

— Tenho.

— Filhos?

— Não.

— Os negócios vão mal?

— Muito mal. O povo está muito pobre.

— Ah! O pobre povo! Tão oprimido também, como a senhora diz.

— Como *o senhor* diz — corrigiu madame, tricotando alguma coisa extra no nome dele que não lhe augurava nada de bom.

— Perdão. Sim, fui eu quem disse isso. Mas a senhora seguramente pensa da mesma maneira. Seguramente.

— *Eu* penso? — retrucou madame em voz alta. — Eu e meu marido temos trabalho bastante mantendo esta loja de vinhos aberta. E ainda iríamos pensar? Tudo o que pensamos aqui é como vamos viver. Esse é o único assunto dos *nossos* pensamentos e é bastante para encher nossa cabeça da manhã à noite sem nos intrometermos na vida alheia. *Eu*, pensar nos outros? Não, não.

O espião, que se achava ali para colher as migalhas de informação que encontrasse ou pudesse suscitar, não deixou que a decepção se registrasse na sua sinistra face. Assumiu um ar de galanteria e, firmando o cotovelo no pequeno balcão de madame Defarge, pôs-se a conversar, enquanto degustava o conhaque.

— Uma coisa horrível, madame, essa execução de Gaspard. Ah! Pobre Gaspard! — disse, com um suspiro de profunda compaixão.

— Fala sério? — respondeu madame com alguma frieza e como se não desse muita importância ao caso. — Quem com ferro fere com ferro será ferido. Ele sabia muito bem o preço do seu ato. Fez, pagou.

— Pois creio — disse o espião, baixando a voz a um tom que convidava à confidência e expressando, em cada músculo do seu rosto perverso, a injuriada susceptibilidade de um revolucionário —, creio que nessa vizinhança haverá muita compaixão e ira a respeito do pobre indivíduo. Aqui entre nós...

— Haverá? — perguntou madame com ar vago.

— Acha que não?

— Aí está o meu marido! — disse madame Defarge.

Defarge entrara. O espião saudou-o, levando a mão ao chapéu e dizendo com um sorriso insinuante:

— Bom dia, Jacques!

O dono do estabelecimento estacou e encarou-o.

— Bom dia, Jacques! — repetiu o espião, já menos seguro de si e com um sorriso um pouco mais forçado.

— Engana-se, senhor — respondeu o proprietário da loja de vinhos. — Confunde-me com alguém. Meu nome é Ernest Defarge.

— Tanto faz como tanto fez — disse o espião, aereamente mas desconcertado também. — Bom dia!

— Bom dia! — respondeu Defarge, seco.

— Eu dizia justamente a madame, com quem tinha o prazer de conversar quando o senhor chegou, que, segundo ouvi dizer na vizinhança — e não é de admirar! —, a morte desse infeliz Gaspard despertou grande indignação por aqui.

— Não diga! Não me consta — disse Defarge, abanando a cabeça.

Dito isso, passou para trás do balcão e apoiou a mão no espaldar da cadeira da mulher. Ficaram assim, a olhar por cima da barreira, o homem que os confrontava e que teriam, um e outro, abatido a tiros com a maior satisfação.

O espião, curtido no seu ofício, não se alterou. Mas bebeu de um trago o conhaque que lhe restava, tomou um gole d'água e pediu outra dose. Madame Defarge serviu-lhe a bebida e recomeçou a tricotar, cantarolando baixinho qualquer coisa.

— O senhor parece conhecer bem o distrito, melhor do que eu até — observou Defarge.

— Não é verdade, mas espero vir a conhecê-lo efetivamente. Interessa-me sobremaneira a sorte dos miseráveis moradores.

— Ah! — fez Defarge.

— O prazer de conversar com o senhor, monsieur Defarge — continuou o espião —, recorda-me que tenho a honra de conhecer alguns fatos interessantes associados ao seu nome.

— Deveras? — disse Defarge com a maior indiferença.

— Sim. Sei, por exemplo, que, quando o dr. Manette foi solto, o senhor, antigo empregado seu, tomou conta dele. Ele foi, na verdade, confiado ao senhor. Vê que estou a par das circunstâncias.

— Com efeito. Certamente — respondeu Defarge.

Fora advertido, por um toque aparentemente acidental do cotovelo da mulher, que faria melhor se respondesse, mas sempre com brevidade.

— Foi à sua casa que a filha veio ter. Foi dos seus cuidados que ela o recebeu para levá-lo à Inglaterra. Fazia-se acompanhar de um senhor muito fino, como se chama mesmo? Um homem com uma pequena peruca, Lorry, do Banco Tellson e Companhia.

— Com efeito — repetiu Defarge.

— Uma lembrança curiosa — disse o espião. — Conheci o dr. Manette e a filha na Inglaterra.

— Sim? — disse Defarge.

— O senhor não tem notícias deles?

— Não.

— Na verdade — interveio madame Defarge, abandonando por um momento canção e tricô —, nunca tivemos notícias deles. Soubemos da chegada deles, recebemos depois uma carta ou duas e foi tudo. Gradualmente, seguiram seu caminho, e nós o nosso. Não continuamos a correspondência.

— Compreendo, madame. Ela vai casar-se.

— Vai? — disse madame, como um eco. — Pois tinha beleza para já estar casada. Vocês ingleses são frios, é o que me parece.

— Oh! A senhora sabe que sou inglês.

— Percebo que a sua língua natal é o inglês. E o que a língua é supõe-se que o homem também seja.

Ele não tomou essa identificação como um cumprimento. Mas não fez cara feia. Riu. E, depois de beber o conhaque até o fim, completou:

— Sim. A srta. Manette vai casar-se. Mas não com um inglês. Com um compatriota. E já que falávamos de Gaspard (Ah, pobre Gaspard! Que crueldade!), não é estranho que ela se case com o sobrinho de monsieur le Marquis, cuja morte levou o dito Gaspard àquelas alturas de tantos pés? Em outras palavras: vai casar-se com o novo marquês. Mas ele vive na Inglaterra sob nome suposto, não é marquês por lá. Intitula-se St. Charles Darnay. D'Aulnais é o nome da família de sua mãe.

Madame Defarges tricotava sempre, impassível. Mas a notícia surtira efeito perceptível sobre o marido. Por mais que procurasse disfarçar por detrás do pequeno balcão, batendo a sua pederneira para acender o cachimbo, perturbara-se e tinha a mão insegura. O espião não seria espião se deixasse de perceber isso e de registrá-lo na memória.

Tendo provocado, pelo menos, esse impacto, valesse o que valesse, e não havendo fregueses que lhe dessem oportunidade para outro, o sr. Barsad pagou pelo que bebera e despediu-se, não deixando de dizer, à saída, e com elegância, que esperava ter o prazer de rever monsieur e madame Defarge. Nos momentos que se seguiram à sua partida, marido e mulher permaneceram exatamente como os deixara, temendo que ele voltasse.

— Pode ser verdade — disse em voz baixa monsieur Defarge, derreando o olhar para a mulher; continuava de pé atrás dela, com a mão no encosto da cadeira. — Pode ser verdade o que ele disse sobre mam'selle Manette?

— Como provém dele, deve ser falso — respondeu madame, erguendo um pouco as sobrancelhas com arrogância —, mas pode ser também verdadeiro.

— Se for... — começou Defarge, que logo interrompeu o que ia dizer.

— Se for? — repetiu a mulher.

— E se a coisa sobrevém, se acontece nos nossos dias, espero, por ela, que o Destino guarde seu marido longe de França.

— O destino do seu marido — disse madame Defarge com a serenidade habitual — há de levá-lo aonde tiver de ir e ao fim que estiver escrito para ele. Eis tudo o que sei.

— Mas não é estranho? Não é, deveras, muito estranho — disse Defarge, como se tentasse fazê-la admitir o que ele mesmo pensava —, depois de toda a nossa simpatia por monsieur seu pai, e por ela mesma, que o nome do marido seja proscrito aqui mesmo, sob sua mão e ao lado do nome desse cão abominável que acaba de sair?

— Coisas muito mais estranhas acontecerão quando o dia for chegado — respondeu madame. — Tenho os dois aqui, isso é certo. E pelos méritos de cada um. Isso me basta.

Dizendo tais palavras, enrolou o trabalho de agulha e em seguida tirou dos cabelos a rosa que tinha prendido ao seu lenço de cabeça. Fosse por ter Saint-Antoine ciência instintiva de que esse censurável ornamento desaparecera, fosse por estar o Faubourg à espreita, para ter certeza da desaparição, o certo é que logo o Santo atreveu-se a entrar na loja e em breve esta recobrou a habitual animação.

À noite, hora em que o bairro inteiro se virava pelo avesso e vinha sentar-se na soleira das portas ou debruçar nos alisares das janelas, ou sair para os sórdidos pátios e esquinas de má fama para respirar, madame Defarge, com seu tricô na mão, costumava passar de lugar a lugar e de grupo em grupo: uma missionária — e havia muitas da mesma espécie, uma espécie que o mundo fará bem em não engendrar outra vez. Todas as mulheres faziam tricô. Tricotavam peças sem valor; mas esse trabalho mecânico substituía o comer e o beber. As mãos se moviam vicariamente pelas mandíbulas e pelo aparelho digestivo. Se os dedos ossudos ficassem inativos, os estômagos sentiriam mais agudamente o aguilhão da fome.

Mas aonde iam os dedos, iam os olhos e os pensamentos. E à medida que madame Defarge passava de grupo em grupo, dedos, olhos e pensamentos acendiam-se e ardiam em cada grupo de mulheres com que falava e deixava depois para trás.

O marido fumava, no umbral da sua porta, contemplando-a de longe com admiração. "Que grande mulher!", dizia consigo mesmo. "Que mulher forte e esplêndida, que grande mulher!"

A escuridão sobrevinha e com ela o bimbalhar dos sinos das igrejas e o distante rufar dos tambores no Pátio do Palácio. E as mulheres tricotavam, tricotavam sem trégua. A treva as envolvia. Uma treva maior, mais densa, logo se fecharia sobre a França, quando os mesmos sinos dos mesmos etéreos campanários, agora em festivo repique, seriam derretidos para fazer trovejantes canhões; quando os tambores militares rufariam para abafar um grito; uma noite tão formidável quanto a voz do Poder e da Abundância, da Vida e da Liberdade. Essa a noite que desceria sobre as mulheres com o seu tricô, que então convergiriam para uma estrutura ainda inexistente, em torno da qual ficariam a tricotar e tricotar, contando cabeças decepadas.

17.
Uma noite

nunca o sol se pôs tão gloriosamente naquele calmo recanto de Soho quanto nessa tarde memorável em que o médico e sua filha assistiam ao crepúsculo à sombra do plátano. Jamais a lua se elevou com brilho tão suave sobre a grande cidade de Londres quanto nessa noite, que os encontrou ainda sentados debaixo da árvore e iluminou seus rostos através da folhagem.

Lucie devia casar-se no dia seguinte. Reservara essa última noite para o pai e por isso estavam juntos e sós sob o plátano.

— O senhor está feliz, papai querido?

— Sim, minha filha, muito feliz.

Tinham falado pouco, embora estivessem ali havia muito tempo. Quando ainda dispunham de luz para ler e trabalhar, ela não se ocupara do seu trabalho habitual nem lera para ele. Muitas vezes fizera uma coisa e outra em outros tempos. Mas aquela era uma ocasião especial, e nada podia torná-la igual a outras.

— Também estou feliz esta noite, papai querido. Feliz no amor que o Céu abençoou, meu amor por Charles, o amor que Charles tem por mim. Mas, se minha vida não pudesse ser, daqui por diante, consagrada ao senhor, ou se meu casamento nos devesse separar, mesmo que fosse pela curta distância de uma dessas ruas vizinhas, eu ficaria mais infeliz e cheia de remorso do que seria capaz de dizer. Mesmo agora...

Faltou-lhe voz para continuar.

Ao triste clarão da lua, ela o pegou pela nuca e escondeu o rosto no peito do pai — ao clarão da lua, que é triste, como triste é a luz do sol e essa luz chamada vida humana, no momento em que nasce e em que morre.

— Caríssimo pai! Poderá dizer-me, esta última vez, que se sente mesmo seguro de que nenhum afeto novo, nenhum novo dever da minha vida jamais se colocarão entre nós dois? *Eu* estou segura disso. Mas e o senhor? No fundo, no coração, terá o senhor tal certeza?

O pai respondeu com uma firmeza de convicção e com uma alegria que dificilmente poderiam ser fingidas:

— Tenho, sim, minha querida. E muito mais que isso — acrescentou, beijando-a com ternura. — Meu futuro é muito mais brilhante, Lucie, visto à luz do seu noivado, do que poderia vir a ser ou do que foi antes sem ele.

— Como eu desejaria que fosse mesmo assim!

— Pois creia nisso, minha filha. Considere como é simples e natural que assim seja. Você, dedicada e jovem, não pode compreender todo o medo que tenho de que sua vida se perca...

Ela estendeu a mão para fechar-lhe os lábios, mas ele a retirou e repetiu a palavra:

— Sim, medo de que sua vida se perdesse, se não seguisse a ordem natural das coisas, por culpa minha. A sua generosidade a impede de ver o quanto isso me pesava na mente. Mas basta que se pergunte: como eu poderia ser completamente feliz se a sua felicidade restasse incompleta?

— Se eu nunca tivesse visto Charles, seria sempre perfeitamente feliz com o senhor.

Ele sorriu a essa inconsciente admissão de que, tendo visto Charles, seria infeliz sem ele. E respondeu:

— Minha filha, você o viu, e é Charles. Não fosse Charles, seria outro. E se não houvesse outro, eu seria a causa disso. E então a parte sombria da minha vida teria projetado sua sombra para além de mim mesmo e tombado sobre você.

Era a primeira vez, exceto no tribunal, que ela o ouvia referir-se ao período da sua provação. Teve uma estranha e nova sensação ao ouvir essas palavras, e lembrou-se delas por muito tempo.

— Veja — disse o médico de Beauvais, levantando a mão para a lua. — Eu a contemplei pela janela da minha prisão, quando não podia suportar-lhe a luz. Contemplei-a quando era para mim tamanha tortura vê-la brilhar sobre tudo o que eu perdera que batia com a cabeça nas paredes da cela. Contemplei-a num estado de tal embrutecimento e letargia que só conseguia pensar no número de barras horizontais que poderia traçar através do seu disco quando estava cheia e no número de barras perpendiculares com que poderia cruzá-las.

E acrescentou, à sua maneira introspectiva, como se meditasse ou falasse consigo mesmo:

— Eram vinte, se bem me lembro, tanto num sentido quanto no outro; e a vigésima cabia a custo.

Era com um estranho arrepio que ela o ouvia falar assim daquele tempo, e a sensação aumentava à medida que ele insistia em fazê-lo. Mas não havia nada que a chocasse na maneira dele. Parecia apenas contrastar a sua felicidade presente com o horror por que passara.

— Contemplava a lua e sonhava com a criança por nascer a que eu fora arrancado. Estaria viva? Teria nascido com vida ou o choque sofrido pela mãe a matara? Se fosse um filho, poderia um dia vingar seu pai? (Houve um tempo da minha prisão em que minha sede de vingança era insuportável.) Talvez, mesmo sendo um filho, jamais viesse a conhecer a história do seu pai. Viveria talvez a supor que ele desaparecera de sua vida voluntariamente. E, se fosse mulher, chegaria a crescer?

Ela se acercou mais dele e beijou-lhe o rosto e a mão.

— Representava-me uma filha que ignorava minha existência, que não sabia de mim, que não sabia ter pai. Contava os anos de vida que teria, um por um. Via-a casada com um homem que nada sabia do meu destino. Já desaparecera da lembrança dos vivos; na nova geração meu lugar seria um vazio.

— Meu pai! Ouvir que pensava assim de uma filha que jamais existiu fere meu coração como se eu fosse essa filha!

— Você, Lucie? Mas se é do consolo e da reparação que você me trouxe que essas lembranças todas surgem e passam entre nós e a lua nesta última noite! Que estava dizendo há pouco?

— Que ela não sabia de sua existência. Que não se preocupava com o senhor.

— Com efeito. Mas em outras noites de luar, quando a tristeza e o silêncio afetavam-me de maneira diversa — afetavam-me com um certo sentimento de paz, toldado embora de melancolia, como qualquer emoção que tem a dor como alicerce —, eu a imaginava entrando na minha cela e levando-me pela mão para a liberdade, para além da fortaleza. Eu via a imagem dela à luz da lua tão claramente como vejo você agora. Apenas, jamais a estreitei nos meus braços. Ela ficava sempre entre a janela gradeada e a porta. Mas você compreende bem que essa não era a filha de que eu falava?

— A figura não era... a imagem... a fantasia?

— Não, era coisa completamente diversa. Ela se apresentava diante do meu perturbado sentido da visão, mas permanecia imóvel. O fantasma que minha mente perseguia era o de uma outra criança, mais real. Da sua aparência, nada sabia senão que se parecia com sua mãe. A outra tinha também uma parecença — como você tem —, mas não a mesma. Pode acompanhar meu pensamento, Lucie? Dificilmente, imagino... É preciso ter sido um prisioneiro solitário para entender essas distinções confusas.

Calmo e senhor de si como ele parecia, mesmo assim essa atomização do seu estado anterior gelava o sangue de Lucie nas veias.

— Nos momentos de paz, eu a imaginava, ao luar, vindo a mim para mostrar-me que o seu lar de mulher casada estava cheio de amorosas lembranças do pai que perdera. Tinha meu retrato no quarto de dormir e não esquecia meu nome nas suas preces. Sua vida era ativa, alegre, ocupada. Mas a minha pobre história permeava-a toda.

— Era eu, essa criança, pai. Não que fosse tão boa assim, mas, no meu amor, eu era ela.

— Mostrava-me os filhos — continuou o médico de Beauvais — e eles tinham ouvido falar de mim, e tinham aprendido a ter pena de mim. Quando passavam por uma prisão do Estado, afastavam-se das suas temíveis muralhas, olhavam para as grades das janelas, e baixavam a voz. Ela jamais conseguiu libertar-me. Levava-me de volta, depois de mostrar-me essas coisas. Mas então, aliviado pelas lágrimas, eu caía de joelhos e abençoava-a.

— Eu sou essa criança, pai. O senhor me abençoará amanhã com o mesmo fervor, pai querido?

— Lucie, evoco essas tristezas antigas justamente por ter mais uma razão esta noite para amar você e para dar graças a Deus pela minha imensa felicidade. Jamais sonhei, mesmo nos momentos de maior desvario, ter a felicidade que conheci com você ou a que se estende diante de nós.

Abraçou-a em seguida, encomendando-a solenemente aos Céus e agradecendo aos Céus com humildade o dom de uma tal filha. Depois, pai e filha recolheram-se.

Ninguém fora convidado para a cerimônia, à exceção do sr. Lorry. Não haveria também *demoiselles d'honneur*, salvo a esquálida srta. Pross. O casamento não alteraria os hábitos da casa. Tinham conseguido aumentar o espaço, alugando também o andar superior, antes ocupado pelo locatário apócrifo e invisível. Não pediam mais.

O dr. Manette esteve muito alegre durante a pequena ceia. Eram só três à mesa, e a srta. Pross era a terceira pessoa. O médico lamentou a ausência de Charles. Desaprovava a meio a carinhosa conspiração que o mantivera a distância e bebeu afetuosamente à saúde do futuro genro.

Quando veio a hora de dar boa noite a Lucie, separaram-se. Mas no silêncio da noite, por volta das três horas, Lucie desceu as escadas e entrou pé ante pé no dormitório do pai, presa de vagos temores e premonições.

Tudo estava nos seus lugares. Tudo estava tranquilo. O dr. Manette dormia tranquilamente, com as cãs pitorescamente desarrumadas na fronha impecável e as mãos em repouso sobre o cobertor. Ela pôs a vela inútil na sombra, a uma certa distância, voltou para junto do leito e pousou os lábios de leve nos do pai. Depois, debruçou-se sobre o rosto dele e deixou-se ficar a contemplá-lo.

Na bela face do ancião, que as águas amargas do cativeiro tinham vincado, havia uma determinação tão forte que, se não obliterava esses traços, dominava-os mesmo no sono. Era um rosto impressionante. Nos vastos domínios do sono, não se encontraria outro igual nem tão calmo nessa noite, a despeito da luta perpétua com um agressor invisível.

Timidamente, Lucie pôs a mão naquele peito tão amado e rezou para que fosse sempre tão devotada ao pai quanto o amor que tinha por ele o exigia e as penas dele mereciam. Depois, retirando a mão e beijando-o mais uma vez, saiu. Quando o sol surgiu, de manhãzinha, as sombras das folhas do plátano brincaram no rosto do velho adormecido tão de leve quanto se tinham movido os lábios da moça ao rezarem por ele.

18.
Nove dias

O dia do casamento amanheceu radioso, e estavam todos prontos diante da porta fechada do quarto do médico, onde ele conversava com Charles Darnay. Estavam, já, vestidos para a igreja: a bela noiva, o sr. Lorry e a srta. Pross — para a qual, por um processo gradual de reconciliação com o inescapável, o dia seria de todo abençoado, não fora a consideração de que seu irmão Solomon podia estar no lugar do noivo.

— Então, minha doce Lucie — dizia o sr. Lorry, que não se cansava de admirar a noiva e que fazia círculos em torno dela para ver todos os detalhes do vestido, bonito e sóbrio ao mesmo tempo. — Foi para isso que eu a trouxe através do Canal, quando era ainda uma meninazinha! Deus seja louvado! Mal sabia eu o que fazia! Mal calculava eu a responsabilidade que ia conferir ao meu amigo sr. Charles!

— O senhor não tinha nenhuma intenção dessa espécie — disse a prosaica srta. Pross — nem poderia imaginar coisa nenhuma. Tolice!

— Talvez não tivesse, nem pudesse. Mas não é o caso de chorar — disse amavelmente o sr. Lorry.

— *Eu* não estou chorando — disse a srta. Pross. — O *senhor* é que está.

— Eu, srta. Pross? (Por essa época o sr. Lorry já se permitia ser ocasionalmente afável com ela.)

— Sim, ainda há pouco chorava. Eu vi. E não fiquei surpresa. Toda essa prataria que o senhor lhes deu de presente é de enternecer qualquer um. Não há no faqueiro uma só colher ou um só garfo que não me tivesse feito chorar — disse a srta. Pross — na noite passada, depois que a caixa foi entregue. Para o fim, já não podia vê-los!

— Fico lisonjeado — disse o sr. Lorry. — Embora, pela minha honra, não tivesse a intenção de dar uma lembrança que as pessoas não pudessem ver sem afligir-se! Meu Deus! Um casamento é ocasião em que o homem especula sobre tudo o que perdeu. Céus! Pensar que poderia haver uma sra. Lorry a qualquer momento no curso desses quase cinquenta anos!

— Discordo! — disse a srta. Pross.

— Pensa que não poderia haver uma sra. Lorry? — perguntou o cavalheiro do mesmo nome.

— Qual! — disse a srta. Pross. — O senhor já nasceu solteirão.

— Bem! — disse o sr. Lorry, ajustando sua pequena peruca. — Isso me parece provável também.

— O senhor foi talhado para solteirão — repetiu a srta. Pross — antes de ser posto no berço.

— Então — disse o sr. Lorry —, penso que me injustiçaram, que me deveriam ter consultado sobre a forma em que me iam plasmar. Mas basta. Agora, querida Lucie — disse, passando-lhe o braço em torno da cintura, de modo tranquilizador —, ouço movimento no quarto, e a srta. Pross e eu, que somos gente prática, afeita aos negócios, não queremos perder essa oportunidade de dizer-lhe uma coisa que gostará de ouvir. Saiba que deixa seu pai, minha querida, em mãos tão devotadas e amorosas quanto as suas. Todos os cuidados imagináveis lhe serão prodigalizados. Nos próximos quinze dias, que passará em Warwickshire e arredores, até o Tellson ficará em segundo plano comparado com ele. E quando, ao fim da quinzena, ele for reunir-se aos dois, a você e ao seu estimado marido, para a viagem ao País de Gales, isto é, na segunda quinzena, você dirá que eu o conservei em perfeita saúde e na melhor forma possível. Agora, ouço os passos de Alguém que se aproxima da porta. Permita-me beijá-la e dar-lhe a minha bênção, a antiquada bênção de um celibatário, antes que Alguém venha reclamar o que de direito lhe cabe.

Por um momento, ele segurou o belo rostinho da moça à sua frente para examinar aquela fronte cuja expressão lhe era tão conhecida, e depois aproximou o basto cabelo de ouro da sua pequena peruca marrom com uma afeição e uma delicadeza que não eram, a bem dizer, antiquadas, mas apenas antigas: velhas como Adão.

A porta do quarto do médico se abriu e ele saiu com Charles Darnay. Estava tão mortalmente pálido — o que não fora o caso quando entraram juntos — que não havia um laivo de cor no seu rosto. Mas nada mudara na sua atitude. Só o olhar penetrante do sr. Lorry foi capaz de perceber que a antiga expressão esquiva e temerosa passara recentemente sobre ele como um vento glacial.

Deu o braço à filha e desceu com ela até a carruagem que o sr. Lorry alugara em honra do dia. Os demais seguiram em outro coche. E logo, numa igreja próxima, longe de olhos estranhos, Charles Darnay e Lucie Manette foram declarados marido e mulher.

Afora as lágrimas furtivas que brilhavam entremeadas aos sorrisos do pequeno grupo, quando tudo acabou, alguns diamantes, de grande fulgor, luziam na mão da noiva: haviam sido tirados, havia pouco, das profundezas de uma algibeira do sr. Lorry. Voltaram para casa a fim de tomar café, tudo correu bem, e chegou por fim a hora em que os louros cabelos, que se tinham misturado às melenas brancas do infortunado sapateiro cativo na mansarda de Paris, de novo misturaram-se a elas à porta da rua e à luz da manhã, para as despedidas.

Foram curtas, mas penosas, essas despedidas. O pai reconfortou a filha e disse finalmente, desprendendo-se com doçura dos braços da moça:

— Leve-a, Charles, ela é sua.

A mão comovida de Lucie acenou para eles de uma das janelas da sege, e ela se foi.

Como o canto de rua em que morava o médico ficava ao abrigo dos desocupados e curiosos, e como os preparativos haviam sido poucos e singelos, o médico, o sr. Lorry e a srta. Pross viram-se praticamente sozinhos. Só quando de novo se encontraram à sombra acolhedora e fresca do vestíbulo, o sr. Lorry percebeu que uma grande mudança se operara no médico. Dir-se-ia que o grande braço dourado que se elevava ali por cima das cabeças deles lhe desferira uma flecha certeira e envenenada.

Ele reprimira muito os próprios sentimentos, e era natural uma reação, quando esse esforço tivesse cessado. Mas era o antigo olhar perdido que alarmava o sr. Lorry; a maneira como que alheada de tomar a cabeça nas mãos e ir, num passo incerto, para o quarto, logo que subiram ao primeiro andar, recordou nitidamente ao sr. Lorry o mercador de vinhos Defarge e a viagem à luz das estrelas.

— Penso — disse ele à srta. Pross, após alguns minutos de angustiosa meditação —, penso que não se deva falar com ele agora, ou perturbá-lo de qualquer maneira. Tenho de passar um momento pelo Tellson. Não me demoro. Na volta, levo-o para um passeio de caleche no campo. Jantamos por lá e tudo irá bem.

Era mais fácil ao sr. Lorry entrar no Tellson do que sair. Detiveram-no por duas horas. Quando voltou, subiu a escada sozinho, sem nada perguntar à empregada. Dirigia-se para o quarto de dormir do médico quando foi detido por uma série de marteladas surdas.

— Meu Deus! — exclamou com um sobressalto. — O que pode ser isso?

A srta. Pross, com uma expressão de terror, apareceu junto dele.

— Ai, meu Deus! Tudo está perdido! — gritava ela, torcendo as mãos. — O que vou dizer à minha menina? Ele não me reconhece, sr. Lorry, e está fazendo um sapato!

O sr. Lorry disse o que pôde para acalmá-la e entrou no quarto do médico. O banco estava agora voltado para a luz, como no tempo em que vira o sapateiro em ação, e este, de cabeça baixa, parecia muito atarefado.

— Dr. Manette! Meu caro amigo dr. Manette!

O médico levantou os olhos e fitou-o por um segundo, meio curioso, meio inclinado a zangar-se pelo fato de lhe dirigirem a palavra. Depois, voltou ao trabalho.

Tirara o paletó e o colete. Tinha a camisa aberta ao peito, como na época em que fazia o mesmo trabalho. E até o antigo ar desfigurado e sem cor daquele tempo lhe voltara. Trabalhava com afinco e impaciência, como que aborrecido com a interrupção.

O sr. Lorry lançou um olhar ao trabalho que o velho tinha na mão e viu que era um sapato do mesmo modelo antigo e do mesmo tamanho. Apanhou um pé que jazia por terra e perguntou ao velho o que era.

— Um sapato de passeio para senhoras — respondeu o velho, sem erguer os olhos. — Já devia ter ficado pronto há muito tempo. Deixe estar.

— Mas dr. Manette! Olhe para mim!

O ancião obedeceu, com a mesma docilidade de outrora, sem interromper o que fazia.

— O senhor me reconhece, caro amigo? Pense de novo. Esse não é o seu ofício. Pense, caro amigo!

Nada parecia capaz de induzi-lo a falar outra vez. Olhava por um momento quando lhe diziam que o fizesse, mas nenhuma persuasão era capaz de extrair-lhe uma sílaba sequer. Trabalhava e trabalhava e trabalhava, em silêncio, e as palavras caíam nele como num poço sem fundo nem ecos, desfaziam-se no ar. O único raio de esperança que o sr. Lorry ainda tinha era que o médico levantava de vez em vez o olhar, furtivamente, sem que fosse solicitado a fazê-lo. Traía, então, uma ponta de estranheza e de perplexidade, como se procurasse ajustar dados contrários na mente.

Duas coisas logo se impuseram ao sr. Lorry como mais importantes que as demais: primeira, que cumpria absolutamente manter Lucie ignorante da situação; segunda, que era indispensável guardar segredo sobre o fato de todas as pessoas conhecidas. Juntamente com a srta. Pross, tomou providências imediatas no sentido dessa última precaução, fazendo saber às relações dos Manettes que o médico não estava passando bem e precisava de alguns dias de repouso absoluto. Quanto à piedosa mentira destinada à filha, ficou acertado que a srta. Pross lhe escreveria, dizendo-lhe que o pai fora chamado na sua qualidade de médico a uma localidade afastada e referindo-se a uma carta imaginária de duas ou três linhas, traçadas apressadamente, e que estariam seguindo pelo mesmo correio.

Essas medidas, aconselháveis nas circunstâncias, foram tomadas pelo sr. Lorry mais na esperança de que o dr. Manette voltasse a si. Se isso acontecesse logo, tinha outro plano em reserva. E que consistia em pedir conselho a certa autoridade, que ele considerava a melhor possível, sobre o caso do médico.

Convencido de que uma cura mais ou menos rápida permitiria a execução desse último plano, o sr. Lorry resolveu observar o doente com atenção mas também com discrição. Tomou junto ao Tellson as medidas indicadas para poder ausentar-se — pela primeira vez na vida — e postou-se junto da janela do quarto.

Logo percebeu que seria inútil, e mais que inútil, falar com o dr. Manette. Uma vez pressionado, ele se perturbava. Renunciou a qualquer tentativa nesse sentido desde o primeiro dia, resolvendo limitar-se a estar sempre junto do médico, como um protesto silencioso contra a ilusão em que mergulhara ou estava prestes a mergulhar. Ficava no lugar que escolhera, perto da janela, lendo ou escrevendo, e expressando a qualquer propósito, de todas as maneiras que lhe iam ocorrendo, mas sempre natural e afável, o fato de estarem ambos livres como pássaros.

O dr. Manette aceitava o que lhe davam a comer e beber, e trabalhou, naquele primeiro dia, até ficar escuro, só deixando de lado as ferramentas uma boa meia hora depois que o sr. Lorry desistira de ler ou escrever. Mesmo que sua vida dependesse disso, este já não via o bastante. Levantou-se, então, e perguntou ao médico:

— Vamos sair?

O velho olhou para o chão, primeiro de um lado, depois do outro, como antigamente; levantou os olhos, como antigamente, e repetiu com voz surda:

— Sair?

— Sim. Para dar um passeio comigo. Por que não?

O médico não procurou responder por que não, e não disse mais uma única palavra. Mas o sr. Lorry entendeu que ele estava, sentado no seu banco e um pouco inclinado para a frente, com os cotovelos apoiados nos joelhos e a cabeça nas mãos, perguntando lá consigo, vagamente: "Por que não?" A sagacidade do homem de negócios percebeu aí uma vantagem a explorar e resolveu aproveitá-la.

A srta. Pross e ele dividiram a noite em dois períodos iguais de vigília, e observaram o médico, de tempos em tempos, da sala adjacente. Ele andou longamente de um lado para o outro antes de deitar-se. Quando finalmente o fez, dormiu logo. Na manhã seguinte, levantou-se muito cedo e foi diretamente para o banco de sapateiro trabalhar.

No segundo dia, o sr. Lorry cumprimentou-o alegremente, chamando-o pelo nome e falou-lhe de tópicos recentes, familiares aos dois. Ele não respondeu, mas era evidente que ouvia e que pensava a respeito do que lhe era dito, embora de modo confuso. Isso encorajou o sr. Lorry a trazer a srta. Pross ao quarto diversas vezes com seu trabalho de agulha. Nessas ocasiões, os dois falavam de Lucie e de seu pai, exatamente como costumavam fazer sempre, em tom normal e como se nada estivesse errado. Isso era feito sem grandes demonstrações, e por pouco tempo de cada vez, para não aborrecer o doente. O sr. Lorry, com seu bom coração, sentiu-se aliviado ao perceber que o médico erguia muitas vezes a cabeça e parecia sentir de algum modo as incongruências da situação.

Quando escureceu de novo, o sr. Lorry perguntou, como na véspera:

— Meu caro doutor, não gostaria de sair?

Ao que o outro respondeu:

— Sair?

— Sim. Para um passeio. Comigo. Por que não? — Dessa vez, o sr. Lorry fingiu que saía quando não obteve resposta, e voltou depois de uma hora. No intervalo, o médico permaneceu sentado junto da janela, contemplando o plátano do pátio embaixo. Mas, logo que viu entrar o sr. Lorry, voltou ao seu banco de sapateiro.

O tempo passava devagar, penosamente. As esperanças do sr. Lorry se foram, pouco a pouco, e seu coração foi ficando mais e mais pesado com a passagem dos dias. O terceiro dia veio e se foi, depois o quarto, o quinto. Cinco, seis, sete, oito, nove dias.

Cada vez mais desesperançado e triste, o sr. Lorry atravessou esses dias de aflição. O segredo fora bem guardado, e Lucie estaria feliz e despreocupada. Mas ele não podia deixar de perceber que o sapateiro, cuja mão, no começo, parecera um tanto canhestra, ficava de hora para hora mais hábil. Nunca estivera tão absorto no trabalho, nunca sua mão fora mais destra e expedita quanto ao entardecer do nono dia.

19.
Uma opinião autorizada

Esgotado pela aflição da vigília, o sr. Lorry adormeceu no seu posto. Na manhã seguinte, que era a décima daquela agonia, ficou pasmo vendo sol no quarto, pois quando o sono o assaltara era noite escura.

Esfregou os olhos, levantou-se. Duvidava de que estivesse de fato acordado. Porque, indo até a porta do quarto do médico e olhando para dentro, viu que o banco e as ferramentas do sapateiro estavam no seu lugar antigo e que o próprio médico lia, sentado junto à janela. Trajava robe, como habitualmente, e seu rosto (que o sr. Lorry podia ver distintamente), embora ainda muito pálido, estava calmo, aplicado e atento.

Mesmo então, já convencido de achar-se desperto, o sr. Lorry foi tomado de vertigem e ficou, por alguns momentos, a perguntar-se se aquele período de sapataria não teria sido um sonho mau. Pois o seu amigo não estava ali diante dos seus olhos, metido em suas roupas costumeiras, e com a aparência de sempre? E havia algum indício, que pudesse ver, de que a mudança que tanto o impressionara de fato ocorrera?

Essas perguntas eram apenas fruto de uma primeira confusão e espanto, e a resposta, óbvia. Mas, se a impressão não fosse produzida por uma causa suficiente, real, por que estaria ele, Jarvis Lorry, ali? Por que dormira vestido no sofá do consultório do dr. Manette, e por que estava, agora, a debater esse ponto do lado de fora do quarto de dormir do médico, àquela hora matinal?

Mais alguns minutos, a srta. Pross estava ao seu lado, cochichando. Se tivesse ainda alguma dúvida, as palavras dela a teriam, necessariamente, dissipado. Mas àquela altura estava lúcido, já não tinha nenhuma. Disse à governanta que deveriam deixar passar o tempo até a hora costumeira do café, e depois falar com o médico como se nada de insólito houvesse ocorrido. Se ele lhes parecesse haver recobrado as suas faculdades, então o sr. Lorry procuraria, cercando-se das necessárias cautelas, ouvir alguém habilitado a dar-lhe o conselho e a orientação que, na agonia daqueles últimos dias, tanto desejara obter.

A srta. Pross submeteu-se à opinião dele, e o plano foi traçado cuidadosamente. Tendo tempo de sobra para a sua toalete, geralmente metódica, o sr. Lorry apresentou-se à mesa, quando foi chegada a hora, com a impecável roupa branca e esticadas meias de seda que lhe eram usuais. O médico foi chamado, exatamente como de hábito naquela casa, e desceu para tomar café.

Tanto quanto era possível depreender do seu comportamento, sem atropelar a abordagem delicada e gradual que o sr. Lorry julgava indispensável, por ser a única segura, o médico parecia imaginar que o casamento da filha se dera na véspera. Uma alusão incidental, se bem que feita de indústria, sobre o dia da semana e o do mês deu-lhe matéria para reflexão e deixou-o visivelmente inquieto. No mais, porém, mostrava-se tão composto que o sr. Lorry decidiu obter, sem mais delongas, a opinião profissional de que precisava. E que era a do próprio médico.

Assim, quando o café terminou e a mesa foi tirada, e ele e o médico ficaram sozinhos, o sr. Lorry disse, com alguma emoção:

— Meu caro dr. Manette, desejaria muito ouvi-lo, em confidência, sobre um caso que me interessa vivamente; ou melhor, que me parece, como leigo, muito curioso; mas que talvez o seja menos para o senhor, que é médico.

Olhando para as próprias mãos, manchadas pelo trabalho dos últimos dias, o dr. Manette pareceu perturbado, e prestou atenção ao que o sr. Lorry dizia. Por várias vezes olhara as mãos, no correr do café.

— Doutor — disse o sr. Lorry, tocando-lhe afetuosamente o braço —, trata-se de um amigo que me é particularmente querido. Peço-lhe por isso que me ouça e me dê o seu conselho avisado, primeiro por ele mesmo, depois, e sobretudo, por sua filha. Porque ele tem uma filha, meu caro dr. Manette.

— Se entendo bem — disse o médico, baixando a voz —, trata-se de um choque mental?

— Sim.

— Seja mais explícito. E não omita nenhum detalhe.

O sr. Lorry viu que se compreendiam e prosseguiu:

— Meu caro dr. Manette, trata-se de um choque severo, prolongado e antigo, que afetou as afeições, os sentimentos, a... a... como disse o doutor?... A mente do homem. É isso, a mente. Trata-se de um choque que meu amigo sofreu por muito tempo, embora não se possa precisar por quanto tempo. Ele mesmo é incapaz de calcular a sua duração e não há outro meio de chegar a esse resultado. Trata-se de um choque do qual o paciente se recuperou, por um processo que ele mesmo não saberá reconstituir, como eu mesmo já o vi dizer uma vez, de público, e de maneira comovente. Recuperou-se, inclusive, tão completamente que é hoje homem de altíssima inteligência, apto a concentrar o espírito e a submeter o corpo a grandes esforços físicos, a enriquecer constantemente o seu manancial de conhecimentos, que sempre foi muito vasto. Mas, desgraçadamente, houve — fez uma pausa e respirou fundo —, houve uma ligeira recaída.

O médico, em voz baixa, perguntou:

— De que duração?

— Nove dias e nove noites.

— E como se manifestou a doença? Infiro — e olhou as mãos — que tenha retomado alguma velha ocupação associada com o choque?

— Exatamente.

— Vejamos. O senhor o terá observado — continuou o médico, distintamente e com perfeita calma, se bem que ainda em voz baixa — ocupado nesse trabalho originariamente?

— Uma vez.

— E quando se deu a recaída, parecia ele, sob muitos aspectos, ou em tudo e por tudo, tal qual era outrora?

— Em tudo e por tudo.

— O senhor falou da filha. Ela teve conhecimento dessa recaída?

— Não. O fato foi escondido da moça, e espero que jamais venha a saber do que houve. Aliás só eu e uma outra pessoa de minha mais absoluta confiança, estamos a par do que houve.

O médico pegou-lhe da mão e murmurou:

— Que bondade a sua! Que gentil cuidado!

O sr. Lorry correspondeu ao gesto, apertando, por sua vez, a mão do dr. Manette. E ambos guardaram silêncio por alguns momentos.

— Agora, meu caro — disse o sr. Lorry por fim, pondo na voz a maior consideração e afeto —, não passo de um homem de negócios, incapaz de tratar de assuntos tão melindrosos e intricados. Não tenho nem o saber nem a espécie de inteligência que seriam necessários. Preciso de orientação. E, além do senhor mesmo, existe no mundo outra pessoa a quem eu me entregaria de olhos fechados? Diga-me, então: como se deu essa recaída? Há perigo de outras? Não se poderá prevenir a sua repetição? E como tratá-la, se vier a ocorrer? O que a provoca? O que fazer pelo meu amigo? Ninguém jamais desejou tanto servir a um amigo como eu desejo servir a este. Mas como acudi-lo? Não sei como agir. Se a sua sagacidade, saber e experiência me puderem valer, pondo-me no bom caminho, talvez eu venha a ser útil. Sem luzes nem direção, meus préstimos são nulos. Queira, portanto, discutir o caso comigo, para que eu o veja mais claro e possa fazer melhor.

O dr. Manette deixou-se ficar meditando depois dessas palavras ardentes, e o sr. Lorry não o apressou.

— É provável — disse o médico, rompendo o silêncio com esforço — que a recaída a que aludiu, meu amigo, tenha sido pressentida pelo doente.

— E temida por ele? — ousou perguntar o sr. Lorry.

— Muitíssimo — disse o médico, com uma espécie de calafrio involuntário. — O senhor não pode imaginar como uma apreensão dessas pesa sobre a mente e como é difícil e, até, impossível para a pessoa em causa falar sobre o assunto.

— Não o aliviaria talvez — perguntou o sr. Lorry — comunicar a alguém o pressentimento da crise?

— Creio que sim, mas, como lhe disse, tal coisa é para o paciente quase impossível. Em alguns casos, diria que é de todo impossível.

— Agora — disse o sr. Lorry, apoiando outra vez a mão no braço do médico, depois de um curto silêncio de parte a parte —, a que atribuiria o senhor esse ataque?

— Imagino — respondeu o médico — que tenha havido uma forte e extraordinária revivência do encadeamento de pensamentos e memórias que foram a causa primeira da doença. Lembraram-lhe, talvez vividamente, algumas associações de ideias de natureza angustiante. É provável que o temor surdo de que elas ressurgissem, digamos, em determinadas circunstâncias, ou numa circunstância especial, já lhe ocupasse, de há muito, o espírito, se bem que em estado latente. Em vão terá ele tentado preparar-se para o impacto, quando a coisa viesse. Talvez o esforço posto nisso tenha paradoxalmente enfraquecido a sua resistência.

— Crê que ele se possa lembrar do que aconteceu durante a recaída? — perguntou o sr. Lorry com uma natural hesitação.

O médico olhou desoladamente em roda, sacudiu a cabeça e respondeu num fio de voz:

— Não.

— Quanto ao futuro... — disse o sr. Lorry. E interrompeu-se. Era apenas uma sugestão.

— Quanto ao futuro — disse o médico, pegando a deixa e recuperando a sua firmeza habitual —, vejo grande esperança no fato de ter a misericórdia divina permitido que ele se recuperasse tão depressa. Ele fraquejou sob a pressão de algo cuja natureza é complexa, cujo advento ele temia há muito tempo e vagamente pressentiu e combateu como pôde. Agora, dissipada a borrasca, quero crer que o pior tenha passado.

— Pois bem! É uma grande consolação. Rendo graças a Deus!

— Rendo graças a Deus! — repetiu o dr. Manette, inclinando a cabeça com reverência.

— Há dois pontos ainda — disse o sr. Lorry —, sobre os quais eu gostaria de consultá-lo. Posso continuar?

— Pois não. Não poderia prestar maior serviço ao seu amigo.

— O primeiro então: meu amigo é um estudioso, e estudioso apaixonado. Aplica-se com ardor à leitura e a experiências variadas. Não estará trabalhando demais?

— Creio que não. Talvez esteja na natureza dele procurar sempre uma ocupação. Mas talvez seja, em parte, resultado da sua afecção. Quanto menos sua mente se ocupar de coisas sadias, mais ficará exposta ao perigo de voltar-se na direção errada. Talvez ele tenha observado o próprio comportamento e feito essa descoberta.

— Está certo de que ele não se esforça demais?

— Estou convencido de que não.

— Meu caro dr. Manette, se ele estivesse agora com excesso de trabalho, ou estafa...

— Meu caro sr. Lorry, isso não pode ser! Houve uma solicitação violenta numa direção, e há necessidade de um contrapeso.

— Queira desculpar o obstinado empresário que sou. Assumindo, como hipótese, que ele *estivesse* sobrecarregado de trabalho: isso se traduziria num reaparecimento da doença ou dos seus sintomas?

— Não creio — respondeu o dr. Manette, com a firmeza da convicção. — Acredito que só uma associação de ideias poderia fazer isso. Nada, a não ser alguma extraordinária sacudidela da mesma corda, e confio, chego quase a crer, que as circunstâncias suscetíveis de provocar tal coisa estão esgotadas.

Falou com a desconfiança de um homem que conhece a delicada organização da mente e sabe que ela pode ser tirada dos seus gonzos por um nada, e, todavia, com a confiança de um homem que aos poucos conquistou suas certezas graças à resistência pessoal e ao sofrimento. Não seria o sr. Lorry quem iria abalar essa confiança. Este se declarou mais tranquilo e mais encorajado do que realmente ficara, e abordou o segundo ponto. Sentia que era o mais difícil. Mas, recordando uma conversa que tivera certa manhã de domingo com a srta. Pross e o que vira nos últimos nove dias, sabia que tinha de enfrentá-lo.

— A ocupação que ele retomou sob a influência dessa crise passageira, da qual, Deus seja louvado, já se recuperou — disse o sr. Lorry —, vamos chamá-la de trabalho de ferreiro. Isso mesmo, de ferreiro. Digamos, para maior clareza do nosso caso, e à guisa de ilustração, que ele costumava, na desgraça, manejar uma pequena forja. Digamos que ele tenha sido surpreendido de improviso a trabalhar de novo na mesma forja. Não é de lamentar que ela não tivesse sido removida?

O médico cobriu a fronte com a mão e bateu com o pé no chão, nervosamente.

— Ele sempre a guardou consigo — disse o sr. Lorry, olhando ansiosamente o seu amigo. — Não seria melhor que a deixasse retirar?

Mas o médico, com a mão na fronte, limitava-se a bater com o pé nervosamente no chão.

— O senhor tem dificuldade em responder-me? — disse o sr. Lorry. — Sei que é uma pergunta delicada. No entanto, penso...

E interrompeu-se, sacudindo a cabeça.

— Veja — disse o dr. Manette depois de um silêncio penoso. — É muito difícil explicar de maneira consistente o mecanismo da mente desse pobre homem. Ele desejou um dia, ardentemente, aquela ocupação, e ficou alegre quando lhe permitiram tê-la. Não há dúvida nenhuma de que ela o tenha ajudado tremendamente, substituindo a perplexidade do cérebro pela das mãos, e, à medida que aprendia o ofício, a tortura mental pela engenhosidade das mãos. É por isso que ele jamais pôde suportar a ideia de separar-se dela inteiramente. Mesmo agora, quando acredito que esteja mais cheio de esperanças do que nunca e chega a falar de si mesmo com uma espécie de confiança, a ideia de que possa vir a ter necessidade um dia do seu velho ofício, e não mais encontrá-lo, infunde-lhe um sentimento de terror súbito, como o que deve assaltar o coração de uma criança perdida.

Ele parecia a ilustração viva do que acabara de dizer quando levantou os olhos para o sr. Lorry.

— Mas não seria de temer... — insistiu este —, e note bem que desejo apenas ficar informado, como homem de negócios que sou, acostumado unicamente a lidar com coisas materiais como guinéus, xelins, e cambiais bancárias, não seria de temer que a conservação da... forja perpetuasse a conservação da ideia? Se a coisa fosse removida, meu caro dr. Manette, o terror de que me falava não se iria com ela? Em suma: não será uma concessão ao terror conservar a forja?

Houve outro silêncio.

— Ademais — disse o médico com voz trêmula —, a forja é uma velha companheira.

— Eu não a conservaria — disse o sr. Lorry, sacudindo a cabeça. Sua firmeza aumentava à medida que a perturbação do médico se fazia mais visível. — Eu recomendaria ao meu amigo o sacrifício dessa lembrança. Apenas desejo a sua opinião autorizada. Por mim, estou certo de que a coisa não lhe faz bem. Vamos, autorize-me a tomar essa iniciativa, meu amigo. Pelo amor da filha, caro dr. Manette!

Como era estranho ver a luta que se travava dentro dele!

— Em nome dela, então, seja! Sanciono a sua decisão. Mas que a remoção não se faça em presença dele, e sim quando ele não estiver em casa. Que ele venha a sentir falta da velha companheira depois de uma ausência.

O sr. Lorry deu-se pressa em aquiescer, e a conferência terminou. Passaram o dia no campo, e o médico mostrou-se inteiramente recuperado. Nos três dias que se seguiram, permaneceu perfeitamente bem, e no décimo quarto partiu para encontrar-se com Lucie e o marido. O sr. Lorry lhe dera conta das precauções que tomara para justificar junto da filha o silêncio do pai. E este escrevera a Lucie no mesmo sentido, de modo que a moça de nada suspeitava.

Na noite imediata à partida do médico, o sr. Lorry foi ao quarto dele, munido de machado, serrote, talhadeira e martelo, acompanhado da srta. Pross, que carregava uma vela. Ali, a portas fechadas, e com um ar misterioso e culpado, o sr. Lorry reduziu em pedaços o banco de sapateiro, enquanto a srta. Pross se portava como se fosse cúmplice de um assassinato. Para isso, com a cara que tinha e com a vela na mão, ela parecia figura de todo apropriada. O corpo foi esquartejado antes de ser queimado no fogão. E as ferramentas, tamancos, restos de couro foram enterrados no jardim. É tal a execração que a destruição e o segredo inspiram às almas honestas, que o sr. Lorry e a srta. Pross, durante o tempo que durou a operação, pareciam dois criminosos.

20.
Uma súplica

Quando os recém-casados chegaram em casa, a primeira pessoa que apareceu para apresentar felicitações foi Sydney Carton, Estavam em casa havia poucas horas quando ele se apresentou. Não mudara de hábitos, de aparência ou de maneiras, mas havia nele um certo ar de fidelidade rude que era novo para Charles Darnay.

Esperou por uma oportunidade para levar Darnay a um desvão de janela e disse-lhe, quando ninguém os ouvia:

— Sr. Darnay, espero que nos tornemos amigos.

— Já somos amigos, espero.

— É bondade sua dizer-me isso, mas é também apenas uma maneira de falar. Mas, quando eu digo que gostaria que fossemos amigos, falo sério.

Charles Darnay, como é natural, perguntou-lhe com bom humor e afabilidade o que queria dizer.

— Palavra — respondeu Carton — que acho mais fácil concebê-lo na minha mente do que explicá-lo ao senhor. Todavia, vou tentar. Lembra-se de uma memorável ocasião em que eu estava mais bêbado do que de hábito?

— Lembro-me de que, de uma feita, me forçou a dizer-lhe que tinha bebido de fato um pouco.

— Pois eu também me lembro. É uma verdadeira maldição para mim o fato de não conseguir esquecer tais ocasiões. Espero que isso no futuro seja contado em meu favor, quando meus dias chegarem ao fim! Mas não se alarme: não vou fazer um sermão.

— Não estou alarmado. A sua ênfase não assusta absolutamente.

— Ah! — disse Carton, com um gesto vago, como se pusesse aquelas palavras de lado. — Pois naquela ocasião, uma entre muitas, como bem sabe, eu me conduzi de maneira insuportável, alongando-me sobre o tema da simpatia ou antipatia que poderia ter pelo senhor. Peço-lhe que esqueça tudo o que eu disse.

— Está esquecido há muito tempo.

— Outra maneira de falar. sr. Darnay, o esquecimento não é tão fácil para mim como pretende que o seja para o senhor. Eu não esqueci nada, e uma resposta assim, tão ligeira, não me ajudará grande coisa.

— Se respondi de forma ligeira — disse Darnay —, peço-lhe perdão. Não tive outra intenção senão afastar um incidente menor, o qual, para surpresa minha, parece pesar-lhe na alma. Dou-lhe minha palavra de cavalheiro que de há muito esqueci tudo isso. Tenho coisa mais importante a relembrar: o insigne serviço que prestou daquela vez.

— Quanto a esse grande serviço — disse Carton —, vejo-me obrigado a dizer-lhe, já que me fala assim, que se tratou de pura bazófia minha, um gesto para o grande público. Pouco me importava na ocasião que lhe aproveitasse. Veja bem que falo do passado! Na ocasião.

— O senhor procura fazer pouco da grande obrigação que fiquei a dever-lhe. Mas não serei eu que o condene por responder-me de forma ligeira.

— Pura verdade, sr. Darnay, acredite. Mas derivo. Falava de sermos amigos. Agora, o senhor me conhece. Sabe que sou incapaz dos mais nobres impulsos do homem. Se duvida, pergunte a Stryver, e ele o dirá.

— Prefiro formar minha opinião por mim mesmo.

— Muito bem. Pelo menos sabe que sou perdulário e estroina, que nunca fiz nada que prestasse, e nunca farei.

— Não vejo por que esse "nunca farei".

— Mas eu vejo, e pode crer no que digo. Muito bem. Se pode aceitar como amigo um sujeito assim, de valor nulo e reputação duvidosa, indo e vindo nas horas mais insólitas, então eu lhe solicitaria tal privilégio. Estou disposto a fazer parte da mobília, como uma peça inútil — e só não digo também pouco decorativa por causa daquela semelhança entre o senhor e eu que descobri no tribunal. Um móvel antigo, tolerado pelos serviços que já prestou. Não pretendo abusar da permissão que me der. As possibilidades de que me prevaleça dela quatro vezes por ano são de cem para uma. Basta-me a satisfação de poder vir.

— Quer experimentar?

— Vejo nessa fórmula que fui aceito na posição que indiquei. E agradeço-lhe, Darnay. Posso tomar a liberdade de chamá-lo assim?

— Naturalmente, Carton. E desde este momento.

Apertaram a mão um do outro, e Sydney se afastou. Um momento depois era, para todos os efeitos, tão fútil quanto sempre afetava.

Depois que se foi embora, e no curso de um serão passado com a srta. Pross, o médico e o sr. Lorry, Charles Darnay mencionou de passagem essa conversa e referiu-se a Sydney Carton como um caso de desleixo e temeridade. Falou dele, em suma, sem amargor nem severidade, mas como qualquer pessoa falaria, conhecendo apenas o lado que ele gostava de exibir.

Não podia imaginar que tais propósitos calariam na mente da sua jovem mulher. Mas, quando se reuniu a ela, nos seus aposentos, viu que Lucie o esperava com a velha ruga na testa, e bem marcada dessa vez.

— Hum, tem gente pensativa esta noite! — disse Darnay, enlaçando-a.

— Sim, meu querido Charles — disse ela, pousando as mãos espalmadas no peito dele e fitando-o com um olhar atento e inquisitivo. — Estou, sim, pensativa esta noite, alguma coisa me pesa.

— De que se trata, Lucie?

— Você promete não me fazer determinada pergunta se eu desejar que seja assim?

— Se prometo? Mas o que não prometeria ao meu amor?

E como poderia resistir, se afagava com uma das mãos a cabeleira dourada e tinha a outra sobre o coração que só batia por ele?

— Penso, Charles, que o pobre sr. Carton merece mais consideração e respeito do que você demonstrou ter por ele esta noite.

— Sim, minha querida? E por quê?

— É o que não me deve perguntar! Mas penso, quer dizer, sei que ele merece.

— Se você sabe, isso me basta. O que deseja que eu faça, meu amor?

— Eu lhe pediria que fosse sempre generoso com ele, e indulgente para com as suas faltas quando ele não estiver presente. O sr. Carton possui um grande coração, que raras vezes mostra, mas que tem profundas feridas. Meu querido, eu o vi sangrar.

Charles Darnay ficou estarrecido.

— É muito doloroso para mim pensar que possa ter sido injustamente duro para com ele. Mas nunca o vi a essa luz.

— Pois é a verdadeira luz, meu marido. Temo que não o possamos salvar. Que pouca coisa na sua natureza ou no seu destino possa ainda mudar. Mas estou certa de que ele é capaz de ser bom, gentil e magnânimo.

Parecia tão bonita na pureza da sua fé naquele homem destruído e irrecuperável que o marido poderia ficar a contemplá-la horas perdidas.

— E há outra coisa, meu bem-amado! — insistiu ela, achegando-se ao marido e deitando a cabeça no seu peito antes de levantar os olhos para ele. — Lembre-se de como somos fortes na nossa felicidade e de quão débil ele é na sua miséria!

A súplica tocou-lhe o coração.

— Nunca o esquecerei, querida — disse. — Lembrar-me-ei disso enquanto viver.

Debruçou-se, depois, sobre a cabeça cor de ouro, atraiu-lhe os lábios rosados para os seus, e cerrou-a nos braços. Se um vagabundo solitário que percorria, àquela hora, as ruas escuras pudesse ter ouvido a inocente revelação da moça e visto as lágrimas de piedade dos seus olhos azuis serem enxugadas pelos beijos de Charles Darnay, talvez tivesse lançado para o céu, e não pela primeira vez, um grito de reconhecimento:

— Que Deus a abençoe pela sua doce compaixão!

21.
Eco de passos

Já dissemos que a esquina em que morava o dr. Manette era perfeita em matéria de ecos. Ocupada em tecer os fios de ouro que ligavam seu marido, seu pai, sua velha governanta e ela mesma numa teia de vida de pura beatitude, Lucie ficava sentada no seu canto, ouvindo ecoar o passo dos anos.

No começo, houve períodos, embora ela fosse uma jovem esposa feliz, em que seu trabalho lhe escapava das mãos e seus olhos se enevoavam. Pois havia entre os ecos alguma coisa, remota e apenas audível, que lhe punha o coração em alvoroço. Vagas esperanças e temores, esperança de um amor como não conhecera ainda, temor de não viver o bastante para gozá-lo, coabitavam em seu coração. Dentre os ecos parecia-lhe ouvir o som de passos sobre a sua tumba precoce; e o pensamento do marido desolado, que tanto a prantearia, enchia-lhe os olhos de lágrimas, e essas lágrimas lhe corriam aos borbotões.

Esse tempo se foi, e logo uma pequena Lucie se formou no seu seio. Então, entre os ecos em marcha, havia o incerto som dos passos da menina e o seu balbucio infantil. Por grandes que fossem os outros ecos de fora, a jovem mãe sentada junto ao berço sabia sempre distinguir aqueles dos demais. Os passos da criança chegaram, um dia, e a casa sombria se alegrou com seu riso fresco, e Deus, amigo das crianças, a quem, na sua aflição, ela confiara a sua, parecera tomar a menina nos braços, como outrora o Menino, e fazer dela uma santa alegria para sua mãe.

Ocupada em tecer os fios de ouro da vida que os ligava, inserindo na trama o serviço da sua própria e benéfica influência, sem fazê-la jamais aparente ou predominante, Lucie ouvia nos ecos dos anos apenas sons propícios, amicais, tranquilizantes. O passo de seu marido ressoava forte e confiante, no meio deles; o do seu pai, firme e igual. Quanto à srta. Pross, nos seus arreios de cordas, acordando os ecos, era como um fogoso cavalo de batalha, indócil as mais das vezes, mantido na linha a rebenque, a resfolegar e escavar a terra com as patas, à sombra do plátano do jardim!

Mesmo quando havia lamentações entre os ruídos, jamais eram estridentes ou cruéis. Mesmo quando cabelos dourados como os de Lucie rodeavam como uma auréola que tivesse caído sobre o travesseiro o rostinho emaciado de um menino — e ele dizia com um sorriso radioso: "Queridos papai e mamãe, tenho tanta pena de deixar vocês dois e minha irmãzinha tão bonita, mas fui chamado e devo ir" —, não foram só lágrimas de tristeza que inundaram as faces da jovem mãe, enquanto o espírito que lhe fora confiado soltava-se do seu abraço. Tenham paciência com os pequeninos e deixai-os vir a mim. Estes vêem a face de meu Pai. Oh, Pai, que benditas palavras!

Assim, o roçar das asas de um Anjo misturou-se aos outros sons, juntando-lhes algo que não era inteiramente da Terra, mas tinha um sopro do Céu. Suspiros do vento que soprava sobre a minúscula sepultura do jardim mesclavam-se também aos ecos e eram todos audíveis para Lucie no seu discreto murmúrio, que era como o arfar das ondas de um mar de verão numa praia de areia: os da pequena Lucie, aplicada e cômica, fazendo sua lição matinal ou vestindo a boneca aos pés de sua mãe, ou a tagarelar nas línguas das duas cidades que os fados haviam ligado à sua vida.

Os ecos raras vezes repetiam as passadas de Sydney Carton. Seis vezes, no máximo, terá ele usado o privilégio de chegar sem ser convidado e de passar uma noite com a família, como tantas vezes fizera anteriormente. Tinha o cuidado de não beber antes de ir ter com eles. E uma outra coisa era murmurada pelos ecos a respeito dele, uma coisa que todos os ecos verdadeiros repetiam havia séculos.

Todo homem que tenha amado uma mulher, perdido essa mulher, e continuado a amá-la, de amor puro mas imutável, depois que ela se tornou esposa e mãe, é objeto, por parte dos filhos dessa mulher, de uma estranha simpatia, uma delicada piedade instintiva. Que sensibilidades secretas são tocadas num caso desses, nenhum eco dirá. Mas é assim, e foi assim nas circunstâncias. Carton foi o primeiro estranho para quem a pequena Lucie estendeu os bracinhos gordos, e ele conservou esse favoritismo depois que ela cresceu. O menino também falara nele, mesmo quando estava no fim: "Pobre Carton! Um beijo meu para ele!"

O sr. Stryver, entrementes, abria caminho pelo cipoal das leis, como um vapor que força passagem em águas revoltas, levando seu indispensável amigo a reboque, como se fosse um escaler. Como, em geral, o barco pequeno que goza de tais favores engole água e viaja quase sempre submerso, Sydney muitas vezes se via na lama. Mas a força do costume, mais acentuada nele que qualquer sentimento estimulante dos próprios méritos ou depressivo da própria desgraça, fazia daquela vida a vida que ele devia levar. E não mais sonhava em deixar aquela existência de chacal de leão. Um chacal de verdade sonha tornar-se leão? Quanto a Stryver, era rico. Desposara uma rubente viúva, dona de vastas propriedades e mãe de três filhos homens — que nada tinham de brilhante, salvo os cabelos espetados nas suas cabeças de abóbora.

Eram esses três rapazes que o sr. Stryver, respirando superioridade da mais insultante por todos os poros, tangera como carneiros até aquele recanto tranquilo de Soho e oferecera como alunos ao marido de Lucie. Apresentou-os com a delicadeza habitual, dizendo:

— Trouxe-lhe aqui três bons pedaços de pão com queijo para reforçar o cardápio do seu piquenique matrimonial, Darnay!

A polida rejeição dos três pedaços de pão com queijo fizera o sr. Stryver inchar de indignação, mas o incidente foi usado por ele depois na educação dos rapazes, a quem ensinou que tivessem cuidado com orgulho de mendigos como o daquele professor. Tinha também o costume de contar à sra. Stryver, enquanto bebia seu vinho encorpado, os estratagemas empregados pela sra. Darnay para "pegá-lo" e das artes de que se valera para "escapar". Alguns dos seus colegas da Suprema

Corte Real de Justiça, que participavam ocasionalmente da vinhaça e do chorrilho de mentiras, desculpavam-no dizendo que contara a história tantas vezes que já acreditava nela — o que sem dúvida constituía tal agravante, da abominável falta original, que justificaria a remoção do culpado para algum recanto isolado onde pudesse ser enforcado discretamente.

Também estes se mesclavam aos ecos que chegavam aos ouvidos de Lucie, ora pensativa, ora divertida e sorridente, no seu canto de acústica tão esplêndida, até que a filha fez seis anos. Não precisa ser dito o quanto eram caros para ela os ecos dos passos da menina, os do seu querido pai, sempre ativo e senhor de si mesmo, e os do seu marido bem-amado. Nem que música era aos seus ouvidos o ligeiro eco daquele lar unido, dirigido por ela com tão sábia e elegante economia que nele era mais fácil haver abundância do que desperdício. Suaves lhe eram também os ecos das palavras do pai, muitas vezes repetidas, de que a achava ainda mais devotada agora que casara do que antes (se isso fosse possível), ou das palavras do marido de que nenhuma obrigação ou cuidado parecia interferir no seu amor por ele ou nas atenções que lhe prodigalizava. Chegara a perguntar-lhe: "Que mágico segredo é esse, meu amor, que faz que você seja tudo para todos sem nunca parecer aflita ou sobrecarregada de afazeres?"

Mas havia outros ecos também, como ribombos de uma tempestade longínqua, para os lados da França, ou como um maremoto. Por volta dos seis anos da pequena Lucie, tais sons começaram a ficar ameaçadores.

Numa noite de meados de julho de 1789, o sr. Lorry chegou tarde do Banco e sentou-se com Lucie e seu pai junto à janela. A sala ainda não fora acesa. A noite estava abafada e os três se lembraram de uma outra noite, de domingo, em que tinham ficado a contemplar os relâmpagos daquele mesmo lugar.

— Começava a crer — disse o sr. Lorry, puxando a sua pequena peruca marrom — que teria de passar a noite no Tellson. Estivemos tão assoberbados de trabalho o dia inteiro que não sabíamos por onde começar nem para que lado nos virar. A situação em Paris é muito incerta e as pessoas se voltam desesperadamente para nós. Nossos clientes franceses estão numa pressa terrível, querem todos confiar tudo o que têm a nós. É positivamente uma espécie de mania para muitos deles isso de mandar tudo para a Inglaterra.

— As coisas me parecem mal paradas — disse Darnay.

— Mal paradas, diz você, meu caro Darnay? Sim, mas não vemos motivo para o pânico. As pessoas são tão pouco razoáveis! Quanto a nós, no Tellson, estamos ficando um pouco velhos e não podemos sair do nosso curso habitual sem motivo sério.

— E, todavia, o senhor sabe como o céu parece ameaçador.

— Sim, sei, certamente — admitiu o sr. Lorry, tentando persuadir-se de que sua natureza doce e plácida se azedara e que ele era capaz de resmungar —, mas sinto-me inclinado a ficar rabugento depois das maçadas de hoje.

— Ei-lo aqui — disse o médico, entrando na sala escura.

— Fico muito feliz em vê-lo, porque as correrias e agouros de que me vi cercado no Banco o dia todo puseram-me absurdamente nervoso. Espero que não tenham a intenção de sair?

— Não. Podemos jogar gamão, se quiser.

— Para ser franco, não quero. Não estou em condições de enfrentá-lo esta noite. A bandeja de chá ainda não foi retirada, Lucie? Não posso ver.

— Claro que não. Guardamos chá para o senhor.

— Obrigado, minha querida. E a preciosa menininha, está dormindo?

— Como um anjo!

— Muito bem. Tudo em ordem. Também não vejo por que não estaria, graças a Deus. Mas foi uma luta, desde cedo, e já não sou tão jovem. Chá, então, minha querida! Obrigado. Agora venha retomar seu lugar no círculo e vamos ficar todos quietos e escutar os ecos para os quais você tem sua própria teoria.

— Não é uma teoria, é pura imaginação.

— Pois seja, meu bem — disse o sr. Lorry, dando-lhe uma palmadinha amistosa na mão. — Mas são muitos, ouça, e começam a ficar retumbantes!

Diretos, frenéticos, decididos a abrir caminho de qualquer maneira na vida de qualquer um, eram os passos que ressoavam ao longe, no

Faubourg Saint-Antoine, enquanto o pequeno círculo apurava o ouvido, da sua janela às escuras, em Londres. Passos cujas pegadas, uma vez tintas de sangue, não se lavariam facilmente.

Naquela manhã, Saint-Antoine era um mar de espantalhos, massa escura e movente, com frequentes lampejos aqui e ali por cima dos vagalhões encapelados: eram lâminas de aço e baionetas tocadas pelo sol. Um tremendo clamor se elevava da garganta de Saint-Antoine, e uma floresta de braços nus agitava-se no ar como outros tantos galhos que um vento de inverno sacudisse. E todas as mãos apertavam convulsivamente tudo o que pudesse servir de arma e que lhes vinha de insondáveis profundezas.

Quem as dava, de onde provinham, onde começavam, que forma de energia animava sua agitação confusa e saltitante, o que as fazia luzir, às dezenas, como relâmpagos acima das cabeças da multidão, ninguém saberia dizer. Mosquetes, no entanto, eram distribuídos — bem como cartuchos, pólvora, balas, barras de ferro, cacetes, facas, machados, piquetes, toda espécie de arma que o engenho humano levado à loucura era capaz de descobrir ou inventar. E quem não conseguia apoderar-se de outra coisa arrancava com as mãos ensanguentadas as pedras e tijolos das paredes. Todo pulso e todo coração de Saint-Antoine batiam sob o efeito de uma febre ardente. Cada um estava disposto a arriscar a própria vida, como coisa de nenhum valor, na paixão de sacrificá-la.

Assim como todo redemoinho de água tem um centro, assim também aquele vórtice turbilhonante girava em torno da loja de vinhos de Defarge, e cada gota humana do imenso caldeirão tendia a ser sugada para lá, onde Defarge em pessoa, já besuntado de pólvora e suor, dava ordens, distribuía fuzis, empurrava um homem para trás, fazia avançar outro, desarmava este para armar aquele, labutava, enfim, e pelejava no próprio epicentro do gigantesco abalo sísmico.

— Fique junto de mim, Jacques Três — gritava Defarge —, e vocês, Jacques Um e Jacques Dois, separem-se e ponham-se à testa de quantos patriotas puderem. Alguém viu minha mulher?

— Estou aqui! — disse madame, impassível como sempre, mas sem o seu tricô naquele dia. Ao invés das pacíficas agulhas, brandia um machado com mão resoluta, e levava à cinta pistola e faca.

— Aonde vai, mulher?

— Aonde vocês todos forem no momento. Depois você me verá à frente das mulheres.

— Pois vamos, então! — bradou Defarge com voz tonitruante. — Patriotas e amigos, estamos prontos! À Bastilha!

Com um rugido que soou como se o sopro da França inteira tivesse formado aquela palavra odiada, o mar humano levantou-se, vaga após vaga, profundeza sobre profundeza, e inundou a cidade naquele ponto. Os sinos tocaram, dando o alarme, os tambores rufaram, o mar lançou-se contra aquela nova praia, e o ataque começou.

Fossos profundos, pontes levadiças duplas, maciças muralhas de pedra, oito gordas torres, canhões, mosquetes, fogo e fumaça. No meio do fogo e da fumaça — pois a maré o lançara contra uma peça de artilharia, fazendo-o instantaneamente artilheiro —, Defarge, o mercador de vinhos, lutou como um leão por duas horas inteiras.

Um fosso profundo, uma só ponte levadiça, maciças muralhas de pedra, oito gordas torres, canhões, mosquetes, fogo e fumaça. Uma ponte levadiça abaixada! À obra, camaradas, todos, à obra! À obra, Jacques Um, Jacques Dois, Vinte Mil. Em nome de todos os Anjos e de todos os Demônios — como quiserem —, mãos à obra! Assim gritava Defarge, o mercador de vinhos, sempre rente à sua peça, que de há muito estava quente.

— A mim as mulheres! — gritava madame Defarge. — Podemos matar tão bem quanto os homens quando a posição for tomada!

E em torno dela, com gritos penetrantes, mulheres em tropel logo se juntaram aos magotes, armadas com os mais variados petrechos — armadas também de fome e sede de vingança.

Canhões, mosquetes, fumaça e fogo. Mas ainda um fosso profundo, uma última ponte levadiça a derrubar, as maciças muralhas de pedra, e as oito gordas torres. Pequenos deslocamentos e reajustes, na maré humana, devido aos feridos que tombavam. As tochas flamejavam, o aço rebrilhava, fumegavam as carroças cheias de palha molhada, lutava-se em todas as barricadas, em todas as direções. E gritos, descargas, imprecações, bravura sem limites, fragores, estrondos, desabamentos, e o furioso bramido daquele mar humano. Mas sempre o fosso no caminho, a ponte levadiça por baixar, as maciças muralhas de pedra e as oito gordas torres. E Defarge, o mercador de vinhos, na sua peça, que esquentara duas vezes mais do que devia naquele serviço forçado, contínuo, de quatro horas.

Uma bandeira branca no alto da fortaleza, uma parlamentação apenas perceptível, em meio à tempestade em curso, mas impossível ainda de ouvir. E, de súbito, a vaga empolada que subiu e derramou-se, espraiando-se, arrastando Defarge no seu dorso, Defarge, o mercador de vinhos, por cima da ponte finalmente arriada, para além das maciças muralhas de pedra, pelo meio das oito gordas torres rendidas!

Tão irresistível era a força do oceano que o levava na sua crista que lhe era difícil respirar e, até, virar a cabeça. Tal como se estivesse a bracejar nos vagalhões dos Mares do Sul. E só foi depositado lá dentro, no pátio mais exterior da Bastilha. Então, apoiando as costas no ângulo de um paredão, ele forcejou para ver em torno. Jacques Três estava quase a seu lado. Madame Defarge, ainda à frente de algumas das mulheres, era visível a uma certa distância, brandindo a sua faca. Tudo era tumulto, exultação, desvario, assombro e ruído ensurdecedor — um curioso espetáculo, gigantesco embora, de pantomima.

— Os prisioneiros!
— Os arquivos!
— As masmorras secretas!
— Os instrumentos de tortura!
— Os prisioneiros!

De todos esses gritos e das inumeráveis incoerências, "os prisioneiros" era o brado mais frequente e retumbante, por cima daquele mar dilatado e espumejante, que se precipitou para o interior da Bastilha desventrada e tudo submergiu como se a multidão fosse infinita e infinitos o espaço e o tempo. Quando as primeiras vagas levaram consigo os oficiais da prisão, que eram ameaçados de morte imediata se os escaninhos mais secretos não fossem todos devassados, Defarge pousou sua mão de ferro no peito de um deles, que passava à sua frente — um homem grisalho, de archote na mão —, separou-o dos outros e manobrou para que ele ficasse entre seu corpo e a parede.

— Leve-me à Torre Norte! — disse Defarge. — Depressa!

— Pois não — respondeu o homem —, é só acompanhar-me. Mas não há ninguém lá.

— O que quer dizer "Cento e Cinco, Torre Norte"? — perguntou Defarge. — Vamos, depressa!

— O que quer dizer?

— É o número de um prisioneiro ou o de uma cela? Ou vou ser obrigado a matá-lo?

— Mate-o! — grasnou Jacques Três, que se aproximara.

— É uma cela.

— Leve-me lá!

— Por aqui.

Jacques Três, com sua habitual sofreguidão, e visivelmente desapontado com o rumo pouco promissor que o diálogo tornara, e que não prometia nenhum banho de sangue, agarrava-se ao braço de Defarge como este ao do carcereiro. Suas cabeças tinham estado juntas uma da outra durante o rápido diálogo e, mesmo assim, dificilmente conseguiram ouvir alguma coisa, tão tremendo era o tumulto daquele oceano vivo, que já cobrira tudo, pátios, corredores, escadarias. Do lado de fora também as ondas batiam contra as muralhas com um rugido rouco e desmesurado, do qual, de vez em quando, alguns gritos se elevavam distintamente no ar, como borrifos de espuma.

Através de abóbadas sombrias, onde a luz do dia jamais brilhara, para além de medonhas portas de jaulas e escuros covis, descendo cavernosos lances de escada ou subindo rampas abruptas e ásperas de tijolo e alvenaria, que mais semelhavam leitos secos de cascatas do que escadarias, Defarge, o carcereiro e Jacques Três, dando-se as mãos, avançaram o mais depressa que podiam. Aqui e ali, sobretudo no começo, o mar humano os alcançava e ultrapassava. Mas, quando desceram tudo o que tinham para descer e começaram a grimpar a escada em caracol de uma das torres, viram-se sós. Fechados naquela espessura de muralhas e arcos, a tempestade que rugia no seio da fortaleza e fora dela só lhes chegava de um modo surdo e coado, como se o imenso alarido de que vinham tivesse destruído neles a capacidade de ouvir.

O carcereiro deteve-se diante de uma porta, virou uma chave na fechadura, que rangeu, e a porta girou nos gonzos devagar.

— Cento e Cinco, Torre Norte!

Havia uma pequena janela, fortemente gradeada e sem vidro, no alto da parede. Era velada por uma saliência de pedra, de modo que o céu só era visível se o ocupante da masmorra se abaixasse até o chão antes de olhar para cima. Havia uma pequena lareira, também protegida por barras de ferro. Tinha ainda no bojo um monte de velhas cinzas, já impalpáveis como plumas. Um tamborete, mesa, um leito de palhas. As quatro paredes estavam enegrecidas, e uma delas tinha um anel de ferro coberto de ferrugem.

— Passe lentamente esse archote ao longo dessas paredes para que eu possa vê-las bem — disse Defarge.

O homem obedeceu, e Defarge acompanhou a luz com olhos atentos.

— Pare! Veja aqui, Jacques!

— A. M. — grasnou Jacques Três, lendo avidamente.

— Alexandre Manette — disse Defarge ao ouvido dele, traçando as letras com a ponta do indicador suado, em cuja unha a pólvora se incrustara. — E aqui adiante ele escreveu: "Um pobre médico". E foi ele também, sem dúvida, quem arranhou um calendário nestas pedras. O que é isso na sua mão? Um pé-de-cabra? Passe-o para cá!

Tinha ainda o bota-fogo de sua arma na mão. Trocou impulsivamente um instrumento pelo outro e, virando-se para a mesa e para o banco já carcomidos, destruiu-os com uns poucos golpes.

— Segure essa tocha mais alto! — disse, enfurecido, ao carcereiro.
— Procure com cuidado, Jacques, entre os fragmentos. E mais: aqui está a minha faca. Abra aquele colchão e vasculhe a palha. Levante o archote, homem!

Com um olhar ameaçador para o carcereiro, ele agachou-se no sopé da lareira, olhando chaminé acima, batendo com a alavanca na grade de ferro e forçando a parede de um lado e de outro. Em poucos minutos soltava-se um pouco de caliça, que ele evitou, virando o rosto e esperando que a poeira clareasse. Depois, enfiou a mão com cuidado, primeiro nesses destroços, em seguida nas cinzas, e por fim no buraco que fizera na chaminé.

— Nada na madeira, Jacques? Nem na palha?

— Nada.

— Vamos juntar tudo no centro da cela. Fogo nisso!

O carcereiro obedeceu e logo o monte queimava. Baixando a cabeça outra vez, saíram pela porta em arco, deixando a fogueira arder, e refizeram o caminho até o pátio. À medida que caminhavam, recobravam a audição. E logo se viram de novo engolfados na gigantesca algazarra de baixo.

Foram encontrar em cheia aquele mar humano. Subia e agitava-se em busca justamente de Defarge. Saint-Antoine reclamava o seu mercador de vinhos como peça principal da guarda do governador, que defendera a Bastilha e mandara atirar no povo. Sem Defarge, ele não podia ser levado até o Hôtel de Ville para julgamento. Sem ele, o famigerado poderia escapar e o sangue derramado (que recobrava, de súbito, um certo valor, depois de tantos anos sem valor nenhum) não seria vingado devidamente.

Naquele fervedouro de paixões e acusações que parecia envolver o velho oficial carrancudo, conspícuo no seu uniforme cinza com a fita vermelha da condecoração, só uma figura permanecia impassível. Uma figura de mulher.

— Vejam! Lá está meu marido! — gritou, apontando Defarge. — Vejam, é Defarge!

Ela se mantinha junto do ancião severo e não arredava pé. Junto dele ficou, muda, ao longo das ruas, pelas quais Defarge e os outros o levavam. Estava rente dele quando, já próximo do lugar de destino, que era o Hôtel de Ville, ele começou a receber golpes por trás. E junto ficou quando os golpes se transformaram numa chuva de murros e estocadas. Junto ficou ainda quando ele caiu morto. Então, recobrando de súbito a animação, pôs o pé no pescoço do cadáver, e com a sua faca, de prontidão havia muito, decepou-lhe a cabeça.

Era chegada a hora em que o Faubourg Saint-Antoine daria execução à sua horrível ideia de suspender homens como lampiões, para mostrar o que era capaz de ser e de fazer. O sangue do bairro estava em alta e fervia; o sangue da tirania e do governo com mão de ferro estava em baixa, corria pelo chão, nos degraus do Hôtel de Ville, onde jazia o corpo do governador, na sola do sapato de madame Defarge, que firmara o pescoço do cadáver para a decapitação.

— Abaixem aquele lampião! — gritava o Faubourg depois de procurar em torno um novo meio de execução. — Aqui está um dos seus soldados para montar-lhe guarda! — A sentinela foi içada e ficou a balançar, e o mar humano seguiu em frente.

Era um mar de águas escuras, tormentosas, em que as vagas da destruição se elevavam sem cessar, cujas profundezas eram ainda insondáveis e cuja força ninguém conhecia ao certo. Era um mar impiedoso de turbulentas e oscilantes formas, de vozes a clamar por vingança, de rostos a tal ponto enegrecidos nas fornalhas do sofrimento que o toque da piedade não lhes deixava a menor marca.

E, todavia, naquele oceano de rostos que refletiam vividamente toda espécie de fúria e de crueldade, dois grupos de faces — compostos de sete faces cada um — contrastavam com os demais. E jamais mar nenhum arrastou consigo despojos mais memoráveis do que estes. O primeiro grupo era de faces de prisioneiros, subitamente libertados pela tempestade que lhes rebentara as tumbas. Os prisioneiros eram levados bem alto: todos apavorados, perdidos, estupefatos, a imaginar se chegara o Dia do Juízo e se aqueles que em torno deles se rejubilavam não seriam espíritos. O segundo grupo, levado ainda mais alto, era o dos mortos, sete faces de cadáveres, cujas pálpebras entrefechadas e olhos sem luz aguardavam de fato o Juízo Final. Faces impassíveis que conservavam, no entanto, uma expressão que a Morte não abolira, apenas congelara; faces em suspenso, e como que à espera do momento de abrir de todo as pálpebras e dar testemunho, com os lábios exangues: TU ME FIZESTE ISTO!

Sete prisioneiros libertados, sete repugnantes cabeças na ponta de chuços, as chaves da maldita fortaleza de oito gordas torres, quatro de um lado, quatro do outro, algumas cartas recuperadas e outras lembranças de prisioneiros de tempos antigos, de há muito mortos de coração partido, essas e outras coisas que tais foram levadas pelas ruas de Paris naquele dia de verão (era em meados de julho) do ano de 1789, escoltadas pelo tropel do Faubourg Saint-Antoine.

Não permitam os Céus que o pressentimento de Lucie Darnay se cumpra e afastem esse tropel da sua vida! São passos implacáveis, dementes, perigosos, e, tantos anos depois da quebra do tonel à porta dos Defarges, não será fácil limpá-los uma vez manchados de sangue.

22.
A maré continua cheia

O desvario de Saint-Antoine durou apenas uma semana. Semana de exultação, sem dúvida, capaz de adoçar tanto quanto possível sua ração de pão duro e azedo. Vinha de passar, com seu gosto de abraços de confraternização e suas congratulações, quando madame Defarge reassumiu seu lugar por trás do balcão. Já não precisava de rosa nos cabelos, pois bastara uma curta semana para que a grande confraria dos espiões passasse a fugir do Faubourg como o diabo da cruz. Os lampiões que balançavam por cima das ruas nada lhes auguravam de bom.

Madame Defarge, de braços cruzados, contemplava loja e rua à luz da manhã. Fazia calor. Havia, dentro e fora, diversos grupos de desocupados, todos esquálidos e miseráveis, mas agora com um manifesto sentimento de poder pavoneando-se sobre a sua desgraça. O mais esburacado gorro de algodão de través na mais, pobre das cabeças tinha agora esta mensagem: "Eu sei o quanto me foi difícil, a mim, que uso este farrapo, sobreviver até agora; mas saberá você o quanto se tornou fácil para mim destruir a vida em você?" Cada braço descarnado e nu, que até então não tinha trabalho, encontrava-o agora feito sob medida: ferir. Os dedos das mulheres que faziam tricô tornavam-se garras, com a experiência vivida de estraçalhar. Havia uma grande mudança no aspecto de Saint-Antoine. Sua figura vinha sendo feita a marteladas desde séculos, e os últimos golpes de acabamento deixaram marcas impressionantes na expressão da imagem.

Madame Defarge, entronizada no seu posto, contemplava tudo com a aprovação discreta que convinha à dirigente suprema das mulheres do Faubourg. Uma das suas acólitas tricotava a seu lado. Essa gorda lugar-tenente, que era casada com um quitandeiro famélico, e mãe de duas crianças, já merecera do povo o lisonjeiro apelido de Vingança.

— Escute! — disse a Vingança. — Escute, quem vem lá?

Como se um rastilho de pólvora que ligasse a ponta mais externa do bairro de Saint-Antoine à porta da loja tivesse sido aceso, um murmúrio vinha correndo e crescendo em direção à casa.

— É Defarge — disse madame. — Silêncio, patriotas!

Defarge entrou sem fôlego, tirou o seu barrete vermelho e olhou em torno.

— Silêncio, todos! — disse madame. — Ouçam o que ele vai dizer.

Defarge, ainda de pé na soleira da porta, arfava contra um pano de fundo de olhos esgazeados e bocas abertas. Dentro do estabelecimento, todos se tinham posto de pé como que movidos por uma mola.

— Fale, meu marido. O que houve?

— Notícias do outro mundo.

— Como do outro mundo? — perguntou madame com desprezo na voz.

— Alguém aqui se lembra do velho Foulon, que disse ao povo faminto que comesse capim? E que depois morreu e foi para o Inferno?

— Quem não se lembra! — gritaram todos em coro.

— Pois as notícias são dele. Foulon está de novo entre nós.

— Entre nós? — fez o coro, incrédulo. — Depois de morto?!

— Foulon não morreu. Tinha tanto medo de nós, e com razão, que se fez passar por morto, e teve um grande funeral fictício. Mas acharam-no vivo no campo, onde se escondia, e trouxeram-no para cá. Eu mesmo acabo de vê-lo, prisioneiro, a caminho do Hôtel de Ville. Eu disse que o homem tinha medo de nós com razão. Tinha ou não tinha?

O pobre velhote, de mais de setenta anos, se não tivera medo antes, tê-lo-ia agora no mais fundo do coração, se pudesse ouvir o rugido com que a multidão respondeu a Defarge.

Seguiu-se um momento de silêncio profundo. Defarge e a mulher olhavam-se nos olhos. A Vingança se abaixou atrás do balcão e ouviu-se rufar o tambor que ela mantinha aos seus pés.

— Patriotas! — bradou Defarge. — Estamos prontos?

Num momento, a faca de madame Defarge reapareceu à sua cinta. O tambor soava agora na rua como se, num passe de mágica, tivesse voado por cima da cabeça dos circunstantes. A Vingança, soltando uivos terríveis, e agitando os braços acima da cabeça como se a habitassem todas as quarenta Fúrias ao mesmo tempo, corria de casa em casa, chamando as mulheres.

Os homens, terríveis na sua cólera, pareciam ver sangue quando acorreram às janelas. E logo, armando-se com o que tinham à mão, desceram em massa para a rua. Abandonando as pobres ocupações que seu estado de penúria permitia, largando as crianças, os velhos, os doentes a seus cuidados, que jaziam nus e famintos pelo chão, acorreram de cabelos ao vento, excitando-se mutuamente e chegando, eles mesmos, ao desvario com gritos e gestos de loucos: "O celerado do Foulon está preso, minha irmã! O velho maroto foi preso, minha mãe! O bandido do Foulon foi preso, filha!" Outros muitos, homens e mulheres, vieram ter com os primeiros, todos no mesmo estado de insânia, batendo no peito, arrancando os cabelos e urrando: "Foulon está vivo! Foulon que mandou que os famintos comessem capim! Foulon que mandou meu pai comer capim quando eu não tinha pão para dar-lhe! Foulon que mandou meu filho chupar capim, quando estes peitos secaram! Santa Mãe de Deus, Foulon! Ó Céus da nossa miséria! Escutem, meu filhinho morto, meu velho pai. Juro de joelhos nestas pedras vingá-los nesse Foulon, sangrar esse Foulon. Maridos, irmãos, moços, queremos a pele de Foulon, a cabeça de Foulon, o coração de pedra de Foulon, o corpo e a alma de Foulon. Vamos despedaçar Foulon e enfiar os restos na terra para ver se nasce capim do desgraçado!"

Com tais gritos, muitas mulheres entraram em transe e passaram a rodopiar sobre si mesmas, ferindo às cegas as suas próprias amigas, até que muitas caíram por terra desmaiadas e só não foram pisadas pelo povo porque os seus homens as salvaram.

Mesmo assim, não havia um minuto a perder e nenhum foi perdido. Foulon estava no Hôtel de Ville, e poderia muito bem ser escamoteado de lá outra vez. Saint-Antoine não permitiria isso. Nunca! Depois de todos os seus sofrimentos, humilhações e ultrajes! Homens e mulheres em armas saíram do bairro tão depressa e arrastaram tanta gente com eles pelo caminho que dentro de um quarto de hora não restava ninguém no Faubourg, a não ser uns poucos inválidos e as crianças abandonadas ao próprio berreiro.

Não! Todos se comprimiam na sala para onde o velho fora levado, e que transbordava de povo para os espaços em torno e para as ruas. Os Defarges, marido e mulher, a Vingança e Jacques Três achavam-se na primeira fila, a pequena distância do monstro.

— Vejam! — exclamou madame Defarge, apontando-o com a sua faca. — Vejam o vilão amarrado com cordas. E foi muito bom que lhe pusessem um feixe de capim às costas. Ah, é bem feito! Pois vamos obrigá-lo a comer o capim!

Os que estavam mais próximos dela explicaram o motivo daquilo aos que estavam atrás, e estes a outros, e os outros aos demais, de modo que logo até nas ruas vizinhas se ouviam aplausos. Do mesmo modo, durante as duas ou três horas de tumulto que se seguiram, e de palavrório vazio e desencontrado, as frequentes expressões de impaciência de madame Defarge eram secundadas com incrível rapidez pelos que se encontravam a distância. Coisa que foi facilitada pelo fato de alguns se terem guindado com extraordinária agilidade, graças às saliências externas da arquitetura, até as janelas; estes conheciam madame Defarge muito bem, tinham uma boa visão da sala, e agiam como telégrafo entre ela e a multidão comprimida em frente do edifício.

Por fim, o sol ficou tão alto que lançou um raio de esperança ou de proteção exatamente sobre a cabeça do velho prisioneiro. Tal favor dos deuses pareceu excessivo à assistência. Num instante, a frágil barreira de pó e palha que resistira surpreendentemente até então voou pelos ares, e o Faubourg Saint-Antoine ferrou os dentes na sua presa.

Coisa que logo se soube nos confins da multidão. Defarge saltara simplesmente por cima da grade e da mesa e apanhara o miserável num abraço mortal de urso. Madame Defarge, que acompanhara de perto o marido, enrolara na mão uma das cordas com que o prisioneiro fora atado — a Vingança e Jacques Três ainda não se tinham juntado a eles, e os homens das janelas ainda não haviam pulado para dentro da sala como aves de rapina que se despencam dos seus pousos no alto dos penhascos —, quando um grito se ouviu e logo ecoou por toda a cidade: "Para a rua! Para a rua! Para o lampião!"

Para baixo, para cima, descendo as escadas ora de cabeça, ora de joelhos, ora de pé, ora de costas, para fora do edifício; arrastado, espancado, sufocado com as mancheias de capim e de feno que lhe enfiavam na boca e no nariz centenas de mãos; ferido, rasgado, sangrando, mas sempre a implorar piedade e perdão; ora empolgado por uma veemente agonia de agir, aproveitando um súbito claro feito pelos próprios algozes para darem a outros a oportunidade de ver melhor a vítima; ora inerte, transformado numa tora de madeira que passava por uma floresta de pernas, ele chegou, por fim, à esquina mais próxima, onde se balançava um dos lampiões fatais. Ali, madame Defarge o soltou — como uma gata soltaria um ratinho — e, silente e composta, contemplou-o enquanto o preparavam e ele lhe implorava pela vida. As outras mulheres berravam-lhe insultos em uníssono. Os homens queriam que morresse com a boca cheia de capim. Uma primeira vez o içaram, mas a corda partiu-se. O velho foi recolhido da sarjeta aos berros. Duas vezes mais o içaram e duas vezes mais a corda partiu-se. Ele sempre gritando de pavor. Por fim, misericordiosamente, o baraço o susteve. E logo sua cabeça decepada estava na ponta de uma lança, com suficiente capim atochado na boca para alegrar todo o bairro, que dançou à vista do sinistro espetáculo.

Pois nem com isso a canalha deu por finda a sua tarefa. Tanto pulou e comemorou que o sangue de novo ferveu-lhe nas veias, e ao saber que o genro do enforcado, outro inimigo jurado do povo, chegara a Paris escoltado, com uma guarda que só de homens a cavalo contava quinhentos, Saint-Antoine fez inscrever seus crimes em cartazes, apoderou-se dele (tê-lo-iam tirado do meio de um exército, se preciso, para fazer companhia a Foulon nos infernos), puseram-lhe a cabeça e o coração na ponta de chuços e carregaram os três troféus do dia em procissão.

Só noite escura voltaram homens e mulheres para casa, para as crianças que choravam de fome. Então, longas filas se formaram à porta das padarias, e o povo esperou pacientemente sua vez de comprar o miserável pão dos pobres. E enquanto esperavam, de estômago vazio eles mesmos, e fracos, enganavam a fome e matavam o tempo abraçando-se pelos triunfos do dia, que reviviam animadamente em palavras. Aos poucos, essas fieiras de gente em andrajos esgarçaram-se, desapareceram. E logo pobres luzernas começaram a piscar, aqui e ali, nos andares superiores das casas de habitação coletiva. Pequenas, magras fogueiras acenderam-se nas ruas. Nesses fogos de ocasião, os vizinhos cozinhavam em comum, para jantar em seguida, as mais das vezes, sentados à soleira das portas.

Eram ceias sumárias, insuficientes, inocentes, de carne e de quase tudo que pudesse molhar o pão e dar-lhe gosto. E, todavia, a fraternidade humana infundia algo de nutritivo nas inconsistentes, fragílimas viandas, e arrancava algumas centelhas de alegria da refeição. Pais e mães, que tinham tido um dia cheio e participado de tremendos eventos, brincavam agora, descuidosos com seus esqueléticos bebês. E os amantes, que sempre os há, mesmo em face de um mundo como aquele, em torno deles e à sua frente, amavam e confiavam no futuro.

Amanhecia quase, quando a loja de Defarge se esvaziou dos seus últimos fregueses. E monsieur Defarge disse à mulher, comovidamente, enquanto aferrolhava a porta:

— Aconteceu, por fim, minha querida!

— Bem — disse a mulher. — Pelo menos, começou a acontecer.

Saint-Antoine dormia, os Defarges dormiam. Mesmo a Vingança dormia, com seu seco marido quitandeiro, e o tambor descansava. O tambor era a única voz em Saint-Antoine que o sangue e a agitação não haviam alterado. A Vingança, guardiã do tambor, poderia tê-lo acordado para tirar dele a mesma fala de antes da queda da Bastilha ou da execução do velho Foulon. Não se poderia dizer a mesma coisa das vozes roucas dos homens e mulheres de Saint-Antoine.

23.
O fogo aumenta

houve uma mudança na aldeia onde a fonte jorrava e o consertador de estradas quebrava pedra todo dia para extrair dessa faina o pão destinado a manter corpo e alma juntos. A prisão na sua fraga já não parecia tão dominante quanto outrora. Havia ainda soldados a guardá-la, mas não muitos. Havia oficiais para guardar os soldados, mas nenhum deles saberia dizer o que faria. Exceto isto: não seria provavelmente o que lhes ordenassem.

Por toda parte, o campo era só ruína e desolação. Toda folha verde, toda relva fresca, todo grão maduro eram tão enfezados e pobres quanto os camponeses. Dobrados, como os camponeses, para a terra, oprimidos, espezinhados. Casas, cercas, animais domésticos, homens e mulheres, crianças e, até, a própria terra, tudo atingira o último extremo.

Monsenhor (altamente estimável, as mais das vezes, se tomado como indivíduo), Monsenhor era uma bênção para o seu país, dava um ar cavalheiresco às coisas, era um modelo de vida luxuosa e brilhante e de quantos refinamentos se possam imaginar. E, não obstante, a classe a que Monsenhor pertencia e que o fizera assim era a grande responsável, de uma maneira ou de outra, pelo catastrófico estado a que o reino chegara. Estranho que a Criação, feita expressamente para Monsenhor, estivesse daquele modo seca e estorricada. Havia algo positivamente errado com os planos do Eterno! Mas era assim, todavia. Quando a última gota foi extraída das pedras e virada, em falso, a última rosca do parafuso — pois perdera, com o uso, a garra —, Monsenhor começou a voltar as costas a um fenômeno tão baixo quanto inexplicável.

Mas não era a mudança que se observava na aldeia e em outras aldeias como aquela. Monsenhor a tinha sem dúvida sangrado até a última gota, torcido e retorcido. E raras vezes a honrara com a sua presença, exceto para os prazeres da caça, que consistia ora em perseguir o próprio homem ora os outros animais. Para a preservação desses prazeres, Monsenhor fazia imensas e edificantes reservas de uma bárbara e estéril selvageria. Não. A mudança consistia mais na aparição de estranhas fisionomias de baixa classe do que na desaparição dos traços finamente cinzelados, aristocráticos, beatificados e beatificantes de Monsenhor.

Pois, naquele tempo, enquanto o consertador de estradas trabalhava, solitário, e coberto de pó, nem sempre atormentado pela ideia de ser ele mesmo pó que ao pó haveria de reverter — estando tão ocupado em cogitar no que haveria de comer na ceia e de quanto mais comeria se pudesse —, naquele tempo, quando lhe acontecia levantar os olhos da sua faina para a paisagem, vinha sempre alguma figura que se aproximava a pé, e cuja aparência, uma raridade em outras épocas, era agora comum. À medida que a figura avançava, o consertador de estradas verificava, sem surpresa, tratar-se de um homem de cabeleira hirsuta e aspecto quase bárbaro, alto, de tamancos nos pés, os quais, mesmo para um consertador de estradas, eram grosseiros; um homem agreste, rude, escuro, coberto da poeira e da lama de muitas estradas, ensopado da umidade de muitas baixadas pantanosas, eriçado dos espinhos, das folhas e do musgo de muitas veredas de floresta.

Pois um desses desconhecidos surgiu-lhe pela frente, como um fantasma, num belo dia quente de julho, quando ele estava sentado no seu monte de pedras, ao abrigo de um talude, para esconder-se de uma saraivada de granizo, dessas que soem ocorrer de chofre no verão.

O homem o encarou, olhou a aldeia no seu vale, o moinho e a prisão no rochedo. Identificados todos esses acidentes no que quer que ele tivesse como cérebro, disse, num dialeto apenas inteligível:

— Como vão as coisas, Jacques?

— Tudo vai bem, Jacques.

— Toque aqui!

Apertaram-se as mãos, e o homem sentou-se nas pedras.

— Não almoça?

— Janto apenas — disse o consertador de estradas com ar faminto.

— É a moda — rosnou o outro. — Não vi ninguém almoçar em lugar nenhum.

Sacou um cachimbo enegrecido, acendeu-o com a ajuda de uma pederneira, e fumou até que o fornilho ficou em brasa. Depois, de repente, tirou-o da boca, deixou cair nele algo que tinha entre o polegar e o indicador, que logo ardeu e dissipou-se numa baforada de fumaça.

— Toque aqui! — disse, por sua vez, o consertador de estradas, observando essas operações. E de novo se cumprimentaram.

— Esta noite? — perguntou este.

— Esta noite — respondeu o estranho, pondo de novo o cachimbo na boca.

— Onde?

— Aqui.

Deixaram-se ficar sentados no monte de pedras, olhando-se em silêncio, enquanto o granizo cortava o ar entre eles como uma carga de baionetas em miniatura. Até que, finalmente, o céu começou a clarear para os lados da aldeia.

— Mostre-me o caminho! — disse o viajante, indo até a crista da colina.

— Olhe — disse o consertador de estradas, apontando. — Você vai por ali, depois em frente, toda a vida, pela rua, até passar por uma fonte...

— Para o diabo com tudo isso! — interrompeu o outro, varrendo a paisagem com os olhos. — Não vou por rua nenhuma nem passo em fonte nenhuma. E depois?

— Bem. É a cerca de duas léguas para além daquele outeiro que domina a aldeia.

— Bem. Quando você deixa o trabalho?

— Ao pôr-do-sol.

— Pode acordar-me antes de ir-se? Há duas noites que ando sem parar. Deixe que termine meu cachimbo e durmo como uma criança. Você me chama?

— Certo.

O andarilho fumou, guardou o cachimbo, tirou seus pesados tamancos e deitou-se de costas nas pedras. Logo dormia como um bem-aventurado.

Enquanto o consertador de estradas trabalhava numa nuvem de poeira, as nuvens que tinham trazido o granizo se afastaram, tangidas para longe, revelando largas bandas e listras de um céu luminoso, a que correspondiam na paisagem reflexos de prata. O nosso homenzinho (que tinha agora um gorro vermelho em lugar do outro azul do começo da história) permanecia fascinado pela figura jacente nas pedras. Seus olhos muitas vezes voltavam-se para ela, ele usava as ferramentas de modo automático e, dir-se-ia, sem grande proveito. A tez bronzeada, os cabelos negros em desordem, o gorro de lã, vermelho e usado, a estranha indumentária, feita de malha de lã fiada em casa e peles de animais de pelo comprido, o físico poderoso, que a vida frugal atenuava, os lábios comprimidos obstinadamente no sono, tudo inspirava ao consertador de estradas um temor respeitoso. O viajante vinha de longe, seus pés estavam feridos, os tornozelos em carne viva, sangrando. Os sapatões, forrados de capim e folhas, deviam ser pesados de carregar nos pés por tantas léguas e caminhos tão ínvios, e as roupas que vestia tinham tantos buracos quantas feridas tinha ele próprio no corpo. Debruçando-se sobre ele, o consertador de estradas procurava descobrir, sem tocá-lo, alguma arma secreta que levasse. Mas em vão, pois o homem dormia de braços cruzados no peito, e apertava-os tão resolutamente quanto apertava os lábios. Cidades fortificadas, com suas casamatas, fossos e pontes levadiças, pareciam coisa pouca diante desse Hércules. Valeriam tanto quanto o ar para detê-lo. E quando levantou os olhos do homem para botá-los no horizonte, pôde ver com a imaginação, pequena embora, miríades de figuras como aquela, que nenhum obstáculo deteria, convergindo para objetivos semelhantes nos quatro pontos cardeais.

O viajante dormia, indiferente às súbitas rajadas de granizo com intervalos de céu limpo, à mudança de luz e sombra no rosto, ao bombardeio dos pequenos meteoritos de gelo que o sol logo convertia em diamantes, até que o próprio sol se pôs, esbraseando o horizonte para as bandas do ocidente. Só então, depois de reunir suas ferramentas e aprestar-se para partir, o consertador de estradas despertou-o.

— Bom! — disse o homem, levantando-se sobre os cotovelos. — Duas léguas depois do outeiro. É isso?

— Mais ou menos.

— Bom. Adeus.

O consertador de estradas foi para casa, precedido por redemoinhos de pó, uma vez que o vento soprava às suas costas. E logo chegava à fonte e se esgueirava por entre as magras bestas de carga que ali iam beber àquela hora. Parecia até falar também com elas quando cochichava o que sabia ao povo da aldeia. Quando a aldeia terminou sua pobre ceia, não pulou na cama, como de hábito, mas saiu para a rua e ficou na rua. Por um curioso contágio, todos os habitantes puseram-se a cochichar junto da fonte, no escuro, olhando todos (outro estranho contágio) para o céu mas numa direção só. Monsieur Gabelle, principal funcionário público do lugar, ficou inquieto. Saiu para o telhado de sua casa sozinho, e pôs-se também a olhar na mesma direção. Olhava para baixo, por entre as suas chaminés, para as caras escuras reunidas junto da fonte embaixo, e mandou avisar ao sacristão, que guardava as chaves da igreja, que talvez ele tivesse de tocar os sinos a rebate a qualquer momento.

A noite ficou mais escura. As árvores que cercavam o velho castelo solitário agitavam-se ao vento, como se ameaçassem o velho e maciço conjunto de edifícios na treva. A chuva batia impiedosa nos dois lances de escada do terraço, e batia também na grande porta principal, como um mensageiro apressado que quisesse acordar os moradores. Rajadas de vento atravessavam o vestíbulo por entre as velhas espadas e facões, iam gemendo escadas acima e sacudiam as cortinas do leito onde o finado marquês havia dormido. De leste, oeste, norte e sul, através das florestas, quatro figuras, de aspecto rude e descuidado, convergiam juntas para o grande pátio, esmagando a erva crescida e fazendo estalar os galhos secos debaixo de seus sapatões grosseiros. Quatro luzes apareceram ao mesmo tempo no pátio e sumiram-se em quatro direções, e tudo ficou escuro outra vez.

Mas não por muito tempo. Logo o castelo começou a fazer-se estranhamente visível, como que por iluminação própria, como se aos poucos se tornasse luminescente. Depois, uma chama vacilante lambeu a arquitetura da fachada, revelando lugares transparentes e mostrando em nítido relevo onde ficavam balaustradas, arcos e janelas. Elevou-se logo, cada vez mais alta, mais larga e mais brilhante. E em breve, de toda uma série de janelões, saltaram chamas, e as estátuas de pedra, despertadas, olhavam fixamente através do fogo.

Um surdo murmúrio veio de dentro do castelo, onde havia ainda um número reduzido de moradores. Alguém selou às pressas um cavalo e partiu a galope, esporeando ferozmente o animal e lançando grandes esguichos de água para um lado e para outro, até chegar à praça da fonte, na aldeia, onde se deteve à porta de monsieur Gabelle, coberto de lama e de espuma.

— Socorro, Gabelle, socorro, todo mundo!

Os sinos tocaram a rebate e, se isso era socorro, foi o único. O consertador de estradas e seus duzentos e cinquenta amigos íntimos, de pé, com os braços cruzados, junto da fonte, limitaram-se a olhar a coluna de fogo que subia para o céu.

— Deve ter bem seus quarenta pés de altura — disseram, sem se mexerem.

O cavaleiro do castelo e seu cavalo espumante atravessaram velozmente a aldeia e subiram a galope a íngreme rampa de pedra que levava à prisão do rochedo. No portão, um grupo de oficiais contemplava o incêndio. A alguma distância deles, à parte, estavam os soldados.

— O castelo está em chamas! Socorro, senhores oficiais! Muita coisa preciosa poderá ainda salvar-se, havendo ajuda! Socorro!

Os oficiais olharam os soldados, que olhavam o fogo. Mas não deram nenhuma ordem. Responderam apenas, de dentes cerrados, e dando de ombros:

— Pois que arda!

O cavaleiro desceu de novo a colina e atravessou a aldeia que se iluminava. O consertador de estradas e seus duzentos e cinquenta amigos íntimos, inspirados como um só homem pela ideia das luminárias, haviam acorrido às respectivas casas e punham velas atrás de cada pequena vidraça poenta. A geral escassez de tudo obrigou os aldeões a pedir velas emprestadas, de maneira um tanto peremptória, a monsieur Gabelle. E como, por um momento, o digno funcionário público parecesse hesitar e relutar, o consertador de estradas, antes tão submisso à autoridade, observou que carruagens eram lenha da melhor qualidade e que os cavalos seriam excelentes, assados na brasa.

O castelo foi abandonado à própria sorte e ardeu. No rugido e furor da conflagração, era como se um vento infernal, direto das profundas, estivesse a dispersá-lo, desmaterializado, pelos ares. E como as labaredas subiam e desciam, as efígies de pedra animavam-se, semelhando os danados nos seus tormentos. Quando uma grande massa de pedra e de madeirame desmoronou, o rosto com duas pequenas reentrâncias junto do nariz desapareceu da vista. Mas logo reemergiu das nuvens de fumaça, como se fosse o rosto do cruel marquês, ardendo na fogueira e lutando contra o fogo.

O castelo ardeu. As árvores mais próximas, tocadas pelas chamas, ficaram crestadas e retorcidas. As mais distantes, incendiadas pelos meticulosos flagelos de Deus, apertavam o castelo esbraseado numa segunda cinta de fumaça. Ferro e chumbo, em fusão, ferviam na bacia de mármore da fonte. A água evaporava. Os tetos dos torreões, pontudos qual apagadores de velas, derretiam como gelo e escorriam como outras tantas fontes de fogo. Grandes falhas e brechas abriam-se e ramificavam-se nas grossas muralhas como que num processo de cristalização. Pássaros perdidos rodopiavam a esmo e tombavam na fornalha. E quatro figuras apocalípticas afastavam-se pesadamente para norte, sul, leste e oeste, ao longo de estradas vestidas de treva, guiadas pelo farol que tinham acendido, no rumo da sua próxima destinação. A aldeia iluminada se apoderara do rebate e, tendo expulsado o legítimo sineiro, tocava agora as alvíssaras.

E não só isso. Exaltada pelo incêndio e pelo carrilhonar dos sinos, a aldeia lembrou-se de que monsieur Gabelle tinha muito a ver com a coleta de aluguéis e de impostos — embora nos últimos tempos o dito Gabelle só houvesse recolhido uma parcela ínfima das taxas e nenhum aluguel, absolutamente. Na sua impaciência de ajustar contas com ele, os moradores cercaram-lhe a casa e exigiram que viesse às falas. À vista disso, monsieur Gabelle barricou-se e retirou-se para confabular — mas consigo mesmo. O resultado da confabulação foi que o funcionário subiu para o telhado, ocultando-se entre as chaminés, decidido a vender caro a pele se lhe pusessem a porta abaixo (era homem do sul, pequeno de estatura e de caráter vingativo): desceria de cabeça por cima do parapeito, esmagando, pelo menos, um ou dois dos labregos.

É provável que o pobre homem tenha achado a noite comprida, lá no alto, com o castelo por único fogo e candeia, e com os golpes na sua porta e o bimbalhar tresloucado dos sinos por acalanto. Isso para não falar de um lampião pendurado justamente diante da porta da muda, se bem que do outro lado da estrada, e que a aldeia parecia vivamente inclinada em deslocar na intenção dele, Gabelle. Dolorosa expectativa aquela! Uma noite inteira de verão empoleirado como que numa gávea por cima de um oceano de azeviche e pronto a mergulhar nele, se preciso! Mas, por fim, as velas se gastaram até os dedos e a suave, amorável madrugada despontou. Os rústicos dispersaram-se, estremunhados, e monsieur Gabelle escorregou até o chão. São e salvo — pelo menos temporariamente.

Num raio de cem milhas da aldeia, e à luz de outros incêndios, funcionários menos felizes que ele, nessa noite e nas seguintes, foram encontrados pela aurora a balouçar sobre ruas outrora tranquilas, onde nasceram e foram criados. Houve também outras aldeias e outros aldeões menos afortunados que o consertador de estradas e seus amigos, contra os quais os funcionários ameaçados se voltaram (com apoio da soldadesca) e que balançaram em lugar destes.

Mas isso não alterava o curso das quatro figuras bravias. Para norte, sul, leste e oeste elas marcharam inelutavelmente. E fossem quem fossem os enforcados, o que tinha de arder ardia. Mas que altura deveria ter a forca que se transformaria em água capaz de extinguir o fogo, nenhum funcionário, por mais versado que fosse em matemática, seria capaz de calcular.

24.
Atraído para a rocha imantada

Em incêndios assim e em arremetidas do mar encapelado contra a terra — a terra firme sacudida pelos assaltos de um oceano enfurecido, cujas marés já não têm vazante, só cheias, um oceano que cresce cada vez mais, para medo e estupor dos que se encontram na praia —, três anos se escoaram, três anos inteiros de tormentas. Três aniversários da pequenina Lucie foram tecidos com fio de ouro, na sossegada trama da vida da sua casa.

Muitas foram as noites e muitos os dias que os moradores passaram a escutar os ecos da sua esquina tranquila — com os corações na boca se o que lhes vinha era um tropel de pés inumeráveis! Na mente deles, os passos se tinham tornado passos de um povo inteiro, em tumulto, à sombra de uma bandeira vermelha, um povo que um condão persistente e terrível transforma numa horda à voz de que a pátria estava em perigo.

Monsenhor, visto como classe, dissociou-se do fenômeno de não ser mais apreciado; de se ter tornado indesejável. E a tal ponto que ficar na França representava um risco e, até, dois: o de ser expulso e o de ser morto. Como o camponês da fábula, que conjurou o Diabo a duras penas mas ficou tão apavorado à sua vista que não soube perguntar-lhe nada, fugiu. Da mesma forma, Monsenhor, depois de ter a audácia de ler o Padre-Nosso de trás para a frente anos a fio, e de fazer tudo o que era encantação para invocar o Tinhoso, logo que pôs os olhos nele, deu sebo às canelas, com salto alto e tudo.

O brilhante Oeil-de-Boeuf da Corte se fora, ou servira de alvo às balas dos patriotas. Nunca iluminara bem a situação dessa famosa claraboia de Versalhes, empanada, como sempre estava, pela soberba de Lúcifer, pelo luxo de Sardanapalo, e por uma cegueira congênita, como a das toupeiras — mas cessara de existir, fora-se. A Corte, desde aquele círculo interior, exclusivo, até a sua orla mais externa e podre, de corrupção, dissimulação e intriga, fora-se em bloco. A família real também se fora. Sitiada no seu palácio e, depois, "suspensa" de suas funções. Eram as últimas notícias de Paris.

Veio agosto de 1792, e Monsenhor, quer dizer, a Corte, dispersara-se em todas as direções.

Como seria de esperar, o quartel-general e o ponto de encontro principal de Monsenhor em Londres era o Banco Tellson. Diz-se que as almas dos mortos continuam a rondar os lugares que os corpos frequentaram, e Monsenhor, sem vintém, rondava o sítio onde seu ouro se amontoara um dia. Ademais, aquele era o lugar para onde convergiam as mais seguras e fidedignas notícias da França, e o mais rapidamente. Além disso, o Tellson era conhecido pela sua munificência, tratava com a maior liberalidade os antigos clientes em desgraça. Por fim: aqueles nobres que tinham visto em tempo que a tempestade se aproximava e antecipado as pilhagens e confiscos tinham feito previdentes remessas ao Tellson, e era possível ter notícias deles no Banco. Cumpre acrescentar que a Casa funcionava como uma espécie de Bolsa de Informações sobre a França, pois todo recém-chegado ia diretamente para lá desfiar seu rosário de infortúnios. Como isso já era considerado parte da ordem das coisas e como o público assediava o estabelecimento em busca de notícias da França, o Tellson passou a inscrever as mais recentes ou momentosas num cartaz que expunha na vitrine para conhecimento dos que passavam por Temple Bar.

Numa tarde abafada, nevoenta, o sr. Lorry estava sentado à sua mesa, e Charles Darnay, de pé, falava-lhe em voz baixa. A sala outrora destinada às entrevistas com a Casa fora convertida em Bolsa de Notícias, e vivia apinhada de gente. Faltava cerca de meia hora para o fim do expediente.

— Se bem que o senhor seja o homem mais jovem que jamais conheci — dizia Charles Darnay com alguma hesitação —, tenho de insistir...

— Eu o compreendo muito bem. Acha que sou velho demais.

— O tempo é incerto, a viagem longa, os meios de transporte precários. O país está revirado e a cidade talvez não seja muito segura para o senhor.

— Meu caro Charles — disse o sr. Lorry, ao mesmo tempo jovial e confiante —, você tocou justamente em algumas das razões que impõem a minha ida. Não tenho tanto assim a temer, ninguém vai fazer caso de um velho que já beira os oitenta quando há tanta gente que vale mais a pena. Quanto a ser Paris hoje em dia uma cidade desorganizada: se não o fosse, por que deslocar alguém da nossa Casa aqui para a nossa Casa lá, alguém que conheça bem a cidade e os negócios e que goze da confiança do Banco? Quanto ao resto, tempo incerto, viagem penosa, inverno: se eu não estivesse disposto a suportar, pela Casa, depois de tantos anos, alguns incômodos, quem estaria?

— Preferia ir eu mesmo — disse Charles Darnay, impulsivamente, e como se pensasse em voz alta.

— Ah! Preferia? Bonito conselheiro! — exclamou o sr. Lorry. — Preferia ir em pessoa? E logo o senhor, um francês. Bonito conselheiro!

— Meu caro sr. Lorry, justamente por ter nascido na França é que o pensamento (que eu não tinha a intenção de manifestar aqui) me ocorreu mais de uma vez. Quando a gente simpatiza com aqueles miseráveis e já lhes abandonou alguma coisa — falava agora com a ponderação e seriedade habituais —, a gente acredita que talvez seja ouvida ou que tenha o poder de persuadir, de pedir moderação. Ainda ontem à noite, quando o senhor saiu, eu dizia a Lucie...

— Admira-me que tenha a coragem de introduzir o nome de Lucie nesta conversa. De Lucie... quando pensa em ir à França!

— Penso mas não vou — disse Charles Darnay com um sorriso.

— Seria mais a propósito dizer quando *o senhor* pensa em ir à França.

— E vou, de fato. A verdade é, meu caro Charles — disse o sr. Lorry, lançando um olhar à Casa e baixando a voz —, que você não imagina as dificuldades que temos para tratar dos nossos negócios por lá, do perigo que correm nossos livros e arquivos. Só Deus sabe quanta gente ficará comprometida se alguns desses papéis forem apreendidos ou destruídos. E isso pode acontecer a qualquer momento. Quem poderá dizer se Paris não vai ser incendiada hoje ou saqueada amanhã? Uma judiciosa seleção desses documentos impõe-se sem mais tardança. Poderão ser enterrados talvez, ou tirados de lá de algum modo. Mas poucos estão em condições de fazer essa triagem, talvez nenhum, senão eu, naturalmente. Tenho o direito de escusar-me, quando o Tellson sabe disso e diz isso; o Tellson, cujo pão comi nos últimos sessenta anos, só porque tenho as juntas um pouco duras? Que diabo! Sou um menino comparado a cinco ou seis dos meus colegas!

— Admiro a juventude do seu espírito, sr. Lorry, a sua bravura.

— Tolices! Ademais, meu caro Charles — disse o sr. Lorry, com um novo olhar de esguelha para a Casa —, lembre-se que tirar coisas de Paris a essa altura dos acontecimentos, e não importa que coisas sejam, é quase impossível. E, no entanto, ainda hoje papéis e objetos preciosos nos foram trazidos (olhe que falo em confiança; não é profissional tratar disso, mesmo com o senhor, mesmo ao pé do ouvido!) pelos mensageiros mais imprevisíveis, cada um dos quais arriscava a cabeça ao passar a fronteira. Em outros tempos, nossos pacotes iam e vinham com a mesma facilidade com que trafegam aqui na Velha Inglaterra. Mas isso acabou.

— E o senhor pretende mesmo partir hoje?

— Sim, pretendo partir esta noite. A situação é grave e não admite delongas.

— E não leva ninguém com o senhor?

— Já me propuseram uma variedade de pessoas, mas não quero nem ouvir falar de nenhuma delas. Tenho a intenção de levar Jerry. Jerry é, de há muito, meu guarda-costas nas noites de domingo, e estou, por assim dizer, acostumado com ele. Ninguém poderá tomar Jerry por outra coisa senão por um buldogue inglês, sem nada na cabeça senão a defesa do seu dono contra um ataque qualquer.

— Repito que admiro de coração sua galhardia, seu ânimo.

— Pois repito que são tolices. Quando eu houver executado essa pequena comissão, talvez aceite a proposta do Tellson e aposente-me para viver como bem quiser e entender. Aí, então, poderei pensar em ficar velho.

Esse diálogo decorreu junto à mesa do sr. Lorry, sitiada por centenas de Monsenhores, que alardeavam futuras vinganças contra a ralé. Era típico da aristocracia francesa no exílio, como também da aristocracia britânica mais ortodoxa, falar daquela terrível Revolução como se fosse a única colheita debaixo dos céus que amadurecera sem ter sido semeada — como se nada tivesse sido feito ou deixado de fazer para chegar àquele resultado —, como se os observadores daqueles milhões de seres miseráveis na França e dos recursos dilapidados ou mal empregados que poderiam ter feito a prosperidade deles, como se esses observadores não tivessem previsto, com anos de antecedência, o seu inevitável advento e não tivessem anunciado a catástrofe tal qual a viam chegar. Tanta leviandade e os projetos extravagantes de todos aqueles Monsenhores para a restauração de um estado de coisas que se exaurira inteiramente por si mesmo, depois de exaurir o Céu e a Terra, eram difíceis de suportar sem alguma expotulação por um homem de cabeça no lugar e conhecedor da verdadeira situação. Com aquele vozerio tonto nos ouvidos e o sangue a ferver-lhe na cabeça, Charles Darnay, que já se sentia vagamente inquieto, acabou tomado de impaciência.

Um dos mais tagarelas era Stryver, o advogado da Suprema Corte Real de Justiça, já bem avançado no caminho da promoção, e, por isso mesmo, de uma eloquência sem par sobre o tema do dia: expondo a Monsenhor, multiplicado por mil, suas ideias de como exterminar e mandar pelos ares o Terceiro Estado, limpando-o da face da Terra; de como viver sem ele para todo o sempre; e de como atingir muitos outros objetivos da mesma natureza. Tais ideias eram como aquela receita infalível para livrar o mundo das águias: botando-lhes sal no rabo. Darnay ouvia-o com um sentimento especial de reprovação, dividido entre o desejo de ir embora para não escutar mais nada e o de ficar para interpor uma palavra de bom senso, quando o que seria de esperar ocorreu.

A Casa aproximou-se do sr. Lorry e deitando diante dele um envelope lacrado e sujo perguntou-lhe se não descobrira ainda o paradeiro do destinatário. A Casa pusera a carta tão perto de Darnay que ele viu o subscrito, e com prontidão inusitada, pois estava endereçada a ele mesmo. Rezava:

"Muito urgente. A monsieur le Marquis de St. Evrémonde, da França. Aos cuidados dos srs. Tellson e Companhia, Banqueiros, Londres, Inglaterra."

Na manhã do casamento, o dr. Manette fizera um pedido expresso e premente a Darnay: que o segredo de seu nome ficasse inviolado entre os dois, a não ser que ele, dr. Manette, o desobrigasse do compromisso. Ninguém mais o conhecia. Sua própria mulher ignorava-o. E também o sr. Lorry.

— Não — respondeu o sr. Lorry à Casa — e penso tê-lo mostrado, o envelope, a todos que se encontram aqui. Ninguém me soube dizer onde o cavalheiro pode ser encontrado.

Os ponteiros do relógio já se dirigiam para a hora de fechar o Banco e os tagarelas em retirada passavam necessariamente diante da mesa do sr. Lorry. A todos ele mostrou o envelope, e a todos inquiriu. Monsenhor — na pessoa de cada um dos refugiados cheios de indignação e ardis — olhou o envelope; e, na pessoa deste, desse e daquele, teve algo depreciativo a dizer, em francês, ou em inglês, quanto ao marquês de endereço não-sabido.

— Sobrinho, creio eu, de qualquer maneira, degenerado, daquele refinadíssimo fidalgo morto por um sicário. Fico feliz em dizer que não o conheço pessoalmente.

— Um poltrão de um desertor, alguns anos atrás — disse um Monsenhor que fora extraído de Paris de ponta-cabeça e meio sufocado pelo carregamento de feno com que o cobriram.

— Contaminado pelas novas doutrinas — disse um terceiro, que olhava o caminho à frente através de um lornhão —, ele fez oposição ao tio e abandonou a propriedade à canalha quando a herdou, por morte do marquês. Espero que pague como merece.

— Hein? — interveio o espalhafatoso Stryver. — Ele fez isso? É indivíduo dessa espécie? Pois vamos dar uma olhada ao seu nome infame. Que o diabo o carregue!

Darnay, incapaz de conter-se por mais tempo, tocou o ombro de Stryver e disse:

— Eu conheço o homem.

— Conhece? Por Júpiter! — disse Stryver. — Lamento pelo senhor.

— Por quê?

— Por que, sr. Darnay? Pois não ouviu o que ele fez? Não há que perguntar "por que" nos tempos que correm.

— Mas eu pergunto.

— Então, repito o que disse, sr. Darnay, lamento-o: E lamento que faça tais perguntas. Temos um indivíduo infectado pelo mais diabólico, mais pestilento e mais blasfemo dos códigos de comportamento público e privado jamais visto, que abandona suas propriedades ao rebotalho mais vil desta terra, a uma gente que mata por atacado, e o senhor me vem perguntar por que lamento que um preceptor de jovens o conheça? Pois bem, vou responder-lhe. Lamento por temer o contágio que pode advir da frequentação de um tal patife.

Lembrando-se de que havia o segredo a guardar, e contendo-se a custo, Darnay replicou:

— Talvez o senhor não saiba as razões desse cavalheiro.

— Mas sei como botá-lo contra a parede, ao senhor, sr. Darnay — disse Stryver com rudeza. — Se esse indivíduo for um "cavalheiro", então eu não o entendo mesmo. Pode dizer-lhe isso, com os meus cumprimentos. Pode dizer-lhe também, de minha parte, que, depois de abandonar sua fortuna e posição a essa malta sanguinária, não seria de admirar vê-lo à testa dos assassinos. Mas não, meus senhores — concluiu Stryver, olhando em torno e estalando os dedos —; conheço suficientemente a natureza humana para dizer-lhes que jamais se verá sujeito dessa laia fiar-se em gente da espécie dos seus *protegés*. Não, meus senhores! Ele já lhes terá dado as costas desde o começo da refrega e estará bem longe agora.

Com essa peroração, e um piparote final dos dedos, o sr. Stryver abriu caminho a cotoveladas até Fleet Street, cercado da aprovação geral dos seus ouvintes. O sr. Lorry e Charles Darnay logo se viram sós, com a debandada geral do Banco.

— O senhor terá a bondade de encarregar-se da carta? — perguntou o sr. Lorry. — Uma vez que conhece o destinatário...

— Com prazer.

— Peço-lhe que explique que a comunicação nos foi dirigida na suposição de que teríamos elementos para encaminhá-la e que, desgraçadamente, já se encontra em nosso poder há algum tempo.

— Pois não. O senhor vai partir diretamente daqui?

— Sim, daqui. Às oito.

— Volto, então, para desejar-lhe boa viagem.

Descontente consigo mesmo, com Stryver, com a maioria dos seus semelhantes, Darnay procurou um recanto mais tranquilo do Temple, abriu a carta e leu.

Eis o que continha:

Prisão da Abadia, Paris
21 de junho de 1792

Monsieur le Marquis,

Depois de escapar por milagre da aldeia, fui preso, tratado com indignidade e violência, e trazido a pé — é uma longa viagem — até Paris. Sofri muito na estrada. E não é tudo: minha casa foi destruída, arrasada até os alicerces.

O crime pelo qual me puseram na prisão, monsieur le Marquis, e pelo qual terei de responder num tribunal e talvez perder a vida (se a sua generosa ajuda me faltar), é, dizem-me eles, de alta traição contra a majestade do povo, que prejudiquei no interesse de um emigrado. Em vão explico que agi por eles e não contra eles, segundo as ordens que o senhor me deu. Em vão lhes digo que, antes do sequestro dos bens do emigrado, perdoei os impostos dos que não podiam pagar; não recebi mais aluguéis; nem processei qualquer devedor. Sua única resposta a tudo isso é que agi como preposto de um emigrado. E onde está esse emigrado?

Ah! Bondoso monsieur le Marquis: onde está esse emigrado? É o que repito em sonhos, onde está ele? É o que clamo aos Céus, onde está que não me vem salvar? Nenhuma resposta. Ah, monsieur le Marquis, dirijo-lhe agora este grito desesperado por cima do mar, esperando que chegue em tempo aos seus ouvidos através do grande Banco Tellson, que toda gente conhece aqui em Paris!

Pelo amor de Deus, da justiça, da generosidade, da honra do seu nobre nome, eu lhe suplico, monsieur le Marquis, que venha em meu socorro e me salve! Meu crime foi o de lhe ser fiel, oh, monsieur le Marquis; não me abandone agora, peço-lhe!

Desta prisão de horrores, na qual meu fim se aproxima a cada hora que passa, renovo, monsieur le Marquis, as expressões do meu doloroso e infortunado devotamento.

Seu, aflito, Gabelle.

A difusa inquietação de que Darnay já era presa acordou violentamente com esse apelo. O perigo de um velho e bom servidor, cujo crime era unicamente o da fidelidade a ele e à sua família, confrontava-o como uma censura. E de tal modo a sentia que, enquanto caminhava de um lado para outro, na rua do Temple, considerando a decisão a tomar, tinha vontade de esconder o rosto dos transeuntes.

Sabia muito bem que, no seu horror ao fato que coroara as más ações e a má reputação da sua velha linhagem, no seu ressentimento suspicaz do tio, na aversão com a qual a sua consciência via o edifício das instituições degringolantes que tinha o dever de sustentar, agira sempre mal. Sabia também que, no seu amor por Lucie, renunciara de maneira açodada e incompleta ao seu lugar na sociedade, embora tal renúncia fosse coisa maduramente refletida e decidida.

Sabia que deveria ter feito as coisas de outra forma, ordenadamente, e cuidado de pormenores de execução para os quais não atentara, por enfado ou negligência.

A felicidade do lar inglês que escolhera, a necessidade de ter uma ocupação regular, as mudanças do tempo, que se seguiam umas às outras tão depressa que os eventos de uma semana anulavam os da precedente e eram postos em questão pelos da semana seguinte, todas essas circunstâncias pesaram nas suas decisões e a todas elas ele havia cedido, não sem um certo mal-estar, mas também sem lhes opor resistência contínua, sustentada. Esperara o momento de agir, e esse momento lhe fugira sempre, enquanto a aristocracia francesa deixava o país por todos os meios possíveis e por todos os caminhos, abertos e escusos, e suas propriedades entravam em curso de confisco e destruição, seus nomes e títulos eram suprimidos, como ele sabia muito bem, e como o sabia, na França, qualquer das novas autoridades, que poderiam desacreditá-lo por isso.

Não oprimira ninguém, jamais mandara prender ninguém. Estava longe de ter usado a força para receber o que lhe era devido, renunciara a muita coisa por vontade própria, lançara-se a um mundo em que não teria privilégios, conquistara nele o seu lugar e ganhava seu próprio pão. Monsieur Gabelle gerira as propriedades da família, empobrecidas e sobrecarregadas, segundo suas instruções escritas de poupar os pobres, de dar-lhes o pouco que restava: o combustível que os grandes credores lhes deixavam no inverno, as colheitas que escapavam à ganância deles no verão. De tudo tinha prova, preto no branco, que poderia fazer valer agora.

Com essa convicção, confirmou a desesperada resolução que se vinha formando nele: iria a Paris.

Sim. Como Simbad, o marujo, os ventos e as correntes o tinham posto na zona de influência da Rocha Imantada, e esta agora o atraía. Como resistir-lhe? Tudo o que lhe vinha ao espírito apenas o levava, cada vez mais firmemente, no rumo do terrível ponto de atração. Sua inquietação latente e informe vinha da ideia central de que instrumentos perniciosos conduziam seu pobre país a rumos também perniciosos. E ele, que tinha certeza de saber melhor o que convinha à França, deixava-se ficar na Inglaterra sem tentar pôr fim às efusões de sangue e fazer prevalecerem a clemência e a bondade.

Com sua inquietude em parte aplacada, e em parte culpando-se ainda, ele chegou a comparar-se com aquele bravo cavalheiro inglês cujo sentimento do dever era tão forte. Essa comparação (injuriosa para si mesmo) fora logo seguida dos insultos de Monsenhor, numa de suas muitas personificações, e, logo, dos apodos de Stryver, mais grosseiros ainda e mais mortificantes, por velhas razões pessoais. Por cima de tudo viera a carta de Gabelle: o apelo de um inocente, prisioneiro e em perigo de vida, ao seu senso de justiça, à sua honra e ao seu bom nome.

A resolução estava tomada: iria a Paris.

Sim. A Rocha Imantada o atraía, havia que navegar para ela até que contra ela se esfacelasse o seu barco. Nada sabia da Rocha. E mal via o perigo. A intenção com que fizera o que fizera, mesmo incompletamente, apresentava-se diante dele sob um aspecto favorável que não podia deixar de ser reconhecido na França. Bastar-lhe-ia apresentar-se e fazer valer seus direitos. A gloriosa visão de fazer o bem — essa miragem de tantos espíritos corretamente formados — ergueu-se à sua frente. E ele chegou a entreter a ideia sedutora (e falaz) de vir a usar sua influência para repor aquela Revolução desgarrada em curso mais seguro.

Andando de um lado para o outro, na rua, já com a resolução tomada, decidiu que nem Lucie nem o pai dela deveriam saber de nada até que ele tivesse partido. Lucie tinha de ser poupada da dor da separação; e o pai, sempre relutante, avesso a voltar seus pensamentos para o perigoso lugar de outrora, só deveria ter conhecimento do passo dado depois de dado, e não enquanto duvidoso e em suspense. Até que ponto a fluidez da sua situação podia ser atribuída a essa dificuldade que tinha o pai dela e ao temor que este sentia de reviver velhas associações de ideias ligadas à França na sua mente, era coisa que ele não discutia consigo mesmo. Mas também essa circunstância exercera influência na sua decisão.

Andava de um lado para o outro, concentrado, até que chegou a hora de voltar ao Tellson para dizer adeus ao sr. Lorry. Logo que chegasse a Paris, iria apresentar-se ao velho amigo, mas não devia dizer-lhe nada da sua intenção agora.

Uma diligência, com cavalos de correio, achava-se pronta à porta do Tellson, e Jerry estava visível, com botas e todo equipado.

— Entreguei a carta — disse Charles Darnay ao sr. Lorry. — Não quis ser intermediário de uma resposta escrita, mas o senhor aceitaria levar outra, verbal?

— Sim, de bom grado — respondeu o sr. Lorry —, se não for perigosa.

— Não é. Embora o destinatário esteja preso na Abadia.

— Qual o seu nome? — disse o sr. Lorry, com seu caderninho aberto na mão.

— Gabelle.

— Gabelle. E qual é a mensagem que devo transmitir ao infeliz prisioneiro Gabelle?

— Apenas isto: a pessoa recebeu a carta e virá.

— Alguma data?

— A pessoa pretende partir amanhã à noite.

— Algum nome?

— Nenhum.

Darnay ajudou o sr. Lorry a meter-se num grande número de paletós e mantas e saiu com ele da atmosfera aquecida do velho Banco para o nevoeiro de Fleet Street.

— Muito carinho para Lucie e para a pequena Lucie — disse o sr. Lorry ao despedir-se. — Tome bem conta das duas até que eu volte.

Charles Darnay assentiu de cabeça, sorriu como se esperava dele, e o coche deu partida.

Naquela noite (era 14 de agosto), ficou acordado até tarde e escreveu duas cartas ardentes: uma para Lucie, explicando-lhe a forte obrigação que sentia de ir a Paris, e mostrando-lhe longamente suas razões para sentir-se confiante de que não correria qualquer risco pessoal com a viagem; a outra, ao médico, confiando Lucie e a filha querida aos seus cuidados, e estendendo-se nos mesmos tópicos com a mesma confiança. A ambos prometeu escrever para dizer que estava bem tão logo chegasse.

Foi um dia pesado aquele último dia com eles. Era a primeira vez que tinha, com relação ao dr. Manette e a Lucie, reservas mentais. Custava-lhe representar a inocente farsa de que pai e filha não tinham a menor suspeita. Mas um olhar afetuoso à sua mulher, tão atarefada e feliz, confirmou-o na resolução de nada contar-lhe do que pretendia (estivera tentado a fazê-lo, tão estranho parecia-lhe agir em qualquer coisa sem o discreto apoio da esposa), e o dia passou veloz. No começo da noite, beijou-a e à menina, que tinha seu nome, e que não lhe era menos querida que a mulher, dizendo que voltaria logo (um encontro imaginário obrigava-o a ausentar-se por um momento). E tendo preparado secretamente uma valise, com ela mergulhou no pesado nevoeiro da rua, o coração mais pesado ainda.

A força invisível arrastava-o com grande ímpeto agora, ventos e marés puxavam-no com força para ela. Deixou as duas cartas com um mensageiro de confiança, para que não fossem entregues senão uma hora antes da meia-noite. E foi a cavalo para Dover, onde começava a viagem. "Pelo amor de Deus, da justiça, da generosidade, da honra do seu nobre nome", escrevera o prisioneiro. Com os termos desse apelo, fortificou o coração que desfalecia ao deixar para trás tudo o que lhe era mais caro no mundo, rumando para a Rocha Imantada.

Livro III
Na tempestade

1.

Em segredo

Lento era o progresso do viajante que demandava Paris vindo de Londres naquele outono de 1792. As estradas já eram ruins e as carruagens e cavalos também, quando o infortunado Rei da França ainda reinava em toda a sua glória. Mas, com os tempos mudados, havia mais obstáculos que estes. A cada porta de cidade ou aldeia, um bando de patriotas, com seus mosquetões em alarmante estado de prontidão, detinham qualquer pessoa que entrava ou saía, submetendo-a a cerrado interrogatório, examinando seus documentos, conferindo seus nomes em listas, deixando que passasse ou mandando-a de volta, mas também detendo-a, segundo os ditames do seu capricho ou do que julgavam ser o interesse da sua República Una e Indivisível. (Liberdade, Igualdade, Fraternidade, ou Morte!)

Poucas léguas haviam sido percorridas por Charles Darnay em território francês, quando percebeu que naquelas estradas de província não havia esperança de voltar, a não ser que fosse declarado um bom cidadão em Paris. Acontecesse o que acontecesse dali por diante, tinha de ir até o fim. Uma aldeia que deixava para trás, por insignificante que fosse; uma barreira qualquer, posta na estrada e franqueada, eram outras tantas portas de ferro que lhe fechavam o caminho de volta à Inglaterra. A vigilância universal que o envolvia era de tal ordem que, se tivesse sido apanhado numa rede ou se viajasse preso numa jaula, não se sentiria mais tolhido do que no seu cavalo.

Não só essa vigilância geral o detinha vinte vezes no curso de uma etapa, como retardava a sua progressão vinte vezes por dia. Perseguiam-no para levá-lo de volta ao ponto de partida; precediam-no para obrigá-lo a parar por antecipação; cavalgavam com ele, para vigiá-lo melhor. Depois de vários dias na França, estava ainda muito longe de Paris. Então, morto de fadiga, parou para dormir numa cidadezinha qualquer.

Nada exceto a carta do aflito Gabelle, escrita da Prisão da Abadia, o teria feito ir tão longe. No posto de guarda dessa aldeia criaram-lhe tantas dificuldades que sentiu que sua viagem chegara a um ponto crítico. Por isso mesmo não se surpreendeu quando foi despertado no meio da noite no pequeno albergue para onde o tinham mandado até a manhã seguinte.

Foi acordado por um tímido funcionário local e três patriotas armados, de barretes vermelhos e cachimbos na boca, que se sentaram na sua cama.

— Emigrado — disse o funcionário —, vou mandá-lo a Paris sob escolta.

— Cidadão, o que mais desejo é chegar a Paris. Mas dispenso a escolta.

— Silêncio! — rosnou um dos barretes vermelhos, batendo nas cobertas com a culatra do seu mosquetão. — Silêncio, aristocrata!

— É como diz o bom patriota aqui presente — disse o tímido funcionário. — O senhor é um aristocrata e tem de ser escoltado. Mas deve pagar pela escolta.

— Não tenho escolha — respondeu Charles Darnay.

— Escolha! Ouçam isso! — exclamou o mesmo barrete vermelho, zangado. — Como se não lhe fizéssemos um favor, salvando-o do lampião!

— De novo, é como diz o bom patriota — disse o burocrata. — Vista-se, emigrado.

Darnay obedeceu e foi conduzido de volta à casa da guarda, onde outros patriotas de barretes vermelhos, de pano grosseiro, fumavam, bebiam e dormiam em torno de um fogo de acampamento.

A escolta que lhe deram compunha-se de dois patriotas, ambos de barrete com cocardas tricolores, armados de fuzil e sabre, que cavalgaram de um lado e de outro dele. O escoltado dirigia seu próprio cavalo, mas uma corda frouxa foi atada à brida e um dos soldados levava a sua ponta enrolada no pulso. Partiram nessa formação, com uma chuva fina batendo-lhes no rosto. Iam a trote de dragões, barulhento contra as pedras desiguais da aldeia. Depois, tomaram a estrada lamacenta. A não ser por mudanças de andadura e de montaria, assim percorreram a distância que os separava da capital, léguas e mais léguas de lamaçal fundo.

Viajavam de noite, parando uma hora ou duas antes do amanhecer e dormindo de dia, até o crepúsculo. Os dois homens da escolta estavam tão miseravelmente vestidos que enrolavam palha nas pernas nuas e cobriam os ombros de palha para protegerem-se da chuva. Afora o desconforto pessoal de viajar vigiado e o perigo que o fazia correr constantemente um dos soldados, que estava sempre bêbado e levava o fuzil de maneira descuidada e imprudente, Charles Darnay não se deixou atemorizar seriamente. Ponderava consigo mesmo que as precauções dos patriotas não podiam ter relação com os méritos de um caso individual que ainda não fora exposto e de declarações, confirmáveis pelo prisioneiro da Abadia, ainda por fazer.

Mas, ao chegarem à cidade de Beauvais — o que aconteceu à tarde, quando as ruas se enchem de gente —, não pôde deixar de ver que as coisas começavam a ficar alarmantes. Uma verdadeira multidão, visivelmente hostil, juntou-se para vê-lo desmontar no posto de muda e muitas vozes gritaram: "Abaixo o emigrado!"

Ele permaneceu na sela, considerando que era ainda o lugar mais seguro, e disse:

— Emigrado, meus amigos? Pois não vêem que aqui estou, na França, por minha livre e espontânea vontade?

— Pois não passa de um maldito emigrado — berrou um ferrador de cavalos, abrindo caminho por entre o povo, de martelo em punho — e de um maldito aristocrata!

O encarregado da muda interpôs-se entre o homem e a brida do animal (a que ele visava certamente) e disse para acalmá-lo:

— Deixe estar. Deixe estar! Ele será julgado em Paris.

— Julgado! — respondeu o ferrador, brandindo o martelo. — Sim! E condenado como traidor!

A multidão rugiu seu apoio.

Fazendo parar o encarregado da muda que, segurando a montaria pela brida, virava a cabeça do animal para que ele entrasse no posto (o patriota bêbado, de corda enrolada no pulso, contemplava calmamente a cena do alto da sua sela), Darnay disse, logo que conseguiu fazer-se ouvido:

— Amigos! Vocês se enganam ou estão sendo enganados. Não sou um traidor!

— Ele mente! — gritou o ferrador. — Depois do decreto, é um traidor. Sua vida já não lhe pertence, é do povo!

Darnay viu nos olhos da multidão que num instante ela se lançaria sobre ele. Mas já o encarregado da muda fazia o animal entrar no pátio, a escolta fechou os flancos, cavalgando bem junto dele, e a porta dupla foi trancada e barricada. O ferrador ainda deu uma boa martelada nela e o povo resmungou. Mas foi tudo.

— Que decreto é esse de que falavam? — perguntou Darnay ao encarregado da muda que permanecera de pé ao lado dele depois de receber os seus agradecimentos.

— O que autoriza a venda dos bens dos emigrados.

— E de quando é?

— Do dia 14.

— O dia em que deixei a Inglaterra!

— Todo mundo diz que virão outros, se é que não estão prontos; banindo todos os emigrados e condenando à morte os que voltarem. Foi o que ele quis dizer quando gritou que sua vida não lhe pertence.

— Mas esses decretos já saíram?

— Como vou saber? — disse o homem, dando de ombros. — Pode ser, mas também pode não ser. Dá tudo na mesma. E poderia ser diferente?

Descansaram em camas de palha num sótão até o meio da noite, e seguiram viagem quando a cidade dormia. Dentre as muitas mudanças estranhas em coisas antes familiares, que tornavam a viagem irreal, a falta geral do sono não era das menores. Depois de cavalgar longamente em estradas desertas e enfadonhas, chegavam a um grupo de casebres, não às escuras, como seria de esperar, mas brilhantes de luzes, e encontravam o povo a dançar como fantasmas no meio da noite, girando numa ciranda infernal em torno de uma árvore da Liberdade, pequena e enfezada. Ou cantando em coro uma canção patriótica. Felizmente, dormiram em Beauvais naquela noite, o que permitiu que saíssem da cidade em paz. E de novo mergulharam na estrada solitária e melancólica, tilintando seus arreios na chuva ou no frio temporão, por entre campos empobrecidos que nada tinham dado naquele ano, cuja monotonia era interrompida, de espaço em espaço, pelas ruínas enegrecidas de casas incendiadas, ou pela aparição intempestiva de patrulhas de patriotas que tocaiavam os caminhos e, de súbito, atravessavam-se à frente dos cavalos. Haveria patrulhas dessas por toda parte.

A luz do dia os viu, enfim, sob os muros de Paris. A barreira estava fechada e fortemente guardada quando eles a alcançaram.

— Onde estão os papéis do prisioneiro? — perguntou com ar resoluto o responsável pela guarda, que um sentinela fora chamar.

Chocado pela palavra, Charles Darnay pediu ao homem que atentasse para o fato de ser ele um viajante comum, livre, e um cidadão francês, escoltado apenas por causa da situação do país. Disse também que pagara pela escolta.

O personagem não fez o menor caso dele. Limitou-se a repetir:

— Onde estão os papéis do prisioneiro?

O patriota bêbado os tinha debaixo do barrete e mostrou-os. Lendo a carta de Gabelle, o personagem responsável pela guarda mostrou alguma confusão e surpresa, e olhou para Darnay com maior atenção.

Sem dizer mais qualquer palavra, deixou escolta e escoltado e entrou no posto da guarda. Os outros permaneceram montados do lado de fora da porta. Olhando em torno, naquela pausa de incerteza, Charles Darnay observou que a porta de Paris estava guardada por uma guarnição mista, de soldados e patriotas, e que estes eram em muito maior número. E que, enquanto o ingresso na capital parecia fácil, para as carretas e carroças dos camponeses, que traziam suprimentos, e para veículos da mesma espécie, a saída, mesmo para gente muito modesta, parecia difícil. Uma verdadeira multidão de homens e mulheres, para não falar em animais e carros de vária espécie, esperava em confusão. A revista era, porém, tão estrita, que eles filtravam pela barreira muito lentamente. Alguns, cientes de que sua vez não chegaria logo, deitavam-se para dormir no chão nu, ou fumavam, enquanto outros conversavam em grupos ou flanavam pelas imediações. O barrete vermelho e a cocarda tricolor eram de uso geral tanto entre os homens como entre as mulheres.

Depois de esperar uma boa meia hora e de tomar nota de todas essas coisas, Charles Darnay viu-se confrontado pela mesma autoridade que ordenou à guarda abrir a barreira. Em seguida, o responsável deu aos dois patriotas da escolta, o sóbrio e o ébrio, um recibo pelo prisioneiro, e pediu-lhe que desmontasse. Darnay obedeceu, e os dois patriotas, puxando o cavalo dele, viraram-lhe as costas e se foram sem entrar na cidade.

Darnay penetrou numa sala que cheirava a vinho barato e fumo, onde havia soldados e patriotas, dormindo e acordados, embriagados e sóbrios, e em vários estados intermediários, uns de pé, outros por terra. A luz da casa da guarda, que em parte provinha das lâmpadas de querosene da noite, já bruxuleantes, e em parte do dia que começava a nascer encoberto, era de condição tão incerta quanto o resto. Diversos livros de registro achavam-se abertos em cima de uma escrivaninha, e um oficial de aspecto grosseiro, sombrio, presidia.

— Cidadão Defarge — disse ele ao guia de Darnay, preparando-se para escrever —, esse é o emigrado Évremonde?

— Ele mesmo.
— Sua idade, Évremonde?
— Trinta e sete.
— Casado, Évremonde?
— Sim.
— Onde?
— Na Inglaterra.
— Claro! Onde está sua mulher, Évremonde?

— Na Inglaterra.

— Sem dúvida! Ficará na prisão de La Force.

— Justos Céus! — exclamou Darnay. — Em virtude de que lei? E qual o crime?

O oficial levantou os olhos do papel por um momento.

— Temos novas leis, Évremonde, e novos crimes, desde que saiu.

Disse-o com um sorriso duro e continuou a escrever.

— Rogo considerar que vim por minha vontade, em resposta a esse apelo escrito de um compatriota, que está à sua frente. Peço unicamente que me permita responder-lhe, e no mais curto prazo. Não é um direito meu?

— Emigrados não têm direitos, Évremonde — foi a resposta. Impassível, o oficial continuou a escrever até terminar, leu o que escrevera, secou a tinta com areia e passou o papel a Defarge, dizendo: "Em segredo."

Com a ordem de prisão, Defarge fez sinal ao prisioneiro que o seguisse. O prisioneiro obedeceu e uma guarda de dois patriotas armados os acompanhou.

— Foi o senhor — disse Defarge em voz baixa, enquanto desciam os degraus da casa da guarda para entrar em Paris —, foi o senhor quem se casou com a filha do dr. Manette, outrora prisioneiro da Bastilha hoje desaparecida?

— Sim — respondeu Darnay, encarando-o surpreso.

— Meu nome é Defarge. Sou dono de uma loja de vinhos no Faubourg Saint-Antoine. É possível que tenha ouvido falar de mim.

— Minha mulher foi à sua casa para encontrar o pai. Sim!

A palavra "mulher" valeu como um lembrete para Defarge, que disse com súbita impaciência:

— Em nome dessa cortante novidade que se chama Guilhotina, por que diabo voltou à França?

— O senhor me ouviu faz um minuto. Não acredita que eu tenha dito a verdade?

— Uma verdade fatal para o senhor — respondeu Defarge, com o cenho franzido.

— De fato, sinto-me desorientado. Tudo aqui mudou tanto, tudo isso é tão inesperado, tão brusco e injusto, que me sinto deveras perdido. O senhor me faria um pequeno obséquio?

— Nenhum — disse Defarge, sempre olhando para a frente.

— O senhor me responderá a uma simples pergunta?

— Talvez. Depende da natureza da pergunta. Fale.

— Nessa prisão, para onde estou sendo mandado tão injustamente, terei alguma comunicação com o mundo exterior?

— O senhor verá.

— Ou ficarei enterrado vivo, prejulgado, sem qualquer meio de apresentar meu caso, minha defesa?

— O senhor verá. Mas, e se ficar? Outros estiveram sepultados em prisões piores antes.

— Mas nunca por mim, cidadão Defarge!

Defarge não respondeu, lançou-lhe apenas um olhar sombrio e continuou a caminhar em silêncio. Quanto mais fundo ele mergulhasse nesse obstinado silêncio, menos esperança haveria de que se deixasse enternecer, por pouco que fosse, ou assim pensou Darnay. Que por isso se apressou em dizer:

— É da maior importância para mim (o senhor o sabe melhor do que eu, cidadão) comunicar-me com o sr. Lorry, do Banco Tellson, um cavalheiro inglês que se encontra no momento em Paris. É preciso que ele saiba que estou na prisão de La Force. O senhor fará isso por mim?

— Não o farei. Não farei nada pelo senhor. Meu dever é para com o meu país e para com o povo. Jurei servi-los contra o senhor. Não farei nada pelo senhor.

Charles Darnay julgou inútil insistir. Acresce que seu orgulho estava ferido. Assim, caminharam calados. E ele pôde observar como a população parecia acostumada a ver passar prisioneiros pelas ruas. Mesmo as crianças não prestavam atenção. Uns poucos transeuntes viraram a cabeça para vê-lo, outros o ameaçaram com gestos, aristocrata que era. O fato de que um homem bem vestido estivesse a caminho da prisão não lhes parecia mais extraordinário do que ver um operário em roupas de operário indo para o trabalho de manhã. Quando passaram por uma rua estreita, escura e muito suja, um orador exaltado, de pé num banco, arengava um magote de gente não menos excitada, sobre os crimes cometidos contra o povo pelo rei e pela família real. Darnay ouviu apenas umas poucas palavras, mas foi assim que ficou sabendo que o rei estava preso e que todos os embaixadores estrangeiros tinham deixado Paris. Na estrada (exceto em Beauvais) nada ouvira. A escolta e a vigilância geral tinham-no completamente isolado.

Que caíra em perigos muito maiores do que os que considerara quando ainda na Inglaterra, já sabia. Esses perigos se tinham acumulado e espessado em volta dele, e poderiam crescer ainda mais e mais depressa. Era forçado a admitir que não teria provavelmente viajado se pudesse prever os acontecimentos dos últimos dias. E, no entanto, seus receios não eram assim tão sombrios como parecem a essa distância. Por ameaçador que fosse o futuro, era ainda o futuro desconhecido, e por isso mesmo comportava esperança. O horrível massacre de dias e noites que, em breve e em poucas voltas dos ponteiros no mostrador do relógio, deixaria uma grande marca de sangue naquele período bendito da colheita, achava-se tão longe do espírito de Darnay como se estivesse para acontecer cem mil anos mais tarde. A tal novidade cortante, do gênero feminino, conhecida como a Guilhotina, era ainda desconhecida para ele. O próprio povo só a conhecia de nome. Os horrores que adviriam não passavam sequer pela cabeça dos seus futuros autores. Como poderiam, então, ocorrer a um espírito doce e afável como o do nosso herói?

Sabia que ia ser tratado injustamente, que ficaria cruelmente separado da mulher e da filha. Já não se tratava de uma probabilidade, mas de uma certeza. Afora isso, porém, não temia nada de preciso. Com esse peso na alma, e que já era fardo bastante para um prisioneiro, foi que ele entrou no pátio de La Force.

Um homem de cara intumescida abriu o postigo da porta e Defarge lhe apresentou "o emigrado Évremonde".

— Que diabo! Outro? Quantos mais vão mandar para cá? — disse o homem de cara intumescida.

Defarge não respondeu, guardou o recibo e retirou-se com os seus dois patriotas.

— Que diabo, repito! — exclamou o carcereiro quando ficou outra vez sozinho com a mulher. — Quantos mais?

A mulher, que não tinha resposta a dar a uma pergunta retórica como aquela, disse apenas:

— Paciência, meu velho.

Três carcereiros que acorreram, em resposta à sineta que ela tocara, fizeram eco a essas palavras e um deles acrescentou:

— Por amor à Liberdade!

Expressão que soava deslocada em tal lugar.

A prisão de La Force, escura e suja, era um lugar sinistro com um cheiro horrível de sonos mal-dormidos. É extraordinária a rapidez com que o fétido odor do sono aprisionado se faz logo manifesto em lugares desses quando mal cuidados.[21]

— E "em segredo", além de tudo — resmungou o carcereiro, examinando o papel. — Como se já não estivéssemos lotados!

Mal-humorado, enfiou o papel numa pasta, e Charles Darnay teve de esperar meia hora que ele se dispusesse a levá-lo. Matou o tempo andando de um lado para o outro na sala, que era abobadada; ou descansando num banco de pedra. Guardavam-no lá, em todo caso, para que seus traços se gravassem na memória do chefe e dos subordinados.

— Vamos! — disse aquele, por fim, apanhando as suas chaves. — Venha comigo, emigrado.

Por escadas e corredores escuros, Darnay seguiu-o, e muitas portas se abriram e fecharam às suas costas antes que chegassem a uma câmara baixa, de teto abobadado, cheia de prisioneiros de ambos os sexos. As mulheres achavam-se sentadas a uma mesa comprida. Liam, escreviam, costuravam, bordavam, faziam tricô. Os homens que não estavam postados por detrás das cadeiras das mulheres passeavam pela sala.

Na instintiva associação da palavra "prisioneiro" com crime e vergonha, o recém-chegado teve, diante da companhia, um movimento

---

21 Dickens tinha o hábito de visitar prisões onde quer que fosse. (N. do T.)

instintivo de recuo. Mas, para coroar a irrealidade da sua cavalgada fantástica até aquele lugar, todos se levantaram para saudá-lo com todo o refinamento de maneiras do tempo, com toda a graça e cortesia da boa sociedade.

Tão estranhos pareciam esses requintes na atmosfera da prisão, tão espectrais ficavam na imundície e miséria através das quais eram vistos, que Charles Darnay imaginou-se numa assembleia de mortos. Eram todos fantasmas! O fantasma da beleza, o da grandeza, o da elegância, o do orgulho, o da frivolidade, o do espírito, o da juventude, o da idade provecta, todos à espera do sinal de debandada, todos voltando para ele olhos mudados pela morte que morreram ao entrar ali.

Darnay ficou petrificado. O carcereiro-chefe, de pé a seu lado, e os outros carcereiros que iam e vinham pela sala, que não teriam parecido insólitos no exercício natural de suas modestas funções, aparentavam uma grosseria tão extravagante ao lado daquelas mães dolorosas, daquelas filhas em botão — entre as quais não faltava a *coquette,* a jovem beldade, a mulher madura de educação apurada —, que a inversão da ordem das coisas, de toda experiência e de toda verossimilhança, daquela reunião de sombras, ficava realçada ao mais alto grau. Sim, eram fantasmas, todos! A febril cavalgada noturna, na sua irrealidade, nada mais era que o progresso de uma doença, de um delírio, que culminava ali, naquele reino de lúgubres espíritos desencarnados.

— Em nome de todos os meus companheiros de infortúnio aqui reunidos — disse um fidalgo de aspecto e aprumo de corte, adiantando-se para ele —, tenho a honra de dar-lho as boas-vindas a La Force e, ao mesmo tempo, apresentar-lhe pêsames pela calamidade que o trouxe a nosso convívio. Que tudo termine logo e de maneira favorável. Permita que lhe pergunte — o que seria uma impertinência alhures mas de nenhum modo aqui — seu nome e condição?

Charles Darnay acordou do atordoamento em que se achava e apresentou-se tão bem quanto pôde.

— Espero — disse o fidalgo, acompanhando o carcereiro com os olhos — que não esteja "em segredo"?

— Mas estou, ouvi deles essa expressão, embora não saiba o que quer dizer.

— Ah! Que lástima! Lamentamos muito. Mas não se deixe abater: vários dos nossos estiveram "em segredo" no começo, mas a coisa durou pouco — disse e elevou a voz: — Lamento dever anunciá-lo à sociedade: "em segredo".

Houve um murmúrio de comiseração enquanto Charles Darnay cruzava a sala até uma porta gradeada onde o carcereiro o esperava. Muitas vozes — dentre as quais as doces vozes das mulheres, cheias de compaixão — desejaram-lhe boa sorte e coragem. Ele se voltou ainda uma vez da porta para agradecer-lhes de coração. Depois, a porta fechou-se sob a mão do carcereiro, e as sombras sumiram-se da sua vista para sempre.

A porta gradeada dava para uma escada de pedra, que conduzia a um andar superior. Quando tinham subido quarenta degraus (embora fosse prisioneiro apenas há meia hora, ele os contou), o carcereiro abriu uma porta baixa e negra e passaram para a solitária. Era uma cela fria e úmida, mas não escura.

— É sua.

— Por que devo ficar só?

— Como vou sabê-lo?

— Posso comprar papel, pena e tinta?

— Não são as ordens que recebi. O senhor vai ser visitado e poderá então pedir esses artigos. Por enquanto pode comprar comida, nada mais.

Na cela havia uma cadeira, mesa, um colchão de palha. Enquanto o carcereiro inspecionava esses objetos e as quatro paredes, antes de retirar-se, o prisioneiro, apoiado ao muro, teve uma ideia absurda: que o homem, tão inchado, no rosto como no corpo, parecia um afogado. Quando se foi, o espírito de Darnay continuou a divagar. "Agora sou eu o morto." Depois, examinando a palha infestada de insetos, deu-lhe as costas, nauseado, e pensou: "Os vermes também pululam no corpo logo depois da morte."

"Cinco passos por quatro e meio, cinco passos por quatro e meio, cinco passos por quatro e meio", contou, andando pela cela. Para lá, para cá. Contando e medindo. E o confuso rumor da cidade vinha-lhe como um rufar de tambores surdos aos quais se acrescentasse um tumulto de vozes. "Ele fazia sapatos, fazia sapatos, fazia sapatos." E pôs-se de novo a contar e a medir e a andar cada vez mais depressa para livrar-se daquela obsessão. "Essas sombras que se desvaneceram quando a porta fechou, havia entre elas o vulto de uma senhora vestida de negro, que se enquadrava no vão de uma janela, e a luz lhe punha uma espécie de halo na cabeleira loura. Parecia-se com... Vamos cavalgar ainda, pelo amor de Deus, por essas aldeias iluminadas, cujos habitantes não dormem... Ele fazia sapatos, fazia, fazia sapatos... Cinco passos de comprimento por quatro e meio de largura..." Com esses retalhos de frases que emergiam misturados do fundo da sua mente, o prisioneiro dava volta depois de volta na masmorra, cada vez mais depressa, contando e recontando obstinadamente. E o rumor da cidade foi mudando: semelhava ainda um rufar longínquo de tambores, mas, no tumulto de vozes que se mesclava a esse rumor, distinguia a queixa de vozes familiares.

2.

A mó

O banco Tellson, estabelecido no Faubourg Saint-Germain, em Paris, ocupava uma ala de uma vasta mansão a que se tinha acesso por um pátio, separado da rua por alta muralha e um largo, reforçado portão.

A casa pertencia a um nobre que nela vivera até ser obrigado a fugir, o que fizera disfarçado com as roupas do cozinheiro. E como cozinheiro passara a fronteira. Embora reduzido a uma fera acuada a correr dos caçadores, era ainda, na sua metempsicose, o mesmo Monsenhor amante de chocolate — cujo preparo ocupava outrora três homens válidos, além do cozinheiro em questão.

Monsenhor se fora, e os três robustos chocolateiros absolveram-se do pecado de lhe haverem extorquido salários enormes, jurando sua disposição de cortar-lhe o pescoço no altar da pátria, a jovem República una e indivisível da Liberdade, Igualdade, Fraternidade, ou a Morte!

O *hôtel* de Monsenhor fora primeiro ocupado sumariamente, depois confiscado. As coisas andavam tão depressa, decreto seguia-se a decreto com tal precipitação, que agora, na terceira noite do mês outonal de setembro, patriotas estavam na posse do *hôtel* de Monsenhor, tinham arvorado o pavilhão tricolor e bebiam conhaque nos salões de recepção.

Uma sede igual à da sucursal do Tellson de Paris teria virado a cabeça da Casa em Londres, e o velho banqueiro, saindo pela porta afora, poderia ir parar na redação da *Gazette*. Que diriam a responsabilidade e respeitabilidade britânicas se confrontadas com laranjeiras em vasos no pátio e um cupido no teto, por cima do balcão? Pois essas coisas existiam no Tellson de Saint-Germain. O cupido levara uma boa mão de cal, mas ainda era visível, sob transparências de linho irlandês do mais fresco, fazendo pontaria (como tantas vezes faz) ao dinheiro da manhã à noite. Em Lombard Street, Londres, a bancarrota seria o fado inelutável, por culpa desse jovem pagão; por culpa também de uma alcova secreta, fechada por cortinas, à retaguarda do imortal efebo; ou de um espelho especial, selado na parede; ou dos mensageiros por demais jovens, que dançavam em público à menor provocação. E, todavia, uma filial francesa do Tellson poderia sobreviver a todas essas coisas, como sobreviveu e até prosperou lindamente. E antes do terremoto, ninguém se mostrara surpreso com elas nem retirara o seu dinheiro.

Quanto dinheiro seria agora retirado do Tellson, e quanto ficaria depositado no Banco, perdido e esquecido para sempre? Quanta prataria, quantas joias não escureceriam nos seus cofres e escaninhos, enquanto os depositantes enferrujavam na prisão ou pereciam de morte violenta? Quantas contas correntes do Tellson nunca teriam um balanço final neste mundo e teriam de ser "transportadas" para o outro? Ninguém seria capaz de dizê-lo naquela noite, nem mesmo o sr. Jarvis Lorry, ele que tanto refletia sobre todos esses assuntos. Sentado junto de um fogo recém-aceso (naquele miserando ano de depredações e de esterilidade, o frio viera antes da hora), na sua fisionomia honesta e corajosa havia uma sombra maior do que a que o lustre era capaz de projetar ou qualquer objeto na sala capaz de refletir, deformando-a — uma sombra de horror.

Ele se hospedava no Banco por uma questão de lealdade para com a Casa de que se fizera, com os anos, parte integrante — como uma hera bem enraizada. Acontecia que a ocupação do corpo principal do edifício pelos patriotas dava-lhe uma espécie de segurança. Mas o velho senhor de coração fiel não pensava nisso. Circunstâncias desse tipo eram-lhe de todo indiferentes, uma vez que pudesse fazer o que lhe incumbia.

Do outro lado do pátio, debaixo de uma colunata, havia uma coberta para abrigar carruagens e onde alguns dos coches de Monsenhor ainda podiam ser vistos. Dois grandes archotes haviam sido fixados aos pilares, e à luz desses brandões, que queimavam ao ar livre, via-se uma grande mó. Uma coisa grosseiramente montada e que talvez tivesse sido transportada às carreiras para aquele lugar de alguma forja ou oficina vizinha. O sr. Lorry, que se levantara e olhava pela janela esses objetos inofensivos, teve um arrepio de frio e voltou à sua poltrona junto da lareira. Tinha aberto não só as bandeiras envidraçadas, mas também as venezianas. Depois, fechou-as, com frio, tremendo da cabeça aos pés.

Da rua, por detrás do muro e do portão reforçado, vinha o habitual burburinho da cidade, a que de tempos em tempos se misturava um clangor indescritível, estranho e sobrenatural. Era como se sons indesejáveis e, até, de natureza terrível se elevassem para o céu.

— Graças a Deus — disse o sr. Lorry, juntando as mãos —, ninguém que me é próximo ou que me é caro se encontra nessa terrível cidade esta noite. Que Deus tenha piedade de todos os que correm perigo!

Logo depois, o sino do grande portão da rua tocou e ele pensou: "Voltaram!" e apurou o ouvido. Mas não houve qualquer invasão do pátio, como temera. Ouviu apenas que o portão batia. Nada mais. O silêncio foi de novo completo.

O nervosismo e o temor de que se achava possuído inspiravam-lhe, com respeito ao Banco, uma vaga inquietação, que qualquer convulsão maior devia naturalmente suscitar, uma vez que tais sentimentos estavam à flor da pele. A casa fechava bem, e ele já se preparava para ir ter com os homens de confiança que a guardavam, quando a sua porta se abriu de chofre, deixando entrar duas pessoas. À vista delas, o sr. Lorry caiu para trás de estupor.

Lucie e o dr. Manette! Lucie, com os braços estendidos para ele e com aquela velha expressão de fervor que lhe conhecia tão bem, mas concentrada e intensificada, a tal ponto que parecia gravada no seu rosto expressamente para dar-lhe força e poder naquele passo da sua vida.

— O que significa isso? — exclamou o sr. Lorry, tomado de confusão e quase sem fôlego. — Lucie! Manette! O que aconteceu? O que os trouxe aqui?

Com o olhar fixo no dele, lívida e desvairada, a moça atirou-se nos braços do banqueiro, suplicando:

— Oh, querido amigo! Meu marido!

— Seu marido, Lucie?

— Charles.

— O que aconteceu com Charles?

— Ele está aqui.

— Aqui em Paris?

— E já há alguns dias, três ou quatro, não sei quantos, exatamente. Não posso pensar direito. Num impulso de generosidade, ele veio sem que soubéssemos. Atendia a um apelo. Foi preso, naturalmente, na barreira. Está encarcerado.

O ancião não conseguiu conter um grito. No mesmo momento, a sineta do portão tocou de novo, e houve um grande ruído de passos e vozes no pátio.

— O que é isso? — perguntou o médico, voltando-se para a janela.

— Não abra! Não olhe! — exclamou o sr. Lorry. — Dr. Manette, pela sua vida, não toque nas venezianas!

O médico virou-se e, com a mão ainda pousada no fecho da janela, disse com um sorriso calmo e confiante:

— Meu caro amigo, minha vida está protegida por um condão nessa cidade. Fui prisioneiro da Bastilha. Não há um só patriota em Paris... Em Paris? Na França inteira, que, sabendo disso, ouse tocar um fio dos meus cabelos. Se alguém se atirar sobre mim, será para abraçar-me e carregar-me em triunfo. Minhas provações permitiram-me, por exemplo, atravessar a barreira, ter notícias de Charles e chegar até aqui. Eu sabia que seria assim. Sabia que poderia ajudar Charles. Eu disse isso a Lucie. Mas que barulho é esse? — e de novo pôs a mão na janela.

— Não olhe para fora! — repetiu o sr. Lorry, absolutamente desesperado. — Não, Lucie querida, você também não! — acrescentou, passando-lhe o braço pela cintura e detendo-a. — Não tenha medo. Juro-lhe solenemente que nada aconteceu a Charles que eu saiba. Não tinha a menor ideia de que ele pudesse estar nessa cidade fatal. Para que prisão o levaram?

— La Force.

— La Force! Lucie, minha filha, se você já foi corajosa e devotada na sua vida, e foi sempre as duas coisas, acalme-se e faça exatamente o que lhe vou pedir. Muito mais depende disso do que você imagina ou do que posso dizer. Nada pode fazer de útil hoje. De qualquer maneira, seria impossível sair. Digo-lhe isso porque o que tenho a pedir-lhe, para o bem de Charles, é a coisa mais difícil de todas. Mas cumpre que você seja dócil, quieta e calma. Cumpre que me deixe botá-la num quarto dos fundos. E que eu e seu pai fiquemos a sós por dois minutos. O caso é de Vida ou Morte e não comporta delongas.

— Obedecerei. Vejo no seu rosto que sabe que não posso fazer outra coisa. Sei que me diz a verdade.

O velho beijou-a, fê-la entrar rapidamente no seu próprio quarto e fechou a porta a chave. Depois, voltou correndo para o médico, abriu a janela e apenas parcialmente as venezianas. E, pondo a mão no braço do amigo, olhou com ele para o pátio.

Estava ocupado por uma multidão de homens e mulheres. Não eram, todavia, em número suficiente para encher o espaço. Havia ao todo quarenta ou cinquenta pessoas. Os ocupantes do corpo principal da casa tinham permitido a sua entrada e eles se precipitaram imediatamente para a mó a fim de trabalhar. Evidentemente, a pedra fora posta lá com essa finalidade e devido ao fato de ser um lugar cômodo e retirado.

Mas que terríveis trabalhadores! Que trabalho terrível!

A mó tinha uma dupla manivela. Girando-a como loucos, estavam dois homens, cujos rostos, enquadrados por cabelos compridos que voavam para trás a cada volta da roda, eram mais horríveis e cruéis que os dos piores selvagens nos seus mais bárbaros atavios. Tinham sobrancelhas falsas e falsos bigodes e suas caras estavam cobertas de sangue e suor, convulsionadas de tanto gritar, com os olhos fixos e arregalados de excitação e de falta de sono. À medida que esses rufiões giravam as manivelas, seus cabelos emaranhados ora lhes caíam nos olhos, ora eram jogados para a nuca. Algumas mulheres davam-lhes vinho na boca. E com o sangue que pingava e com o vinho e com as fagulhas que saltavam da pedra, tudo em volta deles era sangue e fogo. O olho não seria capaz de descobrir no grupo uma só criatura que não estivesse lambuzada de sangue. Acotovelando-se uns aos outros para ter acesso à pedra de amolar, havia homens nus até a cintura e besuntados no corpo e nos membros; homens vestidos de tudo o que era espécie de farrapos, com sangue manchando os farrapos; homens diabolicamente metidos em restos de roupas de mulher, com renda e seda e fitas, de tudo gotejando sangue fresco. Machadinhas, facas, baionetas, espadas, tudo o que ali traziam para amolar vinha tingido de vermelho. Algumas das espadas com defeitos e mossas vinham presas aos pulsos dos donos com pedaços de pano ou retalhos de vestidos. Eram ligaduras de vária espécie, todas impregnadas da mesma cor. E como os proprietários dessas armas as arrancavam freneticamente do chuveiro de fagulhas para sair correndo pela rua, o mesmo tom rubro da arma luzia nos olhos deles — olhos de loucos, olhos que qualquer pessoa ainda não brutalizada teria dado vinte anos de vida para vidrar com um tiro certeiro.

Bastou um momento para ver toda a cena. Diz-se que o afogado ou qualquer criatura em perigo de vida é capaz de ver tudo num relâmpago. Veriam o mundo inteiro se o mundo estivesse lá. Afastaram-se da janela, e o médico interrogou com um olhar o rosto cor de cinza do banqueiro.

— Estão — disse o sr. Lorry — a massacrar os prisioneiros — baixara a voz e lançava um olhar temeroso para o quarto fechado. — Se está seguro do poder que tem, como creio que tenha, mostre-se a esses demônios e faça-se levar até La Force. Talvez seja tarde demais, não sei, mas não podemos perder um minuto.

O dr. Manette apertou-lhe a mão, saiu do quarto de cabeça descoberta e chegou ao pátio quando o sr. Lorry olhou outra vez pela janela.

Seus longos cabelos brancos, sua fisionomia impressionante, a impetuosa confiança com a qual ele pôs as armas de lado, como água, ganharam-lhe num instante o coração do grupo que cercava a mó. Por alguns minutos houve uma pausa, depois um movimento, um murmúrio, e o som ininteligível da voz do médico. E logo o sr. Lorry o viu cercado por todos e no meio de uma linha de vinte homens, ligados ombro a ombro, que saíam para a rua conduzindo o médico com eles aos gritos de "Viva o prisioneiro da Bastilha! Salve-se o parente do prisioneiro da Bastilha detido em La Force! Abram alas para o prisioneiro da Bastilha! Salvemos o prisioneiro Évremonde de La Force!"

O sr. Lorry fechou a veneziana, depois a vidraça, com o coração aos saltos. Em seguida, correu as cortinas e foi dizer a Lucie que seu pai, ajudado pelo povo, fora buscar seu marido. Encontrou-a com a filha e com a srta. Pross. Mas nem sonhou em estranhar a presença das duas. Só muito mais tarde o fez, quando, sentado junto delas, pôde observá-las com mais tempo na calma que a noite permite.

Lucie, àquela altura, caíra por terra, tomada de estupor, agarrando-se desesperadamente à mão do banqueiro. A srta. Pross depositara a meninazinha no leito do sr. Lorry, e sua cabeça gradualmente caíra sobre o travesseiro, ao lado da cabeça da criança. Como foi longa a noite, com os gemidos da pobre esposa! Como foi longa a noite, sem que o pai voltasse e sem qualquer notícia!

Duas vezes mais, em meio à escuridão, a sineta do jardim tocou, houve o mesmo tropel de passos, e a pedra de amolar de novo trabalhou e cuspiu fagulhas.

— O que será isso? — perguntou Lucie, apavorada.

— Não grite. Os soldados amolam suas espadas aqui respondeu o sr. Lorry. — Este lugar é hoje propriedade nacional, e eles usam parte da casa como uma espécie de oficina de armeiro.

Duas vezes mais ao todo. A última sessão foi fraca, espasmódica. E, logo depois, o dia clareou e o sr. Lorry logrou soltar sua mão e, com todas as cautelas, olhou para fora outra vez. Um homem, tão sujo de sangue como só o seria um soldado ferido que voltasse a si no campo da honra, erguia-se do chão, ao lado da mó, e olhava em torno com ar idiota. Logo esse assassino extenuado distinguia à luz ainda incerta da manhã uma das carroças de Monsenhor, e, arrastando-se para o esplêndido veículo, subiu e fechou-se lá dentro para dormir nos suntuosos coxins.

A Terra, essa gigantesca pedra de moinho, dera uma volta completa quando o sr. Lorry de novo espiou para fora. O sol já era então vermelho. Mas a outra pedra, a pequena, jazia abandonada ao ar fresco da manhã. O vermelho que ela ostentava não lhe fora dado pelo sol, nem era vermelho que sol desse nem tirasse. Jamais.

3.
A sombra

Quando foi hora de abrir o escritório, uma das primeiras considerações que vieram ao espírito do sr. Lorry, como bom homem de negócios que era, foi a seguinte: ele não tinha o direito de expor o Banco Tellson a represálias, abrigando debaixo do seu teto a mulher de um emigrado já nas garras da polícia. Estava disposto a arriscar por Lucie e pela sua filha tudo o que tinha, mas como cidadão privado: vida, fortuna, liberdade. E isso sem um momento de hesitação. Mas o grande truste confiado à sua guarda não era seu para que dele pudesse dispor. Negócios são negócios.

Pensou inicialmente em Defarge, e chegou a entreter a ideia de ir vê-lo na sua loja de vinhos e pedir-lhe conselho. Onde encontrar um abrigo seguro naquela cidade enlouquecida? E, todavia, o mesmo raciocínio que lhe inspirara essa ideia levou-o a repudiá-la. Defarge vivia justamente no epicentro do sismo, no bairro mais violento de todos. Não podia deixar de ser, ali, personagem influente, isto é, engajado.

Chegou o meio-dia. E como o médico não voltasse, como a cada minuto que passava o Tellson ficava mais comprometido, o sr. Lorry tomou conselho com Lucie. Ela lhe contou que o pai tinha a intenção de se instalar provisoriamente na vizinhança. A isso o banqueiro nada podia objetar. Ademais, previa que, mesmo libertado, Charles teria as maiores dificuldades para sair de Paris. Pôs-se à caça de um alojamento e logo achou um que lhe pareceu conveniente: ficava em rua afastada, num bloco de edifícios dos mais melancólicos. As janelas sempre fechadas pareciam indicar desocupação e abandono.

Para esses cômodos o banqueiro levou Lucie, a filha e a srta. Pross, dando-lhes os confortos que conseguiu reunir (ele mesmo tinha vida espartana). Deixou Jerry com as mulheres; era massa capaz de obstruir uma porta. Além disso, sua cabeça dura poderia levar muita pancada. Feito isso, voltou às suas ocupações. Mas como poderia concentrar-se, com o espírito anuviado daquele modo? O dia foi longo e penoso.

Escoou-se por fim, exaurindo-o com ele. Até que o Banco fechou as portas. Viu-se de novo sozinho nos seus aposentos, como na noite anterior, meditando no curso a tomar, quando ouviu passos na escada. Logo um homem apresentou-se diante dele e, com um olhar penetrante, chamou-o pelo nome.

— Sim. Seu criado — disse o sr. Lorry. — O senhor me conhece, então?

Era um homem robusto, de cabelo crespo. Teria quarenta e cinco ou cinquenta anos. Ao invés de responder, repetiu as últimas palavras do banqueiro, de maneira chã, sem qualquer ênfase:

— O senhor me conhece?

— Já o vi em algum lugar.

— Na minha loja de vinhos talvez?

O sr. Lorry logo se agitou, interessado.

— Vem da parte do dr. Manette?

— Sim. Da parte do dr. Manette.

— E o que diz ele? Que mensagem lhe deu para mim?

Defarge pôs na mão ansiosa do banqueiro um pedaço de papel. Trazia, na letra do médico, as seguintes palavras: "Charles está em segurança, mas não posso deixá-lo só ainda. Consegui que o portador entregue uma palavra dele a Lucie. Leve-o até ela."

Era datada da prisão de La Force há menos de uma hora.

— O senhor quer ter a bondade de acompanhar-me até onde a mulher dele se encontra — disse o sr. Lorry, que sentia como se um grande peso lhe tivesse sido tirado das costas.

— Sim.

Observando de passagem que o tom de Defarge era curiosamente reservado e mecânico, o sr. Lorry pôs o chapéu e desceu para o pátio. Havia duas mulheres lá. Uma delas tricotava.

— Madame Defarge, sem dúvida! — disse o sr. Lorry, que a vira pela última vez, dezessete anos antes, exatamente na mesma atitude.

— Ela própria — respondeu o marido.

— Madame nos acompanha? — perguntou o sr. Lorry, vendo que a mulher caminhava na mesma direção que eles.

— Sim. A fim de familiarizar-se com os rostos das pessoas, para poder reconhecê-las depois. No interesse da segurança delas.

O sr. Lorry encarou Defarge com alguma suspeita. Começava a notar a estranheza dos seus modos. De qualquer maneira, mostrou-lhe o caminho. As duas mulheres fechavam a marcha. A segunda era a Vingança.

Passaram pelas ruas intermediárias tão depressa quanto puderam, subiram as escadas do novo domicílio, foram recebidos por Jerry, encontraram Lucie sozinha e em lágrimas. Teve um transporte de alegria com as boas notícias que o sr. Lorry lhe deu do marido e apertou a mão que lhe entregara o bilhete dele — longe de imaginar o que essa mão andara fazendo, e não distante dali, na noite anterior, e o que poderia ter feito ao próprio Charles, não fora a sorte.

"Querida. Coragem. Estou bem, seu pai tem alguma influência aqui onde me encontro. Não responda. Beije nossa filha por mim."

Era tudo. Mas para ela, a quem se destinava, era tanto, que Lucie se voltou de Defarge para a mulher dele e beijou uma das mãos que tricotavam. Era um gesto impulsivo, feminino, um gesto de afeto e gratidão, mas a mão não correspondeu — caiu, pesada e fria, e recomeçou a tricotar.

Alguma coisa no contato daquela mão fez com que Lucie estacasse. O gesto que esboçara de meter no seio a carta do marido interrompeu-se a meio. Com as mãos no ar, junto da garganta, a moça olhou aterrada para madame Defarge. Madame Defarge enfrentou as sobrancelhas levantadas e a testa franzida de Lucie com um olhar glacial e impassível.

— Minha querida — disse o sr. Lorry, à guisa de explicação —, são frequentes os tumultos de rua. E embora seja improvável que você tenha algo a temer, madame Defarge precisa conhecer bem aqueles que ela tem o poder de proteger nessas ocasiões para identificá-los quando for preciso. Creio — acrescentou, cada vez mais desconcertado e hesitante, em face da atitude dos três personagens —, creio ter explicado a situação. Não é, cidadão Defarge?

Defarge lançou um olhar sombrio à mulher e limitou-se a um grunhido afirmativo.

— Seria melhor, Lucie — continuou o sr. Lorry, fazendo o possível para ser agradável e conciliatório —, deixar a menina aqui com a nossa boa srta. Pross. Trata-se de uma senhora inglesa, Defarge, que não sabe uma palavra de francês.

A dama em questão, convencida até a raiz dos cabelos de ser páreo para qualquer estrangeiro, não se deixava abater por desgraça ou perigo. Surgiu à porta de braços cruzados e disse em inglês, dirigindo-se à Vingança, cujos olhos foram os primeiros a encontrar os seus:

— Muito bem, Cara de Pau, espero que esteja com saúde.

Emitiu em direção a madame Defarge uma tossezinha britânica. Mas nenhuma das duas mulheres fez-lhe caso.

— É essa a criança? — perguntou madame Defarge, interrompendo suas compulsivas agulhas pela primeira vez e apontando com uma delas para a pequena Lucie como se fosse o dedo do Fado.

— Sim, madame — respondeu o sr. Lorry —, essa é a filha querida do nosso prisioneiro. Filha única.

A sombra que madame Defarge e seu grupo pareciam projetar caiu tão ameaçadora sobre a cabeça da criança que a mãe instintivamente se ajoelhou no chão ao lado dela e apertou a menina contra o seio. Pareceu então que a aura de sombra, ameaçadora e sinistra, envolveu-a também.

— Basta, meu marido. Já vi o que tinha de ver. Vamos embora.

Havia tanta ameaça contida nessas palavras, não ameaça aberta, visível, mas vaga e dissimulada, que Lucie, tomada de alarme, tocou o vestido de madame Defarge com mão suplicante e disse:

— A senhora terá piedade do meu marido, não lhe fará mal, conseguirá que eu o veja?

— Seu marido não é o que me interessa aqui — respondeu madame Defarge, olhando-a com sobranceria e perfeita serenidade. — Preocupo-me é com a filha do seu pai.

— Por mim, então, tenha pena do meu marido! Por minha filha também! Ela juntará suas mãozinhas para suplicar-lhe a mesma coisa. Temos mais medo da senhora que dos outros.

madame Defarge tomou essas palavras como um cumprimento e lançou um olhar ao marido. Defarge, que roía a unha do polegar e parecia constrangido, fez um esforço para parecer severo.

— O que foi mesmo que seu marido disse nesse bilhete? — perguntou madame Defarge com um sorriso encoberto, ameaçador. — "Influência"? Não disse qualquer coisa sobre "Influência"?

— Disse que meu pai — respondeu Lucie, sacando o papel do seio, mas com os olhos assustados na mulher e não nele —, disse que meu pai tem influência lá onde ele se acha.

— Pois que ele a faça valer. Seu marido será, sem dúvida, posto em liberdade.

— Como esposa e mãe — disse Lucie fervorosamente —, imploro-lhe que se apiede de mim, que não use seu poder contra meu inocente marido mas em favor dele. Peço-lhe de mulher para mulher, como a uma irmã, tenha pena de uma esposa e mãe!

Madame Defarge contemplou a suplicante com a mesma frieza e disse, voltando-se para a amiga, a Vingança:

— As esposas e mães que conhecemos, desde que tínhamos a idade dessa menina, e antes disso, não foram levadas em consideração. Os maridos dessas mulheres, os pais dos seus filhos também foram lançados em prisões e mantidos lá. Toda nossa vida vimos mulheres sofrendo, nas suas pessoas e nas pessoas dos filhos, de fome, de sede, de frio, de indigência, doença, opressão e abandono.

— Não vimos outra coisa — disse a Vingança.

— Suportamos tudo isso e por muito tempo — disse madame Defarge, voltando o olhar para Lucie. — Julgue por si mesma. Acha que a desgraça de uma só esposa e mãe nos deve comover tanto assim?

Recomeçou a tricotar e saiu. A Vingança foi atrás dela e Defarge atrás da Vingança.

— Coragem, minha querida Lucie — disse o sr. Lorry, erguendo-a do chão. — Coragem, coragem! Até agora tudo vai bem, muito melhor do que para muita gente tão inocente quanto nós. Ânimo, e agradeça a Deus.

— Não é que eu não agradeça, mas essa mulher terrível lançou como que uma sombra sobre mim, sobre as minhas esperanças.

— Vamos, vamos — disse o sr. Lorry —, que covardia é essa num coração sempre tão bravo? Uma sombra? Oh, Lucie, isso não tem substância.

Mas ele também sentira a ameaça na maneira dos Defarges. A mesma sombra pesava no coração dele, apesar de tudo o que dizia. No fundo, ficara seriamente preocupado.

4. Calmaria em plena tempestade

O dr. Manette só voltou na manhã do quarto dia. Tanta coisa do que aconteceu nesse período terrível (e que podia ser ocultada de Lucie) foi subtraída ao conhecimento dela, e tão bem, que só muito mais tarde, já longe da França, ela ficou sabendo que mil e cem prisioneiros indefesos, dos dois sexos, e de todas as idades, haviam sido massacrados pela populaça; que quatro dias e quatro noites[22] ficaram para sempre manchados por aquele horror; e que o próprio ar em torno dela ficou corrompido pelo holocausto. Contaram-lhe apenas que o povo atacara as prisões; que todos os presos políticos haviam corrido perigo; e que alguns deles chegaram a ser levados para fora e assassinados.

Ao sr. Lorry o médico contou sob juramento de segredo, sobre o qual não precisava insistir, que a multidão o conduzira através de uma cena de indescritível carnificina até a prisão de La Force; na prisão, uma espécie de tribunal popular achava-se em sessão, julgando por conta própria; os prisioneiros eram conduzidos um a um diante dele e por ele libertados, ou mandados para a morte, ou (mais raramente) de volta para as suas celas. Apresentado pelos que o levavam aos membros do tribunal, declinara seu nome e profissão e declarara haver sido,

---

22 O autor se refere aos massacres de setembro (em francês: *journées* ou *massacres du septembre*), que duraram de 2 a 6 de setembro de 1792 em Paris e constituíram o chamado "Primeiro Terror" da Revolução Francesa. (N. do T.)

por dezoito anos, prisioneiro na Bastilha, sem julgamento ou qualquer acusação específica; então, um dos juízes levantara-se para confirmar tudo isso e identificá-lo: Defarge.

Depois de examinar os registros da prisão, que estavam em cima da mesa, verificou que seu genro ainda se encontrava entre os vivos, e se pôs a defendê-lo com o ardor de que era capaz. Alguns dos membros do tribunal dormiam, outros estavam acordados; alguns estavam sujos, manchados de sangue; outros, limpos; uns sóbrios e outros não. Aproveitando-se das aclamações que lhe fizeram, no primeiro momento, como um mártir do regime derrubado, conseguira que Charles Darnay fosse trazido à barra do tribunal para ser julgado. O prisioneiro estava a ponto de ser libertado quando a corrente em seu favor encontrou um súbito obstáculo, cuja natureza o médico não percebeu mas que levou os juízes a conferenciar em voz baixa. Então, o homem sentado à direita do presidente informou ao Dr. Manette que o prisioneiro teria de continuar sob custódia, mas ficaria, em consideração ao médico, em segurança. Imediatamente, a um sinal da mesa, Darnay fora levado embora. O dr. Manette pediu instantemente para ficar também, para que não viesse a ser entregue, por inadvertência ou má sorte, àquela turbamulta que se comprimia contra os portões e cujo vociferar muitas vezes encobria os debates no interior da prisão. Deram-lhe a permissão solicitada e ele ficou no Vestíbulo do Sangue até que o pior do perigo passasse.

As coisas que viu, por entre curtos intervalos de sono ou de refeição, não serão relatadas aqui. A louca alegria da plebe diante da libertação de alguns prisioneiros deixava-o estupefato. Mais estupefato ainda ficava com a ferocidade demonstrada contra os outros que eram literalmente feitos em pedaços. Um prisioneiro que acabara de ser solto recebeu uma lançada na rua por engano. Chamado para pensá-lo, o dr. Manette encontrou-o nos braços de uma companhia de samaritanos, que se tinham sentado sobre os cadáveres das suas vítimas. Com uma incongruência tão monstruosa quanto o resto, naquele atroz pesadelo, eles tinham ajudado o médico, cuidado do ferido com todo o desvelo e improvisado uma liteira para ele. Levaram-no, depois, sob escolta, para lugar seguro. Em seguida, os brutos pegaram de novo as armas e de novo se entregaram à carnificina mais feroz. Tão feroz que o médico cobrira os olhos com as mãos e desmaiara de horror.

Enquanto o sr. Lorry recebia essas confidências e observava o rosto do amigo, àquela altura com sessenta e dois anos de idade, um receio o tomava: de que experiências tão penosas não viessem a despertar o velho perigo. Mas jamais vira o médico com a sua aparência atual. Pela primeira vez, sentia que seus sofrimentos de outrora eram, agora, um poder. Pela primeira vez, sentia que naquele fogo ele forjara lentamente o ferro que ia agora quebrar a porta da prisão do genro e libertá-lo.

— Tudo foi para o melhor, meu caro amigo. Não foi só desastre e ruína. Assim como a minha filha bem-amada me devolveu a mim mesmo, assim eu lhe devolverei agora aquilo que lhe é mais caro. Com a ajuda do Céu, hei de fazê-lo!

Assim falou o Dr. Manette. E quando Jarvis Lorry viu os olhos acesos, a expressão resoluta, o olhar calmo e forte daquele homem cuja vida sempre lhe parecera ter sido interrompida, como um relógio sem corda, por tantos anos — e que se punha de novo a funcionar com a energia que ficara latente, hibernando, durante o tempo da inação e da inutilidade —, acreditou que ia ser como ele dizia.

Obstáculos maiores do que aqueles com que o médico lutara naquele tempo teriam cedido diante de tanta disposição. Embora ele se mantivesse no seu papel de médico profissional, à disposição de todos os que dele necessitassem, livres ou cativos, ricos ou pobres, maus e bons, usava sua influência com tanta habilidade que logo foi nomeado médico-inspetor de três prisões, dentre as quais a de La Force. Podia agora assegurar a Lucie que seu marido já não estava na solitária, mas convivia com os demais prisioneiros. Via-o toda semana e levava mensagens dele para a mulher, bebidas diretamente dos seus lábios. Algumas vezes Charles enviava-lhe cartas (nunca, porém, por intermédio do médico). Ele mesmo não estava autorizado a receber correspondência. Dentre as histórias fantasiosas de conspiração que corriam sobre as prisões, a mais comum era a que apontava como principais culpados os emigrados com amigos sabidos ou contatos permanentes no exterior.

A nova existência do dr. Manette era, sem dúvida, cheia de riscos. E, todavia, o sr. Lorry podia ver nela uma fonte de orgulho para o seu velho amigo. Mas de orgulho natural e digno, que nada tisnava. O médico sabia muito bem que até então seus anos de Bastilha estavam associados no espírito de sua filha e do sr. Lorry com sofrimento pessoal, privações e fraqueza. Tudo isso mudara agora. Era justamente graças a essas antigas provações que ele se via investido das forças com as quais ambos contavam para a salvação final de Charles. E de tal modo se exaltava com isso que assumia naturalmente o comando, esperando dos outros, mais fracos, que contassem com a sua força. Sua posição anterior com relação a Lucie se invertera, mas só como a gratidão mais sincera e a maior afeição poderiam fazê-lo, pois seu orgulho consistia justamente em poder fazer alguma coisa por ela que tanto fizera por ele. "Tudo muito curioso", pensava o sr. Lorry com a sua sagacidade habitual, "mas também natural e correto. Pois então, assuma a direção, meu amigo, que ela não poderia estar em melhores mãos."

Mas, embora o médico tentasse, por todos os meios e modos, e jamais deixasse de tentar, que pusessem Darnay em liberdade, ou que pelo menos o levassem a julgamento, o curso da Revolução já era, àquela altura, forte demais e rápido demais para ele. A nova era começava. O rei fora julgado, condenado e decapitado. A República da Liberdade, Igualdade, Fraternidade, ou Morte tomou posição contra o mundo em armas e, agora, era Vitória ou Morte. A bandeira negra drapejava noite e dia no alto das grandes torres de Notre-Dame. Trezentos mil homens chamados a enfrentar os tiranos da terra ergueram-se de todos os recantos da França como se os dentes do dragão tivessem sido semeados ao acaso e dado fruto igualmente na montanha e na planície, nas rochas, no cascalho e na lama aluvial, sob o céu límpido do sul como sob as nuvens do norte, em descampados como em florestas, nos vinhedos como nos olivais, por entre a grama tosada rente e no restolho do milho, ao longo das barrancas ridentes dos rios caudalosos e na areia das praias. Que interesse particular, como o de Charles, podia prevalecer contra o dilúvio desse Ano I da Liberdade — um dilúvio que subia da terra ao invés de descer em catadupas do céu, e com as janelas do Céu fechadas, não abertas!

Não havia pausa, nem piedade, nem paz, nem intervalo de repouso, nem medida de tempo. Se bem que os dias e as noites se sucedessem com a regularidade da aurora do mundo, quando a manhã e a tarde eram o primeiro dia, outra contagem do tempo não havia. O controle deste se perdera naquela febre que se apoderara da nação, como acontece quando o doente é um só. Num momento, quebrando o insólito silêncio de uma cidade inteira, o carrasco exibia ao povo a cabeça do rei, e logo, ou assim parecia, a cabeça da sua bela mulher, que tivera oito meses de prisão, viuvez e miséria para embranquecer.

No entanto, e segundo a estranha lei das contradições que impera nesses casos, como parecia longo e interminável esse tempo que voava! Um tribunal revolucionário na capital e quarenta ou cinquenta mil comitês revolucionários em todo o país; uma Lei dos Suspeitos que deu cabo da segurança de todos os cidadãos — todos podiam perder de uma hora para outra a vida e a liberdade, e qualquer inocente podia ser entregue a qualquer facínora; as prisões regurgitavam de gente que nada fizera, mas que não conseguia ser ouvida; tudo isso passou a fazer parte da ordem das coisas, como se assim tivesse ficado estabelecido desde todo o sempre. De fato, após alguns dias, essas coisas pareciam tão velhas quanto o mundo. Acima de tudo, uma figura se fez conhecida e dominante como se tivesse estado desde a Criação, como estava agora, à vista de todos: a cortante silhueta feminina da Guilhotina.

Servia de tema a incontáveis pilhérias populares: era a cura ideal para as dores de cabeça; impedia que os cabelos ficassem brancos; dava à tez uma delicadeza especial; quem beijava a Guilhotina, olhava pela janela e espirrava na cesta. Era o símbolo da regeneração da raça humana. Batia a Cruz de longe. Modelos seus eram usados no pescoço, de onde a Cruz fora banida, e as pessoas se inclinavam diante dela e acreditavam nela, se bem que não piamente. Já não acreditavam na Cruz.

Cortara tantas cabeças fora, que tanto ela quanto o chão que poluía ficavam tintos de vermelho e apodreciam. Era desmontada, como se fosse o brinquedo de algum demônio ainda infante, e juntada de novo quando a ocasião assim exigia. Fazia calar o eloquente, abatia o poderoso, abolia bondade e beleza. Numa só manhã decapitara vinte e dois amigos da maior notoriedade pública, dos quais vinte e um vivos e um morto[23] — e não levara mais do que outros tantos minutos para completar a tarefa. O nome do homem forte do Velho Testamento era o do servidor público encarregado de manejá-la. E armado só com aquele triângulo de aço, era mais poderoso e mais cego do que o outro, e punha abaixo diariamente as portas do Templo do Deus verdadeiro todo dia.[24]

Em meio a esses terrores, e à progênie que eles geravam, o dr. Manette se movia impávido. Confiante no seu poder, cauteloso mas paciente na empresa que se tinha proposto, nunca duvidava de que no fim salvaria o marido de Lucie. Mas o curso do tempo era tão impetuoso e veloz que Charles já estava preso havia um ano e três meses quando o médico se mostrava assim calmo e confiante. A Revolução ficara tão perversa e desvairada naquele mês de dezembro, que os rios do sul viviam cheios de corpos dos que eram violentamente afogados à noite, e fuzilavam-se prisioneiros em formação, ora em linha, ora em quadrados, sob o desmaiado sol do inverno. E, todavia, o médico se movia por entre esses terrores de cabeça fria. Ninguém era mais conhecido do que ele em Paris naqueles dias. Ninguém tinha posição mais estranha.

---

23 Dos trinta e dois girondinos acusados, aos quais foi dada ordem de prisão, vinte e dois submeteram-se. Os demais fugiram para o interior, Normandia principalmente (Calvados). Os vinte e dois foram julgados a partir de 24 de outubro, condenados à morte e guilhotinados a 31 do mesmo mês. Um deles, Charles Eléonor du Friche de Valazé, de Alençon (nascido em 1751), suicidou-se com um punhal ao ouvir a sentença. Guilhotinaram o cadáver na Praça da Revolução. (N. do T.)

24 O autor se refere a Sansão, o personagem bíblico (francês: Sanson), e aos dois Sansons, pai e filho, carrascos de Paris. O primeiro, Charles Sanson (1740-1793), executou o rei; o outro, Henri Sanson (1767-1840), executou a rainha, sua cunhada madame Elizabeth, e o duque de Orléans, Philippe Egalité. (N. do T.)

Calado, humano, indispensável em hospital e prisão, distribuindo seus serviços igualmente entre assassinos e vítimas, era um homem à parte. No exercício da sua arte, o aspecto e a história do antigo prisioneiro da Bastilha faziam dele uma figura à parte. Estava acima de qualquer suspeita, tal como se tivesse de fato ressuscitado dezoito anos antes ou fosse um espírito puro movendo-se entre mortais.

5.

O serrador

um ano e três meses. Durante todo esse tempo, Lucie jamais esteve segura de que a Guilhotina não acabaria decepando a cabeça do seu marido a qualquer hora. Todo dia, agora, as carroças rolavam com estrépito pelas ruas de calçamento irregular, cheias de condenados. Moças de arrebatadora beleza, mulheres brilhantes, de cabelos castanhos, negros e grisalhos; moços; homens na força da idade e anciãos; gente bem-nascida e camponeses. Eram, todos eles, o vinho tinto da Guilhotina, tirados diariamente das escuras adegas das prisões e arrastados pela via pública a fim de estancar a sua sede devoradora. Liberdade, Igualdade, Fraternidade, ou Morte. A última muito mais fácil de conceder que as demais, ó Guilhotina!

Se, aturdida pelo inesperado da calamidade que recaíra sobre ela e pela velocidade alucinante das rodas do tempo, a filha do médico se tivesse limitado a esperar pelo desenlace, tomada de desespero, seu fado não teria sido diverso do fado de muitas outras. Mas, desde o momento em que, nas águas-furtadas do Faubourg Saint-Antoine, ela estreitara a cabeça encanecida do pai contra o seu peito jovem, assumira o dever que lhe incumbia e fora, desde então, fiel a ele. E era mais fiel do que nunca nesse período de provação — como o são as almas tranquilas e leais.

Logo que se estabeleceram na nova residência e que seu pai se adaptou à rotina das novas obrigações, ela cuidara de pôr em ordem o pequeno apartamento exatamente como se o marido estivesse com eles. Tudo tinha o seu lugar e tudo o seu tempo. Ensinava a pequena Lucie com regularidade, como o faria se estivessem na Inglaterra. E enganava a espera com pequenos artifícios, como a escolha de uma poltrona para Charles ou a arrumação dos seus livros. Esses arranjos e a solene prece, à noite, por intenção de um certo prisioneiro perdido entre tantos outros à sombra da morte, eram o único lenitivo para o seu coração acabrunhado.

Ela não mudou muito na aparência. Os vestidos singelos, escuros, que eram como roupa de luto, que ela e a menina usavam, estavam sempre tão limpos e bem cuidados quanto as roupas alegres de outros tempos mais felizes. Ela perdeu a cor, e aquela expressão característica, concentrada, era agora uma constante, não uma coisa ocasional. Afora isso, continuou bonita e graciosa. Às vezes, à noite, quando dava boa noite ao pai com um beijo, debulhava-se em lágrimas, as lágrimas que represara o dia todo, e dizia ao velho que, abaixo de Deus, ele era a sua única esperança. Ao que ele invariavelmente respondia, seguro de si:

— Nada pode acontecer a Charles sem o meu conhecimento. Tenho certeza de que poderei salvá-lo.

Não haviam passado muitas semanas dessa vida nova quando o dr. Manette, ao voltar, para casa, disse:

— Minha querida, há na prisão uma janela, bem no alto, a que Charles tem acesso de vez em quando às três horas da tarde. O que depende de muitos fatores e incidentes imponderáveis. Mas de lá ele pode vê-la na rua, se ficar num lugar determinado, que ele me mostrou e que vou mostrar-lhe. Mas você não poderá vê-lo. Mesmo que pudesse, seria perigoso acenar para ele.

— Oh! Mostre-me esse lugar, meu pai, e lá estarei todos os dias.

Daquele dia em diante, fosse qual fosse o tempo, ela ficava lá duas horas. Chegava ao soar das duas da tarde e às quatro voltava para casa resignadamente. Quando não chovia muito ou não fazia muito frio, levava a menina. E não faltou um único dia.

Era numa esquina escura e suja de uma pequena rua tortuosa. O telheiro de um homem que serrava madeira e vendia lenha era a única construção. Ficava no fim da rua. O resto eram muros. Ia lá há três dias quando o homem a viu e cumprimentou:

— Bom dia, cidadã.

— Bom dia, cidadão.

Era a maneira oficial de saudar as pessoas, prescrita por decreto. Fora estabelecida voluntariamente há algum tempo, entre os patriotas mais ardentes. Agora, era geral e de rigor.

— Passeando de novo por aqui, cidadã?

— Como vê.

O serrador, que era um homem baixinho, com uma certa redundância de gestos (fora consertador de estradas antes), lançou um olhar de esguelha para a prisão, apontou-a e, pondo os dez dedos abertos diante do rosto para simular grades, ficou a espreitar por detrás deles, com ar de riso.

— Mas afinal — disse — não tenho nada com isso.

E continuou a serrar sua madeira.

No dia seguinte, esperava por ela e logo a interpelou:

— O quê? Outra vez, cidadã?

— Sim, cidadão.

— Ah! E com uma criança pela mão! É sua mãe, minha cidadãzinha?

— Devo dizer que sim, mamãe? — perguntou a pequena Lucie, achegando-se a ela.

— Sim, minha querida.

— Ah! Mas, como já disse, não tenho nada com isso. Tenho é com o meu trabalho. Olhe a minha serra! Não é uma pequena guilhotina? Tralali, tralalá! Veja! Lá se vai a cabeça!

A acha caiu, como ele dizia, e o serrador atirou-a na cesta.

— Eu sou o Sanson da guilhotina da lenha! Olhe bem: reque, reque, reque. E lá se vai a cabeça! De mulher! Outra: agora de homem: reque, reque, reque e paque! Lá se vai a cabeça dele. Uma terceira, de criança. Olhe só: rique, rique, rique e paque. Pronto! Cortadinha. A família inteira.

Lucie teve um calafrio vendo-o lançar novas "cabeças" de madeira na cesta. Mas era impossível ficar no seu posto sem ser vista pelo homem, se ele estava em casa. Assim, para conquistar a boa vontade dele, ela sempre lhe dirigia a palavra ao chegar e muitas vezes dava-lhe algum dinheiro para um trago, que ele sempre aceitava celeremente.

Era homem perguntador, curioso. Lucie muitas vezes se esquecia dele enquanto contemplava o telhado da prisão e suas grades, com o coração voltado para o marido. E logo que dava acordo de si, lá estava o homenzinho de serra parada e joelho apoiado na banca.

— Não é assunto meu! — dizia nessas ocasiões. E punha-se a serrar outra vez.

Com qualquer tempo, na neve e no frio mais forte do inverno, nos ventos da primavera, ao sol quente do verão, nas chuvas do outono e de novo no frio, Lucie passava duas horas todo dia naquele lugar. E quando se ia embora, beijava a muralha da prisão. Seu marido a viu (soube pelo pai) uma vez em cada cinco ou seis; viu-a excepcionalmente duas ou três vezes seguidas. Mas também aconteceu-lhe ficar uma semana e quinze dias sem vê-la. Mas bastava-lhe que ele pudesse ter essa alegria de quando em quando. Se fosse o caso, ela ficaria ali o dia inteiro sete dias por semana.

Essas ocupações levaram-na até o mês de dezembro, enquanto seu pai se movia, como dissemos, impávido, em meio a todos os terrores. Numa tarde em que nevava um pouco, ela percebeu, a caminho do seu posto, que era dia de festa. Havia grande júbilo, as casas estavam decoradas com pequenos chuços e barretes frígios, com as cores da liberdade, azul, branco, vermelho, e a inscrição tradicional: Liberdade, Igualdade, Fraternidade, ou Morte!

O miserável telheiro do serrador de madeira era tão pequeno que a divisa não cabia de ponta a ponta na fachada. Alguém a rabiscara assim mesmo para ele, e o artista conseguira a custo espremer "ou Morte" num canto. No alto da empena ele espetara o chuço com seu indefectível gorrinho vermelho, como bom cidadão que era, e pusera a serra atrás de uma vidraça com a inscrição "Pequena Santa Guilhotina" — pois que a grande fêmea cortante vinha de ser canonizada pelo populacho. A oficina estava fechada e ele não se achava em casa, o que, para Lucie, era um alívio.

Mas não andava longe. Logo ela escutou um tumulto de gritos, que se aproximava, e encheu-se de pavor. Um momento depois, um magote de gente apareceu na esquina, do outro lado da rua, onde ficava a prisão, e no meio do grupo ela reconheceu o serrador de lenha de mãos dadas com a Vingança. Não havia menos de quinhentas pessoas, e dançavam como cinco mil demônios, sem outra música que sua própria cantoria. Dançavam ao som da canção popular da Revolução, num ritmo tão feroz que era como se rilhassem os dentes em uníssono. Homens e mulheres dançavam juntos, dançavam mulheres com mulheres e homens com homens, ao acaso. No começo, era apenas uma confusão de barretes vermelhos e de trapos grosseiros de lã. Mas, à medida que enchiam o sítio, sempre dançando, e envolviam Lucie, algumas figurações frenéticas se formaram. Aqueles estranhos dervixes avançavam, recuavam, batiam nas mãos uns dos outros, agarravam-se pela cabeça, rodopiavam como loucos sobre si mesmos, depois se agarravam aos pares e giravam outra vez, por tanto tempo e em tal velocidade que alguns caíam por terra. Os demais, deixando-os no chão, davam-se as mãos e dançavam em torno deles numa ciranda infernal. Depois, o círculo se desfazia e era em pequenas rodas de dois e de três que eles dançavam e dançavam até pararem todos de repente, e recomeçarem a pegar, a saltar, a puxar-se pelos cabelos, agora em sentido inverso. De súbito, paravam mais uma vez, faziam uma pausa maior, recomeçavam a cantar e a dançar, formando duas linhas que ocupavam toda a largura da rua. Então, de cabeça baixa e de braços para o alto, avançavam numa carga, berrando como possessos. Nenhuma luta poderia ser tão assustadora e terrível quanto essa dança. Era enfaticamente um esporte decaído — um jogo outrora inocente, agora demente e prostituído e entregue a todos os demônios. Um passatempo saudável mudado em meio de excitar o sangue, de turbar os sentidos, de endurecer o coração. E a graça que nele ficara e que se podia ainda entrever servia apenas para mostrar o quanto as coisas boas por natureza podiam tornar-se más e pervertidas. O seio virginal descoberto e impudico, a cabeça adolescente, quase infantil, tomada de delírio, o pé delicado marcando o ritmo naquele atoleiro de sangue e de pó, eram momentos daquele tempo desconexo.

Dançava-se a *Carmagnole*. Quando a ciranda passou, desabrida, deixando Lucie entre temerosa e desnorteada à porta da casa do serrador, os flocos de neve, leves como plumas, recomeçaram a cair, atapetando o chão, brancos e macios, como se nada tivesse havido.

— Oh, pai! — disse ao dr. Manette, que surgira a seu lado e que ela viu ao erguer os olhos que tinha tapado com a mão. — Que visão de pesadelo! Que coisa atroz!

— Eu sei, minha querida, eu sei. Já vi essa dança muitas vezes. Não se assuste. Nenhum desses lhe fará mal.

— Não tenho medo por mim, pai. Mas quando penso em meu marido e no que é lícito esperar da misericórdia dessa gente...

— Nós o teremos fora do alcance deles muito em breve. Quando o deixei, subia para a janela e vim justamente avisá-la. Não há ninguém por perto que possa ver-nos. Mande-lhe um beijo com a mão. É o telhado mais alto.

— Pronto, pai. Minha alma foi com o beijo.

— Você não pode vê-lo, não é?

— Não, meu pai — disse Lucie em lágrimas, beijando a mão do dr. Manette. — Não.

Passos na neve. Madame Defarge.

— Meus cumprimentos, cidadã — disse o médico.

— Cumprimentos, cidadão.

Só isso. De passagem. E madame Defarge afastou-se como uma sombra na rua branca.

— Seu braço, meu amor. Faça cara alegre e animada, por causa dele. — E depois que já caminhavam há algum tempo: — Muito bem. E não será em vão. Charles vai ser julgado amanhã.

— Amanhã!

— Não há tempo a perder. Estou preparado, mas há precauções a tomar, que não podiam ser providenciadas antes que o citassem. Ele não sabe ainda, mas eu sei. Amanhã será transferido para a Conciergerie. Tenho meus informantes. Você está com medo?

Ela mal conseguiu responder:

— Confio no senhor.

— Pois confie. Inteiramente. A agonia da espera está chegando ao fim. Charles lhe será restituído dentro de poucas horas. Cerquei-o de todas as proteções possíveis. Mas ainda preciso ver o sr. Lorry.

Calou-se. Ouvia-se um pesado rumor de rodas. Ambos sabiam muito bem o que significava. Uma, duas, três. Três carroças, com sua carga monstruosa, cujo estrépito a neve espessa já engolia na distância.

— Preciso ver o sr. Lorry — repetiu o médico, tomando a direção oposta.

O velho cavalheiro imperturbável ainda se achava no seu posto, que jamais abandonara. Ele e seus livros eram requisitados frequentemente, para elucidar pontos relativos à propriedade que fora confiscada e era agora bem nacional. O que o banqueiro pôde salvar para os legítimos proprietários, salvou. Ninguém o faria melhor, ninguém defenderia tão bem e com tanta serenidade aquilo que o Tellson tinha sob sua custódia.

O céu escuro, vermelho e ocre, a névoa que subia do Sena, anunciavam que a noite se aproximava. Já estava quase escuro quando chegaram ao Banco. A imponente residência de Monsenhor estava desfigurada e deserta. Acima de um monte de cisco e cinzas, no pátio, liam-se as palavras: Propriedade Nacional. República Una e Indivisível. Liberdade, Igualdade, Fraternidade, ou Morte!

Quem poderia estar lá dentro em conferência com o sr. Lorry? De quem seria o manto de viagem, esquecido pelo cavaleiro em cima de uma cadeira? Pelo cavaleiro que não queria ser visto. Quem o sr. Lorry teria deixado no seu escritório, quando surgiu, agitado e surpreso, para saudar a sua querida Lucie? A quem estaria repetindo as palavras entrecortadas da moça, quando disse em voz alta com um olhar para a porta de onde saíra: "Transferido para a Conciergerie e citado perante os juízes para amanhã?"

6.

Vitória

O temível tribunal de cinco juízes, promotor público e júri resoluto estava em sessão diariamente. Suas listas eram expedidas toda noite e lidas aos prisioneiros, nas diversas prisões, pelos seus carcereiros. A pilhéria corrente era a seguinte: "Chegou o vespertino! Adiantem-se para ouvir as últimas notícias, ó de casa!"

— Charles Évremonde, dito Darnay!

Assim começava — afinal! — naquele dia o Jornal da Tarde em La Force.

Quando um nome era chamado, o prisioneiro em causa dava um passo à frente e ia postar-se num canto reservado para esse fim. Charles Évremonde, dito Darnay, tinha bons motivos para conhecer o costume: vira centenas de companheiros serem levados assim.

Seu carcereiro, o homem do rosto opado, que usava óculos para ler, olhava por cima deles a fim de certificar-se se o nomeado atendera à convocação. E prosseguia com a sua lista, fazendo pequenas pausas depois de cada nome. Havia vinte e três nomes naquela noite, mas só vinte responderam: um dos chamados morrera no cárcere, coisa que tinham esquecido, e os outros dois já tinham sido guilhotinados e estavam igualmente esquecidos. A lista foi lida no grande salão abobadado onde Darnay encontrara reunidos, ao chegar, todos os prisioneiros não condenados à solitária. Todos, sem exceção, haviam perecido nos massacres. Toda criatura a que, desde então, ele se ligara, fora dele separada e morrera na Guilhotina.

Houve palavras apressadas de despedida e de simpatia, mas tais efusões duraram pouco. Afinal, aquilo acontecia todos os dias, e a sociedade de La Force ocupava-se em preparar um jogo de prendas e um pequeno concerto para aquela noite. Reuniram-se junto às grades e derramaram algumas lágrimas. Mas havia que prover à substituição de vinte ausentes (como preencher essas vagas?), e o tempo era curto até a hora em que os salões de ocupação coletiva eram fechados e os corredores entregues aos enormes mastins que faziam a guarda durante a noite. Os prisioneiros não eram insensíveis ou indiferentes, longe disso; mas sua atitude era fruto das circunstâncias da época. Do mesmo modo, embora com uma sutil diferença, uma espécie de fervor ou intoxicação, que levara algumas pessoas a desafiarem desnecessariamente a Guilhotina e a morrer nela, não era uma pura explosão de bazófia, mas uma infecção contagiosa, endêmica, da mente coletiva, de há muito desconjuntada e confusa. Em tempo de peste, alguns experimentam uma espécie de atração fatal pela doença — uma secreta, fugaz, mas terrível inclinação de morrer como os demais, vítima do flagelo. Todos nós levamos espantos desse tipo escondidos no peito; basta uma ocasião para que se manifestem.

A passagem para a Conciergerie era curta e escura. A noite, entre as suas paredes, infectadas de insetos asquerosos, foi longa e fria. No dia seguinte, quinze prisioneiros foram chamados à barra do tribunal antes de Charles Darnay. Todos os quinze foram condenados, e o julgamento deles durou, quando muito, uma hora e meia.

— Charles Évremonde, dito Darnay!

Os juízes, no seu banco, tinham chapéus de pluma na cabeça. Mas o grosseiro barrete vermelho com uma cocarda tricolor prevalecia na sala. Olhando o júri e a turbulenta audiência, ele talvez pensasse que a ordem das coisas se invertera e que eram os criminosos que julgavam os homens honestos. A mais baixa, cruel e desprezível canalha da cidade — toda cidade tem sua quota de gente baixa e perversa — parecia dar as cartas ali: trocando comentários em altas vozes, aplaudindo, desaprovando, antecipando e precipitando o resultado, sem que os juízes interviessem. Dos homens, a maior parte estava armada de várias maneiras.

Das mulheres, algumas tinham facas, outras adagas. Algumas comiam e bebiam enquanto olhavam; outras faziam tricô. Dentre as últimas, havia uma que levava um trabalho de reserva debaixo do braço. Estava na primeira fila, ao lado de um homem que o prisioneiro não vira desde sua chegada à França mas que reconheceu logo como Defarge. Notou que a mulher, por duas ou três vezes, cochichou-lhe qualquer coisa ao ouvido e que parecia ser sua esposa. O que mais lhe chamou a atenção na atitude desses dois personagens foi o fato de não olharem para ele, embora estivessem tão perto quanto possível do lugar onde se encontrava. Pareciam esperar por alguma coisa com uma determinação inflexível. Olhavam fixa e unicamente para os jurados. Logo abaixo do presidente, sentava-se o dr. Manette, no seu traje escuro de todos os dias. Tanto quanto Charles podia ver, ele e o sr. Lorry eram os únicos homens presentes, além dos juízes, que vestiam suas roupas comuns. Os demais envergavam o grosseiro costume da *Carmagnole*.

Charles Évremonde, dito Darnay, foi acusado pelo promotor público de ser um emigrado e, nessa qualidade, um perigo para a República, que havia decretado o banimento de todos os foragidos sob pena de morte. De nada lhe adiantava que tal decreto fosse posterior à data de sua entrada no país. Ali estava ele e ali estava o decreto. Fora capturado em território francês e a justiça pedia sua cabeça.

— Cortem-lhe a cabeça! — gritava a plateia. — É um inimigo da República!

O presidente agitou sua sineta pedindo silêncio e perguntou ao prisioneiro se era exato que ele vivera muitos anos na Inglaterra.

Sim, era exato.

Nesse caso: não era um emigrado? Ele mesmo como se denominaria?

Não um emigrado no sentido e no espírito da lei.

Por que não?, queria saber o juiz.

Porque renunciara voluntariamente a um título que lhe era odioso e a uma posição que tinha igualmente por detestável. E deixara em seguida o país. Tudo isso antes que a palavra "emigrado" adquirisse o sentido que lhe dava agora o tribunal. Deixara o país para viver do seu próprio trabalho na Inglaterra, em vez de viver às custas do explorado povo da França.

Que prova podia oferecer?

Citou o nome de duas testemunhas: Théophile Gabelle e Alexandre Manette.

Mas ele se casara na Inglaterra?, lembrou-lhe o presidente do tribunal.

Sim, mas não com uma inglesa.

Com uma cidadã francesa, então?

Seu nome e nome de família?

Lucie Manette, filha única do dr. Manette, o devotado médico ali presente.

Essa resposta surtiu o melhor efeito sobre a audiência. Gritos de exaltação ao médico, pessoa muito conhecida e admirada, ecoaram pelo salão. E tão caprichoso e volátil era o povo que logo muitas lágrimas rolaram em faces da maior ferocidade, de olhos que um momento antes fixavam o acusado com impaciência, como se não pudessem esperar pelo momento de espetar-lhe seus chuços na rua e matá-lo.

Nesses seus primeiros passos em terreno tão escorregadio, Charles Darnay seguira estritamente as reiteradas instruções do dr. Manette. Os mesmos conselhos judiciosos deveriam orientar cada passo a seguir, pois haviam preparado juntos cada polegada do caminho.

Por que regressara à França quando o fez e não antes?

Não voltara antes, respondeu com simplicidade, por não ter meios de vida, salvo aqueles a que renunciara, enquanto que na Inglaterra ganhava seu pão dando aulas de francês e de literatura francesa. Voltara agora para atender ao apelo escrito e urgente de um cidadão francês, cuja vida corria perigo, segundo o dito apelo, por culpa da sua ausência. Viera, então, para salvar a vida de um cidadão, para testemunhar em favor dele — e da verdade —, fosse qual fosse o risco. Seria isso criminoso aos olhos da República?

O povo presente gritou com entusiasmo: "Não!" e o presidente do tribunal fez soar de novo a sineta para impor silêncio. O que não conseguiu. Os assistentes continuaram a gritar "Não!" enquanto quiseram e só deixaram de fazê-lo quando assim decidiram por conta própria.

O juiz pediu o nome do cidadão que lhe escrevera. Charles explicou que se tratava da sua primeira testemunha de defesa. Também se referiu à carta do dito cidadão, que lhe fora confiscada na fronteira, mas que seguramente estaria ali, entre os papéis que se viam diante do presidente.

O médico cuidara de que estivesse, efetivamente, incorporada ao processo do acusado. E nessa altura do julgamento a carta de Gabelle foi mostrada e lida em voz alta. O cidadão Gabelle foi chamado para confirmá-la, coisa que ele fez, acrescentando, com infinita cautela e polidez, que, assoberbado de trabalho em face da multidão de inimigos da República que tinha de combater, o tribunal o deixara ficar na Prisão da Abadia; na verdade, sua existência escapara à memória cívica do tribunal, o qual, no entanto, três dias antes o convocara e pusera em liberdade. Segundo o júri, a acusação contra ele era agora insubsistente com a apresentação do cidadão Évremonde, dito Darnay.

O dr. Manette foi chamado em seguida. Sua grande popularidade e a clareza de suas respostas fizeram grande impressão entre a assistência. À medida que falava e mostrava que o acusado fora o seu primeiro amigo depois que saíra da Bastilha; que permanecera na Inglaterra, sempre fiel e devotado à sua filha e a ele; que longe de gozar da boa vontade do governo inglês, aristocrático, fora julgado como inimigo da Inglaterra e amigo dos Estados Unidos; à medida que fazia valer todas essas circunstâncias, com a maior discrição e com a força da verdade e da sinceridade, o júri se fez um com o povo. Por fim, quando apelou nominalmente para o sr. Lorry, cidadão inglês ali presente, o qual, como ele, fora testemunha do julgamento de Londres e podia confirmar o que vinha de dizer, o júri declarou-se satisfeito com o que ouvira e pronto a proferir seu voto se o juiz assim desejasse.

A cada voto proferido — os jurados votavam individualmente e em voz alta —, o povo aplaudia ruidosamente. Todos os votos foram em favor do prisioneiro, e o presidente declarou-o livre.

Começou, então, uma dessas extraordinárias cenas com as quais a multidão por vezes se permite satisfazer seus melhores impulsos de generosidade ou de clemência (fugazes embora) e que funcionam como contrapeso às suas explosões de fúria cega. Ninguém poderia dizer qual desses motivos prevaleceu no caso em pauta. Provavelmente uma combinação dos três, com o segundo predominando sobre os demais. Logo que a sentença foi proferida, as lágrimas correram com a mesma profusão com que o sangue corria em outras circunstâncias. O prisioneiro viu-se sufocado com os abraços fraternos que homens e mulheres se deram pressa em levar-lhe, na jubilosa confusão que se estabeleceu. Enfraquecido pela longa e penosa detenção, Charles Darnay quase desmaiou de esgotamento. Acresce que conhecia aquele povo e sabia muito bem que, levado por outra corrente, se teria precipitado com a mesma intensidade para ele, mas a fim de fazê-lo em pedaços e distribuí-los pela rua.

Sua retirada da sala para permitir a entrada de outros prisioneiros livrou-o daquelas carícias por um momento. Cinco pessoas iam ser julgadas juntas, depois dele, acusadas de omissão: eram inimigas da República por não terem movido uma palha em seu favor. E tão depressa agiu o tribunal, ansioso por se compensar a si mesmo e à nação pela oportunidade perdida, isto é, pela absolvição do tal Évremonde, que foram todos condenados à morte e a sentença mandada executar no prazo de vinte e quatro horas. O primeiro deles lhe deu a notícia, fazendo o sinal corrente nas prisões — um dedo levantado para Morte — e todos acrescentaram em palavras: "Viva a República!"

Os cinco, é verdade, não tinham tido um público capaz de alongar a sessão. Pois logo que ele e o dr. Manette emergiram do portão deram, na rua, com a mesma multidão que enchia há pouco a sala do tribunal. Eram os mesmos rostos. Faltavam dois, é verdade, e por estes ele buscou em vão. À saída de Charles, o povo se precipitou outra vez para ele, chorando, beijando-o e gritando, alternadamente ou ao mesmo tempo, até que o próprio rio, que passava perto, pareceu contagiado da febre popular desencadeada à sua margem, e seu curso ficou mais rápido e túrbido.

Puseram-no numa grande cadeira que tinham levado, talvez tirada da própria sala de audiências ou de uma das outras salas e corredores. A cadeira fora coberta com uma bandeira vermelha e no espaldar alguém fincara a indefectível lança com seu indefectível barrete frígio. Nesse improvisado carro da vitória, Charles foi levado em triunfo e nem as instâncias do médico conseguiram impedir que isso acontecesse. Nos ombros dos homens, por cima de um mar de gorros vermelhos, de cujas profundezas emergiam destroços de rostos devastados, Charles lutava para conservar a lucidez: parecia-lhe estar na carroça fatídica a caminho da horrenda Guilhotina.

A procissão de insânia e pesadelo ia arrebanhando gente pelo caminho. Os passantes eram abraçados, apontavam-lhes Charles, e seguiam em frente. Tingindo de vermelho — o onipresente vermelho da República — as ruas que a neve vestira de um branco imaculado, e que eles mesmos tinham antes manchado de um rubro mais profundo e mais sombrio, o cortejo prosseguiu, serpenteante e aos tropeções, até o pátio do edifício em que a família vivia. O dr. Manette fora na frente, a fim de prevenir Lucie e prepará-la. Mesmo assim, quando o marido chegou e foi apeado do seu andor, ela caiu desmaiada nos seus braços.

Diante de tal cena, e enquanto Charles estreitava a mulher contra o peito, de modo que as suas próprias lágrimas e os lábios dela se uniram sem que ninguém os visse, alguns dos populares puseram-se a dançar. E logo todos dançavam como loucos, e o pátio ficou cheio a transbordar com a *Carmagnole*. A certa altura, içaram uma jovem qualquer à cadeira agora vazia e carregaram-na aos ombros como a Deusa da Liberdade. A multidão engrossou, derramou-se para fora do portão, encheu as ruas adjacentes, os cais do Sena vizinho, a ponte. E a ciranda infernal da *Carmagnole* arrastou a todos no seu turbilhão e os conduziu para longe dali.

Depois de apertar a mão do médico, impante e vitorioso; de apertar a mão do sr. Lorry, que chegou quase sem fôlego por ter lutado na rua contra a tromba-d'água da *Carmagnole;* de beijar a pequenina Lucie, que a srta. Pross levantou do chão para que ela pudesse pôr os bracinhos em torno do pescoço do pai; e de saudar essa fiel e zelosa amiga, Charles tomou a esposa nos braços e levou-a para os seus aposentos.

— Lucie, meu amor! Estou salvo!

— Oh, amado Charles, demos graças a Deus. Deixe que eu Lhe agradeça de joelhos, pois foi de joelhos que Lhe roguei por você.

Juntos, curvaram a cabeça numa ação de graças silenciosa. E quando de novo ela se aninhou nos seus braços, Charles disse:

— E agora agradeça a seu pai, Lucie. Ninguém na França poderia fazer o que ele fez por mim.

Lucie descansou a cabeça no peito do pai, como outrora descansara a cabeça dele no seu próprio peito. O dr. Manette estava feliz por ter podido retribuir o bem que ela lhe fizera. Orgulhava-se da sua força, sentia-se recompensado por todos os sofrimentos.

— Não fraqueje, minha filha — protestou, mas com doçura. — Não fique assim trêmula. Eu o salvei.

7.
Uma batida na porta

"Eu o salvei." Já não era um daqueles sonhos dos quais tantas vezes Charles havia acordado. Ele estava de fato em casa. E, no entanto, sua mulher tremia. Um medo impreciso, desarrazoado talvez, mas real, pesava sobre ela.

A atmosfera em torno era ainda tão sombria, o povo tão rancoroso e vingativo, tão passional, os inocentes eram mortos todo o tempo por simples suspeita ou pura crueldade, que lhe era impossível ficar — como deveria — de coração desanuviado e leve. Pois eram legião os infelizes que todo dia sofriam a sorte de que seu marido escapara por milagre.

As sombras da tarde já começavam a cair, pois era inverno, e ainda se ouviam rolar ao longe as sinistras carroças dos condenados. Lucie acompanhava-os com o pensamento, imaginando Charles entre as vítimas. Depois, estreitava-se contra ele, como que para ter certeza de que ele se achava mesmo ali presente. Mas nem por isso deixava de tremer.

Seu pai, para animá-la, mostrava uma atitude de calma superioridade masculina que era digna de ser vista. A mansarda dos Defarges, a faina de sapateiro, o Cento e Cinco da Torre Norte, tudo aquilo era coisa do passado! Ele conseguira fazer o que se propusera, cumprira a sua promessa, salvara Charles. Todos podiam contar com ele.

Sua vida era frugal. Não apenas por ser mais seguro viver assim, com simplicidade espartana, sem insultar a pobreza geral. Mas por não serem ricos. Charles, preso, tivera de pagar, e caro, pela própria comida, tivera de dar dinheiro aos guardas e de socorrer os prisioneiros sem recursos. Um pouco por isso e também para não agasalhar em casa um possível espião, não tinham empregados. O casal encarregado da portaria prestava-lhes pequenos serviços ocasionais. E Jerry, que o sr. Lorry praticamente lhes cedera, transformara-se numa espécie de criado, dormindo em casa deles todas as noites.

Um decreto da República Una e Indivisível da Liberdade, Igualdade, Fraternidade, ou Morte tornara obrigatório que à porta das casas o nome dos ocupantes estivesse escrito, em letras de tamanho razoável e a distância conveniente do solo. O nome do sr. Jerry Cruncher ornava, por causa disso, o portal, se bem que em último lugar. E naquela tarde, quando o crepúsculo se acentuou, o dono do dito nome apareceu em pessoa: a mando do dr. Manette, saíra à procura de um pintor que acrescentasse Charles Évremonde, dito Darnay, à lista já existente.

Na atmosfera reinante de suspeita e temor universais, os hábitos mais inofensivos da vida comum se alteravam. Na casa do médico, como em muitas outras, os artigos de consumo diário tinham de ser comprados diariamente, em geral à noitinha, sempre em pequenas quantidades e em tantos pequenos estabelecimentos quanto possível. Pois não chamar a atenção e não provocar comentários era o desejo geral.

Havia meses que a srta. Pross e o sr. Cruncher encarregavam-se dos suprimentos: ela com o dinheiro das compras, ele com a cesta. Toda tarde, à hora em que os lampiões da rua eram acesos, saíam os dois para essa obrigação. Faziam as compras necessárias e levavam as provisões para casa. Embora a srta. Pross, dada a sua longa associação com uma família francesa, devesse conhecer tão bem o francês quanto a sua própria língua, e tivesse capacidade de aprender a falá-lo se quisesse, não aprendia porque não queria. Para todos os efeitos, era tão ignorante daquela "língua-de-trapo", como dizia, quanto o sr. Cruncher. Costumava bombardear os comerciantes com substantivos puros, sem artigo definido ou indefinido. E quando a palavra, lançada um tanto a esmo, não correspondia ao objeto que desejava, punha-se pessoalmente em busca do artigo verdadeiro e abraçava-se com ele até que a transação fosse concluída vitoriosamente. Sempre conseguia descontos, sempre um dedo menos do que os dedos que o vendedor espetava no ar para mostrar-lhe o preço.

— *Agora,* sr. Cruncher — dizia a srta. Pross, com os olhos vermelhos de lacrimosa felicidade —, *agora* podemos ir. Se o senhor estiver pronto.

Jerry puxava um pigarro, dizia-se à disposição da srta. Pross, como sempre, aliás. De há muito perdera a ferrugem vermelha dos dedos, mas nada conseguira domar seus cabelos de porco-espinho.

— Hoje precisamos praticamente de tudo — dizia ela. — Não sei como faremos. Temos, inclusive, de comprar vinho. Mas onde? Toda essa súcia de chapeuzinho vermelho estará a fazer brindes, onde quer que se vá.

— Para a senhora tanto faz, srta. Pross, que bebam à sua saúde ou à do Velho.

— Que Velho? — perguntou a srta. Pross.

O sr. Cruncher teve de explicar, um tanto contrafeito, que falava do Velho Nick, isto é, do Demo.

— Ah! — fez a srta. Pross. — Não preciso de intérprete para saber o que essa gente tem na cabeça. Pois só pensam em duas coisas: matar e fazer estragos!

— Cuidado, srta. Pross — disse Lucie. — Fale baixo.

— Sim, sim. Terei cuidado — respondeu ela. — Mas aqui entre nós: espero não ter de ver pela rua a habitual beijocação cheirando a sarro e a cebola azeda. Agora, minha pequena, não arrede pé do borralho até que eu volte. Cuide bem do querido marido que você recuperou, e não tire a cabeça do ombro dele, onde está muito bem agora, até o nosso retorno. Posso perguntar-lhe uma coisa, dr. Manette, antes de sair?

— Penso que pode tomar a liberdade de fazê-lo — respondeu o médico, com um sorriso.

— Não me venha com Liberdade, que ando enjoada dessa história!

— Srta. Pross! Vai recomeçar? — disse Lucie.

— Bem, minha querida — disse a srta. Pross com um enérgico movimento de cabeça —, afinal de contas sou uma súdita de Sua Mui Graciosa Majestade o Rei Jorge III — fez uma reverência ao nome — e, como tal, meu lema é o seguinte: "*Counfound their politics / Frustrate their knavish tricks / On him our hopes we fix / God save the King!*"[25]

O sr. Cruncher, tomado de patriotismo, repetia numa espécie de rosnido as palavras que a srta. Pross ia dizendo, como num responsório de igreja.

— Alegra-me que tenha tanta fibra de inglês, embora seja uma pena esse resfriado que apanhou — disse a srta. Pross. — Estragou-lhe a voz. Mas a questão, dr. Manette — a boa senhora fazia questão de tomar superficialmente (ou fingir que tomava) tudo o que era para eles motivo de aflição e só tratar do assunto assim, de passagem —, a questão é: temos alguma possibilidade de sair deste maldito lugar?

— Não, srta. Pross. Temo que não. Pelo menos por enquanto.

— Ai, ai, ai! — exclamou ela, contendo a custo um suspiro e lançando um olhar a Lucie, cujo cabelo brilhava como ouro à luz do fogo. — Nesse caso, é fazer das tripas coração. E, de cabeça alta, dar golpes baixos, como costumava dizer meu irmão Solomon. E agora vamos, sr. Cruncher! Quanto a você, Lucie, quietinha em casa!

Saíram os dois, deixando Lucie, marido, pai e filha, junto da lareira acesa. Esperavam pelo sr. Lorry, que devia voltar do Banco. A srta. Pross pusera a lâmpada na outra extremidade da sala, para que pudessem aproveitar bem a lareira. A pequena Lucie estava ao lado do avô. Tinha as mãozinhas trançadas uma na outra através do braço do dr. Manette, e este, num tom velado, que não era muito mais que um murmúrio, começou a contar-lhe a história de uma Fada todo-poderosa que abrira os muros de uma prisão e libertara um cativo que uma vez lhe fizera um favor. Tudo muito tranquilo. A própria Lucie estava mais à vontade do que nos últimos dias.

— O que foi isso? — disse ela de súbito.

— Minha querida, controle-se — disse o dr. Manette. — Você está excessivamente nervosa. Qualquer ruído a assusta. A você, filha de seu pai!

---

[25] Da letra do hino inglês: "Que Deus confunda a sua política / E frustre seus torpes ardis. / Nele pomos a esperança / Deus salve o Rei!" (N. do T.)

— Pensei — disse Lucie, desculpando-se, mas pálida e toda trêmula —, pensei ter ouvido passos na escada.

— A escada está silente como um túmulo — disse o médico.

E logo bateram uma forte pancada na porta.

— Oh, pai! O que pode ser? Esconda Charles! Salve-o!

— Minha filha — disse o médico, erguendo-se e pousando a mão no ombro da moça. — Eu já o salvei. Que fraqueza é essa? Deixe que eu abra.

Tomou a lâmpada, que ela apanhara, atravessou as duas peças intermediárias, e abriu.

Quatro homens, de barretes vermelhos, invadiram, pisando duro, o pequeno apartamento. Estavam armados de sabres e pistolas.

— O cidadão Évremonde, dito Darnay!

— Quem o procura? — perguntou Charles.

— Eu o procuro, ou nós o procuramos. Eu o conheço pessoalmente, Évremonde, eu o vi hoje mesmo no tribunal. Pois é de novo prisioneiro da República.

Os quatro o rodearam, enquanto a mulher e a filha agarravam-se a ele.

— Como e por que me prendem de novo?

— Basta que nos acompanhe até à Conciergerie. Amanhã saberá. Deve comparecer amanhã perante o tribunal.

O dr. Manette, que essa visitação deixara petrificado, tinha ainda a lâmpada na mão e parecia uma estátua feita para segurá-la. Mas a essas palavras readquiriu movimentos, depôs a lâmpada e, postando-se em face do homem e pegando-o, sem rudeza porém, pelo pano da camisa vermelha, disse:

— E a mim? O cidadão me conhece? — perguntou.

— Sim, eu o conheço, Cidadão Doutor.

— Nós todos o conhecemos, Cidadão Doutor — disseram os outros.

O velho os examinou com ar abstrato, um depois do outro. Em seguida, disse em voz um pouco mais baixa e após uma curta pausa:

— A mim vocês responderão a mesma pergunta? O que há?

— Cidadão Doutor — disse o primeiro com alguma relutância —, ele foi denunciado à seção de Saint-Antoine. Aquele cidadão ali — acrescentou, apontando um dos companheiros — é do Faubourg Saint-Antoine.

O cidadão assim designado fez um aceno de cabeça e confirmou:

— Ele é acusado por Saint-Antoine.

— Acusado de quê? — quis saber o médico.

— Cidadão Doutor — disse o primeiro homem com a mesma relutância de antes —, não me pergunte mais. Se a República exige sacrifícios do senhor, o senhor, como bom patriota, os faz. A República vem em primeiro lugar. O povo é soberano. Évremonde, temos pressa.

— Uma palavra só — insistiu o dr. Manette. — Eu poderia saber quem o denunciou?

— É contra o regulamento — respondeu o primeiro. — Mas, se quiser, pergunte ao representante de Saint-Antoine, aqui presente, Cidadão Doutor.

O dr. Manette voltou-se para o homem, que se mexeu, pouco à vontade, tergiversou, esfregou o queixo e por fim disse:

— Bem. É contra o regulamento. Mas a verdade é que ele foi denunciado pelo Cidadão e pela Cidadã Defarge. E por um outro.

— Que outro?

— É o *senhor* que pergunta, Cidadão Doutor?

— Então — atalhou o outro com um olhar estranho —, terá sua resposta amanhã. Agora, estou mudo!

8.
Um jogo de cartas

Ignorante, felizmente, da nova calamidade que se abatera sobre a família, a srta. Pross seguia pelas ruelas que cruzam o rio na altura do Pont Neuf, repassando mentalmente as compras indispensáveis. O sr. Cruncher, de cesta no braço, caminhava a seu lado. Ambos olhavam à direita e à esquerda, examinando a maior parte das mercearias por onde passavam, atentos a qualquer ajuntamento maior, e fazendo desvios para evitar algum grupo mais barulhento ou excitado. Fazia frio, o rio estava coberto de névoa, mas, escondidas à vista pelas luzes mais brilhantes, as barcaças dos armeiros que faziam fuzis para os exércitos da República podiam ser adivinhadas pelo simples estrépito. Ai de quem traísse *aquele* exército ou se arrogasse nele promoção imerecida! Melhor fora que não tivesse nascido nem criado barba. Pois a Navalha Nacional o barbearia mesmo rente!

Tendo adquirido uns poucos comestíveis e querosene para a lâmpada, a srta. Pross lembrou-se de que precisavam também de vinho. Depois de espiar várias lojas pelo caminho, deteve-se diante da tabuleta de Brutus, o Bom Republicano da Antiguidade, não longe do Palácio Nacional, outrora (como hoje outra vez) as Tulherias. O aspecto do lugar infundiu-lhe confiança. Era quieto — mais que outros lugares da mesma espécie que vinham encontrando — e, embora vermelho de gorros, não era tão vermelho quanto o resto. Tendo sondado o sr. Cruncher e verificado que ele era da mesma opinião, a srta. Pross dirigiu-se ao Brutus, o Bom Republicano da Antiguidade, escoltada pelo seu acompanhante.

Sem dar atenção às luzes fumarentas; aos fregueses que, de cachimbo na boca, jogavam cartas com baralhos sebentos ou dominós com pedras amarelecidas; ao operário sem camisa, coberto de fuligem, que lia em voz alta o seu jornal, e aos basbaques que escutavam a leitura; às armas usadas pelos fregueses ou postas de lado por eles; aos três ou quatro clientes que dormiam caídos para a frente e que, com seu blusão preto, peludo, muito popular na época, semelhavam ursos adormecidos ou cães — os dois insólitos fregueses aproximaram-se do balcão e declararam o que queriam.

Enquanto os empregados mediam o vinho que eles tinham pedido, um homem se separou de outro com quem conversava a um canto e ergueu-se para sair. Mas, para sair, tinha de passar pela srta. Pross. Bastou que ele a encarasse para que a inglesa soltasse um grito e batesse palmas.

Logo todos os fregueses se puseram de pé. O provável era que alguém tivesse pagado com a vida uma diferença de opinião. Todo mundo olhou para ver se havia alguém por terra, mas tudo o que viram foi um homem e uma mulher que se encaravam. O homem, com toda a aparência de um francês e de um republicano de verdade; a mulher, com cara de inglesa.

O que foi dito, naquele desapontador anticlímax, pelos discípulos de Brutus, o Bom Republicano da Antiguidade (à diferença de que era mais palavroso e em som muito alto) era tão ininteligível quanto hebraico ou caldeu para os ouvidos da srta. Pross, embora ela fosse, como se diz, toda ouvidos. O experiente sr. Cruncher também não percebeu nada. Mas é que não tinha ouvido, na sua surpresa. Pois cumpre dizer que não apenas a srta. Pross achava-se tomada de estupefação, mas também o sr. Cruncher, embora a seu modo, encontrava-se num estado, separado e individual, do maior espanto.

— O que há? — perguntou o homem que fora causa do grito da srta. Pross. Falava em inglês, num tom abrupto e em voz surda.

— Oh, Solomon, querido Solomon! — gritou a srta. Pross, batendo com uma das mãos na outra. — Depois de tanto tempo sem botar os olhos em você, como é que venho encontrá-lo aqui neste lugar?

— Não me chame Solomon. Ou deseja que me matem? — perguntou o homem com um ar furtivo e assustado.

— Meu irmão, meu irmão — gritou a srta. Pross, rebentando em lágrimas. — Fui jamais tão má para com você que me diga coisa tão cruel?

— Então, cale essa boca indiscreta — disse Solomon — e venha para fora se quer falar comigo. Pague e saia. Quem é o homem?

A srta. Pross, abanando a cabeça amantíssima e desolada na direção daquele irmão desnaturado, disse entre lágrimas:

— É o sr. Cruncher.

— Pois que saia também. Ou me toma por um fantasma?

Aparentemente, o sr. Cruncher o tomava, a julgar pela sua atitude. Não disse palavra, porém. E a srta. Pross, explorando com grande dificuldade as profundezas da sua bolsa através das lágrimas, pagou a conta. Quando ela o fez, Solomon virou-se para os seus conhecidos de Brutus, o Bom Republicano da Antiguidade, e deu-lhes uma lacônica explicação em francês — bastante, ao que parecia, para que voltassem aos seus lugares e ocupações.

— Agora — disse Solomon, parando numa esquina escura —, o que você quer de mim?

— Como pode ser assim tão duro um irmão que nada me impediu jamais de amar — exclamou a srta. Pross. — Saudar-me desse modo, sem a menor demonstração de afeto!

— Pois aí está — disse Solomon, pespegando-lhe um beijo. — Satisfeita?

A srta. Pross abanou a cabeça e chorou em silêncio.

— Se imagina que estou surpreso, engana-se — disse-lhe o irmão Solomon. — Eu sabia que você estava em Paris. Conheço todo mundo que está aqui. E se você não quer pôr em perigo a minha vida — acredito a meio que queira! — siga o seu caminho o mais depressa possível e deixe que eu siga o meu. Sou um homem ocupado, um funcionário.

— Meu irmão inglês Solomon — gemeu a srta. Pross — que tinha qualidades para ser um dos maiores e melhores homens de seu país natal, funcionário aqui entre estrangeiros! E que estrangeiros! Teria preferido vê-lo morto, o querido menino, vê-lo estendido no...

— Eu não disse? Você deseja a minha morte! Deseja ser o instrumento da minha morte. Posso tornar-me suspeito por culpa sua. E justamente agora que eu começava a subir.

— Que o Céu clemente e misericordioso não o permita! — disse a srta. Pross. — Prefiro mil vezes não vê-lo mais, querido Solomon, que sempre amei e sempre amarei. Diga apenas uma palavra carinhosa, diga-me que não está zangado comigo, rompido comigo, e eu não o deterei mais.

Excelente srta. Pross! Como se a separação deles fosse culpa sua! Até o sr. Lorry soubera um dia, na tranquila casa de Soho, que aquele mau caráter dilapidara o dinheiro dela e depois fugira!

Mas já ele dizia a palavra de afeto que ela exigira, com ar muito mais condescendente e protetor do que teria mostrado se a posição dos dois fosse invertida (o que é invariavelmente o caso, no mundo inteiro), quando o sr. Cruncher, batendo-lhe no ombro, interpôs, de surpresa e com voz rouca, uma pergunta singular:

— Posso pedir-lhe um esclarecimento? Seu nome é John Solomon ou Solomon John?

O funcionário virou-se para ele, desconfiado. Cruncher ainda não abrira a boca. Mas agora insistia:

— Vamos! Fale claramente (o que, diga-se de passagem, era mais do que ele mesmo podia fazer). É John Solomon ou Solomon John? Ela o chama Solomon, e deve saber, pois é sua irmã. E eu sei de ciência própria que seu nome é John. Qual dos dois passa na frente? E esse Pross? Você não tinha tal sobrenome do lado de lá do Canal.

— O que quer dizer?

— Bom, não sei tudo o que quero dizer, pois esqueci o nome que usava por lá.

— Esqueceu?

— Sim. Mas era um nome de duas sílabas.

— Deveras?

— Sim. Duas. O outro sim, tinha nome de uma sílaba. Eu o conheço. Você dava falso testemunho no Old Bailey. Em nome do Pai das Mentiras, que é o seu, que nome usava?

— Barsad! — disse uma outra voz.

— Isso mesmo! Barsad! Apostaria mil libras como é esse o nome!

O recém-chegado era Sydney Carton. Postara-se ao lado do sr. Cruncher, com as mãos para trás, debaixo das abas do seu redingote, na mesma atitude negligente que costumava ter no tribunal.

— Não fique alarmada, srta. Pross. Cheguei ontem à noite e fui ter com o sr. Lorry, para grande surpresa dele, devo convir. Combinamos que eu não apareceria até que tudo estivesse calmo ou que meus serviços se fizessem necessários. Se me apresento aqui, senhora, é que preciso trocar duas palavras com seu irmão. Desejaria que tivesse um irmão mais bem empregado que o sr. Barsad. Desejaria que o sr. Barsad não fosse um carneiro das prisões.

A palavra carneiro era, na gíria da época, o espião de polícia, o informante, o delator.[26] O sr. Solomon, que já era pálido, ficou lívido, e quis tomar satisfações. Como ousava o outro...

— Vou dizer-lhe como. Vi-o por acaso, sr. Barsad, saindo da Conciergerie, há uma hora ou mais. Eu contemplava as paredes quando o senhor passou. Sua fisionomia não é dessas que se esquecem facilmente e sou bom fisionomista. Fiquei curioso. E tendo motivos, que o senhor não ignora, para associá-lo às desventuras de um amigo — hoje ainda mais desventurado —, decidido a descobrir que relações tinha o senhor com a prisão, segui-o. Entrei na taberna logo depois do senhor e sentei-me perto da sua mesa. Não tive dificuldade em deduzir, da sua

---

26 Segundo o *Dicionário Robert,* é gíria de c. 1777 e deve ter por origem provável o humor benigno e bonachão que os ditos agentes provocadores afetavam para inspirar confiança às suas vítimas. Assim, *mouton* (carneiro) é o companheiro de cela que a polícia dá a um prisioneiro, para provocar suas confidências e repeti-las na justiça. O mesmo que *délateur* (delator), *espion* (espião) e *mouchard* (agente secreto). O *Robert* cita Victor Hugo em Os *miseráveis:* "um desses prisioneiros secretamente vendidos, que se chamam *moutons* nas prisões e *renards* (raposas) entre os galés." (N. do T.)

conversa franca e solta, como do que diziam os seus admiradores, a natureza das suas funções. Gradualmente, o que fora puro acaso pareceu cristalizar-se num plano, sr. Barsad.

— Que plano? — perguntou o informante.

— Seria complicado e talvez perigoso explicar a coisa aqui na rua. O senhor me concederia o obséquio de alguns minutos da sua companhia, em confidência, no Banco Tellson, por exemplo?

— Sob ameaça?

— Oh! Disse eu alguma coisa de ameaça?

— Mas, se não me ameaça, por que iria eu?

— Ora, sr. Barsad, não sei dizer, se o senhor não sabe.

— Não sabe ou não quer dizer? — perguntou o espião, já menos senhor de si.

— Vejo que me entende perfeitamente, sr. Barsad, que nos entendemos. Não quero dizer.

A atitude de Carton, ao mesmo tempo casual e temerária era o perfeito veículo para a sua vivacidade de espírito e habilidade naquilo que tinha em mente com relação àquele homem. Seu olho treinado percebeu num relance a oportunidade que havia e ele não teve dúvida em tirar dela todo o partido possível.

— Eu sabia! — disse o espião, dirigindo-se à irmã. — Se sobrevierem complicações, a culpa é sua!

— Ora, sr. Barsad! — exclamou Sydney. — Não seja ingrato. Não fosse meu profundo respeito por sua irmã e eu não lhe faria a proposta que vou fazer-lhe, e que é tanto do seu interesse quanto do meu. Vem comigo até o Banco?

— Sim, vou. Quero saber o que tem para dizer-me.

— Sugiro antes de mais nada que acompanhemos sua irmã até a esquina da casa dela. Apoie-se no meu braço, srta. Pross. Paris não é hoje cidade em que a senhora possa andar sem proteção. E como o seu acompanhante parece conhecer o sr. Barsad, convido-o também a vir conosco até os escritórios do sr. Lorry. Estamos prontos? Então, a caminho!

A srta. Pross recordou pouco depois, como recordaria pelo resto da vida, que, ao apertar o braço de Sydney e levantar para ele os olhos suplicantes em defesa do irmão, sentiu tal força naquele braço, tal inspiração naquele rosto, que não só contradiziam qualquer aparência de frivolidade como transformavam e exaltavam a sua figura. Mas estava tão preocupada, no momento, com o irmão, e com os protestos de amizade de Sydney, que não soube dar o devido valor ao que observara.

Deixaram-na na esquina, e Carton mostrou o caminho para a casa do sr. Lorry que, como o leitor estará lembrado, não ficava longe.

O banqueiro vinha de jantar e estava sentado junto da lareira. Talvez buscasse ver por entre as chamas daquele fogo pequeno mas festivo a imagem do lépido emissário do Tellson, que contemplara, havia tantos anos, brasas como aquelas no Hotel Royal George de Dover. Voltou a cabeça quando entraram e manifestou surpresa à vista de um estranho.

— O irmão da srta. Pross, sr. Lorry — disse Sydney. — O sr. Barsad.

— Barsad? — repetiu o velho cavalheiro. — Barsad? O nome me lembra alguma coisa, e a fisionomia também.

— Eu lhe disse, sr. Barsad, que tem uma fisionomia que não se esquece — disse Carton. — Tenha a bondade de sentar-se.

Sentou-se, ele mesmo, por sua vez. E, ao fazê-lo, forneceu ao sr. Lorry o elo que este desejava, dizendo-lhe, de cenho franzido:

— Testemunha de acusação.

Logo o sr. Lorry lembrou-se e passou a olhar o visitante com não dissimulada aversão.

— O sr. Barsad foi reconhecido pela srta. Pross como o extremoso irmão de que o senhor já ouviu falar — disse Sydney — e ele reconhece o parentesco. Passo a notícias piores. Darnay foi preso outra vez.

Tomado de consternação, o velho cavalheiro exclamou:

— O que me diz? Não faz duas horas que o deixei livre e em segurança, e ia encontrá-lo agora!

— Mesmo assim: preso. Quando aconteceu isso, sr. Barsad?

— Agora mesmo, se é que aconteceu.

— O sr. Barsad é a melhor autoridade possível — disse Sydney — e foi dele mesmo que recebi a comunicação: contava-a a um outro carneiro com quem dividia uma garrafa de vinho. A prisão acabara de ocorrer. Ele deixou os responsáveis na porta e viu quando o porteiro os fez entrar. Não há dúvida possível. Está preso.

O olhar de homem de negócios do sr. Lorry lia no rosto do orador que era inútil insistir naquele ponto. Confuso, mas certo de que alguma coisa podia depender da sua presença de espírito, dominou-se e ouviu em silêncio.

— Confio — disse-lhe Sydney — que o nome e a influência do dr. Manette o ajudem amanhã. O senhor não disse que ele terá de comparecer perante o tribunal amanhã? — perguntou ao irmão da srta. Pross.

— Sim, creio que sim.

— Pois então, talvez o ajudem amanhã, assim como o ajudaram hoje. Mas talvez não. Confesso, sr. Lorry, que estou chocado. O dr. Manette não pôde impedir que ele fosse preso.

— Talvez não tenha sabido a tempo — disse o sr. Lorry.

— Isso também seria alarmante. Sabemos o quanto ele está identificado com o genro.

— É verdade — concordou o sr. Lorry, levando a mão trêmula ao queixo e pondo os olhos perturbados em Carton.

— Em suma — disse este —, a situação é desesperada. Cumpre, portanto, correr todos os riscos. Que o doutor jogue para ganhar. Eu jogarei para perder. Nenhuma vida humana vale nada aqui em Paris. Qualquer um levado em triunfo hoje pode ser condenado amanhã. Agora: a carta que me proponho jogar, se as coisas ficarem mesmo pretas, é o sr. Barsad: um amigo na Conciergerie.

— O senhor precisará de boas cartas — disse Barsad.

— Vou passá-las em revista. sr. Lorry, o senhor sabe que espécie de homem eu sou. Um selvagem. Poderia dar-me um pouco de conhaque?

Bebeu um copo, depois outro. Em seguida, empurrou a garrafa com ar pensativo.

— Sr. Barsad — disse, no tom de alguém que examina efetivamente as cartas que tem na mão. — Carneiro das prisões, emissário dos comitês republicanos, hoje carcereiro, amanhã preso, sempre espião e informante da polícia. E mais valioso por ser inglês. Para esses homens, um inglês é menos subornável que um francês. Muito bem. Solomon se apresenta aos que o empregam sob um nome falso. Aí está uma boa carta, sr. Lorry. O sr. Barsad, hoje a serviço do governo francês, esteve antes disso a soldo do governo aristocrático da Inglaterra, inimigo da França e da liberdade. Não é uma excelente carta? A conclusão é clara como o dia, neste país de suspeitas: o sr. Barsad estaria ainda a soldo do governo inglês, o sr. Barsad seria um espião de Pitt, um inimigo da República, a víbora que ela tem no seio, o traidor inglês, artífice de todo o mal, de quem tanto se fala e em quem não se deita a mão. É uma carta imbatível. O senhor acompanhou esse exame da minha mão, sr. Barsad?

— Não o bastante para entender seu jogo.

— Pois jogo meu ás: denúncia do sr. Barsad ao primeiro comitê de secção. Agora olhe a sua mão, sr. Barsad. Não se apresse. Mas veja as cartas que tem.

Carton puxou a garrafa para junto de si, serviu-se um outro copo de conhaque e bebeu. Viu que o espião estava alarmado, temeroso de que, bêbado, fosse denunciá-lo imediatamente. Esse pensamento fê-lo beber mais uma talagada.

— Examine bem suas cartas, sr. Barsad. Não tenha pressa.

Eram mais pobres do que ele pensava. O sr. Barsad via cartas ruins de que Sydney Carton não tinha notícia. Demitido do seu honrado emprego na Inglaterra pelo repetido insucesso dos seus falsos testemunhos no Old Bailey, e não por ser indesejável — nossos motivos de orgulho em matéria de espionagem são de data mais recente —, sabia que cruzara o Canal e aceitara emprego na França, primeiro como agente provocador e espião entre seus compatriotas, depois como espião e agente provocador junto aos franceses. Sabia que, no regime deposto, fora espião em Saint-Antoine e na loja de vinhos dos Defarges. Recebera da vigilante polícia informações sobre o dr. Manette, sua prisão, libertação e história, que lhe serviriam de introdução para uma conversa familiar com os Defarges. Valeu-se desses dados uma vez com madame Defarge e fracassou redondamente. Tremia ainda ao lembrar-se de como aquela terrível mulher tricotava todo o tempo, pondo nele um olho agourento. Vira madame Defarge muitas vezes na secção de Saint-Antoine, consultando seus registros tricotados para denunciar pessoas cujas vidas a

Guilhotina logo ceifara. Sabia, como qualquer um da sua profissão, que jamais estaria em segurança, que a fuga lhe era impossível, que estava de pés e mãos atados à sombra do cutelo, e que, com todas as suas evasivas e falsidades a serviço do reinante terror, bastaria uma palavra para liquidá-lo. Uma vez denunciado, e por motivos tão sérios quanto aqueles mencionados por Carton, a odiosa mulher, de cuja natureza implacável tinha inúmeras provas, produziria contra ele o seu registro tricotado e isso lhe seria fatal. Acresce que todos os agentes secretos são homens que se aterrorizam facilmente. Este tinha cartas tão negras que só de repassá-las foi ficando amarelo.

— Vejo que não está satisfeito com as cartas que o destino lhe deu — disse Sydney com toda a serenidade. — Joga ou passa?

— Senhor — disse o espião voltando-se para o sr. Lorry —, gostaria que o cavalheiro fizesse ver ao outro cavalheiro, que não tem seus anos nem sua benevolência, a necessidade de guardar o tal ás de que falava. Admito: sou um informante da polícia francesa e reconheço ser um emprego desonroso. Mas alguém tem de preenchê-lo. Contudo, esse cavalheiro não é um espião. Por que se rebaixaria a denunciar alguém?

— Jogo meu ás, Barsad — disse Carton, encarregando-se de responder —, sem nenhum escrúpulo e, como verá, daqui a pouco.

— Imaginava, senhores, que seu respeito por minha irmã...

— Nada demonstraria melhor nosso respeito pela srta. Pross que livrá-la de uma vez por todas do irmão — disse Carton.

— O senhor fala sério?

— Já tomei a minha decisão.

As maneiras polidas do espião contrastavam curiosamente com o mau gosto das suas roupas espalhafatosas e com a sua atitude habitual. O ar inescrutável de Carton — um mistério mesmo para homens mais sábios e mais honestos que um Barsad — deixou o espião sem fala. Vendo-o perplexo, Sidney reassumiu sua atitude de jogador que contempla as próprias cartas.

— Pensando bem — disse —, creio ter ainda uma carta que não foi mencionada. Aquele amigo seu, que se gabava de pastar nas prisões, quem é?

— Um francês. O senhor não o conhece — disse Barsad vivamente.

— Um francês, hein? — disse Carton, pensativo, e como se não lhe desse atenção, embora repetindo-lhe as palavras. — Bem, pode ser.

— É francês, asseguro-lhe — disse o espião —, embora isso não tenha importância.

— Não tem importância — repetiu Carton. — Não tem. E, todavia, conheço aquela cara.

— Não pode ser. Estou certo de que não pode.

— Não pode... — resmungou Sydney Carton, pensativo. E encheu de novo o copo (felizmente era um copo pequeno). — Não pode ser... Ele falava bem o francês. Mas como um estrangeiro, acho eu. Hein?

— Um provinciano.

— Não. Estrangeiro! — exclamou Carton, dando uma forte palmada no tampo da mesa. Fizera-se luz no seu espírito. — Cly! Disfarçado, naturalmente, mas o mesmo homem. Já o tivemos face a face no Old Bailey.

— Convenhamos que o senhor se precipita — disse Barsad, com um sorriso que lhe deu ao nariz uma inclinação ainda mais acentuada para um lado. — Cly, com quem estive associado (posso confessá-lo, afinal são tantos anos...), Cly morreu há muito tempo. Fui eu quem tratei dele no fim. Foi sepultado em Londres, na Igreja de São Pancrácio-do-Campo. Como não era homem muito popular naquela época em certas áreas, não pude acompanhar o enterro. Mas ajudei no velório.

De onde estava, o sr. Lorry viu projetada na parede uma sombra chinesa das mais extraordinárias. Procurando-lhe a origem, descobriu que provinha do sr. Cruncher, cujos cabelos já naturalmente duros estavam agora em pé.

— Vamos ser razoáveis — disse o espião — e vamos ser justos. Para provar-lhe o quanto se engana com essa infundada suposição, estou disposto a exibir-lhe o atestado de óbito do dito Cly, que, por acaso, tenho no bolso. — Tirou o papel da carteira e desdobrou-o. — Veja, aqui está! Pode pegá-lo. Não é uma falsificação.

Nesse ponto o sr. Lorry viu a sombra na parede alongar-se. Era o sr. Cruncher que se levantava e dava um passo à frente. Seus cabelos não poderiam estar mais violentamente espetados, nem que a Vaca Mocha da história da casa que Jack fez tivesse entrado pela porta.[27]

Sem que o espião o visse, Cruncher aproximou-se dele e tocou-o no ombro como um meirinho espectral.

— Esse tal de Roger Cly — disse o sr. Cruncher com uma expressão taciturna —, o senhor diz que o botou no caixão?

— Sim.

— E quem o tirou de lá?

Barsad caiu para trás na cadeira, gaguejando:

— Como?

— O que quero dizer é que ele jamais esteve naquele caixão. Que me enforquem se não digo a verdade!

O espião olhou para os dois senhores que olhavam, estupefatos, para o sr. Cruncher.

— O que quero dizer é que puseram pedras e terra naquele caixão. Não me venha dizer que enterrou Cly. Foi uma farsa. Eu e mais dois sabemos disso.

— Como sabem?

— O que importa? — rosnou o sr. Cruncher. — Mas não é peça que se pregue a honestos comerciantes. Há muito tempo que queria ajustar contas com o senhor. Por meio guinéu eu o pego pela garganta e mato.

Sydney Carton, que estava tão pasmo quanto o sr. Lorry com o inesperado da história, pediu ao sr. Cruncher que se acalmasse e lhes desse uma explicação.

— Em outra oportunidade — respondeu ele evasivamente. — O importante agora é que ele sabe muito bem que nunca houve Cly nenhum naquele túmulo. E se ele insistir, se disser mais uma palavrinha só, mesmo que for de uma sílaba, eu o esgano. Por meio guinéu — o sr.

---

27 *This is the house that Jack built. Rhyme* (historieta em versos para crianças). (N. do T.)

Cruncher dava a impressão de fazer uma oferta das mais razoáveis —, ou então vou eu mesmo denunciá-lo.

— Hum! — fez o sr. Carton. — Vejo que tenho uma outra carta, sr. Barsad. Neste Paris enfurecida, em que a suspeita empesta o ar, será impossível para o senhor escapar, se denunciado. Sobretudo se souberem que está em contato com outro aristocrático espião dos mesmos antecedentes seus, acrescidos do mistério de se fazer passar por morto quando está bem vivo. Uma conspiração, nas prisões, do estrangeiro contra a República. É ou não uma carta forte? Uma carta de Guilhotina! Então: joga?

— Não! — respondeu Barsad. — Eu passo. Confesso que andávamos tão impopulares com o povo que tive de sair da Inglaterra para não ser morto. E Cly se viu tão apertado que estaria perdido sem aquela encenação. Mas que este homem tenha descoberto a fraude é coisa de todo mirífica.

— Não quebre a cabeça por causa desse homem — disse o próprio —, concentre-se no cavalheiro, que já terá bastante em que pensar. E olhe: repito que não sei o que me impede de esganá-lo por meio guinéu (e o sr. Cruncher deu mais uma vez a impressão de que julgava o negócio uma pechincha).

O carneiro das prisões virou-se para Sydney Carton e disse em tom mais decidido:

— Cumpre acabar com isso. Entro de serviço dentro em pouco e não posso chegar atrasado. O senhor me disse que tinha uma proposta. Agora: não adianta exigir muito de mim. Se me pede algo ligado ao meu serviço e que implique arriscar a cabeça, nada feito. Prefiro correr o risco da recusa que o do consentimento. Em suma: a decisão é essa. O senhor fala em situação desesperada. Estamos todos desesperados aqui. Lembre-se! Posso denunciá-lo, se julgar que devo. Uma palavra minha tem força para atravessar muralhas, como, aliás, a palavra de outros. Mas diga: o que deseja de mim?

— Quase nada. O senhor é carcereiro na Conciergerie?

— Vou desde logo adiantando que fugir de lá é impossível — disse o espião com firmeza.

— Por que me diz o que não lhe perguntei? Trabalha ou não trabalha de carcereiro na Conciergerie?

— Trabalho às vezes.

— Pode trabalhar quando quiser?

— Digamos que posso entrar e sair quando quiser.

Sydney Carton encheu de novo o copo de conhaque e despejou-o vagarosamente na lareira, observando-o enquanto escorria. Quando acabou, levantou-se e disse:

— Até agora falamos diante desses dois, porque convinha que o valor das cartas não ficasse apenas entre nós. Mas agora venha comigo até este quarto escuro para uma palavrinha final a sós.

9.
O jogo feito

enquanto Sydney Carton e o espião conversavam no cômodo adjacente, às escuras, e em voz tão baixa que nem um único som se ouvia, o sr. Lorry considerava Jerry com dúvida e desconfiança. A maneira como o honesto comerciante recebia esse olhar agravava as suspeitas do banqueiro. Ficava num pé só, ora o direito, ora o esquerdo. Dir-se-ia que, se tivesse cinquenta, experimentaria todos eles. Examinava as unhas com exageros de atenção. E sempre que seu olhar encontrava o do sr. Lorry, era atacado daquela tosse especial que exige a mão em concha em frente da boca, enfermidade que as mais das vezes, senão todas, denota falsidade de caráter.

— Jerry, venha cá — disse o banqueiro.

O sr. Cruncher avançou um pouco de lado, como se abrisse caminho com o ombro.

— Que outro ofício tem ou teve antes de ser mensageiro?

Depois de alguma cogitação, acompanhada de um olhar fixo no patrão, o sr. Cruncher teve a ideia luminosa de responder: trabalhador agrícola.

— Temo que o senhor tenha usado a grande e respeitável Casa Tellson como uma cortina de fumaça para encobrir alguma ocupação de natureza infame — e sacudindo um indicador com ferocidade: — Se foi isso o que fez, não conte comigo quando voltarmos à Inglaterra. Nem espere que eu guarde segredo. A Casa não pode ser traída.

— Senhor! — disse o sr. Cruncher, de crista caída. — Espero que um fidalgo como o senhor, que conto servir até ficar de cabelos brancos, pense duas vezes antes de me prejudicar, mesmo que eu mereça. Não digo que mereça, digo: nessa hipótese. No caso, nem a culpa estaria toda de um lado só. Sempre há dois lados em todas as coisas. Haverá muito médico por aí embolsando seus guinéus lá onde um pobre comerciante não ganharia um cobre. Que digo eu? Meio cobre. Nem isso! Mas eles, eles botam seu bom dinheiro no Tellson e piscam o olho clínico à socapa para o comerciante, ao entrar ou ao sair dos seus coches. Bem, isso também é cortina de fumaça e é abusar do Tellson. Ou não será? O que não é justo é castigar o ganso e deixar o pato. Consideremos a sra. Cruncher, pelo menos havia uma na Inglaterra e haverá de novo na volta, que reza tanto para fazer gorar o diabo do negócio que o negócio acaba indo por água abaixo. Ao passo que as mulheres dos médicos não vivem caindo de joelhos por dá cá aquela palha. Quando o fazem é para pedir mais clientes, e como poderia haver uns sem os outros? E que me diz o senhor dos agentes funerários, ou dos pequenos funcionários, e dos sacristãos, dos guardas (todos unhas de fome e todos na tramoia)? Acha o senhor que tudo isso rende alguma coisa? Mesmo na base da desonestidade? Não rende. E se rendesse, adiantaria? O que um homem obtém assim por debaixo da mesa não prospera. Mas, se com o pouco que tivesse, prosperasse, sr. Lorry, então ele não desejaria outra coisa senão sair daquele enredo, desde que visse uma saída, e quanto mais depressa, melhor. Se fosse o caso, digo eu. Na hipótese.

— Ugh! — exclamou o sr. Lorry, embora já um tanto amolecido. — Confesso-me chocado com você.

— Agora, o que eu poderia humildemente fazer — prosseguiu o sr. Cruncher —, se fosse o caso, e não digo que seja...

— Não prevaricar.

— Claro que não. sr. Lorry. Claro que não — exclamou o sr. Cruncher como se o mal estivesse a léguas do seu pensamento. — O que lhe pediria humildemente, senhor, que fizesse, na hipótese, seria o seguinte. Naquele tamborete, junto daquela Barreira, está aquele menino meu, criado e ensinado para ser um homem: que ele dê os seus recados, senhor, seja o seu mensageiro, faça para o senhor qualquer trabalho leve. Eu não prevariquei. Mas, se prevaricasse, o menino poderia tomar o lugar do pai e sustentar a mãe. Mas não arruíne o pai do rapaz, e ajude-o a entrar para o ofício de coveiro, para que os mortos sejam enterrados direitinho como devem ser e para que ele pague pelo mal que fez desenterrando alguns, se é que desenterrou, o que não admito. Na hipótese. Aí está, sr. Lorry, era o que eu tinha a dizer — concluiu o sr. Cruncher, limpando a fronte orvalhada com a manga do paletó. Era a sua maneira de anunciar que perorava. — É o que tinha a propor, isto é, a oferecer como reparação. Um homem não vê tudo o que se passa de medonho em volta dele, como aqui nesta cidade, com tanta gente sem cabeça, meu Deus, tanta gente, que é de fazer baixar o preço, não vê tudo isso sem passar a considerar com seriedade a vida. Foi pensando assim que eu disse o que disse, e peço que o senhor tenha tudo em mente, pois o que fiz, fiz com boa intenção, e falei quando podia não ter falado e guardado tudo para mim mesmo.

— Isso pelo menos é verdade — disse o sr. Lorry. — E basta por hoje. Pode ser que eu continue seu amigo, se fizer por onde merecer tal coisa e se demonstrar arrependimento, por atos, não por palavras. Não quero mais ouvir uma só palavra.

O sr. Cruncher saudou, levando a mão à fronte. E Sydney Carton voltou do quarto escuro com o espião.

— Adeus, sr. Barsad. Nosso trato está feito. Não tem nada a temer de mim.

Sentou-se numa cadeira perto do fogo em frente à do sr. Lorry. Quando se viram sozinhos, o banqueiro perguntou o que fizera.

— Pouca coisa. Se a situação do prisioneiro piorar, pelo menos garanti acesso a ele uma vez.

O sr. Lorry mostrou no rosto a sua decepção.

— Foi tudo o que consegui — disse Carton. — Pedir demais seria pôr a cabeça do homem debaixo daquela lâmina que o senhor sabe. E como ele mesmo disse, nada de pior lhe poderia acontecer uma vez denunciado. Esse era, sem dúvida, o ponto fraco da situação. E nada se pode fazer.

— Mas acesso — disse o sr. Lorry —, se as coisas piorarem para o lado dele antes de comparecer ao, tribunal, não poderá salvá-lo.

— Eu não disse que poderia.

O olhar do sr. Lorry se fixou pouco a pouco nas chamas. Sua simpatia por Lucie e a enorme decepção da segunda detenção de Charles fizeram-se gradualmente sentir. Afinal, ele era agora um ancião, abatido pelo peso de aflições recentes, e as lágrimas correram.

— O senhor é um homem bom e um amigo verdadeiro — disse Carton com voz embargada. — Perdoe-me testemunhar a sua mágoa. Jamais pude ver meu pai chorar sem profunda emoção. E não poderia respeitar sua emoção mais do que a respeito se o senhor fosse meu pai. Desse infortúnio pelo menos os deuses o livraram.

Embora dissesse essas últimas palavras com um grão da leviandade habitual, havia respeito na sua voz e nas suas maneiras, e o sr. Lorry, que não conhecia ainda esse lado bom de Sydney, sentiu uma genuína surpresa. Estendeu-lhe a mão e Carton apertou-a, comovido.

— Voltando ao nosso pobre Darnay — disse —, não conte nada a ela sobre essa entrevista ou meu arranjo com Barsad. Não lhe permitirá ver o marido, de qualquer maneira, e ela poderia crer que o meu plano é antecipar a morte de Charles, caso ele seja condenado.

O sr. Lorry, a quem isso não ocorrera, teve um sobressalto e olhou depressa para Carton, a ver se era o que tinha em mente. Pareceu-lhe que sim. Pois Carton devolveu-lhe o olhar e era evidente que lhe compreendera o sentido.

— Bom, ela pode pensar mil coisas — disse Carton — e todas apenas acrescentarão novos cuidados aos muitos que já tem. Não fale de mim. Como lhe disse desde a minha chegada, não convém que Lucie me veja. Posso fazer um gesto ou dois que lhe aproveitem sem que para isso ela precise encontrar-me. O senhor a verá, sem dúvida? Deve estar muito infeliz neste momento!

— Vou lá daqui a pouco.

— Folgo em sabê-lo. Ela gosta tanto do senhor, tem tanta confiança no senhor! Que aparência tem agora?

— Aflita, infeliz, mas muito bela.

— Ah!

Era uma exclamação dolorosa, quase um soluço. O sr. Lorry olhou de novo rapidamente para Sydney, mas ele tinha o rosto voltado para o fogo. Um reflexo (ou uma sombra?) — o ancião não saberia dizer ao certo — passou pelo semblante de Carton, mas tão fugaz como uma alteração na luz que passa por um outeiro num dia ensolarado, e ele empurrou com o bico do sapato uma das pequenas achas em chamas que ameaçava rolar para o soalho. Estava com a sua roupa de montar e as botas altas então em voga, e a luz do fogo, tocando o pano branco, fazia-o parecer ainda mais pálido, nos seus compridos cabelos negros em desordem e que lhe caíam até os ombros. Sua indiferença pelas labaredas era suficientemente extraordinária para provocar uma observação do banqueiro: disse-lhe que a sola de sua bota estava ainda em contacto com o pau de lenha que acabava de esmagar.

— Eu o tinha esquecido.

Os olhos do sr. Lorry foram de novo atraídos para o rosto dele. Notando o ar devastado que toldava os traços naturalmente belos, e tendo fresca na memória a expressão de rostos de prisioneiros, foi disso que se lembrou.

— E os seus deveres em Paris, sr. Lorry? Chegam ao fim?

— Sim. Como lhe dizia ontem à noite, quando Lucie chegou tão inesperadamente, fiz tudo o que podia fazer. Esperava apenas ver os meus amigos em perfeita segurança para deixar Paris. Tenho meu visto de saída em ordem. Estou pronto.

Ficaram calados.

— O senhor tem uma longa vida e uma longa folha de serviços. São coisas a recordar.

— Tenho setenta e oito anos.

— E foi sempre ativo e útil, a vida inteira. Constantemente ocupado, respeitado, admirado...

— Sou um homem de negócios desde que me entendo por gente. Desde menino, poderia dizer.

— O resultado é a posição que hoje ocupa, aos setenta e oito. Quanta gente sentirá sua falta quando a deixar!

— Um velho celibatário? — respondeu o sr. Lorry, sacudindo a cabeça. — Não tenho ninguém que chore por mim.

— Como pode dizer isso? Ela não vai chorar pelo senhor? Ou a filha dela?

— Sim, sim, graças a Deus. Não me deve tomar ao pé da letra.

— Pois essa já é uma razão para agradecer a Deus. Ou não?

— Certamente sim, certamente sim.

— Se o senhor pudesse dizer sinceramente, no fundo do seu coração solitário, esta noite: "Não consegui conquistar o amor, a estima, a gratidão ou o respeito de nenhuma criatura; não tenho coração que me agasalhe; nada fiz de bom ou de proveitoso que mereça ficar na memória de alguém", então os seus setenta e oito anos seriam setenta e oito pesadas maldições. Ou estou enganado?

— Diz, ao contrário, a verdade. Acho que seriam mesmo.

Sydney perdeu-se de novo na contemplação do fogo; após alguns minutos de silêncio, acrescentou:

— Gostaria de perguntar-lhe uma coisa: a sua infância lhe parece por demais remota? Por demais longínquos os dias em que se sentava no regaço de sua mãe?

Sensível à maneira do outro, que se suavizara, o sr. Lorry respondeu:

— Há vinte anos, sim. Mas nesta quadra da minha vida, não. Porque quanto mais perto me sinto do fim mais perto me sinto do princípio, como se fechasse o círculo. Talvez seja isso uma das compensações que a Natureza nos dá, para facilitar a transição e preparar o caminho. Meu coração fica hoje comovido por lembranças que eu acreditava de há muito perdidas, da minha jovem e bonita mamãe (e eu tão velho!), dos dias em que isso a que chamamos o Mundo ainda não tinha realidade, nem os meus defeitos, império sobre mim.

— Compreendo exatamente o que diz! — exclamou Carton, corando como o menino de que falavam. — E o senhor se sente feliz, não é?

— Creio que sim.

Carton encerrou a conversa nesse ponto, levantando-se para ajudar o banqueiro a pôr o sobretudo.

— Mas o senhor — disse ainda o sr. Lorry — é jovem.

— Sim, velho não sou. Mas a minha mocidade não foi das que depois amadurecem. Não falemos de mim, porém.

— Nem de mim, naturalmente — atalhou o sr. Lorry. — Vai sair também?

— Acompanho-o até o portão. O senhor conhece bem os meus hábitos irrequietos. Se eu ficar andando sem rumo pela rua até mais tarde, que isso não lhe cause inquietação. Voltarei pela manhã. O senhor estará no tribunal?

— Infelizmente.

— Eu também estarei, mas em meio à multidão. Meu carneiro cuidará que eu tenha um bom lugar. Apoie-se no meu braço, sr. Lorry.

O sr. Lorry obedeceu, desceram juntos as escadas e juntos caminharam até a rua. Poucos minutos bastaram para levar o banqueiro ao seu destino. Carton despediu-se. Mas deixou-se ficar, a distância, depois voltou sobre os seus passos e tocou o portãozinho que se fechara. Ouvira dizer que ela ia à prisão todos os dias. "Sai por aqui", pensou, olhando em torno, "e deve tomar este rumo. Quantas vezes não terá pisado estas mesmas pedras! Vou procurar seguir-lhe os passos."

Eram dez horas da noite quando chegou a La Force, postando-se exatamente no sítio de onde, centenas de vezes, Lucie contemplara a prisão. Um homenzinho, espécie de lenhador, acabara de fechar a sua oficina e fumava sentado à soleira da porta.

— Boa noite, cidadão — disse Sydney Carton, detendo-se ao passar por ele, pois o homem o observava com ar inquisitivo.

— Boa noite, cidadão.

— Como vai a República?

— Ou a Guilhotina? Nada mal. Sessenta e três hoje. Logo atingiremos cem por dia. Sanson e seus ajudantes se queixam às vezes. Ficam exaustos. Ah! Ah! Ah! É tão cômico esse tal de Sanson. Um barbeiro!

— Você costuma ir vê-lo em ação?

— Mas sempre! Todos os dias! Que barbeiro! Você já o viu?

— Nunca.

— Pois vá quando ele tiver um bom lote. Imagine só: ele barbeou os sessenta e três de hoje em menos de dois cachimbos. Menos de dois cachimbos! Palavra de honra!

E o homem tirou da boca o cachimbo que estava fumando para explicar com um largo sorriso sua maneira de contar o tempo. Carton foi tomado de um tal desejo de matá-lo que lhe deu as costas para ir embora.

— Mas o senhor não é inglês, apesar da roupa? — perguntou o homem.

— Sou — respondeu Carton falando por cima do ombro.

— Fala como um francês.

— Estudei aqui no meu tempo.

— Ah! Ah! Um perfeito francês. Boa noite, inglês!

— Boa noite, cidadão.

— Mas vá assistir a uma execução do barbeiro — persistiu o homenzinho. — E leve um cachimbo!

Sydney andou algum tempo, parou no meio da rua, onde havia um lampião aceso, e escreveu alguma coisa a lápis num pedaço de papel. Depois, no passo decidido de quem conhece bem o caminho, atravessou várias ruas escuras e sujas — muito mais sujas do que de hábito, pois naquele período de terror nem as ruas principais eram varridas — e chegou a uma farmácia, que o dono estava justamente a fechar. Em pessoa. Era uma farmácia modestíssima, que ficava numa pequena ladeira tortuosa. Estava às escuras, e o dono era um homem baixinho e corcovado.

Sydney cumprimentou-o e entrou seguido do homem. Quando ficaram separados um do outro pelo balcão, deu-lhe o papel.

— Ai! — fez o farmacêutico e soltou um assobio fino. — Ai, ai, ai.

Sydney Carton permaneceu impassível e o farmacêutico perguntou:

— É para o senhor mesmo?

— Para mim.

— Terá o cuidado de levar os dois separados? Sabe as consequências de misturá-los?

— Perfeitamente.

O farmacêutico preparou alguns papeizinhos e entregou-os a Carton. Ele os guardou, um por um, distribuindo-o pelos bolsos de cima do paletó. Contou o dinheiro, pagou e saiu calmamente da farmácia. "Não há mais nada a fazer até amanhã", pensou em voz alta, olhando a lua. "Não posso dormir."

Não falava como um homem desabrido, embora apostrofasse as velozes e esfiapadas nuvens. Se o tom não era negligente, também não soava a desafio. Falava como um homem cansado, que lutou, errou, perdeu-se em descaminhos, mas que por fim deu com a estrada real e viu-lhe o termo.

Há muito tempo, quando fora famoso entre os seus jovens rivais como moço de grande futuro, acompanhara o corpo do pai ao cemitério. A mãe já era morta. Falecera anos antes. As palavras solenes que lera então na sepultura do pai vieram-lhe à mente nessa hora, por entre as sombras das pobres ruas escuras e anônimas, com a lua alta no céu e as nuvens em debandada. "Eu sou a Ressurreição e a Vida, diz o Senhor. Aquele que acredita em mim, embora morto, viverá; e aquele que vive e crê em mim, este não morrerá jamais."

Numa cidade dominada pela Lâmina, sozinho, no meio da noite, tomado de desolação pelos sessenta e três inocentes sacrificados naquele dia, e pelas vítimas do dia seguinte, que esperavam sua hora nas prisões, e dos dias por vir, ter-lhe-ia sido fácil reconstituir a cadeia de associações de ideias que o tinha levado àquela recordação específica, que lhe vinha do fundo da alma, como uma velha âncora roída de ferrugem aflora do fundo de um mar tenebroso. Não buscou a fonte da memória, porém. Repetiu apenas as palavras. E prosseguiu no seu caminho.

Com um solene interesse pelas janelas acesas das casas, onde as pessoas iam descansar tranquilamente, esquecendo por algumas horas os horrores que as cercavam; pelas torres das igrejas, onde não mais se orava, pois que o ódio popular chegara até esse extremo de autodestruição — fruto de anos de impostura por parte do clero, de exploração e de libertinagem; pelos cemitérios longínquos, reservados, como rezava a inscrição tradicional nos portões, ao Sono Eterno; pelas prisões cheias; e pelas ruas, ao longo das quais rolavam os condenados nas suas sinistras carroças, em lotes agora de sessenta, segundo o homenzinho, para a Morte certa, a Morte a tal ponto banalizada, comum, material, que nenhuma história de fantasma jamais correu entre os populares que assistiam às execuções na Guilhotina; com um solene interesse pela vida e morte da cidade, que se preparava para aquele breve intervalo da fúria, que era a noite, Sydney Carton cruzou o Sena outra vez, em busca das ruas mais bem iluminadas.

Poucos coches circulavam ainda àquela hora, pois andar de coche à noite era considerado suspeito. A gente de condição escondia a precária cabeça em barretes vermelhos de lã, calçava tamancos e andava a pé. Mas — espanto! — os teatros viviam cheios. Despejavam, à sua passagem, rios de gente alegre que ia para casa falando alto. Diante da porta de uma casa de espetáculos, Sydney viu uma meninazinha que a mãe levava pela mão. As duas hesitavam, procurando uma passagem por entre a lama. Ele carregou a criança nos braços e, antes que os pequenos braços soltassem o seu pescoço, pediu-lhe um beijo.

"Eu sou a Ressurreição e a Vida, diz o Senhor. Aquele que acredita em mim, embora morto, viverá; e aquele que vive e crê em mim, este não morrerá jamais."

Agora que as ruas estavam quietas, e a noite seguia seu curso, as palavras estavam no eco dos seus passos e também no ar. Perfeitamente calmo e equilibrado, ele se foi, repetindo-as por vezes a meia-voz. Mas, quando não o fazia, elas continuavam a ressoar nos seus ouvidos.

A noite cedeu lugar à madrugada e ele se deixou ficar na ponte a ouvir o chapinhar da água que batia e espadanava contra os cais do Sena, brilhante como prata à luz da lua, naquela velha Île de la Cité, com sua catedral e a pitoresca confusão de casas. O dia surgiu, por fim, macilento e frio, como uma face morta saída do céu. A noite e a lua e as estrelas empalideceram por sua vez e morreram também. E foi, por algum tempo, como se a Criação inteira tivesse sido entregue aos poderes da Morte.

Mas o sol radioso, ao nascer, pareceu ir direito ao coração de Sydney com seus longos raios ardentes. As palavras da noite, o fardo da noite dissiparam-se como que por encanto. Carton acompanhou os raios de sol com o olhar reverente e viu, entre ele e o sol, um imenso arco de luz debaixo do qual o Sena tremia e cintilava.

Na manhã imóvel, aquela corrente impetuosa, profunda e segura de si, tinha uma grande afinidade com ele. Sydney caminhou ao lado dela, longe das casas e junto das barrancas do rio, até que teve sono, deitou-se por terra e dormiu. Quando acordou, deixou-se ficar por ali mais algum tempo, a contemplar um remoinho que se formava e girava à toa; até que a massa da água o absorveu e levou para o mar. "Como eu!"

Um barco com uma vela desbotada, cor de folha morta, surgiu à vista, passou por ele e desapareceu. Quando desapareceu também na corrente a sua esteira silente, a prece que lhe subiu aos lábios foi um ato de contrição por toda a sua cegueira e por todos os seus erros, e terminava com as palavras: "Eu sou a Ressurreição e a Vida."

Ao voltar para casa, já não encontrou o sr. Lorry. Era fácil imaginar aonde fora. Sydney Carton tomou apenas um pouco de café, comeu um pedaço de pão, lavou-se e mudou de roupa. Assim refrescado, saiu para o lugar do julgamento.

O tribunal estava agitado quando aquela ovelha negra de Solomon-Barsad — diante da qual muita gente fugia com jeito, temerosa — conseguiu-lhe um lugar discreto, a um canto, por entre a multidão ruidosa. O sr. Lorry estava lá, e também o dr. Manette. Ela estava lá, sentada junto do pai.

Quando seu marido foi introduzido na sala, ela pôs nele um olhar encorajador e vivificante, tão repleto de amor, ternura, admiração e piedade, que o sangue subiu ao rosto do prisioneiro, seus olhos brilharam de um lume novo e o coração ficou quente no seu peito. Se alguém observasse o efeito desse olhar sobre Sydney Carton verificaria que fora exatamente o mesmo.

Nesse tribunal de iniquidades, a ordem dos trabalhos era tumultuada ou inexistente, e dele nenhum acusado poderia esperar justiça. Uma revolução como aquela não teria sido possível sem uma subversão absoluta das leis, formas e cerimoniais. A Revolução Francesa, vingativa mas suicida, de tudo isso se descartou e tudo lançou aos quatro ventos.

Todos os olhares se voltavam para o júri, composto dos mesmos patriotas decididos e dos mesmos bons republicanos da véspera e do dia seguinte. A presença, no seio deles, de um homem de ar ansioso e dedos expressivos, que sem cessar levava aos lábios num gesto nervoso, parecia dar grande satisfação ao auditório. Esse proeminente jurado, de aspecto sôfrego e cara de canibal sanguinário, era Jacques Três, do Faubourg Saint-Antoine, velho conhecido do leitor. Formava-se um painel de cinco perdigueiros para julgar uma perdiz.

Todos os olhares se voltavam — dizíamos — para o júri e para o promotor público. Nenhum favor se poderia esperar daquela gente, dura, implacável, homicida. Os assistentes se entreolhavam em muda aprovação dos seus representantes. Concordavam de cabeça com a visível ferocidade dos jurados. E esperavam, extáticos, debruçados para a frente.

Charles Évremonde, dito Darnay, absolvido e solto na véspera, recapturado em seguida e notificado da nova acusação. Suspeito. Denunciado como inimigo da República. Aristocrata, descendente de uma família de tiranos, membro de uma raça proscrita, cujos privilégios tinham sido usados desde sempre para oprimir o povo. Charles Évremonde, dito Darnay, tão bom quanto morto legalmente, em virtude da citada proscrição.

Em resumo, foi isso o que disse o promotor.

O acusado fora denunciado em segredo de justiça ou abertamente? quis saber o juiz.

— Abertamente.

— Por quem?

— Por três pessoas: Ernest Defarge, mercador de vinhos, de Saint-Antoine.

— Muito bem.

— Thérèse Defarge, sua mulher.

— Muito bem.

— E Alexandre Manette, médico.

Um grande tumulto tomou conta da sala. E em meio dele o médico se levantou, pálido e trêmulo, sem deixar o banco onde se achava.

— Presidente. Protesto com a maior indignação. Trata-se de uma falsificação, de uma fraude. O senhor sabe que o acusado é meu genro. Minha filha e os que lhe são caros são mais caros para mim que a própria vida. Quem falou por mim? Onde está o infame forjicador e mentiroso que me acusa de acusar o marido da minha própria filha?

— Cidadão Manette, acalme-se. Rebelar-se contra a autoridade do tribunal seria pôr-se fora da lei. Quanto a coisas mais caras do que a vida: nada deve ser mais caro a um bom cidadão que a República.

Grandes aclamações saudaram essa reprimenda. O presidente do tribunal fez soar as sinetas e restabeleceu a ordem.

— Se a República lhe exigisse o sacrifício da própria filha, o senhor teria de sacrificá-la. Ouça o que está para ser dito. E, entrementes, cale-se.

Novas e frenéticas aclamações. O dr. Manette sentou-se e olhou em torno, os lábios trêmulos. Lucie achegou-se a ele. O homem de expressão famélica esfregou e levou as mãos aos lábios, como soía fazer.

Defarge foi chamado. Mas só quando a sala se aquietara. Pôde ser ouvido e contou rapidamente a história da prisão do médico, a quem servira quando jovem; a história da sua libertação da Bastilha, da entrega do ancião à sua guarda. Na curta inquirição que se seguiu, a corte não perdeu tempo.

— O cidadão se distinguiu na tomada da Bastilha?

— Creio que sim.

A essa altura, uma harpia interrompeu o procedimento gritando:

— Você é um dos melhores patriotas aqui presentes! Por que não dizer isso? Você manejou o canhão naquele dia memorável, e foi dos primeiros a penetrar na maldita fortaleza, quando ela caiu. Patriotas, o que digo é a expressão da verdade!

Tratava-se da Vingança que assistia ao julgamento cercada da admiração de uma corja de sicofantas. O presidente do tribunal fez soar as sinetas. A Vingança, encorajada pelos aplausos, berrou:

— Desafio essa desgraçada sineta!

O que foi muito elogiado também.

— Conte ao tribunal, Cidadão Defarge, o que fez no dia da tomada da Bastilha. No interior da fortaleza.

— Eu sabia — disse Defarge, olhando para a mulher, que se achava no primeiro degrau da escada da plataforma onde o tinham feito subir, e que não tirava os olhos dele —, eu sabia que o dr. Manette estivera confinado na cela de número Cento e Cinco da Torre Norte. Sabia-o dos lábios do próprio dr. Manette, quando ele fazia sapatos em minha casa. Estava eu ainda a manejar a artilharia quando tomei a decisão de examinar a dita cela logo que a fortaleza caísse em nossas mãos. A Bastilha caiu. E eu subi até a cela, em companhia de um cidadão que faz parte do júri, guiados, nós dois, por um dos carcereiros. Examinei a cela detidamente. Num buraco da lareira, debaixo de uma pedra que fora tirada do lugar e recolocada, encontrei um papel. Tratava-se de um manuscrito. Eu tinha tido o cuidado de estudar espécimes da escrita do dr. Manette. O texto era do punho do doutor. Passo esse documento hológrafo às mãos do senhor juiz.

— Que seja lido.

Num silêncio de morte, o acusado olhava ternamente para a mulher, que só tirava os olhos dele para olhar com solicitude para o pai. O dr. Manette tinha os olhos fixos no leitor. Madame Defarge não tirava os seus do prisioneiro, e Defarge fitava sua mulher, que parecia exultar. O público olhava o médico. O papel foi lido. Tinha o teor que segue.

10.
A substância da sombra

"Eu, Alexandre Manette, médico, natural de Beauvais, residente depois em Paris, escrevo este triste relato na minha lúgubre masmorra da Bastilha, no último mês do ano de 1767. Escrevo-o com grande dificuldade e interrompidamente. Pretendo escondê-la na lareira, onde consegui aos poucos, e muito laboriosamente, deslocar uma pedra e fazer um buraco.

"Estas palavras são traçadas com uma ponta enferrujada de ferro e com fuligem e carvão do interior da lareira, misturado com sangue, no último mês do décimo ano do meu cativeiro. Já não tenho esperanças. Sei por uns poucos, terríveis avisos que minha razão não ficará por muito tempo mais inalterada, mas solenemente declaro que estou, neste momento, na posse das minhas faculdades — que minha memória é exata e circunstanciada —, que o que escrevo é a expressão da verdade, e que estou pronto a responder por estas minhas últimas denúncias escritas, sejam ou não lidas por homens algum dia, ou no Dia do Juízo Final.

"Numa noite enluarada (embora houvesse nuvens no céu) da terceira semana de dezembro, talvez no dia 22 desse mês, do ano de 1757, estava eu a caminhar sozinho pelos cais do Sena para aproveitar o ar fresco, em lugar retirado, a uma hora de distância da minha residência, na rua da Escola de Medicina, quando uma carruagem emparelhou comigo, rodando em grande velocidade. Quando me pus à margem do caminho para deixá-la passar, receoso de que me derrubasse, uma cabeça passou pela janela e uma voz disse ao cocheiro que parasse.

"A carruagem se deteve logo que o homem conseguiu refrear os cavalos e a mesma voz me chamou pelo nome. Respondi. A carruagem estava, então, um pouco à minha frente, e dois cavalheiros tiveram tempo de abrir a portinhola e apear antes que eu a alcançasse. Observei que ambos estavam embuçados em mantos e que pareciam desejosos de esconder-se. Observei também, quando se postaram de um lado e de outro da porta, que eram mais ou menos da minha idade, mais jovens até, e que se pareciam sobremaneira, no porte, nos modos, na voz e, tanto quanto podia ver, no rosto também.

"— O senhor é o dr. Manette?

"— Eu mesmo.

"— O dr. Manette, de Beauvais — disse o outro —, o jovem médico e, originariamente, grande cirurgião, que no último ano ou nos dois últimos anos fez reputação em Paris?

"— Senhores, sou a pessoa de quem falam com tanta amabilidade.

"— Estivemos em sua casa — disse o primeiro — e como não tivéssemos a fortuna de encontrá-lo, viemos até aqui à sua procura. Disseram-nos que estaria para estas bandas. O senhor teria a bondade de entrar na carruagem?

"Tinham maneira imperiosa, e postaram-se, dizendo isso, de modo a que eu ficasse entre eles e o coche. Estavam armados e eu não.

"— Senhores, disse eu, peço-lhes que me desculpem mas costumo indagar quem me faz a honra de solicitar os meus serviços profissionais e qual a natureza do caso que sou chamado a atender.

"A resposta a isso foi dada pelo que havia falado em segundo lugar:

"— Doutor, seus clientes são pessoas de condição. Quanto à natureza do caso, nossa confiança na sua perícia nos faz crer que saberá julgar melhor por si mesmo. Basta. Quer ter a bondade de subir?

"Eu não podia fazer mais que obedecer. Entrei em silêncio. Ambos entraram depois de mim. O último saltou para dentro depois de haver recolhido os degraus. A carruagem fez meia-volta e partiu com a mesma rapidez com que viera.

"Repito a conversa textualmente, tal como ocorreu. Não tenho nenhuma dúvida de que foi essa, palavra por palavra. Descrevo tudo exatamente como aconteceu, disciplinando a minha mente para que não se afaste da tarefa que me impus.

"Interrompo, neste ponto, o meu relato e ponho esta marca. O papel irá agora para o seu esconderijo.

"A carruagem abandonou as ruas da cidade, franqueou a barreira do norte e tomou a estrada do campo. A cerca de dois terços de légua da barreira — não estimei a distância ao tempo, mas depois, na volta — saímos da estrada real e logo paramos diante de uma casa solitária. Descemos os três e caminhamos por um sendeiro macio e úmido de jardim, que uma fonte abandonada inundara até a porta da casa. Esta não se abriu imediatamente, em resposta à nossa campainha, e um dos meus guias esbofeteou no rosto, com sua mão enluvada (tinha uma pesada luva de montaria), o homem que por fim atendeu.

"Não havia nada nesse gesto que me atraísse particularmente a atenção, pois estava acostumado a ver pessoas do povo tratadas com maior brutalidade do que os cães. Mas o segundo guia, igualmente enfurecido, bateu também no servidor com o braço. O aspecto e a atitude dos dois irmãos nessa oportunidade eram a tal ponto idênticos que compreendi pela primeira vez que tratava com irmãos gêmeos.

"Desde a hora em que descemos do coche no portão externo (que estava trancado e que um dos irmãos abriu para que entrássemos e, em seguida, trancou de novo), eu ouvia gritos que vinham de um quarto do andar superior. Fui levado diretamente para esse quarto. Os gritos foram ficando mais altos à medida que subíamos as escadas, até que me vi diante da paciente que jazia num leito com febre alta.

"Era mulher de grande beleza e jovem: não podia contar mais de vinte anos. Tinha os cabelos esfiapados, em desordem, e os braços atados dos dois lados do corpo com faixas e lenços. Observei que esses panos eram todos elementos de roupas masculinas. Um deles, que parecia uma faixa de seda para traje de cerimônia, tinha um brasão de nobreza com a letra E.

"Vi tudo isso de um relance, no primeiro minuto de minha contemplação da paciente. Pois na agitação de que estava presa, no minuto seguinte, ela se virara de bruços, voltara o rosto para o lado oposto da cama e mordia uma ponta da estola. Corria o perigo de sufocar. Meu primeiro ato foi justamente estender a mão para ajudá-la a respirar. Ao afastar a seda, o bordado do canto me chamou a atenção.

"Virei-a com cuidado, pus minhas mãos no seu peito para acalmá-la e examinei-lhe o rosto. Tinha os olhos dilatados e como que perdidos, e repetia sem cessar: 'Meu marido, meu pai, meu irmão!' Depois contava até doze e dizia: 'Psiu!' Por um instante, não mais, fazia uma pausa, como se escutasse, mas logo os gritos recomeçavam e ela repetia: 'Meu marido, meu pai, meu irmão!' Depois, contava até doze e dizia: 'Psiu!' Não havia variação nem na ordem das palavras, nem no modo de proferi-las. Também não havia intervalo, exceto a pausa curta e regular entre uma série de palavras e a seguinte.

"— Há quanto tempo ela está assim? — perguntei.

"Para distinguir os irmãos, chamarei a um o mais velho e ao outro o mais novo, chamando mais velho ao que me parecia exercer maior autoridade. Foi o mais velho quem respondeu:

"— Desde a noite passada, a esta hora.

"— Ela tem, efetivamente, marido, pai e irmão?

"— Irmão.

"— Falo com o irmão?

"— Não! — respondeu ele com desprezo.

"— E que relação recente tem ela com o número doze?

"O mais moço interveio, impaciente:

"— Com as doze horas.

"— Vejam bem, senhores — disse eu, sempre com as mãos sobre o peito da paciente —, que estou tão impotente como quando me trouxeram. Se soubesse o que me esperava, teria vindo prevenido. Assim, perdemos precioso tempo. Como conseguir remédios em lugar tão isolado?

"O mais velho lançou um olhar ao caçula, que disse com altaneria:

"— Temos uma caixa de medicamentos aqui. — E tirando-a de um armário, depositou-a em cima da mesa.

"Abri alguns dos frascos, cheirei-os e levei as rolhas aos lábios. Se tivesse querido usar qualquer coisa que não fosse um narcótico — venenoso em si mesmo —, não teria empregado nenhum daqueles líquidos.

"— O senhor os julga suspeitos?

"— Bem vê que me sirvo deles — foi tudo o que respondi.

"Fiz a paciente engolir, com grande dificuldade e depois de muitos esforços, a dose que lhe queria administrar. Como pretendia repeti-la dentro em pouco, cumpria-me observar o seu efeito, e sentei-me à beira da cama. Havia lá uma camareira tímida e apagada (a mulher do homem que nos abrira a porta), que se retirara para um canto do quarto. A casa cheirava a mofo e parecia um tanto dilapidada. A mobília era medíocre. Casa de uso esporádico e ocupação recente. Cortinas velhas, pesadonas, haviam sido pregadas nas janelas, sem dúvida para abafar os gritos, que continuavam no mesmo ritmo, com as mesmas frases: 'Meu marido, meu pai, meu irmão', a contagem até doze e depois: 'Psiu!' O ataque era tão violento que eu não desatara as tiras de pano que imobilizavam a doente, limitara-me a verificar se não estavam apertadas demais. O único sintoma encorajante foi sentir que a respiração se acalmava sob a minha mão e que havia agora pausas de tranquilidade. Mas não tinha poder sobre os gritos: nenhum pêndulo teria tanta regularidade.

"Por imaginar que minha mão surtia esse efeito calmante (pelo menos era o que eu presumia), deixei-me ficar uma boa meia hora sentado à beira da cama, observado pelos dois irmãos. Por fim, o mais velho disse:

"— Há outro doente.

"Surpreso, perguntei:

"— E é caso urgente?

"— Seria melhor que o senhor mesmo julgasse — respondeu ele, com indiferença. E precedeu-me com uma vela acesa.

"O segundo paciente jazia num quarto dos fundos, ao qual se tinha acesso por outra escada, e que era uma espécie de sótão por cima dos estábulos. O teto, baixo, de estuque, cobria apenas parte da peça. O resto era de telha-vã, com grandes barrotes de ponta a ponta. Armazenavam palha e feno ali e lenha para a lareira. Havia um monte de maçãs guardadas, para durar, em areia. Tive de passar por esse depósito para chegar ao quarto propriamente dito. Minha memória é minuciosa e fidedigna. Procuro conservá-la em forma repisando na minha masmorra todos esses pormenores, quase no décimo ano de cativeiro. E vejo tudo nitidamente como naquela noite.

"Deitado no chão, num monte de feno, com uma almofada debaixo da cabeça, estava um jovem e formoso camponês — pareceu-me não ter mais de dezessete anos. Estava deitado de costas, com os dentes cerrados, a mão direita apertada contra o peito; os olhos abertos, ardentes, olhavam para cima. Eu não podia ver onde era a ferida e me ajoelhei ao lado dele. Mas sentia que estava morrendo de um ferimento feito com arma branca de ponta acerada.

"— Eu sou médico, meu filho — disse eu. — Deixe que o examine.

"— Não quero ser examinado — respondeu. — Quero morrer.

"A ferida estava debaixo da sua mão que, à força de persuasão, consegui que ele afastasse. Fora feita com a ponta de uma espada há vinte ou vinte e quatro horas já. Mas nada teria podido salvá-lo, mesmo se acudido prontamente. Morria depressa. E como eu me voltasse para encarar o mais velho dos gêmeos, vi que para ele aquele belo adolescente que agonizava era como um pássaro, uma lebre ou um coelho. Não via nele, absolutamente, um semelhante.

"— Como aconteceu isso? — perguntei.

"— É apenas um servo. Portou-se como um verdadeiro cão danado. Forçou meu irmão a sacar da espada e recebeu dele esse golpe, como um cavalheiro!

"Não havia sinal de piedade, de remorso, nem mesmo de humanidade, na resposta. Lamentava que aquela criatura de outra espécie estivesse a morrer ali, e de maneira tão inconveniente, ao invés de fazê-lo como as outras, segundo a obscura rotina de gente da sua laia. Era incapaz de compaixão pelo moço ou pelo triste destino dele.

"O olhar do rapaz se tinha voltado para ele enquanto falava e agora voltava-se lentamente para mim.

"— Doutor — disse o moribundo —, eles são soberbos, esses aristocratas. Mas nós, pobres cães, também temos nosso orgulho. Eles nos exploram, nos ultrajam, nos batem, nos matam. Mas sempre resta, no fundo, um grão de orgulho. O senhor a viu, doutor?

"Os gritos eram audíveis, embora coados pela distância.

"— Sim, eu a vi — respondi.

"— É minha irmã, doutor. Eles abusam dos seus vergonhosos direitos, esses nobres, da modéstia das nossas irmãs, da sua virtude, anos a fio. Mas nós temos boas moças. Meu pai sempre me disse isso. Minha irmã era uma boa moça e estava noiva de um bom rapaz, rendeiro desse aí, esse que está de pé ao seu lado. Nós todos somos rendeiros dele. O outro é o irmão, o pior de uma raça toda ela infame.

"Era com dificuldade que o adolescente reunia forças para falar. Sua alma falava, porém, com uma eloquência terrível.

"— Éramos explorados por ele, como todos nós, pobres cães labregos, somos sempre explorados por esses seres superiores, taxados sem dó nem piedade, obrigados a trabalhar para ele de graça, a moer nosso trigo no seu moinho, a alimentar suas aves de estimação com o nosso grão, sem ter direito de criar nenhuma, e isso sob pena de morte. Tão depenados e despojados todo o tempo que se, por acaso, conseguíamos um pedaço de carne, nós o comíamos de porta e janela fechadas com medo de que nos vissem e que viessem tirá-lo da nossa boca. Ah! Tão furtados sempre, tão perseguidos, tão pobres, que meu pai muitas vezes me disse da tristeza de pôr alguém no mundo para sofrer. Seria melhor rezar para que nossas mulheres fossem estéreis e para que nossa raça miserável se extinguisse!

"Eu nunca vira antes o ódio da opressão explodir assim como um fogo. Imaginava que estivesse latente entre o povo, mas não o vira exposto com tanta intensidade como na boca daquele menino que morria.

"— Doutor, minha irmã se casou. O pobre moço estava doente e ela o desposou para poder cuidar dele em nossa casa, ou canil, como esse homem aí costumava dizer. Pois não estava casada havia muito tempo quando o irmão desse homem a conheceu, admirou e desejou — e pediu ao seu irmão que a cedesse. Maridos não contam entre nós!

Ele a queria, mas minha irmã era boa e virtuosa e odiava o irmão desse homem de um ódio tão grande quanto o meu. O que fizeram então esses dois a fim de convencer o marido a usar sua influência sobre ela para convencê-la, para fazê-la aceitar?

"Os olhos do garoto, fixos nos meus, devagarinho se voltaram para os gêmeos. E pude ver na cara deles que o que ouvia era verdade. Vejo-o ainda aqui na Bastilha. As duas espécies de orgulho a confrontar-se: o do nobre, feito de indiferença presunçosa; o do camponês, de amor-próprio ferido e sentimento de vingança.

"— O senhor sabia, doutor, que, entre outros direitos, os nobres podem atrelar-nos como cães às suas charretes para puxá-las? Pois eles o atrelaram, o marido de minha irmã. O senhor sabia que eles têm o direito feudal de nos manter acordados à noite batendo com varas nos fossos e banhados para que as rãs não perturbem seu sono de nobres? Pois eles mantiveram meu cunhado doente no charco em noites de bruma e de dia a puxar uma charrete. Conseguiram dobrá-lo? Pois sim! Desamarrado um dia, ao meio-dia, para comer alguma coisa — se pudesse —, ele soluçou doze vezes, uma para cada pancada do relógio, e morreu no regaço da mulher.

"Nenhuma força humana teria sido capaz de sustentar aquele rapaz moribundo, exceto a sua determinação de contar tudo. Para isso, fazia recuar as sombras da morte que se adensavam à sua volta, e forçava a mão direita a manter-se fechada no peito, apertando e escondendo a ferida.

"— Então, com a permissão e até com o auxílio desse homem, seu irmão a tomou, a despeito do que ela provavelmente lhe disse, e o que ela lhe disse, doutor, não será por muito tempo segredo para o senhor, se é que já não o sabe, pois o senhor a examinou; o irmão desse aí levou minha irmã, para divertir-se com ela e com ela brincar por algum tempo. Eu os vi, quando passaram por mim na estrada. Quando contei a coisa em casa, o coração de meu pai se partiu. Não teve tempo sequer de dizer uma só das palavras que o enchiam. Depois do enterro, levei minha irmãzinha mais nova (tenho outra) para longe do alcance desse homem. Esta, pelo menos, não será vassala dele. Depois, segui a trilha dele até aqui, escalei o muro — eu, um cão —, mas armado. Onde está a janela? Não havia uma aqui?

"O aposento começava a escurecer para ele. O mundo se fechava à sua volta. Olhei em torno e vi que o feno e a palha estavam em desordem pelo chão e que houvera luta.

"— Minha irmã me ouviu chegar e entrou, e eu lhe disse que não se aproximasse até que ele fosse morto. Então, ele surgiu e me lançou primeiro um punhado de moedas de ouro. Depois, surrou-me com um chicote. Mas eu, embora ínfimo animal, reagi e bati-lhe. E ele foi obrigado a desembainhar a espada. Terá de quebrá-la agora em mil pedaços, manchada que foi com sangue de cão. Tirou-a para defender-se e teve de usar tudo o que sabia para salvar a pele!

"Eu tinha visto antes, caídos entre a palha, fragmentos de uma espada quebrada. De uma espada de fidalgo. A outra, que jazia mais longe, inteira, era uma velha espada que me pareceu de soldado.

"— Agora, doutor, ajude-me. Levante-me. Onde está ele?

"— Ele não está aqui — respondi, soerguendo o moribundo e pensando que ele se referisse ao irmão.

"— Ah! Por orgulhoso que seja, ele tem medo de me ver. Onde está o outro, o homem que se encontrava aqui com o senhor? Volte-me de frente para ele.

"Eu o fiz, apoiando a cabeça do rapaz contra o meu joelho. Mas investido, no momento, de uma força sobre-humana, ele se levantou de todo, obrigando-me a levantar-me também para poder sustentá-lo.

"— Marquês — disse o garoto, olhando-o de olhos bem abertos e com a mão direita no ar —, eu o intimo, ao senhor e aos seus, até o último dessa raça maldita, a responder por todos esses crimes no dia da retribuição. Traço esta cruz de sangue sobre o senhor como um sinal. Naquele dia, em que todas as contas serão prestadas, eu chamarei também seu irmão, a alma negra da família, a pagar pelo que fez. E traço esta cruz de sangue sobre a cabeça dele, para que saiba que farei o que digo.

"Duas vezes ele pôs a mão na ferida e duas vezes fez o sinal da cruz no ar. Ficou ainda um momento de pé, com o indicador erguido para o céu. Depois, quando o dedo caiu, ele caiu também, e eu o estendi, morto, no chão.

"Quando voltei à cabeceira da mulher vi que ela delirava ainda, precisamente da mesma forma e com a mesma sequência de palavras. Sabia que aquilo podia durar e que terminaria provavelmente no silêncio da cova.

"Repeti os remédios que lhe dera e velei junto da cama, até que a noite ia alta. Ela jamais deixou de gritar violentamente, jamais se confundiu na ordem do que dizia. Era sempre 'Meu marido, meu pai, meu irmão! Um, dois, três, quatro, cinco, seis, sete, oito, nove, dez, onze, doze. Psiu!'

"Aquilo durou vinte e seis horas, contadas desde o momento em que entrei na casa. Eu saí e voltei duas vezes quando a moça começou a fraquejar. Fiz o que podia ser feito para ajudá-la naquela hora extrema. Mas pouco a pouco foi caindo em letargia, e ficou inerte como se estivesse morta.

"Era como quando o vento e a chuva cessam, afinal, depois de uma longa e terrível tempestade. Soltei-lhe os braços e chamei a camareira que iria preparar o cadáver para compor o vestido que a doente rasgara e lhe deixava o corpo descoberto.

"Só então percebi que a pobre moça estava grávida. E perdi a pouca esperança que ainda tinha de salvá-la.

"— Está morta? — perguntou o marquês, a quem prefiro referir-me, como anteriormente, como o mais velho dos irmãos. Acabava de chegar, e entrou no quarto com suas botas de montar ferradas nos pés.

"— Ainda não. Mas é provável que morra.

"— Que resistência tem essa gente do povo! — disse, olhando-a com uma certa curiosidade.

"— Há sempre uma força prodigiosa — respondi-lhe — na desgraça e no desespero.

"Ele riu com as minhas palavras, mas em seguida franziu o cenho. Puxou uma cadeira com o pé, para perto da minha, mandou a mulher embora e disse em voz baixa:

"— Doutor, vendo meu irmão em dificuldade com esses rústicos, recomendei que o senhor fosse chamado. Tem grande reputação e, moço como é, com fortuna por fazer, verá provavelmente onde está o seu melhor interesse. As coisas que o senhor presenciou aqui dentro não devem ser conhecidas lá fora.

"Apurei o ouvido para a respiração da paciente e evitei responder-lhe.

"— O senhor me dá a honra de escutar-me?

"— Senhor — disse eu —, na minha profissão, tudo o que diz respeito a um doente é sempre confidencial.

"Era uma resposta prudente. Eu estava profundamente perturbado por tudo o que presenciara.

"A respiração era agora apenas audível, tão difícil de acompanhar que lhe tomei o pulso e procurei auscultar o coração. Vivia ainda — só isso. Olhando em torno de mim, ao sentar-me outra vez, vi que os dois irmãos me observavam atentamente.

"Escrevo com tanta dificuldade, faz tanto frio, tenho tanto medo de ser apanhado e posto numa cela subterrânea, em total escuridão, que tenho de abreviar a narrativa. Não que haja confusão ou falha em minha memória. Recordo e posso detalhar cada palavra que foi trocada entre aqueles irmãos e eu.

"Ela durou precariamente uma semana. Para o fim, consegui entender algumas sílabas do que me confiou, pondo a orelha junto dos seus lábios. Perguntou-me onde se achava e eu lhe disse. Perguntou quem eu era. Disse. Mas em vão perguntei-lhe pelo nome de família. Sacudiu de leve a cabeça no travesseiro e guardou o seu segredo, como o rapaz tinha feito.

"Não tive oportunidade de perguntar-lhe nada até o dia em que contei aos irmãos que ela estava no fim e que não passaria daquela noite. Até então, e embora ninguém se apresentasse diante dela, quando consciente, a não ser eu ou a empregada, um dos irmãos estava sempre zelosamente de guarda, por detrás do reposteiro ao lado da cabeceira do leito. Mas, à luz do que eu dissera, eles ficaram menos cautelosos, ou indiferentes a qualquer comunicação que eu pudesse ter com ela *in extremis* — como se eu também estivesse para morrer. Confesso que o pensamento me passou pela cabeça.

"Eu tinha percebido que o orgulho deles se ressentia do fato de que o irmão mais moço fora obrigado a terçar armas com um camponês e, além disso, um simples menino. Uma só consideração perturbava a um e outro: era coisa ridícula e altamente degradante para o nome da família. Cada vez que meus olhos encontravam os do irmão mais novo, eu lia neles a raiva que tinha de mim — pelo que eu sabia, pelo que o rapaz me contara. Talvez por isso fosse mais polido comigo do que o mais velho. Eu, no entanto, via claro nele. E sabia ser também uma pedra no sapato do mais velho.

"Minha paciente finou-se duas horas antes da meia-noite pelo meu relógio, na hora exata, quase minuto por minuto, em que a vira pela primeira vez. Eu me achava sozinho com ela quando a sua pobre cabeça abandonada tombou docemente para um lado e todas as suas mágoas e tristezas acabaram.

"Os irmãos aguardavam o desenlace numa sala do térreo, impacientes para ir embora. Só, no quarto da enferma, eu podia ouvi-los andando de um lado para o outro, embaixo, e batendo nas botas com os rebenques.

"— Morreu afinal? — perguntou o mais velho quando me viu entrar.

"— Está morta.

"— Felicitações, meu irmão — foram as palavras dele para o outro.

"Ele me oferecera dinheiro, mas eu adiara o momento de recusá-lo. Agora, deu-me um rolo de moedas de ouro. Eu o peguei e depus em cima da mesa. Tinha refletido maduramente e decidira não aceitar nada pelos meus serviços.

"— Desculpe. Mas dadas as circunstâncias, não.

"Eles se entreolharam, mas inclinaram a cabeça quando inclinei a minha, despedindo-me. E separamo-nos sem trocar mais qualquer palavra.

"Estou fatigado, exausto, reduzido a um frangalho pela miséria. Não posso ler o que escrevi com esta mão emperrada.

"Cedo, na manhã seguinte, o rolo de dinheiro foi deixado à minha porta dentro de uma pequena caixa endereçada em meu nome. Desde o começo eu considerara ansiosamente o que fazer. Decidi escrever, naquele dia mesmo, uma carta particular ao ministro, revelando a natureza dos dois casos para os quais me tinham chamado e o lugar aonde eu fora conduzido, fornecendo-lhe enfim todos os particulares da história. Conhecia a influência da Corte e a imunidade de que gozavam os nobres, e esperava não ouvir mais falar do assunto. Quisera apenas tirar um peso da consciência. Guardara segredo absoluto; nem mesmo minha mulher sabia de nada. Isso também tive a ingenuidade de dizer na carta. Eu não fazia ideia do perigo que corria; dava-me conta apenas de que poderia ser comprometedor para terceiros saber o que eu sabia.

"Andei muito ocupado o dia todo e não pude concluir minha carta naquela noite. Levantei mais cedo do que de hábito no dia seguinte, justamente para completá-la. Estávamos a 31 de dezembro. Era o último dia do ano. A carta jazia pronta, à minha frente, na mesa, quando vieram anunciar-me uma senhora.

"Sinto-me cada vez mais incapaz para a tarefa que me propus. Faz frio, está escuro, meus sentidos estão entorpecidos, e a desolação que me oprime é tremenda.

"A senhora em questão era jovem e bela, mas não me pareceu destinada a viver muito. Parecia presa de grande agitação. Apresentou-se como a mulher do Marquês de Saint-Évremonde. Associando o título que o jovem camponês usara para dirigir-se ao irmão mais velho e a inicial que vira bordada na faixa da minha paciente, não me foi difícil concluir haver encontrado o dito fidalgo fazia pouco tempo.

"Tenho ainda boa memória mas não posso reproduzir palavra por palavra a nossa conversa. Suspeito de que sou vigiado mais de perto do que imaginava, e não sei quais os momentos em que me têm sob observação. Ela suspeitara em parte e em parte descobrira o principal da cruel história, da parte que seu marido tivera e da minha intervenção. Não sabia que a moça morrera. Tivera a esperança de poder testemunhar-lhe secretamente a sua simpatia. Com isso talvez desviasse a cólera dos Céus de uma casa há tanto tempo odiada por tantos desgraçados.

"A marquesa tinha razões para crer na existência de uma irmã caçula, e seu maior desejo agora era ajudar essa menina. Pude apenas confirmar que havia tal menina; não sabia nada além disso. Ousara procurar-me — disse —, contando com a minha discrição, na esperança de descobrir o nome e o endereço da camponesinha. Ainda hoje ignoro um e outro.

"Logo me faltará papel. Ontem mesmo uma folha me foi tirada, com uma advertência. Tenho de terminar este relato hoje.

"A marquesa era pessoa compassiva, infeliz no casamento. E como poderia ser de outro modo? O cunhado não gostava dela, tratava-a com desconfiança, e a influência dele contrariava a sua. Ela, por sua vez, tinha-lhe horror, e temia também o marido. Quando fui levá-la à porta, havia um bonito menino de dois ou três anos à espera na carruagem.

"— Por ele, doutor — disse-me em lágrimas, mostrando o filho —, farei tudo o que puder como reparação. Que felicidade poderá trazer a esse menino herança tão pesada? Tenho o triste pressentimento de que, sem alguma espécie de expiação, um dia lhe pedirão conta de tudo. O que tenho de meu, e é pouco, algumas joias, será destinada a essa jovem camponesa. O menino a descobrirá um dia e lhe fará chegar às mãos esse testemunho da pena e da aflição de sua defunta mãe.

"A marquesa beijou o menino e disse-lhe com uma carícia:

"— É por amor a você, pequeno Charles. Você será fiel?

"A criança respondeu, com alguma bravura:

"— Sim!

"Eu beijei a mão da senhora, ela o tomou nos braços e partiu, ainda a fazer-lhe festas. Nunca mais revi a marquesa.

"Como dissera com naturalidade o nome do marido, imaginando que eu o soubesse, não me aproveitei disso, não o incluí na carta. Selei-a e, não querendo confiá-la a qualquer portador, fui levá-la pessoalmente no mesmo dia ao destinatário.

"À noite, que era a última do ano, como já disse, por volta das nove horas, um homem de negro apresentou-se em minha casa, pediu para falar-me e acompanhou sem ruído, escada acima, meu jovem criado, Ernest Defarge. Quando este se apresentou na sala onde eu me encontrava com minha mulher — Óh, esposa bem-amada do meu coração! Oh, minha querida e loura esposa inglesa! —, demo-nos conta de que o homem, que ele dizia à espera na rua, acompanhara-o e estava, silencioso como uma sombra, por detrás dele.

"Disse tratar-se de um caso urgente, na Rua Saint-Honoré. Eu não precisava temer demorar-me. Tinha uma carruagem à porta.

"Pois trouxe-me para cá, para a minha sepultura. Logo que nos afastamos de casa, a carruagem parou, fui amordaçado com um grande lenço preto e amarrado. Os dois irmãos, que se escondiam de tocaia em algum lugar, atravessaram a rua e identificaram-me com um simples gesto. O marquês mostrou-me uma carta que tirou do bolso — era a que eu tinha escrito ao ministro —, queimou-a na chama de um lampião que alguém lhe estendeu, e esmagou as cinzas no chão com o calcanhar. Nem uma só palavra foi dita. Trouxeram-me para cá, enterraram-me em vida.

"Se Deus tivesse inspirado, ao longo destes anos terríveis, a um ou outro dos irmãos, a ideia de me dar notícias de minha mulher, nem que fosse para dizer-me se ela é viva ou morta, eu poderia pensar que Ele não os abandonara inteiramente. Mas agora creio que a marca da cruz feita com sangue no ar será fatal para eles, e que nada poderão esperar da Sua infinita misericórdia. Nem eles nem seus descendentes, até o último da raça. Eu, Alexandre Manette, infeliz prisioneiro, nesta última noite do ano de 1767, do fundo da minha intolerável tortura, os denuncio, para aquele tempo em que serão pedidas contas de todas essas coisas. Denuncio-os ao Céu e à Terra."

Um gigantesco clamor se elevou no tribunal quando a leitura terminou. Um clamor inarticulado, selvagem: era a massa que pedia sangue. A narrativa calara fundo, falava às paixões mais exacerbadas daquele período: qualquer cabeça do país teria caído sob o impacto de um golpe daqueles.

Não era preciso explicar, num tribunal daquela espécie e perante um auditório como aquele, por que os Defarges tinham guardado em segredo tal papel quando memoriais semelhantes haviam sido levados em procissão no próprio dia da tomada da Bastilha; por que tinham conservado o documento e esperado o momento oportuno para mostrá-lo, como se mostra uma carta decisiva, um trunfo. Não era também necessário mostrar que o nome daquela detestada família de há muito fora anatemizado em Saint-Antoine e incorporado ao fatal registro de lá. Está para nascer o homem com serviços e virtudes tão extraordinários que prevalecessem contra uma denúncia daquelas.

O pior (para o acusado) é que o autor da denúncia era cidadão conhecido e respeitado, seu amigo íntimo e pai de sua mulher. Uma das mais insanas aspirações do populacho era justamente a imitação das contestáveis virtudes da Antiguidade clássica, os sacrifícios e imolações no altar do Povo. Assim, quando o presidente do tribunal disse (e se não dissesse, sua própria cabeça correria perigo) que o grande médico da República merecia mais ainda dos seus concidadãos por denunciar e arrancar pelas raízes aquela funesta família de aristocratas, fazendo embora de sua filha uma viúva e de sua netinha uma órfã, houve um grande fervor patriótico e uma explosão de alegria coletiva — e nem uma nota de simpatia humana.

— Grande influência tem o doutor, não é mesmo? — perguntou madame Defarge à sua amiga Vingança, com um sorriso. — Vamos ver se consegue salvá-lo desta vez!

A cada voto, proferido em voz alta, um clamor. E outro. E outro. Clamores sobre clamores.

Condenado à morte por unanimidade. Aristocrata de nascimento e de coração, inimigo da República, opressor notório e hereditário do Povo. Devolvido à Conciergerie, para execução em vinte e quatro horas!

11.
Crepúsculo

a pobre mulher do inocente, do condenado à Guilhotina, vacilou sob a sentença como se ela própria tivesse sido ferida de morte. Mas não proferiu um som. E tão forte era a voz interior que a intimava a não lhe aumentar o sofrimento mas a sustentá-lo na sua miséria, que ela logo se recompôs do choque.

Os juízes, tendo de tomar parte numa manifestação pública na rua, suspenderam a sessão. Logo o tribunal se esvaziou. Lucie, de pé, no lugar onde estava, estendeu os braços para o marido, sem outra coisa estampada no rosto que amor e consolação.

"Ah, se eu pudesse tocá-lo. Se pudesse beijá-lo uma vez mais! Oh, cidadãos, se isso nos fosse permitido, uma só vez, por piedade!"

Só o carcereiro ficara para trás, dois dos homens que haviam detido Charles na véspera, e o cidadão Barsad. O povo saíra para ver a manifestação. Barsad propôs aos demais:

— Deixemos que se despeçam. Será coisa de um minuto.

Os outros concordaram tacitamente. E ajudaram-na a passar por cima dos bancos para uma plataforma onde ele, debruçando-se sobre a grade que separava o público dos juízes, pôde abraçá-la.

— Adeus, amor, querida de minha alma! Eu a abençôo mais uma vez. Nós nos veremos um dia, lá onde todos os infelizes repousam em paz.

Essas foram as palavras de Charles, ao apertá-la contra o coração.

— Eu posso suportá-lo, meu querido, não sofra por mim. O Céu me dará forças. Uma última bênção para a nossa filha.

— Seja portadora dessa bênção. Beije-a por mim. Eu me despeço dela através de você.

— Não, meu marido, mais um momento!

Ele se arrancava dos braços dela.

— Espere! Não estaremos separados por muito tempo. Sinto que isso me parte o coração. Mas cumprirei o meu dever até o fim. E quando ela ficar sozinha no mundo, Deus lhe dará amigos como os deu a mim.

Seu pai a acompanhava, e teria caído de joelhos diante dos dois se Charles não o pegasse pelo braço, chorando.

— Não, não! O que fez o senhor, o que pensa que fez, que tenha de ajoelhar-se diante de nós? Sabemos agora o quanto lutou, o quanto sofreu ao suspeitar da minha origem e, depois, ao ver confirmadas tais suspeitas! Sabemos que antipatia natural teve o senhor de enfrentar e superar, por amor de Lucie. Nós lhe agradecemos de todo o coração. Que Deus o acompanhe.

A única resposta do velho foi levar as duas mãos à cabeça, num gesto antigo, e arrancar um chumaço de cabelos com um gemido de angústia.

— Não podia ser de outra maneira — disse o condenado. — Tudo conspirou para esse resultado. E foram os meus vãos esforços para cumprir o voto de minha mãe que me levaram inevitavelmente ao senhor. O bem nunca poderia resultar de um mal como aquele. E como esperar de tais começos uma conclusão feliz? Console-se e perdoe-me. Deus os abençoe!

A mulher soltou-o, mas ficou de pé e de mãos postas enquanto o levavam para sempre. Havia no seu rosto uma expressão radiosa e, até, um sorriso de consolação. Quando o marido desapareceu pela porta por onde saem os prisioneiros, ela se voltou para o pai, pôs a cabeça no seu ombro e ainda tentou falar-lhe. Mas caiu sem sentidos aos seus pés.

Adiantando-se então do canto onde se escondia e de onde não se afastara por um único momento, Sydney Carton aproximou-se rapidamente do dr. Manette e tomou Lucie nos braços. Só o pai e o sr. Lorry estavam junto dela. Seu braço tremeu ao erguê-la do chão e ao sustentar-lhe a cabeça. Mas não havia piedade no semblante dele. Um rubor, talvez, uma ponta de orgulho.

— Devo levá-la até um carro? Não é peso para mim.

Carregou-a com cuidado até a porta da rua, depositando-a carinhosamente na carruagem. O dr. Manette e seu velho amigo entraram em seguida, e Carton subiu para a boleia, sentando-se ao lado do cocheiro.

Quando chegaram ao portão diante do qual ele estivera parado, no escuro, não fazia muitas horas, a imaginar que pedras os pés de Lucie teriam pisado na rua, ele a pegou de novo nos braços e galgou com ela as escadas até o quarto. Ali deixou-a num divã, onde a srta. Pross e a menina cobriram-na de beijos e lágrimas.

— Deixem-na estar assim, não a despertem. Está apenas desmaiada.

— Oh, Carton, Carton, querido Carton! — gritava a pequena Lucie, pondo-lhe os braços em torno do pescoço, numa explosão de desespero. — Agora que veio, você vai consolar mamãe e salvar papai! Olhe como está minha mãe. Querido Carton, você que gosta tanto dela, como pôde suportar vê-la assim?

Ele se debruçou sobre a menina e pôs o rosto rosado contra o seu. Depois, afastou-a com doçura e contemplou de novo a mãe desfalecida.

— Antes de ir embora — disse e logo se interrompeu. — Poderia beijá-la?

Foi lembrado mais tarde que, ao tocar o rosto da moça com os lábios, ele disse algumas palavras baixinho. A pequena Lucie, que estava perto, contou depois, e contou aos seus netos quando se transformou, um dia, numa velha senhora, que o ouvira dizer: "Uma vida que lhe é cara."

Em seguida, já no outro aposento, onde o dr. Manette e o sr. Lorry o acompanharam, ele se virou para eles e disse:

— Ainda ontem, dr. Manette, o senhor gozava de grande influência. Vamos apelar para ela, mesmo tentativamente. Esses juízes, como os outros homens hoje no poder, são todos seus amigos. Todos reconhecem seus grandes serviços. Não é assim?

— Nada me escondiam, do que dizia respeito a Charles. Obtive garantias de que poderia salvá-lo e foi o que fiz — falava pausadamente e parecia muito perturbado.

— Pois insista. São poucas as horas que nos restam até amanhã à tarde. Mas insista.

— Vou tentar. Não descansarei.

— Muito bem. Já vi energias como a sua operarem prodígios — acrescentou com um sorriso, a que um suspiro se misturou estranhamente. — Insista! Por pouco que valha uma vida que a gente malbaratou, vale esse esforço. Não fosse assim e seria o caso de desistir.

— Vou ver o promotor — disse o dr. Manette — e o presidente do tribunal. E outros, que é melhor não nomear. Posso escrever também e... Mas espere! Há uma grande manifestação na rua, não vou encontrar ninguém em casa antes do entardecer.

— É exato. Pois muito bem. A esperança é tão frágil que não faz diferença esperar pela noite. Gostaria de saber dos resultados das suas tentativas. Quando acha que estará de volta das entrevistas com esses poderes das trevas, dr. Manette?

— Logo depois de quatro horas já estará escuro. Vamos pôr mais uma hora ou duas — disse o médico.

— Se eu for à casa do sr. Lorry, digamos, às nove, poderei ter alguma notícia do senhor diretamente ou dele?

— Sim.

— Boa sorte!

O sr. Lorry acompanhou Sydney Carton até a porta da rua, puxando-o pelo ombro quando ele já ia sair e obrigando-o a voltar-se.

— Não tenho mais esperança — disse o sr. Lorry em voz baixa e soturna.

— Nem eu.

— Se alguns desses homens ou todos esses homens estivessem dispostos a poupá-lo — o que é uma suposição desatinada, pois que valor tem a vida de Charles ou qualquer vida para eles? —, duvido que o fizessem depois das manifestações no tribunal.

— É justamente o que penso. Aquele clamor já anunciava a Lâmina.

O sr. Lorry apoiou o braço no portal c escondeu o rosto nele.

— Não fique deprimido — disse Carton com doçura. — Nem desolado. Se encorajei o dr. Manette a agir foi porque um dia isso poderá servir-lhe de consolação. Ela pensaria talvez que a vida de seu marido foi jogada fora, e essa ideia poderia atormentá-la.

— Sim — disse o sr. Lorry, enxugando os olhos. — Sim, tem razão. Mas ele será executado. Não há mais esperança.

— Morrerá. Não há mais esperança — repetiu Carton como um eco. E desceu as escadas com passo firme.

12.
Noite

Sydney Carton parou na rua. Não sabia muito bem aonde ir. "Tenho de estar no Tellson às nove", disse consigo, refletindo. "Não seria conveniente deixar-me ver um pouco, até lá? Penso que sim. É melhor que essa gente saiba que eu existo. É uma precaução talvez necessária. Mas cumpre ter cuidado, infinito cuidado! Vamos estudar todos os aspectos da coisa!"

Voltando sobre os seus passos, que já mostravam uma certa tendência para um objetivo definido, ele deu duas ou três voltas pela rua, escura àquela hora, revirando na cabeça todas as possíveis consequências do que ia fazer. E confirmou sua primeira impressão. "É melhor que essa gente saiba da minha existência." E tomou o rumo de Saint-Antoine.

Defarge se apresentara ao tribunal naquele dia como mercador de vinhos no Faubourg Saint-Antoine. Não era difícil para alguém que conhecia a cidade tão bem quanto Sydney encontrar a casa sem ter de perguntar o caminho às pessoas. Tendo feito um reconhecimento da área e localizado o estabelecimento, deixou as ruas estreitas, comeu numa casa de pasto e dormiu em seguida. Pela primeira vez em muitos anos não tomou nenhuma bebida forte. Desde a noite passada bebera apenas um pouco de vinho do mais leve. O ato de despejar lentamente na lareira acesa do sr. Lorry a sua última dose de conhaque era o gesto lustral de um homem que renunciou ao álcool para sempre e oferece o sacrifício aos deuses.

Eram sete horas quando acordou, descansado, e saiu para a rua outra vez. A caminho do Faubourg Saint-Antoine, corrigiu sua aparência desleixada numa vitrine, arranjando a gravata, o cabelo e a gola do paletó. Feito isso, foi diretamente à loja de Defarge e entrou.

Não havia fregueses, exceto Jacques Três, o dos dedos nervosos e voz crocitante. Esse homem, que Sydney se lembrava de ter visto como jurado, bebia de pé no pequeno balcão, conversando com os Defarges, marido e mulher. A Vingança assistia à conversa como pessoa da casa.

Carton entrou, sentou-se e pediu (em mau francês) um copo de vinho. madame Defarge lançou-lhe um olhar indiferente, depois interessado, em seguida decididamente atento e alerta. E foi servi-lo pessoalmente. O que tinha pedido?

Ele repetiu a ordem.

— Inglês? — perguntou madame Defarge, alçando com ar inquisidor as sobrancelhas escuras.

Depois de considerá-la por algum tempo, como se as palavras francesas demorassem para fazer sentido no seu cérebro, respondeu com o mesmo pronunciado sotaque estrangeiro:

— Sim, madame, sim. Sou inglês.

Madame Defarge voltou ao balcão para apanhar o vinho, e ele fingiu que decifrava um jornal jacobino que achou por perto. Pôde ouvir quando ela disse:

— É a cara de Évremonde!

Defarge serviu o vinho e desejou-lhe boa noite.

— Como?

— Boa noite.

— Oh! Boa noite, cidadão — e enchendo o copo: — Bom vinho também. Bebo à República.

Defarge voltou ao balcão e disse:

— Tem razão. Parece-se um pouco com o homem.

Madame Defarge insistiu:

— Parece-se muito.

— É que a senhora se preocupa demais com Évremonde, madame — interveio Jacques Três, para mediar a disputa.

E a Vingança, jovial, concordou:

— Sem dúvida! E se alegra tanto à ideia de revê-lo amanhã!

Carton acompanhava com o dedo as linhas e palavras do seu jornal com uma expressão estudiosa e concentrada. Os quatro franceses, de cotovelos apoiados no balcão, conversavam em voz baixa. Depois fizeram uma pausa de alguns minutos, durante os quais olharam para ele sem que Carton se desse por achado e desviasse a atenção da sua laboriosa leitura. E continuaram a confabular.

— Madame tem razão — disse Jacques Três. — Por que parar agora? O raciocínio dela é sólido. Por quê?

— Bem — ponderou Defarge. — Mas há que parar um dia. A questão ainda é a mesma, saber quando.

— Quando o extermínio estiver completo — disse madame Defarge.

— Magnífico! — grasnou Jacques Três. A Vingança também aplaudiu.

— O extermínio é bom em tese — disse Defarge, um tanto perturbado. — Não tenho nada contra. Mas o doutor já sofreu bastante. Vocês puderam ver a cara dele quando o papel foi lido.

— Eu vi a cara dele! — repetiu madame Defarge, ao mesmo tempo irritada e desdenhosa. — Ah, sim. Vi-lhe a cara. Não era a de um amigo verdadeiro da República. Que ele tome cuidado!

— Você viu também, mulher — continuou Defarge em tom de censura —, a angústia da filha, o que para ele é outra tortura.

— Sim, observei também a filha — continuou sua mulher — e mais de uma vez. Observei-a hoje e em outros dias. Observei-a no tribunal e na rua também, na rua da prisão. Bastaria, meu caro, que eu levantasse um dedo... (Talvez o tivesse levantado efetivamente, mas os olhos de Carton não podiam deixar o jornal. Se o fez, deixou cair a mão com um som surdo e seco que soou, no tampo do balcão como se fosse a Lâmina.)

— A cidadã é soberba! — coaxou Jacques.

— É um anjo — disse a Vingança, beijando-a.

— Quanto a você — prosseguiu madame Defarge, implacável, dirigindo-se ao marido —, se dependesse de você, mas felizmente não depende, você salvaria aquele homem agora mesmo!

— Não! — protestou Defarge. — Nem mesmo que bastasse para isso levantar este copo. Vamos deixar a coisa por aí. Quero dizer: vamos parar.

— Você vê, Jacques! E você também, minha pequena Vingança! — disse madame Defarge com ódio na voz. — Vocês dois são testemunhas! Por crimes sem conta, esses e outros, eu condenei de há muito essa raça de tiranos e opressores à destruição e ao extermínio. E tenho tudo registrado no meu tricô. Perguntem ao meu marido se minto!

— Não. É exato — disse Defarge, antes que alguém lhe perguntasse qualquer coisa.

— No raiar dos dias de glória, quando a Bastilha foi tomada, ele achou o tal papel. Trouxe o papel para casa e nós o lemos juntos, logo que este lugar ficou deserto, no meio da noite, a portas fechadas. Aqui mesmo, à luz deste mesmo lampião, eu e ele. Perguntem se minto.

— Não. Diz a verdade.

— Pois naquela mesma noite, quando o papel foi lido de cabo a rabo e a luz morreu e o dia começou a despontar, fagueiro, através daquelas persianas, por entre aquelas barras de ferro (aquelas ali), eu lhe disse que tinha um segredo a confiar-lhe. Perguntem-lhe se minto.

Pela terceira vez, Defarge confirmou: — Ela diz a verdade.

— Contei-lhe o segredo. Batia no peito, como faço agora, batia com força, e contei-lhe: "Defarge — disse eu —, "fui criada por pescadores junto do mar, e aquela família de camponeses, vítima dos dois irmãos Évremonde, tal como a descreve o documento da Bastilha, era a minha família. Defarge" — disse eu —, "aquela moça moribunda era minha irmã; o marido dela, meu cunhado; a criança por nascer, o filho deles; o irmão caído, meu irmão; o velho pai, meu pai. Esses mortos são meus mortos e a obrigação de vingá-los cabe a mim!" Perguntem a Defarge se não é assim.

— É assim — respondeu Defarge.

— Vão dizer ao Vento e ao Fogo quando é tempo de parar — concluiu madame Defarge —, mas não venham dizê-lo a mim.

Dois dos seus ouvintes foram tomados de admiração e de uma satisfação horrível com a natureza mortal do ódio daquela mulher.

Carton, sem levantar os olhos, sentia que ela estaria branca como o papel. Defarge, em minoria, interpôs umas poucas palavras em louvor da marquesa, mas tudo o que arrancou da esposa foi uma repetição da sua última resposta: "Vão dizer ao Vento e ao Fogo quando é tempo de parar, mas não venham dizê-lo a mim!"

Entraram fregueses e o grupo se desfez. O inglês pagou, contou o troco com uma ponta de perplexidade, e perguntou, como estrangeiro, o caminho do Palácio Nacional. Madame Defarge acompanhou-o até a porta e apoiou o braço no dele ao indicar-lhe a direção. Ocorreu ao inglês que não seria má ideia agarrar aquele braço, levantá-lo e dar-lhe, por baixo, um golpe seco e profundo.

Mas foi embora e logo a sombra da muralha da prisão o engolia. A hora aprazada, emergiu da escuridão para apresentar-se em casa do sr. Lorry e foi encontrar o velho tomado de agitação, a medir sem descanso o espaço exíguo do escritório. Disse-lhe ter estado com Lucie até aquela hora. Deixara-a apenas para vir encontrá-lo, mas pretendia voltar logo. Ninguém vira o médico desde que deixara o Banco às quatro da tarde. Ela esperava ainda, embora sem grande convicção, que a intervenção dele pudesse salvar Charles. Há cinco horas que não dava notícias. Por onde andaria?

O sr. Lorry esperou até as dez mas o Dr. Manette não voltou. Então, não querendo deixar Lucie sozinha por mais tempo, decidiu ir ter com ela, combinando novo encontro com Carton à meia-noite. Se, entrementes, o médico aparecesse, Carton estaria lá para recebê-lo e fazer-lhe companhia ao pé do fogo.

O inglês esperou. Ouviu por fim bater as doze. O médico não viera. O sr. Lorry apareceu sem trazer notícias dele. Onde poderia estar?

Discutiam a questão e estavam a ponto de construir uma frágil estrutura de esperança com base nessa prolongada ausência, quando ouviram seus passos na escada. Bastou que entrasse para verem que tudo estava perdido.

Se conseguira avistar-se com alguém ou se perambulara todo aquele tempo pelas ruas, nunca se soube. Ficou a encará-los fixamente e eles não lhe perguntaram nada. Sua expressão dizia-lhes tudo.

— Não consigo achá-lo — disse. — Onde o puseram?

Estava sem chapéu, sem cachecol. E enquanto dizia aquilo, com um ar perdido, ia tirando o sobretudo, que deixou cair no chão.

— Onde está o meu banco de sapateiro? Procurei-o em vão por toda parte. O que fizeram com o trabalho? O tempo urge: tenho de acabar aqueles sapatos!

Olharam um para o outro, sucumbidos.

— Vamos! — dizia o velho, numa espécie de queixume. — Deixem-me trabalhar! Quero os meus sapatos!

E como não houvesse resposta, pôs-se a arrancar os cabelos e a bater com o pé no chão, como um menino manhoso.

— Não torturem o pobre desgraçado de um velho — suplicava com voz lamentável. — Devolvam o meu trabalho. O que será de nós se esse par não ficar pronto?

Perdido, irremediavelmente perdido!

Era tão visivelmente inútil raciocinar com ele, procurar chamá-lo à razão, que os dois — como se tivessem combinado isso — pegaram-no ao mesmo tempo pelos braços, ajudando-o a sentar-se junto da lareira e prometendo-lhe que logo teria banco e trabalho. O médico afundou na poltrona, os olhos fixos no fogo. E logo esses olhos ficaram marejados de lágrimas. Como se tudo o que acontecera desde a mansarda dos Defarges não passasse de um sonho, o sr. Lorry via-o reduzido à mesma condição de outrora.

Mas, por aflitos e aterrorizados que estivessem com aquele espetáculo de ruína, o tempo era curto e não podiam perdê-lo com tais emoções. A filha, sozinha, privada agora da sua última esperança e do seu último arrimo, precisava deles. De novo, como que de comum acordo, entreolharam-se com a mesma ideia. Carton deu-lhe forma primeiro:

— A última carta foi jogada e perdida. Não valia grande coisa, de qualquer maneira. Será melhor levar o Dr. Manette para casa. Mas, antes que o senhor o acompanhe, poderá ouvir-me por um instante com atenção? Não me pergunte por que peço o que vou pedir nem por que imponho condições. Tenho um motivo, creia, um bom motivo.

— Acredito — respondeu o sr. Lorry. — Prossiga.

A figura na cadeira entre os dois balançava o corpo para a frente e para trás sem cessar. E gemia baixinho todo o tempo. Os interlocutores falavam a meia-voz, como se fala, à noite, à cabeceira de um enfermo.

Carton curvou-se para apanhar o sobretudo do médico, que estava ainda no soalho e a ponto de embaraçar-lhe os pés. Ao fazê-lo, a carteira em que o médico costumava levar a lista dos seus compromissos para o dia caiu. Carton pegou-a. Continha uma folha de papel dobrada ao meio.

— Temos de ver o que é isso! — disse.

O sr. Lorry assentiu de cabeça. Carton abriu o papel e exclamou:

— Graças a Deus!

— O que é? — perguntou o sr. Lorry vivamente.

— Um momento. Falarei disso a seu tempo. Primeiro — pôs a mão no bolso e tirou dele outro papel —, isto é o meu passe. Com isto posso deixar a cidade. Examine-o. Aí está: Sydney Carton; nacionalidade: inglês.

O sr. Lorry pegou o papel e encarou o rosto grave do outro.

— Guarde-o para mim até amanhã. Eu visito Darnay. Lembra-se? Seria arriscado levar isso comigo à prisão.

— Por quê?

— Não sei. Prefiro que esteja seguro. Agora: guarde também o outro papel, o que o Dr. Manette levava na carteira. É um passe semelhante ao meu, permite que ele, sua filha e sua neta passem a barreira e a fronteira. Vê?

— Sim.

— Talvez ele tenha obtido isso ontem, como uma última, suprema, precaução contra o mal. Qual é a data do documento? Não importa. Não percamos tempo verificando isso. Guarde-o cuidadosamente, com o meu e o seu. Agora preste atenção. Eu nunca suspeitei, até uma hora ou duas atrás, que o médico tivesse um documento assim. É válido até que o anulem. Poderá ser anulado. Tenho boas razões para acreditar que o será.

— Eles estão em perigo?

— Em grande perigo. Podem ser denunciados a qualquer momento por madame Defarge. Sei disso por ela mesma. Essa mulher disse coisas esta noite que me fizeram ver com uma clareza espantosa o risco que correm. Não perdi um minuto e fui ter com o informante. Ele confirmou os meus temores. Sabe que um homem que serra madeira e vive nas imediações da prisão está sob a influência dos Defarges e foi industriado por madame Defarge a contar que a surpreendeu fazendo sinais para a prisão (Carton, mesmo com prejuízo da clareza, não costumava pronunciar o nome de Lucie). É fácil deduzir que o pretexto será o habitual, uma conspiração para dar fuga a presos, o que põe em perigo a vida dela, talvez a da filha e a do pai, pois foi vista com ambos no lugar. Não faça cara tão horrorizada. O senhor vai salvá-los.

— Deus permita, Carton. Mas como?

— Vou dizer-lhe como. Tudo depende do senhor e não poderia depender de melhor homem! Essa nova denúncia não se deve materializar antes de dois ou três dias, talvez uma semana. O senhor sabe muito bem que é crime capital chorar uma vítima da Guilhotina. Ela e o pai se tornarão culpados desse crime, e a mulher Defarge, que é implacável, verá reforçada a sua acusação. Estará duplamente segura de ter êxito. O senhor acompanha o meu raciocínio?

— Tão atentamente e com tal confiança no que diz que, momentaneamente pelo menos, me esqueço até desta desgraça — disse o sr. Lorry tocando o espaldar da cadeira do médico.

— O senhor tem dinheiro e poderá comprar transporte rápido, o mais rápido possível, até o litoral. Seus próprios arranjos já estão feitos para regressar à Inglaterra de vez, não é mesmo? Providencie cavalos amanhã cedo e tenha tudo pronto para partir às duas da tarde em ponto.

— Tudo estará pronto.

A inspirada determinação de Carton era contagiante, e o sr. Lorry sentia-se remoçado.

— O senhor tem um nobre coração! Já lhe disse que não poderíamos depender de melhor homem? Diga-lhe hoje mesmo tudo o que sabe do perigo que corre, e também a menina e o médico. Insista nesse último ponto porque, por ela, deitaria alegremente sua bela cabeça loura ao lado da cabeça do marido. (Nesse ponto a voz de Sydney tremeu um pouco, mas logo readquiriu a firmeza anterior.) Por amor da criança e do pai, ela tem de deixar Paris com eles e na hora marcada. Diga-lhe que foram instruções do marido, seu último desejo, o que quiser. Diga-lhe que mais coisas dependem disso do que ela ousa querer ou esperar. O senhor pensa que o médico, mesmo nesse triste estado, será submisso à filha ou não?

— Estou certo de que lhe obedecerá.

— Também penso assim. Discretamente, e expeditamente sobretudo, faça todos os preparativos necessários, e estejam prontos para partir, inclusive ocupando já os seus lugares na carruagem, aqui dentro do pátio. Assim, quando eu chegar, partimos.

— Devo entender que esperamos por você, haja o que houver?

— Tem o meu passe com os demais. Reserve um lugar para mim. Logo que esteja ocupado, dê partida para a Inglaterra!

— Então — disse o sr. Lorry, apertando aquela mão nervosa mas firme —, tudo não vai depender inteiramente de um velho. Terei um homem forte e ardente ao meu lado.

— Com a ajuda do Céu, terá! Mas prometa-me solenemente que nada neste mundo o fará alterar o curso de ação que aqui juramos um ao outro seguir à risca.

— Nada, Carton.

— Lembre-se dessas palavras amanhã: a menor alteração, mesmo de detalhe, o menor atraso, e nenhuma vida se salvará. Ao contrário: muitas serão inevitavelmente sacrificadas.

— Terei isso em mente. Cumprirei fielmente a minha parte.

— E eu a minha: Agora, adeus!

Embora o dissesse com um sorriso aberto mas grave e, até, levasse a mão do sr. Lorry aos lábios, Carton não se foi imediatamente. Ajudou-o a erguer o infeliz que ainda se balançava diante das brasas que mor-

riam, vestir-lhe o sobretudo e pôr-lhe o chapéu na cabeça. Persuadiram-
-no juntos a ir buscar com eles o banco de sapateiro e a sua obra em curso, que ele continuava a pedir, gemendo. Carton escoltou-o até o pátio da casa onde a pobre moça — tão feliz outrora, quando ele lhe abrira o coração desolado — passara uma noite terrível, à espera. Carton deixou-se ficar alguns momentos a olhar a janela acesa do quarto de Lucie. E antes de sair endereçou-lhe uma bênção e um adeus.

13.
Cinquenta e dois

Na sombria prisão da Conciergerie, os condenados do dia aguardavam a hora fatídica. Eram tantos quanto as semanas do ano: cinquenta e dois deveriam rolar naquela tarde das ondas revoltas da cidade para o infinito oceano sem margens. Antes que deixassem as celas, já novos ocupantes haviam sido designados para ocupá-las; antes que o seu sangue se misturasse ao sangue derramado na véspera, o que no dia seguinte se mesclaria ao seu já estava posto de parte.

Cinquenta e dois. Do banqueiro de setenta anos de idade, cuja fortuna não era bastante para salvar-lhe a vida, à costureirinha de vinte, a quem a pobreza e a obscuridade também de nada serviam. Assim como as doenças nascidas dos vícios ou da negligência dos homens fazem vítimas em todas as camadas da sociedade, assim a monstruosa desordem moral, fruto do sofrimento indizível, da opressão intolerável, da dureza do coração, feria indiscriminadamente.

Só na sua cela, Charles Darnay não alimentara qualquer ilusão. Em cada linha do documento do dr. Manette lera a própria condenação. Compreendera perfeitamente que nenhuma influência pessoal seria agora capaz de salvá-lo, que fora virtualmente sentenciado por milhões de pessoas, e que unidades isoladas não tinham poder para socorrê-lo.

Malgrado tudo isso, como era difícil preparar-se para a morte, com a imagem da esposa ainda fresca na memória! Os laços que o prendiam à vida eram robustos, e duros, muito duros, de romper. Com esforço aplicado aqui e ali, gradualmente, afrouxavam um pouco num ponto, apenas para ficarem mais apertados em outros. Bastava que ele aplicasse algum esforço maior, deliberado, num local, para que o laço se esgarçasse ali e logo se apertasse alhures. Seus pensamentos também iam agora em tropel, e o coração batia desordenado, recalcitrante. Se ele, por um instante, se resignava, então a mulher e a filha, que tinham de continuar vivendo depois dele, pareciam protestar e fazer daquela resignação um ato de egoísmo.

Mas tudo isso foi no princípio. Logo a consideração de que não havia desgraça no fado que lhe coubera, e de que inúmeros eram os que iam pela mesma estrada todo dia, enfrentando-a com firmeza, deu-lhe alma nova. Em seguida, fortificou-se com o pensamento de que a futura paz de espírito dos que lhe eram caros dependia da sua coragem tranquila naquele passo. Assim, e aos poucos, recobrou a calma. E pôde elevar o seu espírito muito mais alto e tirar daí consolação.

Antes que caísse de todo a noite, já ele chegara a esse ponto. E como lhe tivessem permitido comprar papel e tinta e houvesse luz, abancou-se para escrever antes que os lampiões da prisão se apagassem.

Fez uma longa carta para Lucie, na qual lhe disse nada saber da prisão do sogro até que ela própria lhe contasse. Explicou também ignorar inteiramente as circunstâncias dessa prisão ou a responsabilidade dos seus, isto é, do seu pai e do seu tio, por aquela miséria toda, antes da leitura do papel da Bastilha. Já lhe dissera, de boca, que o fato de haver calado seu nome verdadeiro — que abandonara — era condição (agora compreensível) imposta pelo médico para dar o seu consentimento e a única promessa que este lhe extorquira na manhã do casamento. Instou com ela, por amor do pai, a não procurar saber se o médico esquecera a existência do documento ou se a história lhe voltara à memória (por um momento ou para sempre) por causa daquele relato sobre a Torre de Londres que o próprio Charles lhe fizera, um domingo, à sombra do plátano do jardim. Se tinha lembrança do memorial, então não havia dúvida de que o imaginava destruído, uma vez que não fora mencionado entre as relíquias que o povo encontrara na prisão e dera a conhecer ao mundo. Implorava-lhe — embora soubesse ser tal coisa supérflua — que consolasse o pai, provando-lhe, por todos os meios possíveis e com a ternura possível, que este nada fizera de censurável, sacrificando-se, ao contrário, e sempre, pelos dois. Dizia-lhe por fim que se dedicasse no futuro à filha deles, superando a própria tristeza, até o dia em que se reveriam no Céu.

Ao sogro escreveu no mesmo sentido, confiando-lhe, ademais, e expressamente, mulher e filha. E fê-lo com insistência e vigor, na esperança de tirá-lo com isso do torpor ou abatimento em que previa que ele pudesse mergulhar.

Ao sr. Lorry recomendou toda a família, explicando-lhe a situação material dos seus negócios. Feito isso, acrescentou à carta os protestos da sua amizade e gratidão.

Jamais lhe passou pela cabeça escrever a Sydney Carton. Tinha a cabeça tão cheia dos outros que não pensou nele.

Terminou em tempo. Quando as luzes se apagaram, deitou-se na palha, convencido de ter feito suas contas com este mundo.

Mas o mundo lhe veio de volta no sono, e sob as mais brilhantes cores. Viu-se outra vez, livre e feliz, na velha casa de Soho (embora a casa do sonho não se parecesse à verdadeira), inexplicavelmente perdoado e de coração sem cuidados. Estava com Lucie, e Lucie procurava convencê-lo de que jamais se tinham separado. Houve, então, uma pausa. Na segunda fase do sono, sofrera e morrera, mas assim mesmo fora restituído à família e a Londres, e não havia nele qualquer mudança. Outra pausa — e era de manhã, e ele se achava na prisão em Paris, sem saber com clareza por quê. Até que se fez luz no seu cérebro e lembrou-se de que nesse dia morreria. "É o dia da minha execução!"

Foi assim que as horas o levaram, uma a uma, à data marcada para o fim. Cinquenta e duas cabeças cairiam, tantas quanto as semanas do ano. Composto, tranquilo, esperava encarar a morte com bravura, quando uma nova cadeia de pensamentos o ocupou, dos mais difíceis de controlar.

Jamais vira o instrumento que lhe daria fim à vida. Que altura teria desde a base? Quantos degraus deveria subir? Onde o poriam, como seria tocado pelo carrasco, como seriam as mãos do carrasco? Estariam sujas de sangue? Para que lado o fariam olhar? Seria ele o primeiro do lote? Ou o último? Essas perguntas, e muitas da mesma espécie, de nenhum modo voluntárias, importunavam a sua mente sem cessar. Nada tinham a ver com o medo: não sentia medo nenhum. Originavam-se de um obsedante desejo de saber como portar-se quando fosse a hora. Desejo, afinal, desproporcionado ao tempo que levaria a execução. (Uma em cinquenta e duas!) Talvez fosse mais de um espírito que habitasse o seu próprio espírito.

O tempo fluía, e ele andava, para lá, para cá, em passos perdidos. O relógio dava horas, e eram horas que ele não ouviria dar de novo. As oito passaram para sempre, as nove para sempre, as dez, as onze. Depois de uma luta encarniçada para parar de contar e pensar em outra coisa, perplexo com o rumo que seu pensamento havia tomado, triunfou. Pôs-se a andar outra vez, para lá, para cá, repetindo o nome dos que lhe eram caros. O pior passara. Podia agora ir e vir, livre de fantasias, orando por si mesmo e pelos seus.

O meio-dia bateu e passou para sempre.

Havia sido avisado de que seria para as três horas. Sabia que viriam um pouco antes, pois havia que levar em conta a lenta progressão das carretas na rua. Fixou então as duas e não as três na mente, como a hora decisiva, a fim de fortificar-se no intervalo e poder sustentar depois os outros.

Andando com passo regular, para lá, para cá, de braços cruzados no peito, o Charles Darnay da Conciergerie era, naquele momento, homem muito diferente do outro, da prisão de La Force. Bateu uma hora e se foi para sempre, sem que ele denotasse surpresa. Era apenas uma outra medida do tempo. Durara tanto quanto as demais. Agradecido a Deus por haver recobrado o domínio sobre si mesmo, pensou: "Agora falta só uma", e recomeçou a medir a cela.

Mas soaram passos do lado de fora. Ele estacou.

Alguém pôs a chave na fechadura, girou-a. Antes que a porta abrisse ou no momento em que se abria, um homem disse em voz baixa e em inglês: "Ele nunca me viu aqui. Esquivei-me sempre. Entre sozinho, que espero aqui perto. E não perca tempo."

A porta abriu e fechou, sem ruído e depressa. Diante dele, face a face, encarando-o com ar atento e calmo, com um traço, até, de sorriso, e um dedo prudente nos lábios, estava Sydney Carton.

Havia nele, ou em torno dele, algo de tão radioso e extraordinário, que, no primeiro momento, o prisioneiro o tomou por uma aparição. Mas o fantasma falou, e era a voz de Carton. Pegou-lhe a mão, e era um aperto de mão de vivente e de Carton.

— De todas as criaturas possíveis, não serei eu o último que você esperaria ver aqui? — perguntou.

— Não pude acreditar nos meus olhos. Não posso acreditar neles agora! Você não está — a apreensão se mostrou na voz, nos olhos — preso?

— Não. Mas tenho, por acaso, poder, algum poder, sobre um dos guardas, e é por isso que me vê aqui. É ela que me envia, sua mulher, caro Darnay.

O prisioneiro apertou-lhe a mão.

— Ela pede uma coisa.

— O quê?

— É a mais ardente, a mais urgente, a mais enfática das súplicas. Sua mulher a formulou naquela voz patética de que você se lembrará.

O prisioneiro virou o rosto.

— Não me pergunte por que nem o que significa. Não temos tempo. Apenas obedeça: tire essas botas e calce as minhas.

Havia uma cadeira contra a parede da cela por trás do prisioneiro. Carton, com a rapidez do raio, empurrou-o, fê-lo sentar, e curvou-se para ele, já descalço.

— Calce as minhas botas, depressa. Calce-as, vamos! Não temos tempo.

— Carton, ninguém pode fugir deste lugar. Jamais ninguém fugiu. Você conseguirá apenas morrer também comigo. É loucura.

— Seria loucura se eu lhe dissesse que fugisse, mas não se trata disso. Se eu lhe dissesse: "saia" ou "atravesse aquela porta", então, sim, você poderia dizer que era loucura e ficar. Mas troque de gravata comigo e de paletó. Enquanto isso, permita-me tirar-lhe essa fita do cabelo e soltá-lo, como o meu.

Com extrema destreza e com uma irresistível força de vontade, de ação, quase sobrenatural, ao que parecia, Carton impôs tudo o que quis ao prisioneiro, como se este fosse uma criança nas suas mãos.

— Carton, caro Carton! Escute! A fuga é impraticável, e foi sempre impraticável. Claro que houve tentativas, mas todas malograram. Imploro que não acrescente a sua morte à amargura da minha.

— Meu caro Darnay, não lhe pedi ainda que saia por essa porta. Quando eu o fizer, recuse. Vejo que tem papel e tinta. Sua mão está suficientemente firme para escrever?

— Estava, até que você chegou.

— Pois será melhor que fique firme outra vez. Escreva depressa o que vou ditar. Vamos, meu amigo! Eu disse: depressa!

Levando a mão à cabeça, num gesto de confusão, Darnay sentou-se à mesa, e Carton, com a mão direita metida no peito, postou-se por detrás dele.

— Escreva exatamente o que vou ditar.

— A quem dirijo a invocação?

— A ninguém.

— Ponho data?

— Não.

O prisioneiro levantava os olhos a cada pergunta. Carton, de pé, mão no peito, olhava-o de cima. Sobranceiro.

— "Se" — ditou — "você se lembra das palavras que trocamos, um dia, em sua casa há muito tempo, tudo ficará claro como o dia. Sei que se lembrará. Não está na sua natureza esquecer coisas assim."

Estava a ponto de tirar a mão do colete, quando o prisioneiro, surpreso com o texto que havia escrito, olhou para cima. A mão de Carton, imediatamente, imobilizou-se. Tinha algo escondido na palma.

— Já escreveu "coisas assim"? — disse.

— Sim, escrevi. Você tem uma arma aí? — perguntou Darnay.

— Não. Estou desarmado.

— O que tem na mão?

— Logo saberá. Agora, escreva. Faltam só algumas palavras.

E ditou:

— "Alegro-me porque é chegada a hora em que posso provar tudo. Que ninguém lamente nem se culpe."

A pena caiu da mão de Darnay, e ele passou os olhos em torno, confuso.

— Que vapor é esse?

— Um vapor?

— Alguma coisa passou pela minha cara.

— Não vi. Pegue a pena e acabe. Vamos, não temos muito tempo.

Como se a memória lhe faltasse, ou como se tivesse as faculdades perturbadas, o prisioneiro fez um esforço para concentrar-se. Olhou para Carton, mas seus olhos já se velavam e respirava com dificuldade. O inglês, sempre com a mão no peito, olhava-o fixamente.

— Vamos, depressa!

O prisioneiro baixou a cabeça sobre o papel.

— "Fosse de outra maneira" — ditou Carton, cuja mão descia de novo com cautela —, "e eu não me teria aproveitado da oportunidade. Fosse de outra maneira" — a mão passou diante do rosto do prisioneiro —, "e eu teria de responder por muito mais. Fosse de outra maneira, e..." — Carton observou que a pena traçava agora sinais ininteligíveis.

Levou a mão de novo ao peito. O prisioneiro lançou-lhe um olhar de reprovação, mas a mão de Sydney fechou-se com firmeza nas suas narinas enquanto, com o braço esquerdo, impedia que caísse por terra. Por alguns segundos, ele se debateu debilmente contra o amigo que dava a vida pela dele. Mas, dentro de mais um minuto, estava estendido, insensível, no chão.

Com pressa, mas com mãos tão firmes quanto o propósito que o movia, Carton vestiu as roupas do prisioneiro, penteou o cabelo para trás e atou-o com a fita que Darnay usara. Depois, chamou em voz baixa:

— Você aí, entre.

E o espião apresentou-se.

— Vê? — disse Carton, que se ajoelhara ao lado do corpo inerte e lhe enfiara o papel no peito. — Acha que seu risco será grande demais?

— Sr. Carton — disse o informante, com um estalido tímido dos dedos —, nesse negócio *ele* é o que menos me preocupa. E não haverá risco se o senhor cumprir aqui o que me prometeu.

— Não tenha receio. Vou cumprir minha palavra até a morte.

— É preciso, sr. Carton, por causa da história dos cinquenta e dois. Com o senhor inteirando a conta e metido nessa roupa, nada preciso temer.

— Pois não tema. Dentro em breve, já não poderei fazer-lhe mal. E os outros logo estarão longe daqui, graças a Deus. Agora, peça ajuda e leve-me para a carruagem.

— Ao senhor?

— A ele, homem, que está no meu lugar. Vai sair pelo mesmo portão por onde entrou?

— Naturalmente.

— Eu estava fraco e tonto ao entrar, estou mais fraco e mais tonto ao sair. A despedida foi demais para mim. Coisa que já aconteceu aqui mais de uma vez, frequentemente até. A sua vida está em suas próprias mãos. Depressa! Chame alguém.

— O senhor jura que não vai trair-me? — disse o informante, hesitante e trêmulo no último momento.

— Homem! — disse Carton, batendo o pé com impaciência. — Já não jurei levar isso até o fim? Por que perde agora momentos preciosos? Carregue-o você mesmo para o pátio que conhece, deposite-o pessoalmente no coche, depois apresente-se ao sr. Lorry, dizendo-lhe que um pouco de ar livre bastará para me restaurar as forças. Diga-lhe que não esqueça minhas palavras da noite passada e a promessa que me fez de partir na mesma hora.

O espião saiu e Carton sentou-se à mesa, apoiando a cabeça nas mãos. O espião voltou logo na companhia de dois homens.

— E então? — disse um dos homens, contemplando a figura estendida no chão. — Foi demais para ele ver seu amigo premiado na loteria da Santa Guilhotina?

— Um bom patriota — disse o outro — não ficaria mais aflito se o aristocrata tivesse tirado um bilhete em branco.

Levantaram o homem inconsciente, puseram-no numa padiola que tinham trazido até a porta e curvaram-se para levá-lo embora.

— A hora se aproxima, Évremonde — avisou o informante.

— Sei muito bem disso — respondeu Carton. — Cuide bem do meu amigo. Agora, vá!

— Vamos, meus filhos — disse Barsad. — Levantem-no e vamos.

A porta se fechou, e Carton ficou só. Apurando o ouvido o quanto pôde, procurou certificar-se se houvera suspeita ou alarme. Nada. Chaves giraram em fechaduras, portas bateram, passos ecoaram em remotos corredores. Mas nenhum tropel ou gritos. Tudo lhe pareceu normal. Respirando melhor, sentou-se outra vez e esperou, até que o relógio soou duas horas.

Outros ruídos se fizeram então ouvir. Destes não tinha medo, pois sabia o que significavam. Várias portas foram abertas em sucessão e finalmente a sua. Um carcereiro, com uma lista, olhou para dentro e disse simplesmente:

— Évremonde, acompanhe-me.

Carton acompanhou-o a distância até uma grande sala. Era um dia escuro de inverno, de modo que, com as sombras de fora e as de dentro, pôde apenas distinguir vagamente os outros, que eram ali reunidos para terem os braços amarrados. Alguns estavam de pé, outros sentados. Alguns se lamentavam e pareciam agitados. Mas eram poucos. Os demais, a grande maioria, estavam silenciosos e imóveis, olhos fitos no chão.

Enquanto traziam alguns outros prisioneiros, para completar a conta de cinquenta e dois, Carton deixou-se ficar num canto escuro. Um dos prisioneiros recém-chegados deteve-se ao passar por ele e abraçou-o como se fosse amigo seu. Temeu, por um terrível instante, ser descoberto. Mas o homem seguiu caminho. Pouco depois, uma donzela, de corpo delicado e rosto fino, mas sem vestígio de cor, levantou-se de onde se achava e veio falar com ele. Tinha olhos imensos, de expressão suave e resignada.

— Cidadão Évremonde — disse ela, tocando-o com mão gelada —, eu sou a pobre costureira que esteve presa com o senhor em La Force.

— Exato. Apenas não me lembro de que foi acusada.

— De conspiração. O Céu é testemunha da minha inocência. Quem teria a ideia de conspirar com uma pobre criatura como eu?

Disse-o com um sorriso tão lamentável que lágrimas brotaram nos olhos de Carton.

— Não tenho medo de morrer, Cidadão Évremonde, mas sou inocente. E se minha morte aproveita à República, que tanto vai fazer pelos humildes como eu, não me importa morrer assim. Mas não sei como isso pode ser, Cidadão Évremonde. Uma pobre moça como eu!

O coração do inglês enterneceu-se pela infeliz, como pela última coisa por que se enterneceria neste mundo.

— Ouvi dizer que o senhor fora solto, Cidadão Évremonde, e imaginei que fosse verdade.

— Era. Mas prenderam-me outra vez e fui condenado.

— Se eu puder ir com o senhor, Cidadão Évremonde, deixará que eu lhe segure a mão? Não tenho medo, mas sou baixinha e fraca, e isso me dará mais coragem.

Como os olhos pacientes buscaram seu rosto, Carton viu neles uma dúvida repentina, depois assombro. Ele apertou os dedos da moça, magros, gastos de trabalho e de miséria, e levou um dos seus à boca.

— Vai morrer por ele? — murmurou ela.

— E pela mulher dele e pela filha. Cuidado!

— Oh! E vai deixar que eu segure sua mão, bravo estrangeiro?

— Psiu! Vou, e até o fim.

As mesmas sombras que envolviam àquela hora a prisão envolviam também a barreira, com a sua multidão de sempre, quando um coche que saía de Paris deteve-se para ser vistoriado.

— Quem vem lá? Quem são os passageiros? Documentos!

Os passes foram apresentados e lidos.

— Alexandre Manette, médico. Francês? Qual é?

— Aquele — o velho inválido, enfiado a um canto, murmurando sons inarticulados, foi apontado aos guardas.

— Ao que parece o Cidadão Doutor não está bom da cabeça. Será que a febre revolucionária foi demais para ele?

Foi.

— Ah! Muita gente padece da mesma coisa. Lucie. Filha dele. Francesa. Qual é?

Aquela.

— Sim, evidentemente, deve ser essa. Lucie, mulher de Évremonde, não é isso?

Sim.

— Ah! Évremonde atende a outra convocação. Lucie, filha dela. Inglesa. É esta?

Sem dúvida.

— Um beijo, filha de Évremonde! Agora você beijou um bom republicano, o que é novidade na família. Lembre-se disso! Sydney Carton. Advogado. Inglês. Qual é?

Jaz inerte, a um canto. É apontado aos funcionários.

— Aparentemente o advogado inglês desfaleceu.

Esperavam que melhorasse com o ar puro do campo. Não era homem de saúde robusta, e ficou muito abatido com a desgraça do amigo que incorreu nas iras da República.

— Só por isso? Pois não é grande coisa! Muitos são alvo da cólera da República e têm de olhar pela janelinha. Jarvis Lorry. Banqueiro. Inglês. Qual é?

— Sou eu. Necessariamente, pois não há mais ninguém.

Jarvis Lorry respondera a todas as perguntas anteriores. E é Jarvis Lorry quem desce, com a mão apoiada na portinhola, para dar explicações suplementares aos funcionários. Estes dão descansadamente a volta ao carro e sobem à boleia para examinar a pouca bagagem levada no teto. Os camponeses das imediações chegam-se ao coche, olham para dentro com cupidez. Uma criança de colo levantada no ar pela mãe estende o bracinho para tocar com a mão a mulher de um aristocrata morto na Guilhotina.

— Aí estão seus papéis, Jarvis Lorry, devidamente carimbados.
— Podemos partir, cidadão?
— Podem partir. Avante, postilhões! Boa viagem!
— Eu os saúdo, cidadãos — e depois, a meia-voz: — O primeiro perigo está para trás.

É ainda Jarvis Lorry quem fala, juntando as mãos e olhando para cima (para os postilhões, para o céu). Há medo e lágrimas no interior do coche. E a respiração pesada do passageiro inconsciente.

— Não estaremos indo muito devagar? Não seria possível persuadi-los a correr? — pergunta Lucie, aconchegando-se ao ombro do velho.

— Pensariam que estamos fugindo, minha querida. Não devo apressá-los. Seria suspeito.

— Olhe para trás, a ver se estão em nosso encalço.

— A estrada está deserta. Ninguém nos persegue.

Casas em grupos de duas e três passam por nós, à margem da estrada, fazendas solitárias, curtumes, tinturarias, e outras construções semelhantes, campo aberto, renques de árvores desnudas. O calçamento desigual desfila por baixo dos nossos pés, a lama espessa e mole enquadra-nos pelos dois lados. Por vezes, a carruagem se desvia para a direita ou para a esquerda a fim de escapar das pedras soltas, que saltam e batem no fundo do coche, para susto geral. Por vezes atola em buracos maiores e em fossos. Nossa agonia então é tão grande que temos ganas de apear e correr ou esconder-nos, fazer qualquer coisa exceto parar.

Passado o campo, de novo nos achamos entre habitações em ruína, fazendolas, telheiros, casas soltas, grupadas às duas e três, e avenidas de árvores sem folha. E se os postilhões nos enganam e nos levam de volta por outro caminho? Graças a Deus, não! Uma aldeia. Olhe para trás, sr. Lorry, olhe a ver se estão no nosso encalço! Psiu! É a muda. Vamos trocar de cavalos.

Sem pressa, os quatro animais são desatrelados. Sem pressa, a diligência é deixada na rua, privada dos cavalos e sem qualquer aparência de que vai mover-se outra vez. Sem pressa, as novas parelhas surgem na esquina, uma depois da outra, e os novos postilhões, que arranjam a trança dos seus chicotes. Os antigos contam seu dinheiro, pachorrentos, erram na soma, recomeçam e chegam a um resultado insatisfatório. E todo o tempo os corações batem em nossas gargantas, num ritmo capaz de superar o mais veloz galope do mais veloz cavalo.

Finalmente, os novos postilhões estão a postos e os velhos ficam na muda. Atravessamos a aldeia, vamos morro acima, depois morro abaixo, e pelos alagadiços que se estendem a perder de vista. De repente, uma altercação entre os postilhões, que gesticulam e sofreiam os cavalos. Estamos sendo perseguidos?

— Vocês aí de dentro! Falem!

— O que foi? — pergunta o sr. Lorry, passando a cabeça para fora.

— Quantos foi que eles disseram?

— Quantos? Não percebo.

— Na muda. Alguém falou nisso. Quantos guilhotinaram hoje?

— Cinquenta e dois.

— Eu não disse? Um belo número! Meu colega entendeu quarenta e dois. Deixou dez de fora! A coisa vai bem. Sou louco por essa Guilhotina! Em frente! Vamos!

Escurece. Ele se mexe, começa a voltar a si, a falar de maneira ininteligível. Chama o outro pelo nome, pensa que ainda estão juntos. Pergunta-lhe o que tem na mão. Oh! Céus! O que vai ser de nós! Piedade, Senhor! Olhe, olhe, sr. Lorry, olhe para trás, a ver se nos perseguem!

Mas só o vento nos persegue. E as nuvens que correm em nossa direção, e a lua que vem descendo num mergulho, e a noite agreste, turbulenta.

14.
O tricô está completo

Enquanto os cinquenta e dois condenados esperavam a sua hora, madame Defarge conferenciava com sua amiga Vingança e com Jacques Três, do júri revolucionário. Não na loja do Faubourg Saint-Antoine, mas no galpão do serrador de lenha, que fora antes consertador de estradas. Ele mesmo não participava da reunião, mantendo-se a respeitosa distância, como um satélite que só intervém quando chamado e não fala senão sob comando.

— Mas o nosso Defarge — dizia Jacques Três — é indubitavelmente um bom republicano?

— Melhor não existe na França — protestou, com sua voz estridente, a volúvel Vingança.

— Calma, pequena Vingança — disse madame Defarge, franzindo de leve o cenho e pondo a mão nos lábios da sua lugar-tenente. — Ouça o que tenho a dizer. Meu marido, cidadão, é um bom republicano e um homem corajoso. Tem servido bem à República e goza da sua confiança. Mas meu marido tem suas fraquezas e uma é ter pena desse médico.

— Uma lástima — grasnou Jacques Três —, coisa de lamentar — e sacudiu a cabeça para os lados, levando os dedos cruéis à boca insaciável. — O bom cidadão não pode ter fraquezas. Uma lástima.

— Quanto a mim, pouco me importo com esse doutor. Tanto me faz que ele mantenha a cabeça nos ombros ou que a perca. Mas a raça dos Évremondes tem de ser exterminada, e é preciso que mulher e filha acompanhem no túmulo marido e pai.

— Que bela cabeça tem a Cidadã Évremonde para a Guilhotina! — grasnou Jacques Três. — Já vi cabelos louros e olhos azuis exibidos pela mão de Sanson e faziam o mais lindo efeito! (O ogre tinha fumos de epicurista.)

Madame Defarge, de olhos baixos, refletia.

— A menina também — observou Jacques Três em continuação — tem cabelos louros e olhos azuis. Raras vezes temos crianças por lá. Um bonito espetáculo.

— Em suma: não posso fiar-me em Defarge para isso — disse madame Defarge, saindo da sua meditação. — Sinto, desde ontem à noite, que é melhor que ele ignore os detalhes do meu plano, e que tenho de agir depressa. Ele é capaz de avisá-los, e eles são capazes de escapar.

— Isso não — grasnou Jacques Três. — Ninguém pode escapar. Ainda não liquidamos metade dos que têm de ser liquidados. Precisamos chegar a seis fornadas por dia.

— Numa palavra — continuou madame Defarge —, meu marido não tem as minhas razões para exterminar essa família e eu não tenho os motivos dele para ver o médico com simpatia. Devo então agir sozinha. Venha cá, cidadãozinho.

O consertador de estradas e serrador, que tinha um medo pânico de madame Defarge e era-lhe submisso como um cão, acercou-se respeitosamente do grupo com a mão no barrete vermelho como se fizesse continência.

— A propósito dos sinais, cidadãozinho — disse madame Defarge severamente —, que a mulher fazia ao prisioneiro. Você está disposto a depor, e hoje mesmo, se for preciso?

— E por que não? Todos os dias, no bom e no mau tempo, das duas às quatro, lá estava ela. Às vezes sozinha, às vezes com a pequena. Sei de ciência própria. Vi com estes meus olhos.

Ao falar, gesticulava com os mais variados gestos, como que numa incidental imitação dos sinais que a cidadã fizera e que ele jamais vira.

— Conspiração — disse Jacques Três. — Não padece dúvida.

— O júri pensará do mesmo modo?

— Respondo pelos meus colegas. Pode contar com o júri, que é de bons patriotas.

— Deixe-me ver — ponderou madame Defarge. — Vamos repassar a história. Devo poupar o médico por consideração ao meu marido? Para mim, tanto faz. Devo poupá-lo?

— Seria uma cabeça a menos — disse Jacques Três com voz surda — e estamos pobres de cabeças. Uma lástima, na minha opinião.

— Ademais, ele estava com a filha quando eu passei por lá — continuou madame Defarge. — Não posso falar de uma sem falar do outro. Também não posso ficar muda ou deixar tudo por conta deste diminuto cidadão que aqui está. E não sou testemunha desprezível.

A Vingança e Jacques Três rivalizaram um com o outro nos mais fervorosos protestos. Ela era, muito pelo contrário, a mais admirável e maravilhosa das testemunhas. O diminuto cidadão, para não ficar para trás, declarou-a uma testemunha celestial.

— Ele que se defenda. Não vou poupá-lo — disse madame Defarge. E dirigindo-se ao serrador: — Você estará lá às três horas para ver a execução do lote de hoje. Sim?

O homenzinho deu-se pressa em responder afirmativamente. E aproveitou a oportunidade para dizer que era o mais ardente dos republicanos, e seria o mais desgraçado dos republicanos se alguma coisa o impedisse de fumar o cachimbo da tarde na contemplação do barbeiro nacional. Fazia uma profissão de fé assim elaborada por imaginar (talvez) que se tivesse feito suspeito aos olhos de madame Defarge, aqueles olhos negros que olhavam para ele com tanto desprezo, encaixados no rosto severo da mulher. Tinha, como todo mundo, seu pequeno temor individual pela própria segurança doze horas por dia.

— Eu também estarei lá a essa hora. Quando tudo acabar, digamos às oito da noite, venha ter comigo na loja de vinhos e eu fornecerei os informes necessários contra essa gente na minha secção do Faubourg Saint-Antoine.

O serrador disse que ficaria lisonjeado e orgulhoso de secundar a cidadã. Madame Defarge o olhou, e ele ficou todo perturbado. Evitou o olhar dela, como um cãozinho teria feito, retirou-se para a sua lenha e foi esconder a sua confusão no manejo da serra.

Madame Defarge chamou o jurado e a Vingança para perto da porta e explicou-lhes melhor o seu plano:

— Ela estará em casa, à espera da hora da execução. Estará a rezar e a lamentar-se. Em suma, num estado em que lhe será fácil condenar a justiça da República. Estará cheia de simpatia pelos inimigos públicos. Eu mesma irei vê-la.

— Que mulher extraordinária, admirável! — exclamou Jacques Três em êxtase.

— Minha querida! — exclamou a Vingança, abraçando-a.

— Leve o meu tricô — disse madame Defarge, confiando-o à aliada. — Tenha-o à minha disposição, no meu lugar habitual. Guarde a cadeira para mim. E vá logo, porque haverá mais gente que de costume esta tarde.

— Obedeço prazerosamente as ordens da minha chefe — disse a Vingança, com alacridade, beijando-a no rosto. — Não se atrasará?

— Estarei lá antes da hora.

— E antes das carretas, meu bem — disse a Vingança em voz alta, pois já falava da rua. — Lembre-se: antes das carretas!

Madame Defarge fez-lhe um vago aceno, para indicar que ouvira e que chegaria a tempo, depois enfiou pelo lamaçal e virou a esquina da prisão. A Vingança e o jurado acompanharam seu vulto tecendo loas à sua beleza e soberbas qualidades morais.

Muitas mulheres daquele tempo foram tocadas e desfiguradas pela paixão política, mas nenhuma foi mais terrível nem mais de temer do que aquela. Forte, decidida, arrojada, astuta, tinha ademais uma beleza estranha que não só infundia respeito, mas impunha aos outros um reconhecimento instintivo do seu valor. Fossem outras as circunstâncias, e ela se teria destacado da mesma maneira. Imbuída, porém, desde a infância do sentimento da injustiça feita aos seus e do ódio pela aristocracia, transformara-se numa fera. Era absolutamente incapaz de piedade. Se algum dia tal virtude ornara o seu caráter, de há muito desertara dela.

Num inocente que morria pelos pecados da sua raça, via a raça e não a ele, simples bode expiatório. Pouco lhe importava fazer da mulher dele, também inocente, uma viúva jovem, ou da sua filha uma órfã. Era pouco para expiar o mal acumulado, secular. Mulher e filha eram suas inimigas naturais, sua presa, e não tinham qualquer direito de viver. Teria sido inútil apelar para a sua piedade, pois não tinha piedade. Se houvesse tombado num dos muitos combates de rua em que tornara parte, não se teria queixado. E se a enviassem, um dia, ao cadafalso, iria sem apiedar-se de si mesma, mas com um vivo desejo de inverter a situação e mandar para a Guilhotina o denunciante.

Era esse o coração que madame Defarge levava debaixo do pano grosseiro do vestido. Envergado com soberana indiferença, ia-lhe bem assim mesmo, e sua opulenta cabeleira cor de azeviche ficava mais bela com o gorro vermelho. Andava sempre com uma pistola carregada no seio e tinha na cintura um punhal acerado. Equipada desse modo, e andando com o passo confiante que têm as pessoas da sua espécie, e com o balanço aliciante de alguém que caminhou de pé descalço e pernas nuas na areia dourada das praias, madame Defarge seguiu rua afora.

No mesmo momento, a caminho da fronteira, os passageiros esperavam pela troca dos cavalos no posto de muda e pelo embarque de um último viajante. Na véspera, a dificuldade de levar a srta. Pross com eles muito ocupara o sr. Lorry. Não só era pouco desejável sobrecarregar a carruagem, mas cumpria reduzir ao mínimo o tempo gasto no exame dos passes, pois o êxito da fuga podia depender justamente de segundos ganhos aqui e ali. Finalmente, o banqueiro propusera, depois de muita reflexão, que a srta. Pross e Jerry, livres, todos dois, para deixarem Paris quando quisessem, partissem independentemente às três horas, na viatura mais leve que encontrassem. Sem bagagem, logo alcançariam e ultrapassariam o coche, precedendo-o daí por diante na estrada, encomendando com antecedência cavalos para eles, o que muito facilitava a viagem, sobretudo nas preciosas horas da noite, quando os atrasos eram mais temíveis.

Vendo nesses arranjos ocasião de prestar insigne serviço aos seus amigos numa situação de crise, a srta. Pross aprovou-os com alegria. Ela e Jerry tinham assistido à partida, tinham sabido quem era que Solomon trazia, e haviam passado dez minutos de indescritível angústia. Preparavam-se agora para seguir o coche. E madame Defarge se aproximava, estava cada vez mais perto da casa, meio deserta, em que só eles dois ainda armavam combinações.

— O que pensa, sr. Cruncher — dizia a srta. Pross, tão agitada que mal, conseguia falar, manter-se de pé, mudar de lugar ou viver —, o que pensa da minha ideia: sair de outro lugar. Já partiu um coche daqui hoje cedo. Um segundo despertaria suspeitas.

— Penso que tem razão, srta. Pross — disse o sr. Cruncher —, mas, com ou sem razão, faço como a senhora determinar.

— Fico tão aflita, tenho tanto medo e esperanças também, quando penso nos nossos amigos, naquelas preciosas criaturas — disse a srta. Pross, já a essa altura debulhada em lágrimas —, que não consigo fazer planos. O senhor se sente capaz de fazer algum, estimado sr. Cruncher?

— Para o futuro, sim, srta. Pross, mas para o presente imediato não, penso que não, de maneira nenhuma. Minha velha cabeça não funciona. De qualquer maneira: poderia tomar nota de duas resoluções minhas, duas apenas, nascidas da atual emergência?

— Oh! Por tudo o que é mais sagrado! — exclamou a srta. Pross, ainda em prantos. — Por tudo o que é mais sagrado — repetiu —, fale, homem de Deus!

— Primeiro — disse Jerry Cruncher, que tremia como vara-verde e cujo rosto, em geral corado e suado, tomara uma tonalidade cinza —, se os coitados se safam desta, nunca mais eu me meto naquela.

— Não sei a que se refere — disse a srta. Pross —, mas tomo boa e devida nota dessa firme intenção. E não é necessário entrar em minúcias.

— Não, senhorita. Não entrarei. Segundo: se os pobres coitados escapam desta, nunca mais vou reclamar das genuflexões da sra. Cruncher. Nunca mais!

— Não sei também de que problema doméstico o senhor fala — disse a srta. Pross, que se esforçava para secar os olhos e parecer normal. — Estou segura de que cabe à sra. Cruncher decidir se deve ajoelhar-se ou não. Oh, os pobres queridos!

— Vou mais longe, srta. Pross — continuou o sr. Cruncher com uma nova e alarmante tendência de pregar como se estivesse num púlpito de igreja —, que minhas palavras sejam registradas pela senhora e levadas pela senhora ao conhecimento da própria sra. Cruncher. O certo é que minha opinião sobre as tais genuflexões mudaram e eu apenas espero de coração que ela esteja plantada de joelhos nesta justa hora, que precisamos um bocado disso.

— Bem, muito bem, meu bravo rapaz, também espero que ela esteja assim como diz. E espero que obtenha o que pede.

— Deus não permita — continuou o sr. Cruncher, mais solene do que nunca, mais lento, mais dado a discursar e a insistir em cada ponto do discurso — que nada do que eu fiz caia agora sobre a cabeça das pobres criaturas! Se for preciso, faremos como a minha pobre mulher (se para a senhora não for inconveniente) para tirá-los dos apuros em que estão. Que Deus nos ajude. E não posso dizer outra coisa mais.

Essa a conclusão do sr. Cruncher depois de uma elaborada tentativa de achar outra melhor.

Madame Defarge, que estava a caminho, aproximava-se deles cada vez mais.

— Se voltarmos para a nossa terra — disse a srta. Pross —, pode ter certeza de que contarei à sra. Cruncher tanto quanto possa lembrar ou tanto quanto tenha entendido do que me disse de maneira tão comovente. De qualquer maneira, esteja seguro de que darei testemunho da sua dedicação nesta hora difícil. Agora, vamos pensar! Meu estimado sr. Cruncher, temos de pensar!

E madame Defarge cada vez mais perto.

— E se o senhor fosse na frente — disse a srta. Pross — e impedisse veículo e cavalos de virem até aqui? Poderia esperar por mim em algum lugar combinado. Não seria bem melhor?

O sr. Cruncher estava de acordo.

— Onde poderá ser?

O sr. Cruncher estava tão desorientado que quase sugeriu Temple Bar, a milhas e milhas de distância. E madame Defarge praticamente às portas.

— Na porta da catedral — disse a srta. Pross. — Seria muito fora de mão encontrar-me no adro de Notre-Dame, bem em frente do portal, entre as duas torres?

— Não, srta. Pross.

— Então, combinado. E bravo como é, vá correndo à muda e informe-os dessa mudança nos planos.

— Não desejaria deixá-la aqui — disse o sr. Cruncher, que hesitava e abanava a cabeça. — Tudo pode acontecer.

— Não tenha receio. Não por mim. Apanhe-me na catedral às três em ponto ou logo que possa depois das três. Estou certa de que será melhor. Não devemos partir daqui. Pronto. Vá, então, sr. Cruncher, sem pensar na srta. Pross mas nos outros, que podem depender de nós dois!

Esse exórdio, e as mãos da srta. Pross que apertaram as suas com genuína aflição, decidiram o sr. Cruncher. Assentindo duas ou três vezes de cabeça, enfaticamente, saiu para modificar os planos e deixou-a sozinha para ir depois, como queria.

Ver em execução a ideia que tivera, e que lhe parecia precaução das mais avisadas, foi um grande consolo para a srta. Pross. A necessidade de arrumar-se, para não chamar atenção na rua, foi outro. Consultou o relógio. Eram duas e vinte. Não tinha tempo a perder.

Assustada, na extrema perturbação em que se encontrava, com a solidão dos cômodos abandonados, imaginando caras à espreita atrás de cada porta, a srta. Pross encheu uma bacia com água fria e começou a banhar os olhos inchados e vermelhos. Presa de uma apreensão febril, não suportou ficar nem um minuto com a vista toldada pela água, de modo que lavava e enxugava e olhava em torno, a ver se era vigiada. Em uma dessas pausas, recuou e soltou um grito: havia uma figura de pé à sua frente.

A bacia caiu e quebrou, e a água correu até os pés de madame Defarge. Por caminhos tortuosos, e depois de muito sangue, aqueles pés encontravam água cristalina.

Madame Defarge olhou-a friamente e perguntou:

— A mulher de Évremonde. Onde está?

A srta. Pross se deu conta de que as portas estavam todas abertas e que isso sugeria fuga. Seu primeiro ato foi fechá-las. Havia quatro no aposento. Fechou todas. Em seguida, postou-se diante da que dava para o quarto de Lucie.

Os olhos negros de madame Defarge acompanharam toda essa rápida movimentação e demoraram-se nela quando acabou. A srta. Pross não tinha beleza. Os anos não haviam suavizado a dureza dos seus traços nem a severidade da sua aparência. Era tão resoluta quanto madame Defarge, embora à sua maneira, e mediu a outra dos pés à cabeça.

— Pelo aspecto, você pode ser até a mulher de Lúcifer — disse a srta. Pross. — Nem por isso levará vantagem. Sou inglesa.

Madame Defarge olhou-a com desprezo, mas com uma certa intuição do que a srta. Pross já havia percebido: que estavam ambas acuadas. Via uma inglesa avantajada, musculosa e dura, exatamente como o sr. Lorry vira nela, anos antes, uma senhora de pulso. Sabia muito bem que a srta. Pross era a amiga devotada da família. Tanto quanto a srta. Pross sabia que aquela era madame Defarge, inimiga figadal de todos os que ela amava.

— Estou de passagem — disse, fazendo um gesto na vaga direção do sítio fatal — para onde reservam meu lugar e meu tricô. Entrei apenas para cumprimentar a cidadã Évremonde. Desejo vê-la.

— Sei que você tem más intenções — disse a srta. Pross —, mas pode ficar certa de uma coisa: sou perfeitamente capaz de enfrentá-la.

Cada uma falava na sua língua. Nenhuma das duas entendia a outra. Vigiavam-se mutuamente, para descobrir, pela fisionomia ou pelas atitudes, o sentido incompreensível das palavras.

— Não lhe adiantará nada esconder-se de mim a esta altura — disse madame Defarge. — E qualquer bom patriota sabe o que quero dizer com isso. Vá anunciar-me, quero vê-la. Compreende?

— Não adianta botar olho de verruma para o meu lado, sua estrangeira malvada, que de mim não tira lasca. Sou páreo para você. Em mim encontrou sua igual.

Madame Defarge não podia acompanhar aquelas tiradas idiomáticas no miúdo, mas entendia o bastante para saber que estava sendo menoscabada.

— Imbecil de mulher com cara de leitoa — disse madame Defarge, fechando o cenho. — Não tenho negócios com você. Quero ver a Évremonde. Ou vá chamá-la ou saia do caminho! — isso com um largo movimento esclarecedor do braço direito.

— Jamais pensei que teria vontade de saber a sua estúpida língua materna, mas daria tudo neste momento, exceto a roupa do corpo, para saber se desconfia da verdade ou sabe alguma coisa.

Nenhuma delas desviava os olhos dos olhos da outra. madame Defarge continuava pregada no lugar onde ficara ao entrar, mas agora deu um passo à frente.

— Sou inglesa — disse a srta. Pross — e acho-me numa situação desesperada. Sei que minha vida não vale nada, mas sei também que quanto mais tempo eu a prender aqui melhor será para a minha pequena. Se encostar um dedo em mim não lhe deixo um cabelo na cabeça!

A srta. Pross dizia suas rápidas sentenças de um só fôlego, intercalando-as de bruscos movimentos de cabeça. E entre uma e outra soltava chispas dos olhos. A srta. Pross, que jamais batera em ninguém!

Mas sua coragem era daquela natureza emocional que faz brotar lágrimas nos olhos. Madame Defarge cometeu o erro de tomar essas lágrimas por fraqueza. Riu-lhe na cara:

— Pobre imbecil! É isso então o que você vale? Pois falo com o doutor — e elevando a voz: — Cidadão Doutor! Mulher de Évremonde! Filha de Évremonde! Qualquer pessoa da família! Menos esta louca! Respondam à Cidadã Defarge!

Talvez pelo silêncio que se seguiu, talvez por alguma coisa que leu no rosto da srta. Pross, talvez uma intuição inexplicável, independente desses dois fatores, o certo é que madame Defarge soube de repente que a família não estava ali. Abriu vivamente três das portas que a srta. Pross fechara e olhou.

— Os quartos estão em desordem como se tivessem feito pacotes às pressas. E há coisas avulsas jogadas no chão. Não há ninguém nesse quarto que você defende. Deixe-me ver!

— Nunca! — disse a srta. Pross, que entendeu a pergunta tão bem quanto madame Defarge entendeu a resposta.

— Se não estiverem nesse quarto, fugiram, mas podem ser capturadas e trazidas de volta — disse madame Defarge de si para consigo.

— Mas enquanto você não tiver certeza não poderá agir — agora era a srta. Pross quem falava sozinha. — E não saberá enquanto eu for capaz de impedi-lo! Também não sairá daqui, quer saiba quer não saiba, enquanto eu tiver forças para segurá-la!

— Fiz a Revolução nas ruas desde o primeiro dia e nada nem ninguém me deteve. Agora, vou tirá-la dessa porta nem que tenha de picá-la em pedacinhos!

— Estamos sós no andar superior de uma casa grande que dá para um pátio deserto. Ninguém pode ouvir-nos. O problema é ter força física para segurá-la. Mas cada minuto vale cem mil guinéus para a minha pombinha — disse a srta. Pross.

Madame Defarge avançou para a porta. A srta. Pross agarrou-a instintivamente pela cintura com os dois braços e apertou-a. Em vão madame Defarge se debateu. O amor é mais forte do que o ódio e a srta. Pross não só manteve madame Defarge imobilizada como conseguiu levantá-la do chão.

As mãos de madame Defarge arranharam o rosto da srta. Pross e desferiram bofetadas. Em pura perda. A srta. Pross baixou a cabeça mas não soltou a cintura da outra, agarrando-se a ela com a tenacidade de uma afogada.

Logo madame Defarge cessou de lutar e procurou alguma coisa no cós da saia.

— Não adianta — disse a srta. Pross —, o punhal está preso debaixo do meu braço e você não vai sacá-lo. Eu tenho mais força, Deus seja louvado. E você fica presa até que uma de nós desmaie ou morra.

As mãos de madame Defarge procuraram então alguma coisa no seio, a srta. Pross ergueu os olhos, viu num relance o que era e com o punho fechado desviou a pistola com um murro. Houve um relâmpago, uma detonação. E ela se viu sozinha, de repente sozinha, em meio à fumaça que a cegava.

Tudo isso não durou mais que um segundo. Depois, o fumo clareou, deixando um terrível silêncio, e se perdeu no ar, como a alma daquela Fúria que jazia sem vida no soalho.

No primeiro momento de horror, a srta. Pross afastou-se do cadáver como pôde e desceu correndo as escadas. Ia pedir socorro. Felizmente, logo caiu em si, em tempo de voltar. Foi terrível entrar outra vez naquela sala, mas era preciso e ela entrou. E até passou junto do corpo, pois tinha de apanhar o chapéu e o agasalho que ia usar na viagem. Acabou de vestir-se do lado de fora, depois de fechar e trancar a porta, levando a chave consigo. Então, sentou-se um momento nos degraus para recobrar o fôlego e chorar baixinho. Saiu em seguida.

Por sorte, o chapéu tinha um veuzinho, ou não teria podido andar na rua sem chamar a atenção. Por sorte também, marcas que em outra mulher seriam insólitas não pareciam peculiares na srta. Pross, cuja figura era naturalmente incomum. Tudo isso lhe valeu, pois tinha arranhões no rosto, perdera algum cabelo, e o vestido, alisado mal e mal com mãos trêmulas, estava amassado e torcido de mil maneiras.

Ao passar pela ponte, jogou a chave no rio. E chegou à catedral antes do companheiro de viagem. Enquanto esperava, pôs-se a pensar que a chave poderia ter caído numa rede de pescador em vez de cair na vasa, que seria identificada, a porta aberta, os restos da mulher descobertos e ela presa e acusada de homicídio! No meio desse pesadelo, Jerry Cruncher chegou e levou-a embora.

— Há algum barulho na rua?

— O habitual — respondeu o sr. Cruncher, surpreso com a pergunta e com o aspecto da srta. Pross.

— Não ouvi. O que foi que disse?

Mas em vão o sr. Cruncher repetiu o que havia dito; a srta. Pross não conseguia ouvir. "Tenho de fazer-lhe sinais", pensou, "pelo menos a mulher ainda vê."

Via mesmo.

— E agora? Há algum barulho?

O sr. Cruncher disse com a cabeça que havia.

— Pois não ouço nada.

"Surda no espaço de uma hora?", pensou o sr. Cruncher, cada vez mais perturbado. "Que diabo houve com ela?"

— Lembro que houve um raio e um estampido e que esse estampido foi a última coisa que ouvi na vida.

"Jesus, o estado dela não é nada bom! Será que bebeu para criar coragem?"

— Escute, srta. Pross, aí vêm essas horrorosas carretas. Pode ouvir o estrépito?

— Nada — respondeu ela. — Oh, meu bravo homem, houve a tal detonação, entende? Depois, um grande silêncio, e é isso que ficou permanente e imutável, e não será quebrado enquanto eu viver.

— Se ela não ouve rodar essas horrendas carretas que estão chegando ao fim da viagem — disse o sr. Cruncher, olhando por cima do ombro —, então nunca mais vai ouvir nada.

E, de fato, jamais ouviu.

15.
Os passos desaparecem para sempre

Ao longo das ruas de Paris, seis carretas da morte rodam com fragor. Levam o vinho do dia para a Guilhotina. Todos os monstros insaciáveis que a imaginação do homem jamais concebeu fundiram-se em um só: a Guilhotina. E, todavia, não há na França, com sua rica variedade de solo e clima, uma folha de erva, uma folha de árvore, uma raiz, uma espiga, uma semente que cheguem à maturidade em condições mais certas que as que produziram esse horror. Basta que a humanidade seja de novo esmagada e desfigurada pelos mesmos martelos, para que assuma outra vez as mesmas formas torcidas e torturadas. Basta semear os mesmos grãos de desvario, rapacidade e opressão para colher os mesmos frutos, e cada um segundo a sua espécie.

Seis carretas rolam pelas ruas. Transmude-as, oh, Tempo, grande mago, no que elas foram um dia, e teremos as carroças de cerimônia dos monarcas absolutos, as equipagens dos senhores feudais, as toaletes de Jezebel, as igrejas que não são mais a Casa do Pai mas um covil de ladrões, as choupanas de milhões de camponeses famintos. Não. O grande mago que executa a ordem do Criador nunca repete o seu número. "Se tens essa forma por vontade de Deus" — dizem os magos ao que está encantado nas histórias das mil e uma noites —, "então essa é a tua forma e nela ficarás. Mas se és fruto de um condão efêmero, então volta à tua forma primitiva!" Sem mudança ou esperança, as carretas rolam, em número de seis.

A cada volta, as rodas escuras das carretas abrem um tortuoso sulco de arado na multidão. Rostos aos montes são lançados para a direita, para a esquerda, mas as carretas seguem seu curso inescapável. Tão habituados já estão os moradores das casas do caminho para o espetáculo, que em muitas janelas não se vê ninguém. Em algumas o trabalho de rotina é interrompido apenas por um momento, quando os olhos examinam os rostos que passam. Aqui e ali, os donos das casas têm convidados para ver o desfile, e apontam com o dedo, com algo de complacência de um curador de museu ou de um guia diplomado, para esta ou aquela carreta, e parece explicar quem estava ali na véspera ou estará no dia seguinte.

Dentre os ocupantes das carretas, alguns observam essas coisas e todas as outras coisas nessa última viagem, com olhar impassível; outros, com um resto de interesse pela vida e pelos homens. Alguns, de cabeça baixa, parecem mergulhados num mudo desespero. E há os que, zelosos da sua aparência ou do seu papel, lançam sobre a multidão olhares que viram, um dia, no teatro ou em quadros. Inúmeros fecham os olhos para pensar ou reunir os pensamentos que se dispersam. Só um homem, uma criatura miserável, parece a tal ponto dilacerado e ébrio de horror que canta e tenta dançar como um louco. Nem um só, por gesto ou palavra, apela para a piedade do povo.

Uma guarda de cavalarianos vai à frente do cortejo das carretas e muitas faces se voltam para eles. Alguns lhes fazem uma pergunta ou outra. Dir-se-ia que é sempre a mesma pergunta, porque o resultado é uma corrida para a terceira carreta. Os cavalarianos muitas vezes apontam um dos homens que vão nela com a espada. Querem saber quem é. Está de pé no fundo da carreta e tem a cabeça baixa para falar com uma simples mocinha, cuja mão ele segura na sua. Não demonstra curiosidade pela cena à sua volta e fala todo o tempo com a jovem. De tempos em tempos, na Rua Saint-Honoré, que é comprida, gritos se elevam contra ele. Se surtem qualquer efeito sobre ele é o de provocar um sorriso tranquilo, e ele sacode os cabelos (para tirá-las do rosto? para cobrir o rosto?). Não pode usar as mãos, com os braços amarrados.

Nos degraus de uma igreja, à espera das carretas, postou-se o informante, o "carneiro". Examina a primeira. Não está. A segunda: também não. Já se pergunta se foi enganado ("Será que ele me sacrificou?") quando seu rosto de repente se ilumina. Está na terceira.

— Qual deles é Évremonde? — pergunta um homem à sua retaguarda.

— Aquele, no fundo.

— De mãos dadas com a mocinha?

— Esse mesmo.

O homem berra:

— Abaixo Évremonde! Para a Guilhotina com os aristocratas! Abaixo Évremonde!

— Psiu, psiu — faz timidamente o informante.

— E por que não devo gritar, cidadão?

— Logo o condenado pagará sua dívida. Restam-lhe apenas cinco minutos. Deixemos que os viva em paz.

Mas o homem não se cala.

— Abaixo Évremonde!

Por um momento o rosto de Évremonde fica voltado para ele. Évremonde vê o informante, examina-o atentamente e segue seu caminho.

Os relógios vão bater três horas. O sulco do terrível arado faz uma curva para alcançar a praça da execução e seu termo. As camadas de rostos lançados para a direita, para a esquerda, reagrupam-se à retaguarda da última carreta e todos convergem para a Guilhotina. À frente dela, sentadas em cadeiras, como num jardim público, várias mulheres fazem tricô animadamente. De pé em uma delas, a Vingança procura sua amiga.

— Thérèse — berra a Vingança, com a voz mais estridente da República. — Quem viu Thérèse? Thérèse Defarge!

— Até hoje ela nunca faltou.

— E não é agora que vai faltar — grita a Vingança, petulante. — Thérèse!

— Mais alto — recomenda a mesma mulher.

Sim. Mais alto, Vingança, muito mais alto, e mesmo assim ela não a ouvirá. Mais alto ainda, Vingança, com uma praga ou duas por cima, mas nem isso vai trazê-la de volta. Envie mulheres em pós de Thérèse, que em algum lugar ela estará. Mas, embora as mensageiras tenham feito coisas terríveis, é de duvidar que espontaneamente vão tão longe quanto preciso para achá-la.

— Que má sorte! — exclama a Vingança, sapateando de raiva na cadeira. — As carretas aí estão, e logo Évremonde será morto, num abrir e fechar de olhos. E ela vai perder isso! Olhem o seu tricô aqui comigo, olhem a sua cadeira reservada. Ah, vou chorar de vexame e irritação!

Quando ela desce da cadeira, as carretas começam a despejar na praça os seus carregamentos. Os oficiantes da Santa Guilhotina estão paramentados e a postos.

Crash! Uma cabeça é exibida ao povo, e as mulheres do tricô, que mal se deram ao trabalho de olhar para ela um minuto antes, quando ainda poderia pensar e falar, contam: uma.

A segunda carreta é esvaziada e vai-se embora. A terceira se aproxima. Crash! E as mulheres do tricô, que não erram nem descansam, contam duas.

O suposto Évremonde salta para o chão e a jovem costureira é ajudada a descer. Ele não lhe soltou a mão, apertando-a na sua como prometera. Ele a pôs delicadamente de costas para a barulhenta máquina, cujo Cutelo subia incessantemente com um lento e sinistro zumbido de enrolamento, para depois cair com um baque seco. A moça levantou os olhos para ele e agradeceu-lhe.

— Não fosse o senhor, caro estrangeiro, e eu não estaria assim tão calma, eu que sou de natureza fraca e tímida, e de coração timorato. Nem seria capaz de elevar meu espírito para Ele, que morreu morto na Cruz justamente para que tivéssemos conforto e esperança nesta hora. Penso que o Céu o enviou, estrangeiro.

— Ou você a mim — disse Sydney Carton. — Olhe para mim, querida criança, e não veja mais nada em torno.

— Eu não vejo nada nem penso em nada quando seguro a sua mão. Não pensarei em nada quando a soltar, se eles forem rápidos.

— Serão. Nada tema.

Os dois estão de pé em meio ao grupo das vítimas, que rapidamente se desintegra e fica menos denso, mas falam como se estivessem sós. Olhos nos olhos, voz na voz, de mãos dadas e corações unidos, esses dois filhos da Mãe Universal, tão diferentes um do outro em tanta coisa, uniram-se na estrada tenebrosa a fim de tomarem juntos o caminho de casa e voltarem ao seio dela.

— Bravo e generoso amigo, posso perguntar-lhe uma última coisa? Sou muito ignorante e isso me perturba um pouquinho.

— Diga-me de que se trata.

— Eu tenho uma prima, filha, única e órfã como eu mesma, e que amo com ternura. Ela é cinco anos mais moça do que eu e vive numa fazenda no sul. A pobreza nos separou e ela ignora tudo a meu respeito. Não sei escrever e, se soubesse, como contar-lhe? Talvez seja melhor assim.

— Sim, sim. É melhor.

— O que eu vinha pensando durante o trajeto e penso ainda olhando o seu semblante tão forte e bondoso, que me dá tanta força, é que, se a República de fato se empenhar pela felicidade dos pobres, se eles tiverem menos fome, e se sofrerem muito menos, talvez ela possa viver muito tempo e, até, chegar à velhice.

— E então, minha irmãzinha?

— O senhor pensa — os olhos da moça, tão cheios de resignação e paciência, ficam agora cheios de lágrimas, e seus lábios entreabertos abrem-se um pouco mais e se põem a tremer —, o senhor pensa que será longo para mim aguardar por ela no Céu, onde espero da Misericórdia divina ser recebida, hoje mesmo, com o senhor?

— Não, criança. O Tempo não conta por lá e nada poderá perturbá-la.

— O senhor é um tal consolo para mim! Sou tão ignorante! Permite que o beije agora? É a nossa hora?

— Sim.

Ela beija os lábios dele, ele a beija também. Os dois se beijam solenemente, e a mão tão frágil não treme quando a solta. E no rosto sereno apenas se estampa uma suave, radiosa força. Ela vai antes dele. Desaparece. As mulheres contam vinte e duas!

"Eu sou a Ressurreição e a Vida, diz o Senhor. Aquele que acredita em mim, embora morto, viverá. E aquele que vive e crê em mim, este não morrerá jamais."

O murmúrio de muitas vozes, tantos rostos atentos, o sapateado de muitos pés na fímbria da multidão que se comprime e ondula e avança como uma grande vaga — tudo desaparece num segundo, que é da natureza do raio.

Vinte e três.

Disseram dele, naquela noite, na cidade, que jamais se vira em tal lugar um rosto tão sereno. Alguns acrescentaram que mostrava expressão sublime e profética.

Uma das mais famosas vítimas do mesmo Cutelo — uma mulher — perguntara ao pé do cadafalso, e não muito tempo antes, se não lhe permitiriam escrever os pensamentos que aquilo lhe inspirava. Tivessem dado a Sydney Carton uma oportunidade de exprimir os seus, eis o que ele teria escrito:

"Vejo Barsad, e Cly e Defarge, a Vingança, o Jurado, o Juiz, longas fieiras de novos opressores, surgidos da destruição dos antigos, a caminho deste mesmo lugar, onde morrerão pelo instrumento expiador que inventaram, antes que ele seja posto fora de uso. Vejo uma cidade de grande beleza e um Povo glorioso surgir deste abismo. E nas suas lutas por uma Liberdade verdadeira, nas suas derrotas e triunfos, tempo afora, nos longos anos por vir, vejo o mal desta época e o daquela que a precedeu e engendrou, pois esta é o fruto natural da outra, esfumarem-se gradualmente até desaparecerem para sempre.

"Vejo as vidas, pelas quais dei a minha, prosperarem pacíficas na pacífica Inglaterra, que não mais verei. Serão felizes e úteis e tranquilas. Vejo a ela com um filho no ventre, um filho varão que terá meu nome. Vejo seu velho pai, curvado pelos anos, mas recuperado e restituído à razão, fiel à sua missão de médico, devotado como antes ao serviço da humanidade, e em paz. Vejo o bom ancião, há tanto tempo amigo dele e dos seus, deixar-lhes sua fortuna dentro de dez anos e passar deste mundo para receber no outro o galardão que tanto mereceu.

"Vejo que ocupo um santuário nos seus corações e nos corações dos seus descendentes por muitas gerações. Vejo-a depois de velha a chorar por mim no aniversário deste dia. Vejo-a e ao marido, com a vida feita e acabada, jacentes, lado a lado, no seu último leito de terra, e sei que jamais homem algum foi mais honrado e venerado que eu no coração desses dois amigos.

"Vejo o filho dela, que trazia no ventre e que porta meu nome, abrir caminho no mundo, honrando a carreira que um dia foi a minha. E com tal brilho que meu nome se ilustra através do seu. E apagam-se as manchas que eu tenha porventura deixado. Vejo-o elevado a juiz e conceituado, criando um menino e trazendo-o depois pela mão até este lugar, um menino que reúne meu nome a uma fronte que eu conheço e a cabelos cor de ouro. E este lugar já poderá então ser visto, sem um só traço dos horrores deste tempo ou dos monstros atuais. E é como se o ouvisse contar ao seu filho a minha história com ternura na voz e algum tremor.

"Isto que faço, aqui e agora, é a melhor coisa que jamais fiz na vida. E o repouso para onde vou, bem melhor que qualquer repouso que eu tivesse algum dia conhecido neste mundo."

Direção editorial
Daniele Cajueiro

Editora responsável
Ana Carla Sousa

Produção editorial
Adriana Torres
Laiane Flores
Juliana Borel

Revisão
Alessandra Volkert
Suzana Devulsky
Vanessa Dias

Capa
Mateus Valadares

Diagramação
Larissa Fernandez Carvalho
Leticia Fernandez Carvalho

Este livro foi impresso em 2021
para a Nova Fronteira.